Sue Grafton

Américaine originaire du Kentucky, Sue Grafton est diplômée de littérature anglaise. Elle a débuté sa carrière d'écrivain en 1967 en publiant son premier roman, et a écrit de nombreux scénarios pour la télévision américaine, parmi lesquels deux adaptations de romans d'Agatha Christie.
C'est en 1982, avec *A comme Alibi*, suivi trois ans plus tard de *B comme Brûlé*, que Sue Grafton commence son étonnant abécédaire du crime, et qu'elle crée le personnage de Kinsey Millhone, détective privé que l'on retrouve dans les quinze volumes déjà parus. Traduite dans le monde entier, Sue Grafton est considérée comme l'une des figures les plus originales du roman noir américain.

"H" comme Homicide

DU MÊME AUTEUR
CHEZ POCKET

A comme alibi
B comme brûlée
C comme cadavre
D comme dérapage
E comme explosif
F comme fugitif
G comme gibier
I comme innocent
J comme jugement
K comme killer
L comme lequel ?
M comme machination
N comme nausée
O comme oubli

SUE GRAFTON

" H " comme Homicide

PRESSES DE LA CITÉ

Titre original :
"H" is for Homicide

Traduit par Michèle Truchan-Saporta

Cet ouvrage a été publié aux Éditions Presses de la Cité
sous le titre *Assurance tout risque*.

Édition originale : Henry Holt and Company. Inc.

ISBN : 2-266-12658-X

Ce livre est dédié à notre Groupe de femmes incarné par :

Florence Clark
Sylvia Stallings
Penelope Craven
Mary Lynn

Caroline Ahlstrand
Mary Slemons

Susan Dyne
Joyce Dobry

Margaret Warner
Georgina Morin
et Barbara Knox

avec qui je partage depuis cinq ans, chaque lundi soir, chagrins et victoires, crises de rage et fous rires.

L'auteur désire témoigner sa gratitude aux personnes qui lui ont apporté une aide précieuse : Steven Humphrey ; Ron Warthen, enquêteur en chef de la division des fraudes, au Département des assurances de Californie; Robert Chambers, directeur régional, et Michael Fawcett, membre de l'Institut pour la prévention des délits en matière d'assurance; le lieutenant Tony Baker, le lieutenant Terry Bristol, le sergent Tom Nelson et Carol Hesson du Département du shérif du comté de Santa Barbara; le sergent Dave Hybert, de la police de Santa Barbara ; Rick Crook, de la police de la route de Californie; Lucy Thomas, de la bibliothèque médicale Reeves, et Tokie Shynk, infirmière en chef à l'Unité de soins coronariens du Santa Barbara Cottage Hospital; Judianne Cooper; Joyce Mackewich; Irene Franotovich; Steven Stone, président de la Cour d'appel du comté de Ventura; Eric S. H. Ching; Austin Duncan, de l'entreprise de dépannage de la Gold Coast; et Carter Blackmar.

L'auteur désire remercier tout particulièrement Adam Seligman et Muriel Seligman, directrice des relations publiques de la Tourette Syndrome Association.

1

A la réflexion, j'ai du mal à me rappeler si la raison pour laquelle le moral était très bas, à la California Fidelity, c'était parce qu'un rédacteur de cette compagnie d'assurances était mort ou parce que Gordon Titus, « spécialiste de l'efficacité » au bureau de Palm Springs, avait été parachuté chez nous pour faire progresser les bénéfices. Ces deux événements alimentaient le malaise général qui régnait parmi les employés de la CF et, l'un comme l'autre, finirent par m'affecter bien plus que je ne l'aurais imaginé, dans la mesure où mes liens avec la compagnie avaient toujours été, jusque-là, aussi flous que possible. En parcourant mon carnet, je trouve une brève note au crayon concernant un rendez-vous avec Gordon Titus, dont l'arrivée était imminente au moment où Parnell avait été tué. Après cette première entrevue avec Titus, j'avais griffonné : « Un sacré salaud! » ce qui montrait bien quelles sortes de relations s'étaient établies entre lui et moi.

Je m'étais absentée pendant trois semaines, le temps de procéder à une enquête pour le compte d'un client (une compagnie de San Diego) au sujet d'un cadre supérieur dont le passé se révéla être un peu différent de ce que prétendait l'intéressé. Cette mission m'avait promenée d'un bout à l'autre de l'Etat, et j'avais en poche un chèque représentant beaucoup de fric, après avoir bouclé mon enquête un vendredi après-midi. On m'avait offert de rester à San Diego pour le week-end aux frais de la compagnie, mais je m'étais réveillée inexplicablement à 3 heures du matin avec un sentiment de nostalgie véritablement primaire pour ma maison. Une lune qui avait la taille d'un grand plat était suspendue au-dessus du balcon, devant ma fenêtre, et sa lumière me balayait le visage; elle était presque assez brillante pour me permettre de lire. J'étais étendue là, en train de contempler sur le mur l'ombre mouvante des frondaisons d'un palmier, et je me disais que ce dont j'avais le plus envie c'était d'être dans mon propre lit. J'étais fatiguée des chambres d'hôtel et des repas pris sur la route. J'en avais assez de passer mon temps avec des gens que je connaissais mal ou que je ne devais pas revoir. Je sortis du lit, enfilai mes vêtements et jetai toutes mes affaires en vrac dans mon sac de voyage. A 3 h 30 du matin je payais ma note, et dix minutes plus tard je roulais sur la route 405 en direction du nord, vers Santa Teresa, dans ma nouvelle Coccinelle VW (d'occasion), une conduite intérieure de 1974, bleu pâle, avec seulement un tout petit *ding* qui se faisait entendre dans l'aile arrière gauche. C'est ça, le chic.

A cette heure-là, le réseau d'autoroutes de Los Angeles commence à peine à bourdonner. La circulation était faible, mais chaque rampe d'accès semblait cracher un véhicule ou deux, dont le conducteur allait travailler dans le Nord. Il faisait encore sombre et il y avait une délicieuse fraîcheur dans l'air; des volutes de brume sortaient de terre sur les bascôtés comme des bouffées de fumée. A ma droite, les collines émergeaient de la nuit et, à l'écart de la route, on pouvait apercevoir des lotissements de pavillons éparpillés dans le paysage où ne se manifestait aucun signe de vie. Les lumières le long de l'autoroute dispensaient un éclairage presque fantomatique, et ce qui était visible de la ville dans le lointain paraissait tranquille et serein. Je ressens toujours de la sympathie pour ceux qui voyagent à cette heure-là, comme si nous étions tous impliqués dans une activité clandestine. De nombreux conducteurs avaient d'énormes gobelets en plastique pleins de café. Certains s'arrangeaient, en fait, pour engloutir, tout en conduisant, de la nourriture achetée dans un service de restauration rapide. De temps en temps, par les rares vitres ouvertes des voitures, j'étais gratifiée d'éclats d'une musique tonitruante qui s'évanouissait au moment où le conducteur me dépassait, puis se rabattait devant moi. Un coup d'œil sur mon rétroviseur m'indiqua que, derrière, une femme au volant d'une décapotable libérait ses émotions en rythmant avec vigueur malgré sa ceinture de sécurité le solo dont les paroles se lisaient sur ses lèvres, tandis que le vent gonflait sa chevelure. Je ressentis un élan de plaisir sans mélange. C'était un de ces moments où je réalisais soudain combien j'étais heureuse. La vie était belle. J'étais une femme, j'étais célibataire, j'avais de l'argent en poche et assez d'essence pour arriver jusqu'à la maison. Je n'avais de comptes à rendre à personne, pas d'obligations dignes d'être mentionnées. J'étais en bonne santé, agréable à regarder, pleine d'énergie. J'ouvris d'un coup sec la radio et tombai sur un chœur qui chantait le cantique *Miracle de la Grâce*; ce n'était pas tout à fait de circonstance, mais c'était la seule station que j'avais pu trouver. Un évangéliste matinal entama son prêche, et en arrivant à Ventura j'étais presque convertie. Comme d'habitude, j'avais oublié combien les vagues de la bonne volonté sont souvent porteuses de mauvaises nouvelles.

Venir de San Diego n'avait pris que quatre heures et demie au lieu des cinq heures habituelles, si bien que je fus de retour à Santa Teresa peu après 8 heures. Je me sentais encore surexcitée. Je décidai d'aller d'abord au bureau pour déposer ma machine à écrire et mon porte-documents bourré de notes avant de rentrer à la maison. Je comptais m'arrêter à un supermarché quelque part le long de la route afin d'acheter juste ce qu'il me fallait pour les deux jours suivants. J'avais l'intention de poser mon sac de voyage en arrivant chez moi, de prendre rapidement une douche, puis de dormir pendant dix heures d'affilée, et de me relever juste à temps pour avaler un dîner chez Rosie, dans le bas de ma rue. J'allais débrancher mon téléphone, laisser le répondeur prendre les messages, et coller sur ma porte d'entrée une note qui dirait : « Ne me dérangez pas. » Je bouillais d'impatience.

J'espérais que le parking, derrière le bâtiment où se trouve mon bureau, serait désert. C'était un samedi matin; en ville, les magasins n'ouvriraient pas avant 10 heures. Je fus donc stupéfaite de voir que l'endroit grouillait de monde dont un certain nombre de flics. Ma première pensée fut que peut-être on était en train de tourner un film, de sorte que les lieux avaient été interdits d'accès pour que les cameramen puissent travailler sans risquer d'être interrompus. Il y avait un petit nombre de spectateurs qui attendaient dans la rue avec cet air d'ennui orchestré qui semble toujours accompagner un tournage. Puis j'ai aperçu le cordon que l'on tend autour de l'endroit où il y a eu un crime et mes sens se sont mis en alerte rouge. Comme le parking était inaccessible, j'ai trouvé une place où me garer, à l'angle de la rue. J'ai ôté mon revolver de mon sac à main et je l'ai fourré dans mon porte-documents, sur le siège arrière; j'ai fermé à clef les portes de la voiture et je me suis dirigée vers le policier en uniforme qui se tenait près du guichet du parking. Il me regarda d'un œil interrogateur, tandis que j'approchais de lui, s'efforçant de deviner si j'avais quelque chose à faire sur les lieux. C'était un homme agréable à regarder, âgé d'une trentaine d'années, avec un visage long et étroit, des yeux couleur noisette, des cheveux auburn bien coupés et une petite moustache. Son sourire était poli et découvrait une dent de devant ébréchée. Ou bien c'était le résultat d'une bagarre ou bien il s'était servi de ses incisives d'une manière que lui avait déconseillée sa mère quand il était petit.

– Puis-je faire quelque chose pour vous?

Je levai les yeux sur l'immeuble de deux étages, en stuc, principalement occupé par des boutiques au rez-de-chaussée et des bureaux en haut. Je m'efforçais d'avoir l'air d'une citoyenne particulièrement respectueuse des lois plutôt que d'une détective privée portée sur la plaisanterie.

– Qu'est-ce qui se passe? Je travaille dans cet immeuble et je voulais y entrer.

– Nous en aurons fini dans vingt minutes. Votre bureau est là-haut?

– Au premier étage, dans les locaux de la compagnie d'assurances. Qu'est-ce qui s'est passé, un cambriolage?

Les yeux noisette, pleins d'une prudence visible, se livrèrent à un examen complet de ma personne. On n'avait pas l'intention de laisser échapper un renseignement sans savoir qui j'étais.

– Puis-je voir vos papiers?

– Bien sûr. Ils sont dans mon portefeuille, dis-je.

Je ne voulais pas le laisser imaginer que j'allais sortir une arme. Il arrive que les flics en faction sur les lieux d'un crime soient de petits crétins nerveux et n'apprécient pas les gestes brusques. Je lui tendis mon portefeuille grand ouvert sur mon permis de conduire délivré par l'Etat de Californie avec la photocopie de ma licence de détective privé bien visible juste au-dessous.

– Je rentre de voyage et je voulais me débarrasser de quelques affaires avant de rentrer à la maison.

J'ai été flic moi aussi, dans le temps, mais j'ai toujours tendance à donner spontanément des détails qui ne les regardent pas.

Son examen fut bref.

– Bien. Je ne crois pas qu'ils vous laisseront entrer, mais vous pouvez toujours leur demander, dit-il en montrant du bras un inspecteur en civil qui tenait à la main son bloc-notes. Voyez ça avec le sergent Hollingshead.

Je n'avais toujours aucune idée de ce qui se passait; c'est pourquoi j'essayai de nouveau de me renseigner.

– C'est une effraction dans la bijouterie?

– Homicide.

– Vraiment?

En parcourant le parking du regard, je pouvais voir le groupe de policiers qui s'activaient dans une zone où le corps était probablement étendu. En fait, on ne voyait rien à cette distance, mais l'agitation se concentrait surtout dans ce coin-là.

– Qui est chargé de l'affaire? Ce n'est pas le lieutenant Dolan, par hasard?

– Tout juste. Vous pouvez essayer d'aller au labo mobile si vous voulez lui parler. Je l'ai vu partir dans cette direction, il y a quelques minutes.

– Merci.

Je traversai le parking en regardant les infirmiers qui ramassaient leur attirail. Le photographe de la police et un type muni d'un calepin où il dessinait la scène du crime mesuraient la distance entre un petit arbuste ornemental et la victime que je distinguais maintenant, étendue le visage contre le trottoir. La pointure des chaussures indiquait que c'était un homme. Quelqu'un avait jeté une bâche sur le corps, mais je pouvais encore voir les semelles de ses Nike, les pointes réunies et les talons écartés, en forme de V.

Le lieutenant Dolan parut et s'avança dans ma direction. Au moment où nos chemins se croisaient, nous échangeâmes une poignée de main machinale, accompagnée de plaisanteries anodines. Avec lui, il était impossible d'aller droit au but ni de poser des questions trop directes. Dolan ne me dirait ni plus ni moins que ce qui lui chantait, au moment où ça lui plairait. La curiosité le rend tout bonnement têtu et l'insistance le pousse à manifester sa mauvaise humeur naturelle. Le lieutenant Dolan a une bonne cinquantaine d'années et il n'est pas très éloigné de l'âge de la retraite, d'après ce qu'on m'a dit; il a le crâne chauve et un visage boursouflé; il porte un costume gris froissé. C'est un homme que j'admire, bien que nos rapports aient été marqués par des périodes d'hostilité dans le passé. Il ne raffole pas des détectives privés. Il nous considère comme une engeance inutile bien que supportable, mais uniquement dans la mesure où nous ne marchons pas sur ses plates-bandes. C'est un policier astucieux, méticuleux, infatigable et très perspicace. Avec les civils, ses manières sont d'ordinaire distantes, mais en compagnie de ses camarades, dans une salle de police, j'ai surpris chez lui des éclairs de chaleur et de générosité qui suscitent un grand dévouement chez ses subordonnés; pourtant il n'a jamais éprouvé le besoin de manifester ses qualités à mon intention. Ce matin-là, il semblait plutôt amical, ce qui est toujours inquiétant.

– Qui est-ce? ai-je demandé finalement.

– Aucune idée. On ne l'a pas encore identifié. Vous voulez jeter un coup d'œil?

Il redressa le menton, ce qui indiquait que je devais le

suivre tandis qu'il se dirigeait vers le corps. Je pouvais sentir les battements de mon cœur dans ma gorge, le sang qui affluait à mon visage. Par une de ces intuitions soudaines, je savais qui était la victime. Peut-être était-ce les semelles en caoutchouc des baskets qui m'étaient familières, la bande élastique sur les jambes du survêtement rose vif, la peau noire d'une cheville nue. Mon regard était rivé dessus et j'éprouvais un curieux sentiment de *déjà vu* [1].

– Qu'est-ce qui lui est arrivé?

– Il a été abattu à bout portant, probablement un peu après minuit. Un jogger a remarqué le corps à six heures un quart et nous a prévenus. Pour le moment nous n'avons ni l'arme du crime ni aucun témoin. On lui a pris son portefeuille, sa montre et ses clés.

Il se pencha en avant, souleva un coin de la bâche qu'il tira vers lui pour découvrir un jeune homme noir en survêtement. Tout en contemplant le visage de profil, je débranchai une prise mentale au-dedans de moi. Mes émotions étaient désormais coupées du reste de mes circuits intérieurs.

– Il s'appelle Parnell Perkins. La California Fidelity l'a engagé comme rédacteur il y a trois mois à peu près. Auparavant, il était courtier dans une compagnie d'assurances à Los Angeles.

– Il a de la famille ici en ville?

– Pas à ma connaissance. Sa supérieure immédiate était Vera Lipton qui dirige l'équipe des rédacteurs. Elle devrait avoir son dossier.

– Et vous, que savez-vous?

Je haussai les épaules :

– Eh bien, il n'y a pas longtemps que j'ai fait sa connaissance, mais je le considère comme un ami.

Je me repris, pour employer l'imparfait avec un petit pincement de chagrin.

– C'était vraiment un gentil garçon... agréable et compétent. Généreux à l'excès. Il n'était pas très causant sur sa vie personnelle mais je ne le suis pas non plus. Il nous arrivait de prendre un verre ensemble après le travail une

1. En français dans le texte. *(N.d.T.)*

ou deux fois par semaine. Parfois la « récréation » se prolongeait par un dîner si nous étions libres tous les deux. Je ne crois pas qu'il ait eu vraiment le temps de se faire beaucoup d'amis intimes. C'était un type drôle. Dans le bon sens du terme. Il me faisait rire.

Le lieutenant Dolan prenait des notes au crayon. Il me posa quelques questions apparemment décousues sur la charge de travail qu'assumait Parnell, ses antécédents professionnels, ses passe-temps et ses petites amies. En dehors de quelques observations superficielles, je n'avais pas grand-chose d'intéressant à lui apprendre, ce qui me paraissait plutôt bizarre étant donné le sentiment de détresse qui m'envahissait. Je ne parvenais pas à quitter Parnell des yeux. L'arrière du crâne était rond sous des cheveux coupés presque à ras. La peau de sa nuque avait l'air douce. Ses yeux étaient ouverts; son regard vide fixait l'asphalte. Qu'est-ce que la vie, si elle peut disparaître de façon aussi irrémédiable avec une telle rapidité? En regardant Parnell, j'étais frappée par l'absence de mouvement, de chaleur, d'énergie; tout cela avait disparu en un instant et à jamais. Il avait fait son temps. Maintenant c'était aux survivants d'accomplir les formalités qui accompagnent n'importe quelle mort, tout le travail routinier et impersonnel qu'engendre le transfert d'un être sous la terre.

Je cherchai l'endroit où Parnell avait l'habitude de parquer sa voiture :

– Je me demande où il s'est garé. Il rentrait de Colgate et la voiture devrait donc se trouver dans le coin. C'est une américaine, une Chevrolet, je crois, de 80 ou 81, bleu foncé.

– Pourrait avoir été volée. On va essayer de repérer le véhicule. Je suppose que vous ne connaissez pas par cœur le numéro d'immatriculation.

– Mais si. C'était une coquetterie de sa part : sa plaque portait son nom : PARNELL – un cadeau qu'il s'était offert le mois dernier, pour son anniversaire. Pour faire de l'épate.

– Vous avez son adresse personnelle?

J'indiquai le chemin à Dolan. Je ne connaissais pas le numéro de la maison, mais j'avais reconduit Parnell chez lui à deux reprises, une fois parce que sa voiture était en révision et une fois parce qu'il était trop éméché pour tenir le volant. J'ai aussi donné à Dolan le numéro de téléphone personnel de Vera, qu'il a inscrit à côté de son nom.

– J'ai une clé du bureau si vous voulez voir l'endroit où il travaillait.

– Allons-y.

Pendant la semaine qui suivit, l'assassinat fut le seul sujet de conversation. Il se passe quelque chose de profondément troublant quand un meurtre se produit si près de votre porte. La mort de Parnell était surtout terrifiante parce qu'elle semblait inexplicable. Rien ne laissait prévoir qu'il était destiné à mourir assassiné. Il avait l'air d'un être humain parfaitement ordinaire, tout à fait comme nous tous. D'après ce que nous savions, il n'y avait rien dans la vie qu'il menait, rien dans son passé, rien dans sa nature, qui appelait la violence. Comme il n'y avait pas de suspects, cela nous mettait mal à l'aise et nous rendait conscients de notre propre vulnérabilité; nous étions hantés par l'idée que peut-être nous en savions plus long que nous ne pouvions l'imaginer. Nous en discutions sans fin, pour essayer de dissiper le voile d'angoisse dont sa mort nous avait enveloppés.

Je n'étais pas mieux préparée que quiconque à faire face. Dans mon travail, l'homicide ne m'est pas étranger. En général, cela n'entraîne aucune réaction chez moi, mais en ce qui concerne le décès de Parnell, à cause de notre amitié, mes défenses habituelles – l'action, la colère, le goût de l'humour noir – me protégeaient bien peu du malaise qui étreignait également les autres. Quand il m'arrive de me trouver involontairement mêlée à des enquêtes sur un meurtre, je ne cherche pas à y jouer un rôle, et généralement je ne le fais que si je suis payée pour ça. Comme personne ne m'avait engagée pour suivre l'affaire, je restais à l'écart et m'occupais de ce qui me regardait. C'était une question qui concernait exclusivement la police, et j'imaginais qu'ils avaient suffisamment de quoi faire pour n'avoir pas besoin de mon « aide ». Ma licence de détective privé ne me donne pas plus de droits ou de privilèges que tout autre citoyen, et ne me rend pas plus libre d'intervenir.

J'étais également troublée par le silence de la presse. Après la parution de la première manchette dans les journaux, toute mention de l'homicide sembla disparaître dans le néant. Aucun journal télévisé n'y donna suite. J'en arrivais à supposer qu'il n'y avait aucune piste, aucune information nouvelle, mais cela paraissait bizarre, voire déprimant, pour ne pas dire plus. Quand quelqu'un qui vous est proche est assassiné, vous voulez que le reste du monde en soit affecté. Vous voulez que tout le voisinage entre en ébullition et que l'on fasse quelque chose.

Faute d'aliments, les conversations elles-mêmes finirent par s'étioler avant de s'éteindre, en laissant place à la mélancolie. Les flics passèrent le bureau de Parnell au peigne fin et emportèrent tout ce qui s'y trouvait. Ses dossiers en suspens furent répartis entre divers collègues. Quelques parents qu'il avait sur la côte atlantique arrivèrent en avion et fermèrent son appartement, après avoir disposé de ses affaires. Le travail continuait comme d'habitude. Là où s'était naguère tenu Parnell Perkins, il y avait maintenant un espace vide, et aucun d'entre nous ne savait très bien comment le combler. Avec le temps, j'allais comprendre comment toutes les pièces s'imbriquaient les unes dans les autres, mais à ce stade le puzzle n'avait même pas encore été déballé de sa boîte. Au bout de quelques semaines, nos hypothèses à propos du crime furent supplantées par la rude réalité que représentait l'arrivée de Gordon Titus – M. Pète-sec, comme nous n'avions pas tardé à le surnommer –, le vice-président envoyé par le bureau de Palm Springs et dont le transfert chez nous était prévu pour le 15 novembre. Il se trouva que Titus lui-même allait jouer un rôle involontaire dans le cours des événements.

2

La rumeur de l'arrivée de Gordon Titus avait commencé à se répandre au mois de juin, dans les bureaux de la CF, quand le rapport trimestriel avait signalé des demandes d'indemnités d'une importance inhabituelle. Dans une compagnie d'assurances, chaque fois que le taux des pertes excède de dix pour cent celui des profits, la direction se met à examiner minutieusement l'ensemble des opérations afin de trouver où le bât blesse. Le fait de travailler au siège même de la California Fidelity ne nous mettait pas à l'abri des mauvais traitements de la compagnie; de l'avis général nous allions au-devant d'une réorganisation. On nous avait prévenus que Gordon Titus avait été engagé à l'origine par l'agence de Palm Springs pour réviser les méthodes de travail dans les bureaux, et accroître le volume des primes. Tout en accomplissant apparemment un travail remarquable (du point de vue de la direction), il avait provoqué pas mal de tragédies. Dans l'univers imaginé par Agatha Christie, Gordon Titus eût pu finir sur le sol de la salle de conférences, un coupe-papier fiché en plein cœur. Dans la réalité, ces affaires se terminent rarement de façon aussi satisfaisante. Gordon Titus allait tout simplement être transféré à Santa Teresa, où il était censé provoquer le même genre de drames.

En théorie, cela ne me concernait guère ou pas du tout. La CF me fournit un bureau, en échange de quoi j'effectue pour son compte des enquêtes de routine à raison de trois ou quatre par mois ; mon rôle consiste à vérifier le bien-fondé des demandes d'indemnisation consécutives à un vol ou à une mort subite. Tous les trois mois, je fournis un rapport sur les réclamations suspectes que l'IPDA, l'Institut pour la prévention des délits en matière d'assurance, nous soumet pour enquête. À ce moment-là, j'avais en cours quatorze affaires de ce genre. La fraude aux assurances est un énorme négoce qui rapporte aux coupables des millions de dollars par an sur le dos des compagnies ; les pertes correspondantes sont répercutées sur les assurés honnêtes, à supposer qu'il existe encore parmi nous quelques individus de cette espèce. J'ai constaté, après des années d'expérience, qu'un certain pourcentage de la population est tout bonnement incapable de résister au besoin de tricher. Cette tendance semble transcender toutes les frontières entre les classes sociales et économiques ; elle est commune à des groupes raciaux et ethniques qui, par ailleurs, ont peu de choses à voir les uns avec les autres. Les gens considèrent leur police d'assurance comme un billet de loterie. Dès qu'ils ont payé leur prime pendant deux mois, ils espèrent gagner le gros lot. Certains sont même prêts à forcer un peu le hasard. J'en ai vu falsifier le montant des pertes subies au cours d'un cambriolage en portant sur la liste des biens dérobés certains objets qui, en fait, ne leur avaient jamais appartenu. J'ai vu des immeubles réduits en cendres, des dommages corporels largement exagérés, des mutilations volontaires, des incapacités de travail d'une durée bien supérieure à la réalité. J'ai vu des déclarations de sinistres, de manque à gagner, d'accidents, de préjudices corporels dont seule était responsable l'imagination enflammée des assurés. Heureusement, les compagnies n'ont pas tardé à le comprendre et elles disposent désormais de moyens qui leur permettent de déceler les fraudes. Une partie de mon travail consiste à réunir les éléments qui serviront de base aux poursuites engagées plus tard contre les fraudeurs. Gordon Titus étant censé arriver d'un jour à l'autre, on m'avait soudain inondée d'un déluge de dossiers et on me pressait d'obtenir rapidement des résultats.

Vera m'avait transmis les dernières de ces demandes douteuses un dimanche après-midi, vers la fin du mois d'octobre. Je m'étais arrêtée au bureau pour prendre quelques éléments concernant l'impôt sur le revenu qui devaient être communiqués à mon comptable, dès la première heure, le lundi matin. J'avais garé ma VW dans le parking, derrière l'immeuble, comme d'habitude, et j'étais passée par l'escalier de secours. Je longeai les locaux de la CF plongés dans l'obscurité pour entrer dans mon bureau où je vérifiai les messages laissés sur mon répondeur; je triai à la va-vite le courrier du samedi, et fourrai les formulaires fiscaux dans la poche extérieure de mon sac en cuir à bandoulière. En repassant devant les bureaux de la CF pour m'en aller, je remarquai qu'il y avait de la lumière. Je m'arrêtai pour regarder à travers les portes vitrées, en me demandant si un voleur n'était pas en train de s'emparer de tout le matériel de bureau. Vera traversa mon champ visuel, des papiers à la main; apparemment, elle se dirigeait vers la machine à photocopier. Elle m'aperçut et fit un signe de la main, en changeant de direction pour venir vers moi. Célibataire de trente-huit ans, elle est la personne la plus proche de ce qui pourrait me servir de « meilleure » amie. Le trousseau de clefs du bureau était encore dans la serrure et j'entendis un cliquetis métallique quand Vera ouvrit la porte.

– Salut, fillette. Je t'ai cherchée vendredi après-midi, mais tu étais déjà partie. Ça doit être chouette de s'arrêter à 2 heures, dit-elle, en me faisant entrer.

– D'où viens-tu? Tout était sombre quand je suis passée, il y a une minute.

Elle referma la porte à clef et poursuivit son chemin vers la photocopieuse en m'entraînant dans son sillage. Elle parlait par-dessus son épaule, d'une manière détendue.

– J'ai juste fait un saut pour utiliser la Xerox. Pas un mot à personne. C'est du travail personnel. La liste des invités pour la réception.

Elle souleva le couvercle de la photocopieuse et plaça une feuille contre la vitre, en pianotant sur le tableau de bord. Elle pressa le bouton « impression » et la machine se mit à fonctionner. Vera portait des collants noirs et des bottes, avec un chandail trop grand qui descendait jusqu'à ses cuisses. Elle saisit mon regard :

– Je sais. On dirait que j'ai oublié de mettre mon pantalon. J'ai rendez-vous avec Neil, mais je voulais finir ça pendant que c'était possible. Qu'est-ce que tu comptais faire? Veux-tu venir boire un verre avec nous?

– Merci, mais je préfère ne pas y aller. J'ai du travail.

– Eh bien, tu as raté le grand événement. Le légendaire Mr. Titus a fait son apparition vendredi après-midi en compagnie de trois de ses hommes de main personnels. Deux courtiers et un rédacteur ont été virés pour leur faire de la place.

– Tu plaisantes! Qui?

– Tony Marsden, Jack Cantheas et Letty Bing.

– Letty? Elle leur fera un procès!

– Sincèrement, je l'espère bien.

– Je pensais qu'on ne l'attendait pas avant trois semaines.

– C'était une surprise. Je serai probablement la prochaine à prendre la porte.

– Oh! arrête! Tu fais un boulot formidable.

– Oui, c'est bien vrai. C'est grâce à moi que nous avons six cent mille dollars de perte.

– C'est la faute à Andy Motycka, tu n'y es pour rien.

– Aucune importance. Je vais me marier. Je peux faire un autre métier. Je n'ai jamais tellement aimé ce travail de toute façon. Où en es-tu de tes achats jusqu'à présent?

– Mes achats? dis-je mollement.

J'étais encore en train de m'habituer à l'idée du désastre qui avait frappé la CF.

– La robe. Pour le mariage.

– Oooh! Pour le mariage. J'ai déjà une robe.

– Foutaise. Tu n'as qu'une seule robe et elle est noire. Tu es demoiselle d'honneur, pas employée des pompes funèbres.

Vera allait se marier huit jours plus tard avec son cher et tendre, pour Halloween, la veille de la Toussaint. Tout le monde s'était ligué pour lui reprocher le choix de la date, mais Vera était restée inflexible, en prétendant que son cynisme naturel lui interdisait toute sensiblerie. Elle n'avait jamais pensé qu'elle se marierait un jour. Elle avait commencé à sortir (disait-elle) avec des garçons depuis qu'elle avait douze ans et avait connu un nombre incalculable d'hommes. Tout en se montrant absolument dingue de son fiancé, elle était déterminée à se moquer de la tradition. Je pensais qu'une robe noire conviendrait parfaitement pour la circonstance. Après la réception, les gens de la noce pourraient tous ensemble aller de porte en porte, comme le font traditionnellement les gamins américains cette nuit-là, pour quémander des friandises. Nous pourrions même mettre en commun notre butin de sucreries. Je revendiquerais un droit de priorité sur les crottes en chocolat et les biscuits fourrés.

– D'ailleurs, ça fait cinq ans que tu traînes cette fichue robe, ajouta-t-elle.

– Six.

– Et la dernière fois que tu l'as portée, tu as dit qu'elle sentait la vase.

– Je l'ai lavée!

– Kinsey, tu ne peux pas porter une robe noire puante, vieille de six ans, à mon mariage. Tu avais juré d'en acheter une nouvelle.

– C'est ce que je *vais* faire.

Elle me lança un regard morne, plein de scepticisme.

– Dans quel magasin vas-tu aller? Tout de même pas dans une grande surface!

– Il n'est pas question pour moi d'aller dans une grande surface. Comment peux-tu dire cela?

– Où, alors?

Je la regardai avec une certaine gêne, en essayant de trouver une réponse qui lui convienne. Je voyais bien que mes hésitations l'inciteraient à m'accompagner et à me mener à la baguette, mais, pour tout dire, je n'avais pas la moindre idée du genre de robe qu'il fallait acheter. Il ne m'est jamais arrivé d'être demoiselle d'honneur et je ne sais pas du tout ce que portent les demoiselles de ce genre. Certainement quelque chose d'inmettable, avec de gros volants partout.

Elle sauta sur l'occasion.

– Je vais t'aider, dit-elle, comme si j'étais à demi demeurée.

– Tu ferais ça? C'est formidable.

Vera roula des yeux, mais je me rendais bien compte qu'elle était excitée de me voir renoncer à ma liberté. Les gens aiment s'occuper de ma vie personnelle. Ils ont l'air de croire que je ne fais pas bien les choses.

– Vendredi, après le travail, dit-elle.

– Merci beaucoup. On pourra dîner ensemble après; je t'invite.

– J'ai *pas* envie d'un Super Big Mac, dit-elle.

Je lui fis un signe d'adieu et me dirigeai vers la porte.

– A demain matin. Voudrais-tu me laisser sortir?

– Attends une minute et je m'en vais aussi. Mais prends d'abord le dossier que je voulais te donner vendredi. Tu le trouveras dans une chemise posée sur ma corbeille de documents à distribuer. Le nom de la femme est Bibianna Diaz. Si tu arrives à la coincer, on finira peut-être par avoir tous meilleur mine.

Je fis un détour par la cabine vitrée qu'elle occupait maintenant en tant que responsable du service des rédacteurs; le dossier Diaz se trouvait juste au-dessus de la pile.

– Je l'ai, ai-je crié.

– Tu pourras en parler avec Mary Bellflower, me cria Vera, une fois que tu auras pris le temps de le parcourir. C'est Parnell qui s'en occupait, mais c'est elle qui l'a signalé.

– Je pensais que les flics avaient pris tous ses dossiers.

– Celui-ci n'était pas avec les chemises qui se trouvaient sur son bureau. Il l'avait donné à Mary le mois précédent, de sorte que les flics ne l'ont jamais vu.

Elle surgit en serrant ses photocopies entre ses dents, pendant qu'elle cherchait dans son sac les clefs de sa voiture.

– Je vais voir s'il y a un moyen de vérifier qui est cette bonne femme avant d'en parler à Mary. Au moins je me ferai d'abord une idée de la situation, dis-je.

– A ton aise. T'as le droit de faire comme tu veux.

Vera éteignit les lumières d'un coup sec et nous fit sortir du bureau, en verrouillant les portes derrière elle.

– Si tu as des questions à poser, je serai à la maison à 10 heures.

Nous avons quitté le bâtiment ensemble, sans cesser de bavarder en descendant les escaliers.

– Encore une chose, dit-elle en mettant la clef dans la serrure de son auto. Titus veut te voir à la première heure demain matin.

Je lui jetai un regard interrogateur par-dessus le toit de la voiture :

– Pourquoi moi? Je ne travaille pas pour lui.

– Comment savoir? Peut-être qu'il trouve que tu es un « élément important de l'équipe ». Il parle comme ça. Tout ce cirque, c'est insupportable.

Elle ouvrit la portière et se glissa sur le siège du conducteur, puis abaissa la vitre du côté du passager.

– Fais attention à toi.

– Toi aussi.

Je me suis retrouvée dans ma voiture, l'estomac déjà tout chaviré. Je n'avais pas du tout envie de voir Gordon Titus, et encore moins en tête à tête le lendemain matin. Ce n'était pas une façon de commencer la semaine...

Le parking était vide et le centre-ville tranquille. Nous avons démarré en même temps, dans des directions opposées. Tous les magasins étaient fermés, mais les lumières de State Street et les allées et venues d'un petit nombre de piétons donnaient une apparence d'activité au quartier des affaires plutôt désert. Santa Teresa est une ville où l'on peut encore faire du lèche-vitrines après l'heure de fermeture des boutiques sans avoir (trop) peur d'être attaqué. Pendant la saison touristique, les rues fourmillent de monde, et même en période de vacances l'endroit conserve une ambiance bon enfant. J'avais envie de dîner dans un des petits restaurants du quartier, mais il y avait à la maison un sandwich au beurre de cacahuète et aux pickles qui me réclamait.

Les alentours étaient complètement sombres au moment où j'ai garé ma voiture et franchi ma porte. Il y avait de la lumière dans la cuisine de Henry mais j'ai résisté à la tentation d'entrer chez lui en passant. Sans doute tenterait-il de me garder à dîner, de me faire boire un bon vin et de me tenir au courant de tous les derniers potins. C'est un boulanger à la retraite; à quatre-vingt-deux ans il fabrique encore des pâtisseries à l'occasion des thés organisés par les vieilles dames du voisinage. Afin d'arrondir ses fins de mois, il rédige des textes pour les fascicules de mots croisés, pleins de calembours, de *bons mots* [1] et de contrepèteries qu'on trouve à proximité des caisses dans les supermarchés. Quand il n'est pas accaparé par ces occupations alimentaires, il passe généralement son temps à me gourmander au sujet de ma vie personnelle qui, selon lui, est non seulement dangereuse mais bien trop solitaire.

J'ai pénétré dans mon appartement et allumé une des lampes de table. J'ai déposé mon sac à main sur le comptoir qui sépare ma kitchenette de ce qui s'appelle une salle de séjour. L'endroit avait été complètement refait après les dégâts causés par l'explosion d'une bombe. J'avais dû aller vivre chez Henry jusqu'à ce qu'on ait achevé la remise en état et ne m'étais réinstallée que pour mon anniversaire, en mai dernier. C'était un vrai cadeau, une sorte de vaisseau pirate, tout en bois de teck orné de cuivre, avec un hublot dans la porte, un escalier en spirale qui conduit à une mezzanine où je peux maintenant dormir sous un ciel parsemé d'étoiles. Une estrade, sous laquelle il y a des tiroirs, me tient lieu de lit. En bas, j'ai un placard en guise de cuisine, une alcôve qui abrite un lave-linge séchant, la salle de séjour où un canapé peut se transformer en lit double quand j'ai de la compagnie et un petit cabinet de toilette pour les invités. En haut, une deuxième salle de bains possède une baignoire encastrée au ras du sol, avec une forêt de plantes vertes posées sur le rebord de la fenêtre; on peut apercevoir un bout d'océan à travers les frondaisons des arbres.

Il y a dans tout l'appartement des tas de petits coins et recoins de rangement, des placards, des niches cachées, des patères pour mes vêtements. C'est Henry qui l'a conçu et il a éprouvé une satisfaction diabolique à aménager mon cadre de vie. Le tapis est bleu roi, les meubles simples. Au bout de six mois, je continue à m'y promener comme si j'étais aveugle, en touchant chaque chose pour m'émerveiller de la sensation, sans parler de l'odeur du bois. Après la mort de mes parents, j'avais été élevée par une tante célibataire, une femme qui entretenait avec moi une relation plus théorique qu'affective. Sans jamais le dire clairement, elle donnait à

1. En français dans le texte. (*N.d.T.*)

entendre que j'étais chez elle à l'essai, comme un matelas qu'elle serait autorisée à rendre si les bosses ne disparaissaient pas. A son crédit, on peut dire que ses notions sur l'éducation d'un enfant, bien qu'excentriques, étaient sensées ; ce qu'elle m'a appris sur les réalités du monde m'a été bien utile. Pourtant, presque toute ma vie, j'ai gardé le sentiment d'être une intruse, une passante, qui marquait le pas jusqu'à ce qu'on lui demandât de s'en aller. Désormais mon univers intérieur avait subi un changement. J'avais une maison à moi. Bien que l'appartement fût loué, j'en étais locataire à vie. Ce que je ressentais était un peu étrange. Je n'arrivais pas à croire entièrement à tout cela.

J'ai allumé ma petite télévision en noir et blanc, afin que le son me tienne compagnie pendant que je m'agitais pour préparer le dîner. Je me suis assise devant le comptoir pour mâchonner mon sandwich, perchée sur un tabouret de bar, en feuilletant le dossier que Vera m'avait donné. Il y avait des doubles de la première déclaration d'accident – on y faisait état de dommages corporels consécutifs à une collision avec une autre voiture –, une liasse de notes d'honoraires de médecins, quelques échanges de lettres, le tout attaché à un résumé des points essentiels. La personne chargée du dossier, Mary Bellflower, avait contesté la demande d'indemnisation pour diverses raisons : la lésion invoquée n'affectait aucun tissu osseux et les douleurs paraissaient subjectives, impossibles à vérifier. Ms. [1] Diaz se plaignait de courbatures, de migraines, de vertiges, de douleurs dans le bas du dos et de crampes musculaires, entre autres choses. Les réparations de la voiture étaient estimées à quinze cents dollars ; à cela s'ajoutaient les frais médicaux pour un montant de deux mille cinq cents dollars (les factures étaient toutes fournies sous forme de photocopies de photocopies, ce qui aurait pu permettre quelques falsifications des chiffres). L'assurée réclamait également douze cents dollars pour perte de salaire, ce qui portait le total à cinq mille deux cents dollars. Il n'existait pas de constat établi par la police

1. Après vingt ans de luttes féministes est né aux États-Unis un mot nouveau qui efface du langage la différence outrageuse entre Mademoiselle et Madame. Ce mot est « Miz » et s'abrège en Ms.

sur les lieux de l'accident et la rédactrice avait pris soin d'insister sur le fait que la collision s'était produite peu de temps après que le véhicule de Ms. Diaz avait été immatriculé et assuré. Il y avait aussi quelque chose de louche dans le fait que la requérante utilisait pour toute adresse une boîte postale. En fait Mary avait déniché une véritable adresse qu'elle avait indiquée dans ses notes. Je remarquai qu'elle avait pris soin de garder copie des enveloppes (timbrées et datées) dans lesquelles les formulaires de déclaration avaient été retournés par la cliente. Si des poursuites devaient être engagées, ces documents prouveraient que l'expéditeur avait utilisé les services postaux fédéraux, ce qui permettrait de demander l'ouverture d'une enquête des autorités fédérales en vertu de la loi punissant l'utilisation de la poste à des fins frauduleuses. Dans les affaires frauduleuses, il arrive souvent que le plaignant engage un avocat dont le travail consiste surtout à faire pression sur les préposés des assurances pour obtenir un règlement accéléré. Ms. Diaz n'avait pas (encore) engagé les services d'un avocat, mais elle réclamait avec insistance un remboursement. Je ne parvenais pas à comprendre pourquoi Parnell avait rendu le dossier à Mary Bellflower. Dans une affaire de ce genre, le rédacteur est tenté d'autoriser un paiement rapide pour éviter que la compagnie d'assurances soit soupçonnée de « mauvaise foi ». Toutefois, comme la California Fidelity avait récemment enregistré de grosses pertes, Maclin Voorhies, le vice-président, voyait d'un mauvais œil les coups de tampons hâtifs. C'est pourquoi on s'adressait à moi pour suivre l'affaire. Etant donné la présence de Titus, il se pouvait bien que ce soit un peu trop tard, mais c'était comme ça que les choses se présentaient.

Il était dix heures lorsque je finis par éteindre les lumières et monter me coucher. J'ouvris une des fenêtres et posai mon front contre le montant, en laissant l'air frais me fouetter le visage. La lune était haute. Le ciel nocturne était clair et les étoiles semblaient y percer des trous d'épingle. Une petite tempête s'annonçait et laissait prévoir quelque risque d'averses au cours des deux prochains jours. Pour l'instant, il n'y avait aucun signe de pluie. Je pouvais entendre le déferlement assourdi des vagues de l'autre côté du pâté de maison. Je me glissai sous les couvertures et mis en marche le radio-réveil, en contemplant le ciel lumineux. Willie Nelson se mit à chanter un air folklorique, une histoire mélancolique pleine de douleur et de souffrance. « Où se trouve Robert Dietz cette nuit ? » me suis-je demandé. J'avais moi-même engagé un détective privé en mai dernier quand mon nom était apparu sur une liste de quatre personnes à abattre. J'avais donc eu besoin d'un garde du corps et c'est Robert Dietz que j'avais choisi. Une fois l'affaire réglée, il était resté pendant trois mois. Cela faisait maintenant deux mois qu'il était parti. Ni l'un ni l'autre n'étions du genre à écrire des lettres et nous étions trop économes pour nous téléphoner très souvent depuis qu'il était en Allemagne. Son départ avait été douloureux, suscitant en chacun de nous un sentiment banal et mélangé de douceur amère.

– Je ne suis pas très douée pour les adieux, avais-je dit la nuit précédant son départ.

– Je ne suis pas bon à grand-chose d'autre, avait-il répondu avec ce sourire crispé qui était le sien.

Je ne pensais pas que son chagrin pouvait se comparer au mien. J'avais peut-être tort. Dietz n'était pas le genre d'homme qui se laissait aller à exprimer de l'angoisse ou de la détresse, ce qui ne veut pas dire qu'il n'en éprouvait pas.

Ce qu'il y a de pénible dans l'amour, c'est le vide qu'il laisse une fois qu'il a disparu... c'est d'ailleurs le sujet de toutes les chansons que l'on peut entendre dans le style country-and-western...

Quand je repris mes esprits, il était 6 heures du matin et mon radio-réveil était en train de pépier comme un petit oiseau. Je roulai hors du lit et, attrapant mon équipement de jogging, j'enfilai le pantalon et le haut d'un survêtement, des socquettes aux couleurs d'un club quelconque et une paire d'Adidas. Je pris le temps de me brosser les dents et m'engageai dans l'escalier en spirale qui mène à ma porte d'entrée. Le soleil n'était pas encore levé, mais l'obscurité s'était transformée en un brouillard charbonneux. L'air matinal était humide et sentait l'eucalyptus. En m'accrochant au portail je procédai à quelques étirements – de pure forme – et je marchai jusqu'à Cabana Boulevard pour m'échauffer un peu. Parfois je me demande pourquoi je continue à pratiquer ce sport avec tant d'application. Peut-être par paranoïa... peut-être en souvenir des fois où il m'a fallu courir pour sauver ma vie.

En atteignant la piste cyclable, j'entamai un trot maladroit. Mes jambes me semblaient en bois et ma respiration était haletante. Le premier kilomètre fait toujours souffrir; tout ce qui se passe après est du gâteau en comparaison. Je fis le vide dans mon esprit et devins attentive à ce qui m'entourait. A ma droite, l'océan martelait la plage, c'était comme un tonnerre lointain aussi reposant que le bruit de la pluie. Des mouettes poussaient des cris stridents en survolant les vagues. Le Pacifique avait la couleur de l'acier liquide, les flots ressemblaient à une masse écumante d'aluminium et de chrome. Le sable se transformait en miroir aux endroits d'où l'eau se retirait, réfléchissant la douceur du ciel matinal. L'horizon prit une couleur rose saumon tandis que le soleil surgissait à découvert. De longs bras de lumière corail s'étiraient au loin, là où des nuages commençaient à s'amonceler en prélude à l'orage annoncé. L'air froid était richement parfumé de sel vaporisé et d'algues. En quelques minutes, ma foulée avait commencé à s'allonger et je pouvais sentir qu'un rythme étranger à ma volonté orchestrait tous mes mouvements. Il se trouve que ce fut la dernière fois, en plusieurs semaines, que j'eus la chance de faire du jogging. Si je l'avais su, j'y aurais pris bien plus de plaisir encore.

3

D'une manière ou d'une autre j'avais senti, bien avant d'avoir eu l'occasion de le regarder face à face, que mes rapports avec Gordon Titus n'allaient être une source de joie et de réconfort ni pour lui ni pour moi. Etant donné qu'il avait pris l'initiative de la rencontre, j'avais évidemment le choix entre deux possibilités. Je pouvais éviter d'aller au bureau, ce qui retarderait notre première rencontre, ou me conformerai à sa demande pour que ce fût chose faite. Des deux solutions, la seconde semblait la plus sage à première vue. Après tout, il était possible que la rencontre se transforme en simple formalité. Je ne voulais pas que mon manque d'enthousiasme fût mal interprété. Mieux valait, pensais-je, me montrer coopérative. Comme ma tante avait l'habitude de le dire : « Tiens-toi toujours du côté des anges. » Je ne commençai à me demander ce qu'elle voulait dire qu'après sa mort.

En arrivant au bureau à 9 heures, j'appelai au téléphone Darcy Pascœ, la réceptionniste de la California Fidelity dont la porte jouxtait la mienne.

– Salut, Darcy. C'est Kinsey. On m'a dit que Gordon Titus voulait me voir. D'après Vera, c'est un véritable emmerdeur.

– Bonjour, Miss Millhone. Ravie de vous entendre, dit-elle d'une agréable voix chantante.

– Pourquoi parles-tu comme ça? Il est à côté de toi?

– C'est exact.

– Oh! Eh bien, voudrais-tu lui demander à quelle heure il veut me voir? J'ai quelques minutes maintenant si cela lui convient.

– Un instant, s'il vous plaît.

Elle me mit en attente le temps de transmettre la question et d'obtenir une réponse. Elle reprit la ligne.

– Tout de suite, ça serait parfait.

– J'en frissonne de joie.

Je raccrochai. « Je peux m'en sortir », pensais-je. Nous sommes tous jusqu'à un certain point à la merci de quelqu'un qui a plus de pouvoir que nous. Il faut donc bien, de temps à autre, faire du lèche-cul. Alors quoi? Ou bien on s'y résigne au plus tôt, ou bien on finit par vivre comme un dingue et un raté. En m'avançant vers la porte, je passai devant le miroir suspendu au mur et fis une pause pour examiner mon reflet. Je me trouvais à mon goût. Jean, pull à col roulé, pas de poussière sur le visage, rien de vert entre les dents. Je ne me maquille pas, de sorte que je n'ai jamais à me préoccuper de savoir si j'ai des plaques ou des traînées sur la peau. J'ai l'habitude de me couper moi-même les cheveux, mais je ne l'avais pas fait depuis longtemps, et ils m'arrivaient maintenant à l'épaule, c'était la seule note discordante susceptible de me faire passer pour une adolescente attardée. Heureusement, il me suffisait de relever légèrement la tête et ils se tenaient bien en ordre.

Ce fut en haussant le menton que j'entrai dans la cabine vitrée que Gordon Titus utilisait apparemment pour les petites séances qu'il consacrait à faire connaissance avec le personnel. Le bureau de Vera était situé tout près du sien et je pouvais la voir à sa table de travail, me lançant un regard profondément contrarié. Elle portait un tailleur gris de femme d'affaires, quelque chose de tout à fait discret, et un simple corsage blanc, sa chevelure était ramassée sur la nuque, en chignon. Mr. Titus se leva pour m'accueillir et nous échangeâmes une poignée de main par-dessus le bureau.

– Miss Millhone.

– Bonjour. Comment allez-vous? Ravie de vous voir, dis-je.

Sa poignée de main était celle d'un macho, ferme et chaleureuse, mais il ne vous écrasait pas les doigts et maintenait le contact suffisamment longtemps pour vous montrer que ses intentions étaient sincères. Je dois dire qu'à première vue je fus agréablement surprise. J'avais imaginé un personnage sec et gris, guindé et comme-il-faut. Il était plus jeune que je ne m'y attendais – quarante-deux ans au plus. Il avait un visage lisse, bien rasé, des yeux bleus, des cheveux prématurément gris et élégamment coupés. Au lieu d'un complet veston, il portait un costume Mao et une chemise bleue de chez Izod. Je ne semblais pas le moins du monde l'impressionner. Je pouvais lire dans son regard que ma tenue professionnelle produisait en lui une sorte de choc. Il le dissimulait bien, imaginant peut-être que j'étais venue aider la femme de ménage à nettoyer le sol avant de prendre mon poste.

– Prenez un siège, dit-il.

Pas un sourire, pas de banalités, aucune parole de politesse.

Je m'assis.

Il s'assit.

– Nous avons pris connaissance des rapports que vous avez présentés au cours des six derniers mois. Bon travail, dit-il.

Je pouvais déjà sentir le « mais » suspendu dans l'air au-dessus de nos têtes. Son regard parcourut la page posée devant lui. Il feuilleta rapidement la liasse de notes attachées à la couverture d'un classeur. Cela signifiait qu'il détenait sur mon compte des éléments d'information remontant à mon premier jour d'école primaire. Il y avait un bloc jaune de grand format en face de lui ; il y avait pris d'autres notes encore, à l'encre. Son écriture était précise, les lettres étaient formées de manière anguleuse, avec une insistance sur les traits descendants. Par endroits, il y avait des trous là où la pointe de la plume avait traversé le papier. Je pouvais imaginer ses pensées qui avaient balayé la page à toute vitesse tandis que son écriture avançait plus lentement, creusant des trous disgracieux. Il ne devait jamais oublier de faire un plan. Les principales rubriques étaient numérotées en chiffres romains, les titres des paragraphes nettement mis en retrait. Son esprit fonctionnait probablement de cette manière également, avec chaque catégorie présentée sur une première ligne et toutes les sous-catégories soigneusement disposées en colonnes sur les lignes du dessous. Il ferma le classeur et le mit de côté. Il me consacra toute son attention.

Je me disais qu'il était temps de mettre les pieds dans le plat et d'en finir rapidement.

– Je ne sais pas si vous en avez été informé, mais en réalité je ne fais pas partie du personnel de la California Fidelity, dis-je. Je travaille pour la compagnie sous contrat, de façon indépendante.

Il eut un mince sourire.

– J'en suis bien conscient. Toutefois, il y a plusieurs petites questions qu'il nous faut mettre au point dans l'intérêt de la société. Vous pouvez comprendre, j'en suis sûr, que dans un cas comme celui-là, nous devons avoir une idée d'ensemble.

– Tout à fait.

Il étudia la première et la deuxième page de son bloc.

Je jetai subrepticement un coup d'œil à ma montre, sous le prétexte d'en ajuster le bracelet. Sans lever les yeux, il fit :

– Avez-vous un autre rendez-vous?

– Je dois enquêter sur un sinistre. Je devrais être sur le terrain.

Il me regarda. Son corps ne faisait pas un mouvement. Ses yeux bleus plongèrent dans les miens sans sourciller. Il était séduisant, mais sans vie, tellement vide d'expression que je me demandai s'il avait eu une attaque ou un accident qui aurait paralysé tous les muscles de son visage.

J'essayai de prendre un air aussi mort que le sien. Je suis moi aussi quelqu'un qui aime aller droit au but, sans détours.

Il reprit son stylo, cocha le premier article, le premier sur sa liste.

– Je ne comprends pas très bien de qui vous dépendez. Peut-être pourriez-vous me le dire.

Oh! Seigneur!

– Cela varie, dis-je d'une voix douce. Je dois rendre des comptes à Mac Voorhies, mais les dossiers me sont ordinairement transmis par des rédacteurs à titre individuel.

Dès que j'avais commencé à parler, il s'était mis à écrire. J'excelle (en toute modestie) à lire à l'envers, mais il utilisait une sténographie de son cru. Je m'arrêtai de parler. Il s'arrêta de prendre des notes. Je ne dis rien.

Il leva les yeux sur moi de nouveau.

– Excusez-moi. Je n'ai pas bien compris. Pouvez-vous décrire cette procédure? Le dossier ne semble pas l'indiquer.

– Généralement, je reçois un coup de téléphone. Ou il peut arriver qu'un des rédacteurs attire mon attention sur une affaire. Je passe au bureau deux ou trois fois par semaine.

Il s'arrangeait pour écrire exactement à la vitesse où je parlais. Je m'arrêtai. Son stylo fit une halte.

– En plus des réunions? demanda-t-il.

– Quelles réunions?

– Je suppose que vous assistez aux réunions de travail périodiques. Budgets. Ventes...

– Je ne l'ai jamais fait.

Il vérifia ses notes, en revenant en arrière sur une ou deux pages. Il esquissa un froncement de sourcils mais j'aurais pu jurer que sa confusion était de la comédie.

– On dirait que je ne peux pas trouver votre formulaire 206.

– Vraiment, dis-je. Cela m'étonne.

Je n'avais pas la moindre idée de ce qu'était un formulaire 206, mais je trouvais que cela relevait de sa compétence puisqu'il avait mis la chose sur le tapis.

Il me fit passer un formulaire par-dessus le bureau.

– Voici de quoi vous rafraîchir la mémoire, dit-il.

Il y avait des tas de cases à remplir. Des dates, des heures, des chiffres correspondant à des classifications de la société, des graphiques d'odomètre; c'était en fait un rapport officiel dans lequel j'étais censée détailler chaque rot et chaque hoquet survenu pendant le travail. Je lui rendis le formulaire sans faire de commentaire. Je n'allais pas me prêter à ce jeu. Qu'il aille se faire foutre.

Il avait recommencé à prendre des notes, la tête baissée.
– Je vous demanderai de me fournir les doubles figurant dans vos dossiers pour que nous puissions mettre les nôtres à jour. Déposez-les chez Miss Pascoe avant midi, si vous le voulez bien. Nous prendrons un rendez-vous ultérieurement pour les passer en revue.
– Pour quoi faire?
– Nous avons besoin de cette information afin de calculer le tarif de vos honoraires, dit-il comme si cela était évident.
– Je vais vous l'indiquer. Trente dollars de l'heure plus les frais.
Il s'arrangea pour manifester de l'étonnement sans même lever un sourcil.
– Moins le loyer de votre bureau, bien entendu, dit-il.
– Loyer inclus *en nature*.
Silence de mort.
Finalement, il dit :
– Cela ne se peut pas.
– C'est pourtant l'accord que j'ai conclu avec la CF depuis le début.
– C'est absolument hors de question.
– C'est ce qui se passe depuis six ans et personne ne s'en est jamais plaint jusque-là.
Il souleva son stylo au-dessus de la page.
– Eh bien, il faudra voir si nous pouvons régler ça..
– Régler quoi? Cela fait partie de l'accord. Il me convient. Il leur convient.
– Miss Millhone, auriez-vous un problème?
– Non, pas du tout. Pourquoi posez-vous cette question?
– Je ne suis pas sûr de comprendre votre attitude, dit-il.
– Mon attitude est simple. Je ne vois pas pourquoi je devrais me soumettre à cette paperasserie merdique. Je travaille en indépendant sous contrat. Si vous n'appréciez pas ce que je fais, engagez quelqu'un d'autre.
– Je vois.
Il replaça le capuchon sur son stylo. Il commença à rassembler ses papiers; ses gestes étaient vifs, ses manières abruptes.
– Peut-être pourrions-nous nous voir une autre fois. Quand vous serez plus calme.

Je dis :

– Parfait. Vous de même. J'ai du travail, de toute façon.

Il quitta le cabinet vitré avant moi et se dirigea droit vers le bureau de Mac. Tous les employés à proximité se trouvaient absorbés dans leur travail, avec une expression étudiée pour montrer combien ils étaient attentifs à leurs tâches.

Je rangeai toute la discussion dans un coin de mon cerveau et m'empressai de l'y laisser. Il allait y avoir du grabuge, mais pour l'instant je m'en fichais.

L'adresse de Bibianna Diaz que l'on m'avait donnée s'avéra correspondre à l'emplacement d'un terrain vague. Je restai assise dans ma voiture à contempler d'un air ébahi cette parcelle de terrain en friche, parsemée de mauvaises herbes, de palmiers, de grosses pierres et de tessons de bouteilles qui scintillaient sous la lumière du soleil. Un préservatif se balançait mollement au bout d'une branche de palmier tombée à terre; on aurait dit un morceau de peau laissé par quelque serpent anémique après la mue. Je me mis à revérifier les renseignements contenus dans le dossier, puis à parcourir du regard les numéros que portaient les maisons de l'autre côté de la rue. Ça ne collait pas. J'ouvris d'un coup sec la boîte à gants et en retirai une carte de la ville, que je dépliai sur le volant, en louchant sur l'index alphabétique des noms de rue qui se trouvait au dos. Il n'y avait pas d'autre route, ruelle, avenue ou allée portant le même nom ou un nom approchant. J'avais laissé le dossier Diaz dans les bureaux de la CF avant ma rencontre avec Titus, et tout ce que j'avais sur moi c'était quelques notes au crayon. Je me dis qu'il était temps de retourner voir si Mary Bellflower avait d'autres indications. Je mis la voiture en marche et rentrai en ville, en me sentant étrangement satisfaite. Si l'adresse était fausse, cela confirmait l'idée que Ms. Diaz racontait des blagues; cette hypothèse stimulait le criminel latent qui était en moi. Comme on dit dans le jargon de Californie, je « vibre » avec les filous. Enquêter sur des gens honnêtes n'a rien de drôle.

J'avisai une cabine téléphonique de l'autre côté d'une station d'essence. J'y amenai ma voiture et fis remplir mon réservoir pendant que j'appelais Mary aux bureaux de la CF pour lui dire ce qui se passait.

– As-tu une autre adresse de cette femme? demandai-je.

– Oh! Kinsey, ma pauvre! J'ai eu des nouvelles de ta rencontre avec Gordon Titus. Je n'arrive pas à croire que tu lui aies fait passer un si mauvais moment. Il criait si fort après Mac que je pouvais l'entendre d'ici.

– Je n'ai pas pu m'en empêcher, dis-je. J'avais vraiment l'intention de bien me conduire et c'est sorti comme ça.

– Oh! ma pauvre chérie!

– Je ne crois pas que la situation soit si mauvaise, dis-je. Qu'en penses-tu?

– Je ne sais pas. Je l'ai vu sortir en compagnie du vice-président de la société et il paraissait bien soucieux. Il a demandé à Darcy de prendre ses appels téléphoniques. Il avait à peine refermé la porte que le niveau de tension avait chuté de moitié.

– Comment faites-vous pour supporter ce genre de truc? C'est un crétin. Il t'a déjà parlé?

– Non, mais... Kinsey, je ne peux pas me permettre de perdre mon emploi. C'est maintenant seulement que je vais avoir droit à tous les avantages sociaux. J'espère bien avoir un bébé, et l'assurance maladie de Peter ne rembourse pas les frais de maternité.

– Eh bien, moi je ne vais pas avaler n'importe quelle couleuvre, dis-je. Bien entendu, je vais être licenciée, mais merde après tout. J'y survivrai.

Mary éclata de rire.

– Si tu pouvais réussir ton enquête, ce serait bien utile.

– On peut toujours espérer. As-tu une autre adresse dans le dossier?

– J'en doute, mais je vais regarder. Reste au bout du fil une seconde.

J'entendais Mary respirer dans mon oreille pendant qu'elle feuilletait le dossier. A contrecœur, elle dit :

– Non, je ne vois rien. Tu sais, nous n'avons jamais eu de double du rapport de la police. Peut-être qu'elle leur a donné sa véritable adresse.

– Bonne idée, dis-je. Je peux rester garée devant la station aussi longtemps que je suis dehors. Qu'en est-il du numéro de téléphone? Est-il possible de vérifier sur l'annuaire?

Dans mon bureau, j'avais le dernier annuaire Polk qui donne le détail des adresses par rue et par numéro, et dont la deuxième partie fournit la liste des numéros de téléphone dans l'ordre. Souvent, si vous disposez d'un seul bon renseignement, vous obtenez une information sur un sujet en confrontant les renseignements.

Elle dit :

– Ça ne sert à rien. Il n'est pas sur la liste.

– Bravo. Un escroc avec un numéro de téléphone non répertorié, j'aime ça. Et la plaque minéralogique de la voiture? Le Bureau des immatriculations peut avoir quelque chose.

– Ça, je peux te le donner.

Mary chercha le numéro d'immatriculation de la Mazda de Bibianna et me le dicta.

– Kinsey, si tu obtiens l'adresse, donne-la-moi tout de suite. J'ai des formulaires à lui expédier et Mac est en train d'avoir une attaque. On ne peut pas envoyer une lettre recommandée à une boîte postale.

– D'accord, dis-je. A propos, comment se fait-il que Parnell n'ait pas réglé l'affaire lui-même?

– Je sais pas. Je suppose qu'il avait trop de travail avec ses autres affaires, tout bonnement

– Possible, dis-je en haussant les épaules. En tout cas, j'appellerai dès que je saurai quelque chose. J'ai l'intention de passer au bureau plus tard pour mettre les dossiers à jour.

– Bonne chance.

Je griffonnai quelques notes hâtives pour mon usage personnel après avoir raccroché. Je sortis deux autres pièces de dix *cents* et essayai d'appeler le numéro de l'endroit où Bibianna travaillait, une teinturerie située dans la rue Vaquero.

L'homme qui répondit au téléphone était laconique et impatient, état qui lui était probablement habituel. Au son de sa voix, on pouvait déduire qu'il avait des brûlures d'estomac, et je me l'imaginais en train de se fourrer des pilules dans la bouche comme s'il s'agissait de bonbons à la menthe après un dîner. Je demandai Bibianna Diaz, il répondit qu'elle n'était pas là. Point.

Comme aucune autre information ne venait, je lui lançai rapidement :

– Pensez-vous qu'elle sera bientôt de retour?

– J'en sais rien du tout, répliqua-t-il. Elle a dit qu'elle serait absente pour toute la semaine. Des problèmes de dos, d'après elle. Je ne vais pas me mettre à discuter avec quelqu'un qui a des douleurs dans le dos. Avant de savoir ce qui vous arrive, on se retrouve dans le collimateur de la Sécu et ça coûte la peau des fesses. Des clous! Qui la demande?

– C'est sa cousine, Ruth. Je passais par là en allant à Los Angeles et j'avais promis de m'arrêter pour la voir. Y aurait-il moyen que vous me rappeliez son adresse? Elle me l'a donnée la semaine dernière quand nous avons parlé par téléphone, mais je suis partie sans mon carnet d'adresses et je ne l'ai pas sur moi.

– Nan. Désolé. Pas question. Et vous voulez savoir pourquoi? Parce que je vous connais pas. Vous pourriez être n'importe qui. Ça n'a rien à voir avec vous, mais comment est-ce que je peux savoir si vous n'êtes pas du genre à attaquer les filles avec un couteau de boucher? Vous voyez ce que je veux dire? Si je donne l'adresse d'un employé, je suis responsable de ce qui se passe après. Cambriolage, chantage, viol. Non-on. Pas question. C'est ma politique.

Il parlait comme un homme d'une soixantaine d'années, harcelé par des poursuites judiciaires.

Je m'apprêtais à dire quelque chose d'autre, mais il me raccrocha brutalement au nez. Je fis une grimace au récepteur, ce qui était, pensais-je, la meilleure façon de me conduire en adulte et de contenir efficacement mon irritation. Je payai l'essence, retournai à la VW et conduisis ma voiture jusqu'au poste de police où, moyennant onze dollars, j'obtins une copie du rapport de l'accident. L'adresse qui y figurait était celle de la rue par où j'avais commencé. L'employée qui travaillait au guichet n'était pas de celles que je connaissais et je ne pourrais pas obtenir d'elle qu'elle se livre à des vérifications au sujet de Bibianna pour mon compte.

Je laissai ma voiture garée en face et marchai à pied jusqu'au palais de Justice, à un demi-bloc de là. Au greffe, j'essayai de trouver trace de Ms. Diaz dans les rôles de la Cour. Rien, là non plus. Dommage. Cela m'aurait énormément remonté le moral d'apprendre qu'elle avait dans son passé une condamnation pour un forfait quelconque. A présent, sans même avoir jamais eu l'occasion de voir cette femme, je partais de l'hypothèse que l'on ne pouvait en attendre rien de bon. Je voulais son adresse et je ne parvenais pas à croire qu'il n'y avait pas un bout de papier égaré quelque part à ce sujet. Les résultats de mes recherches furent également négatifs au tribunal municipal; rien dans les listes électorales. Je vérifiai au bureau du district attorney où un de mes amis m'assura que Bibianna n'était pas accusée d'avoir émis des chèques en bois ni de n'avoir pas payé la pension de son enfant. Oh! zut! J'avais presque épuisé toutes les sources de renseignements auxquelles je pouvais penser.

Je remontai dans ma voiture et pris l'autoroute, pour gagner les bureaux du shérif du comté. Je me garai dans le petit parking qui se trouvait juste en face et pénétrai par la porte vitrée dans une petite salle de réception, où j'apposai ma signature sur le registre des visiteurs. Je m'avançai de quelques pas dans le couloir jusqu'à un bureau minuscule signalé par les mots « Casiers judiciaires et mandats ». L'employée de service n'était pas du genre dont on pouvait attendre des informations confidentielles. Je jugeais qu'elle devait avoir une trentaine d'années, à peu près mon âge, avec une chevelure blonde entortillée en pyramide au-dessus de son crâne; elle avait dans sa bouche un morceau de chewing-gum trop gros pour la taille de ses dents. Elle s'aperçut que j'avais remarqué ses ennuis dentaires et serra les lèvres gauchement. Je cherchai un carton où figurerait son nom, mais il n'y en avait pas.

– Pouvez-vous interroger l'ordinateur pour savoir si cette femme a déjà été arrêtée à Santa Teresa?

Je m'emparai d'un bloc-notes qui se trouvait sur le comptoir et y griffonnai le nom de Bibianna ainsi que sa date de naissance. Je sortis mon portefeuille, posai la photocopie de ma licence de détective privé à côté de la note. Elle plongea son regard pâle dans mes yeux en manifestant pour la première fois une marque d'attention.

– Nous n'avons pas le droit de divulguer ce genre d'information. Le ministère de la Justice applique des règles très strictes à ce sujet.

– Parfait. C'est un bon point pour lui, dis-je. Laissez-moi vous expliquer la situation et voyons si cela peut nous tirer d'affaire. Je suis en train de faire une enquête sur Bibianna Diaz à propos d'une éventuelle escroquerie à l'assurance, et la compagnie pour laquelle je travaille, la California Fidelity, a besoin de savoir si elle a un casier.

Elle réfléchit à ce que j'avais dit et je la voyais en train de préparer sa réponse avec soin. Elle n'était pas rapide, celle-là. Elle procédait avec cette sorte de prudence bureaucratique qui immanquablement met en colère les citoyens honnêtes (et même des personnes comme moi).

– Si elle a été jugée et condamnée, vous pouvez obtenir cette information auprès du greffier du tribunal. C'est une question d'archives publiques.

– Je sais cela. J'ai déjà vérifié ces archives. Ce que je cherche à savoir c'est si elle a jamais été arrêtée ou emprisonnée sans faire l'objet d'une inculpation officielle.

– Si elle n'a jamais été inculpée ou condamnée, alors le fait qu'elle ait été arrêtée n'aurait laissé aucune trace matérielle. C'est une question de protection de la vie privée de la personne.

– J'en suis bien consciente. Je comprends, dis-je. Mais supposons qu'elle ait été interpellée pour un cambriolage ou un vol et que le district attorney n'ait pas pensé avoir assez de preuves pour donner suite...

– Alors cela ne vous regarde pas. Si elle n'a jamais été officiellement inculpée d'un délit ..

– Je comprends bien, dis-je.

Ça ne vaut jamais la peine de s'adresser à des employés subalternes. Ils prennent bien trop de plaisir à vous contredire sur tout. Je gardai le silence un instant, en essayant de reprendre mon sang-froid. Des situations comme celle-là font resurgir en moi un désir enfoui et primitif de mordre. Je pouvais imaginer la marque en demi-lune que laisseraient mes dents sur la chair de son avant-bras, qui enflerait et prendrait ensuite toutes les couleurs de l'arc-en-ciel. Elle serait obligée de se faire piquer contre le tétanos et la rage. Peut-être son propriétaire préférerait-il la faire abattre. Je fis un sourire de politesse.

– Ecoutez. Pourquoi ne pas nous simplifier la vie dans la mesure du possible ? Tout ce qu'il me faut, c'est son adresse actuelle. Pourriez-vous la vérifier pour moi ?

– Non

– Pourquoi non ?

– Parce que nous ne pouvons pas donner ce renseignement.

– Et que faites-vous de la loi sur la liberté de l'information ? dis-je

– Qu'est-ce que ça vient faire ici ?

– Y a-t-il quelqu'un d'autre à qui je pourrais m'adresser ?

Elle n'appréciait pas mon insistance. Elle n'appréciait pas mon ton. Elle n'appréciait rien de ce qui me concernait, et ce sentiment était partagé. Elle et Gordon Titus. Bon Dieu ! Il y a des jours où il vaut mieux ne pas sortir de son lit. Elle quitta le bureau sans ajouter un mot et revint quelques instants plus tard avec une adjointe du shérif qui se montra aimable mais inflexible. Il me fallut supporter l'ennui de recevoir les mêmes réponses qui ne menaient nulle part.

– Eh bien, merci quand même. C'est vraiment un plaisir, dis-je.

Je restai assise dans ma voiture garée dans le parking, en me demandant ce que j'allais faire ensuite. « Voilà ce qui se passe quand je suis sincère, me suis-je dit vertueusement en moi-même. Pas étonnant qu'il me faille mentir, tricher et voler. » L'honnêteté ne mène nulle part, particulièrement avec ce genre de personnage chargé de faire respecter la loi et de maintenir l'ordre. Je jetai de nouveau un coup d'œil au rapport de police qui se trouvait sur le siège du passager, à côté de moi. Après avoir attendu que mon accès de frustration soit passé, je le pris en main.

Selon le récit qu'elle avait fait à l'officier de police sur les lieux de l'accident, Bibianna roulait en direction du sud dans la rue Valdesto à environ 50 km/h quand elle avait été forcée de freiner brutalement et de faire un écart pour éviter un chat qui traversait la voie. Elle avait dérapé et était allée heurter une voiture en stationnement. Il n'y avait pas de témoins, bien entendu. Le personnel médical appelé sur place lui avait administré les premiers soins pour des contusions et des écorchures superficielles; puis on l'avait transportée au service des urgences de St. Terry pour lui faire passer des radiographies quand elle s'était plainte de douleurs dans la nuque et dans le dos. Je me demandais si le service de comptabilité de l'hôpital possédait sa véritable adresse. Il y avait probablement une seconde compagnie d'assurances intéressée, celle du propriétaire du véhicule qu'elle avait heurté; peut-être y avait-il quelque chose dans ses dossiers. Bibianna vivait certainement *quelque part* et j'étais déterminée à retrouver sa trace. Je retournai au bureau et passai les coups de téléphone nécessaires, qui ne m'apportèrent rien de nouveau. Je fis une apparition rapide dans le bureau de Mary Bellflower, à côté du mien, et lui dis que j'étais toujours en train de m'occuper de l'affaire.

A deux heures un quart, exaspérée, je laissai tomber la question et consacrai le reste de la journée à remplir des paperasses de routine. Je savais que je ne pouvais pas me permettre de me laisser obséder par Bibianna Diaz. Maintenant que j'avais Gordon Titus sur le dos, il me fallait abattre du travail. Je m'attelai à la tâche, mais même en concentrant mon attention sur d'autres affaires et sur toute ma paperasserie, je sentais encore que ça me travaillait. Quelque chose me préoccupait. Ce n'est pas que le fait de transmettre un dossier à un autre inspecteur ait la moindre importance, mais Parnell était mort et là résidait toute la différence.

4

Le lendemain matin, je pris une douche et revêtis mon uniforme à tout faire. Cette tenue m'avait été fabriquée, des années plus tôt, par un ancien escroc qui avait appris à piquer avec les grosses machines à coudre de quelque prison fédérale. Le pantalon était bleu-gris et peu flatteur, avec une bande plus claire le long de la couture. La chemise bleu pâle assortie avait un disque de Velcro cousu sur la manche; normalement j'y fixais un écusson où l'on pouvait lire « Services de la Californie du Sud ». Les chaussures, que je conservais depuis mon passage dans la police, étaient noires; elles faisaient penser que je devais avoir du mal à soulever mes pieds. Après m'être munie d'une écritoire à pince et d'un trousseau de clefs impressionnant, je pouvais me faire passer pour n'importe quoi. Généralement, je prétends que je viens pour relever les compteurs d'eau ou vérifier s'il n'y a pas de fuite de gaz, ou pour n'importe quel travail quasiment officiel qui m'oblige à me glisser sous les buissons des gens et à tripoter leurs systèmes d'alarme. Aujourd'hui, je collai sur mon uniforme un écusson du ministère fédéral des Transports et me propulsai chez le fleuriste le plus proche, où je déboursai trente-six dollars pour un énorme bouquet. J'achetai une carte de vœux à l'eau de rose avec une allusion à quelque prompt rétablissement, y griffonnai un nom illisible et passai un coup de fil rapide à la teinturerie où Bibianna travaillait. Cette fois c'est une femme qui répondit.

– Allô, allô, dis-je. Puis-je parler au patron, s'il vous plaît?

– Vous êtes à l'atelier. Il vient juste de partir pour l'autre magasin, dit-elle. Vous voulez le numéro de téléphone?

– S'il vous plaît.

Elle m'épela le numéro soigneusement et je le répétai après elle comme si j'étais en train de l'écrire. Que pouvait-elle en savoir? De toute façon, elle ne pouvait pas voir ce que je faisais.

– Merci, dis-je.

Je raccrochai et sautai dans ma voiture, les fleurs posées sur le siège à côté du mien. Je démarrai en direction de l'atelier. Il y avait une belle longueur de trottoir, juste en face, où le parking était gratuit pour quinze minutes. Je fermai la voiture à clef et entrai dans le magasin. J'attendis un peu au comptoir que quelqu'un vienne. L'endroit sentait le savon, le coton humide, les produits chimiques et la vapeur. Derrière le comptoir, il y avait une forêt de vêtements dans des sacs en plastique transparent. Sur ma gauche, une tringle électronique sophistiquée se déplaçait, pleine de vêtements suspendus, le long d'un parcours sinueux qui serpentait tout autour de la pièce, montait, redescendait pour revenir à son point d'origine de sorte que n'importe quel vêtement qui s'y trouvait pouvait être décroché au passage quand le bon numéro était appelé.

Sur la droite, un labyrinthe de tuyaux pendus au plafond soutenait des vêtements en cours de repassage. Il y avait dix femmes dans mon champ visuel, pour la plupart d'origine hispanique, occupées à faire fonctionner des machines dont on ne pouvait que deviner les fonctions. Une radio branchée sur une station de langue espagnole hurlait un air rythmé tiré d'un album de Linda Ronstadt. Deux des femmes chantaient en travaillant et déplaçaient avec dextérité des chemises d'homme au passage, sur leurs machines. Avec le rythme syncopé des fers à repasser, les machines qui repassaient les chemises, les jets de vapeur qui formaient des nuages, l'endroit avait l'air d'un décor parfait pour une comédie musicale.

Finalement une des deux femmes qui chantaient me remarqua. Elle quitta sa machine et vint au comptoir où j'attendais. Elle était courte sur pattes, épaisse, avec un visage rond, des yeux couleur de chocolat M&M, et d'épais cheveux sombres retenus par une résille. Le vaste chemisier de satin doré qu'elle portait était parsemé de paillettes. Elle avisa le bouquet.

– C'est pour moi?

Je vérifiai sur la carte du fleuriste.

– Bibianna Diaz, c'est vous?

– Nan. Elle est absente cette semaine.

– Elle ne sera pas là du tout?

La femme secoua la tête dans un geste de dénégation.

– Elle s'est abîmé le dos dans un accident... mmm, il y a environ deux mois, et ça la fait encore souffrir. Elle dit qu'elle a des douleurs qui se réveillent. Elle a très mal. Elle peut à peine marcher. Le patron lui a dit : « Tant pis, ne venez pas. » Il ne veut pas qu'elle puisse se retourner contre lui. Elle a un petit ami?

Je retournai la carte, en la tendant vers la lumière.

– En réalité, on dirait des vœux de bon rétablissement. Regardez vous-même. Et maintenant qu'est-ce que je peux bien faire?

– Livrez-les chez elle, dit-elle.

– Je peux pas. C'est la seule adresse qu'on nous ait donnée. Vous n'auriez pas, par hasard, son adresse personnelle?

– Nan. Je n'y suis jamais allée moi-même, fit-elle.

Elle se tourna vers une des autres femmes.

– Hé, Lupe. Où c'est qu'elle vit, Bibianna?

La deuxième femme hocha la tête, mais une troisième répondit.

– Rue Castano. Je connais pas le numéro, mais il y a cette grande maison brune sur le devant et elle habite juste derrière. Elle a trouvé un petit pavillon vraiment chouette. Entre Huerto et Arroyo.

La femme qui se trouvait au comptoir se retourna vers moi.

– Vous connaissez le pâté de maisons dont elle parle?

– Je le trouverai, dis-je. Merci beaucoup. Vous m'avez été très utile.

– Je m'appelle Graciela. Dites au type qu'il me fasse signe s'il se fatigue d'elle. J'ai tout ce qu'il faut – c'est seulement arrangé d'une autre manière.

– Je n'y manquerai pas, dis-je en souriant.

La deuxième adresse de Bibianna s'avéra correspondre à un pavillon de couleur brune et d'allure déplaisante à l'arrière d'une maison brune et également déplaisante, située dans un quartier du centre-ville manifestement déchu. Je repérai la demeure en passant, puis fis le tour du pâté de maisons et me garai de l'autre côté de la rue. Je restai assise et scrutai les lieux. Le lopin était long et étroit, abrité sous les branches d'un magnolia, d'un genévrier et d'un pin. Il n'y avait pas un brin d'herbe nulle part, et le peu de végétation qui s'y trouvait semblait avoir désespérément besoin d'être taillé. Une allée de ciment craquelé traversait le terrain sur la droite. Dans la grande maison, sur le devant, quelqu'un avait épinglé des draps à fleurs, en tissu imprimé, devant les fenêtres en guise de rideaux.

Il n'y avait aucune voiture dans l'allée. Selon la déclaration faite à la compagnie d'assurances, la Mazda de 1978 était encore au garage, où le côté droit de la carrosserie devait être remplacé (entre autres choses). J'attendis vingt minutes, mais il n'y avait aucune activité visible. En me retournant, je pris sur le siège arrière le porte-documents fermé à clef où je range toutes sortes de faux papiers pour des occasions comme celle-ci. Je sortis un jeu de « Hannah Moore », bien en ordre dans une pochette de plastique en accordéon : un permis de conduire de Californie avec mon signalement et une photo de moi, une carte de sécurité sociale, une carte de crédit Visa et une autre délivrée par les stations d'essence Chevron. « Hannah Moore » disposait même d'une carte d'accès à une bibliothèque car je voulais la faire passer pour une intellectuelle. Je poussai mon sac à bandoulière sous le siège de devant et fourrai la carte d'identité dans la poche de mon pantalon. Je sortis, fermai la voiture à clef, traversai la rue et m'engageai dans l'allée.

Les grands arbres qui l'ombrageaient y faisaient régner

une fraîcheur désagréable; je me mis à regretter de n'avoir apporté ni anorak ni sweat-shirt. La petite maison de Bibianna était ancienne, avec une façade revêtue de planches brunes, en mauvais état; c'était le type même du parfait casse-croûte pour une bande de termites affamés. Je grimpai deux larges marches de bois craquantes qui menaient à une minuscule véranda encombrée par tout un bric-à-brac. Une fenêtre à deux battants, sur la droite, était aveuglée par un long morceau de coton rouge. Je tentai d'y jeter un regard furtif, mais je ne pouvais vraiment pas voir grand-chose. L'intérieur paraissait tranquille et aucune lumière n'était visible. Je frappai à la porte, en profitant de l'occasion pour inspecter les lieux. Une boîte à lettres en métal était accrochée près de la porte d'entrée. Sept enveloppes avec adresses et timbres reposaient mollement sur un casier, dans l'attente du facteur qui relèverait le courrier. Jusque-là personne n'avait répondu aux coups que j'avais frappés à la porte. La maisonnette paraissait inoccupée et je me figurais que je pouvais déjà saisir la légère odeur de moisi que dégagent certaines habitations à la moindre absence. Je frappai encore et attendis quelques minutes interminables avant de conclure qu'il n'y avait vraiment personne au logis. Mine de rien, je jetai un regard vers la grande maison, mais il n'y avait là non plus aucun signe de vie, aucun visage accusateur m'épiant derrière les fenêtres. Je me laissai aller à glisser mes doigts entre les enveloppes. Comme aucun signal d'alarme ne se déclenchait, j'attrapai tout le tas et le triai en prenant mon temps. Quatre des lettres concernaient le règlement de diverses factures. Téléphone, gaz, électricité et un grand magasin. Il y avait deux enveloppes de grand format, l'une adressée aux Assurances Aetna et l'autre aux Assurances Allstate; toutes deux portaient au dos le nom de l'expéditeur : « Lola Florès ». Eh bien, devine un peu ce que ça peut être, me suis-je dit. Les fraudeurs ne laissent rien perdre, ils font flèche de tout bois. Cela avait bien l'air d'une vaste arnaque qui ne se limitait pas à la demande d'indemnisation présentée à la California Fidelity. La septième pièce de courrier était une lettre personnelle adressée à quelqu'un de Los Angeles. Je l'ôtai du casier, la pliai et la fis glisser derrière la ceinture de mon pantalon, à l'intérieur de ma culotte. Honte à moi. C'était un délit fédéral (le fait de détourner le courrier, pas de le cacher dans un sous-vêtement). Je remis le reste des lettres à leur place. Réprimant l'envie de courir, je m'éloignai nonchalamment du perron, avançai sans me presser le long de l'allée et traversai la rue pour rejoindre ma voiture qui m'attendait.

J'ouvris la portière du côté du passager, lançai l'écritoire à pince sur le siège avant où elle faillit aplatir le bouquet, et verrouillai de nouveau la voiture. J'apercevais une supérette à l'angle des rues Huerto et Arroyo, environ dix maisons plus loin, sur la droite. Je me dirigeai dans cette direction, avec l'espoir de trouver un téléphone. La supérette était une minuscule boutique probablement gérée par papa-maman, avec des vitrines couvertes de feuilles de papier où étaient tracées à la main des publicités pour de la bière, des cigarettes et de la nourriture pour chiens. L'intérieur était à peine éclairé; sur le plancher irrégulier, il y avait de la sciure qui semblait se trouver là depuis la construction de l'endroit. Les rayons montraient un assortiment de boîtes de conserves rangées sans aucun ordre particulier, pour autant que je pouvais en juger. Des étagères séparées formaient deux allées étroites, pleines de toutes sortes de choses – des couches Pampers aussi bien que des gelées multicolores ou des produits d'entretien pour les pelouses. Près de l'entrée, il y avait un bac réfrigéré pour les boissons non alcoolisées et un congélateur de style antique rempli de légumes surgelés, de jus de fruits et de glaces en bâton. « Maman » se tenait debout devant le comptoir, enveloppée dans un tablier blanc, une cigarette à demi consumée dans une main. Elle devait avoir soixante-cinq ans, avec une touffe de cheveux blonds raides de laque; une large cicatrice dessinait une moustache sur sa lèvre supérieure, à l'endroit où on lui avait effacé des rides. La peau de son visage avait été étirée et remontée jusque derrière les oreilles, aussi ses yeux étaient-ils figés dans une expression d'étonnement perpétuel.

– Avez-vous un téléphone payant?

– Dans l'arrière-boutique, dit-elle, en pointant sa cigarette dans cette direction. Un bon centimètre de cendres tomba et vint s'éparpiller sur le devant de son tablier.

Je glissai quatre pièces de cinq *cents* dans la fente et appelai Mary Bellflower, pour lui communiquer l'adresse de Bibianna Diaz. Je m'étais donné du mal pour l'obtenir.

– Merci beaucoup. C'est formidable, dit-elle. J'avais un tas de formulaires à lui expédier; je vais les poster maintenant. As-tu l'intention de revenir au bureau?

– Ouais, je passerai un peu plus tard. Je crois que je vais rester ici un moment et attendre que Bibianna se pointe.

– D'accord, passe plus tard et nous verrons ce qu'il faudra faire à partir de là..

– Est-ce que Gordon Titus est rentré?

– Non. Pas encore. Tu l'as peut-être mis en déroute.

– Ça m'étonnerait, dis-je.

Je raccrochai et une pièce de cinq *cents* retomba. C'était mon jour de chance. A ma gauche, il y avait un comptoir de boucherie protégé par une vitre oblique. Une pancarte placée au-dessus indiquait le menu du jour : chili de haricots rouges, salade de chou cru et un sandwich *tri-tip* pour 2,39 dollars. L'odeur était divine. Le *tri-tip* est apparemment un phénomène régional, il contient des morceaux de bœuf dont personne n'a jamais entendu parler. Périodiquement, un journaliste essaie de retrouver l'origine du terme. Le dessin d'une vache vue de profil, en train de meugler, illustre l'article; l'emplacement de tous les steaks que renferme l'animal s'y trouve indiqué. Le *tri-tip* se trouve dans la partie étroite à côté du cou. Généralement il est grillé au barbecue, coupé en fines lamelles, et servi sur un petit pain arrosé avec une sauce aux oignons, tomates et poivrons revenue à la poêle, ou enveloppé dans une crêpe avec un brin de coriandre.

« Papa » surgit de la chambre froide dans une bouffée d'air hivernal. C'était un homme corpulent, d'une soixantaine d'années, avec un visage bienveillant et un regard plein d'aménité.

– Qu'est-ce que je peux vous servir?

– Qu'est-ce que vous diriez d'un *tri-tip* à emporter?

Il me fit un clin d'œil avec un léger sourire et prépara mon déjeuner sans un mot.

Le sandwich à la main, j'attrapai un Pepsi light dans la glacière et payai à la caisse, près de l'entrée. Je retournai à ma voiture, où je déjeunai avec des gestes pleins de distinction pour ne pas répandre de la sauce sur le devant de mon uniforme. Les fleurs, qui commençaient à se faner de minute en minute, dégageaient dans la VW une odeur de chambre funéraire. Pendant deux heures, je gardai l'œil fixé sur l'allée de Bibianna, ce qui me permettait de parfaire ma technique zen d'observation. Dans de nombreuses firmes de détectives privés, le travail de guet est facturé à un taux plus élevé que tout autre service parce qu'il est à bâiller d'ennui. Il n'y avait aucun signe d'activité, pas de visiteurs, pas de lumières allumées. Je me dis que si j'avais l'intention de surveiller l'endroit longtemps, j'aurais intérêt à contacter l'agent de police chargé de ce coin-là, et à lui dire ce qui se passait. De même, il serait peut-être judicieux d'emprunter un autre véhicule et sans doute d'inventer une bonne excuse pour musarder dans le voisinage. Le facteur arriva à pied et releva les lettres en attente dans la boîte de Bibianna, pour qui il laissa en échange une poignée d'enveloppes. J'aurais donné cher pour savoir qui pouvait bien lui écrire, mais je ne voulais pas tenter le diable. Où donc pouvait bien être cette femme? Si son dos lui faisait si mal, comment se faisait-il qu'elle soit absente toute la journée? Peut-être se trouvait-elle chez un chiropracteur qui réalignait toutes ses vertèbres et lui remettait la tête en place. A 3 heures, je mis la voiture en marche et rentrai au bureau.

En arrivant à la California Fidelity, je donnai le bouquet à Darcy, la réceptionniste. Elle eut le bon goût de ne pas faire état de mon petit affrontement avec Titus. Son regard s'attarda brièvement sur mon uniforme :

– Tu t'es engagée dans l'armée de l'air?

– J'aime m'habiller comme ça, tout bonnement..

– Ces chaussures pourraient tuer quelqu'un dans un tournoi de boxe française, fit-elle remarquer. Si tu viens voir Mary, elle est occupée avec des clients, mais tu peux sans doute revenir un peu plus tard.

Mary avait été engagée pour représenter la CF devant les demandeurs d'indemnités, après que Jewel Cavaletto eut pris sa retraite en mai. On lui avait attribué l'ancien bureau où se trouvait Vera avant la promotion qui lui avait valu d'être installée dans une cage de verre sur le devant. Mary était dégourdie mais inexpérimentée ; c'était une jeunesse de vingt-quatre ans, avec le genre de visage juste assez joli pour la faire élire « dauphine » dans un concours de beauté régional. Je lui reconnaissais le mérite d'avoir su épingler la réclamation de Diaz. Elle voyait juste et si elle pouvait tenir le coup assez longtemps, elle serait un véritable atout pour la compagnie. Elle était mariée depuis trois mois à un représentant de commerce, employé par le concessionnaire local de Nissan, et s'intéressait avidement aux projets de mariage de Vera. Une des invitations à sa propre cérémonie de mariage (qui représentait des marguerites dans un pré sur un fond de gaze rosâtre) était exposée sur son bureau, dans un cadre en cuivre. Alors que Vera dissimulait toujours le dernier numéro du magazine *Cosmopolitan* parmi les dossiers d'indemnisation amoncelés sur son bureau, Mary lisait *Brides*, un journal pour jeunes mariées dont la compétence s'exerçait apparemment depuis les fiançailles jusqu'à la fin de la première année de mariage. Il était arrivé à Mary de me demander une recette de poulet sur canapé jusqu'à ce que Vera lui fasse comprendre que je n'y connaissais rien. Désormais elle avait tendance à me considérer avec la pitié que manifeste une jeune mariée envers les femmes déterminées à rester célibataires.

Je bavardai avec Darcy pendant quelques minutes de plus, puis retournai au bureau de Mary, en m'arrêtant pour saluer deux autres rédacteurs en chemin. La nouvelle de mon escarmouche avec Titus s'était apparemment répandue dans la maison et j'étais considérée comme une célébrité ; à mon avis, cela durerait jusqu'à ce que je sois congédiée, c'est-à-dire pas plus de vingt-quatre heures dans le meilleur des cas. Les clients de Mary, un homme et une femme, s'apprêtaient à partir au moment où j'atteignis son bureau. La femme, âgée d'une trentaine d'années, avait une crinière miteuse de cheveux décolorés, un peu dans le style punk. Ses yeux étaient cernés d'un trait noir violent, ses cils étaient manifestement faux. Ses bas noirs à motifs et ses escarpins bon marché à brides et talons aiguilles étaient mal assortis à la coupe sévère de son costume de femme d'affaires. Elle m'accorda bien moins d'attention que je ne lui en réservais et c'est à peine si elle regarda dans ma direction en traversant l'étroit couloir entre les deux rangées de cabines. Son compagnon marchait à sa suite d'un pas nonchalant; sa manière même d'avancer manifestait une certaine arrogance. Il gardait les mains dans les poches comme s'il avait tout le temps, mais j'aurais pu jurer qu'il faisait un grand effort sur lui-même. Ses cheveux bruns étaient coiffés en arrière. Il avait des sourcils épais au-dessus de grands yeux sombres, des pommettes saillantes et une moustache coupée de telle sorte qu'elle semblait faire le tour de sa bouche. Il devait bien avoir un mètre quatre-vingt-dix et les épaulettes de sa veste de sport écossaise accentuaient encore l'ampleur de ses vastes épaules. Il faisait penser au sinistre sous-fifre qui accompagne le mauvais garçon dans un feuilleton télévisé à l'heure de grande écoute. En arrivant à ma hauteur il me heurta en faisant un pas de côté pour m'éviter. Il saisit mon bras en guise d'excuse et murmura : « Ah! pardon. » J'avais senti une bouffée de la lotion capillaire qu'il utilisait pour modeler le cran de son toupet brun. Je me surpris à me retourner vers eux tout en entrant dans la cabine de Mary.

Elle n'était pas dans son bureau, mais fit son apparition une demi-seconde plus tard, les yeux fixés sur un verre en plastique rempli d'eau à ras bord. Elle portait un sweat de cachemire rouge dont les manches étaient relevées. Son teint était frais et clair, sa peau respirait la bonne santé. Elle était maquillée comme le conseillent les publicités dans les magazines.

– Nous y voilà, dit-elle.

En levant les yeux sur moi elle parut quelque peu surprise.

– Oh! Ils sont partis? Le couple qui était ici?

– Ils s'en sont allés par là. Tu les as ratés d'une demi-seconde.

Elle jeta un coup d'œil dans le couloir, mais il n'y avait plus signe d'eux.

– Eh bien, c'est bizarre. Elle a dit qu'elle ne se sentait pas bien, et je suis allée lui chercher ça.

– Elle m'a paru en forme.

La bouche de Mary s'abaissa avec perplexité et elle posa le verre d'eau sur son bureau.

– Je regrette qu'ils ne soient pas restés. J'aurais voulu que tu parles avec eux.

– A quel propos?

Elle secoua la tête.

– Ce sont des détectives de l'Institut pour la prévention des délits en matière d'assurance. Elle, en tout cas. Lui, c'est un agent spécial du Département des assurances de l'Etat de Californie.

Elle me tendit la carte de visite professionnelle de la femme.

– *Lui?* Tu es sûre?

– Il a été engagé le mois dernier. Elle est en train de le mettre au courant.

– Il a l'air d'un truand.

Elle pouffa de rire mais avec un air de malaise comme si elle était responsable en quoi que ce fût de son apparence, maintenant que je l'avais mentionnée.

– Il en avait tout l'air, n'est-ce pas? C'est cette veste vulgaire, bien sûr. Je ne laisserais jamais Peter se montrer en public habillé comme ça. Assieds-toi. As-tu parlé à Bibianna Diaz? Seigneur, où ai-je pu fourrer son dossier?

Elle s'assit et se mit à trier une pile de grosses chemises pleines de papier bulle sur son bureau.

– Non. Elle est toujours absente. Il se peut que je prenne mon appareil photo la prochaine fois que j'irai là-bas. J'aurais peut-être la chance de prendre un cliché d'elle pendant qu'elle fait le saut périlleux sur sa pelouse.

Je lui transmis le renseignement concernant « Lola Flores » et les lettres aux deux autres compagnies d'assurances.

– Bibianna doit se livrer à une deuxième escroquerie sous le nom de Lola Flores. On ne peut pas savoir combien d'autres demandes d'indemnisation elle a déposées en même temps.

Mary était comme folle.

– Oh! seigneur, je n'arrive pas à y croire! Je vais m'en occuper sur-le-champ et leur faire savoir ce qui se passe.

– Assure-toi seulement que les autres compagnies cherchent à se renseigner sur toutes les opérations en cours à son sujet. Quand nous enverrons notre dossier à l'Institut pour la prévention des délits en matière d'assurance, ils pourront envoyer les leurs en même temps. Ça devrait faire du bruit.

J'étais encore à demi songeuse à propos du couple qui venait juste de partir. Je relus la carte de visite de la femme. Le logo de l'IPDA était correct; on aurait dit un napperon sur lequel étaient placés des couverts pour déjeuner. D'après la carte, elle s'appelait Karen Hedgepath et appartenait au bureau de Los Angeles. L'ennui, c'était qu'elle n'avait pas du tout l'allure des détectives de l'IPDA qu'il m'était arrivé de rencontrer. La plupart d'entre eux sont plutôt du genre collet monté – cravates, chemises blanches, costumes sombres d'hommes d'affaires conservateurs. Cette femme avait l'air d'une chanteuse de rock en costume de ville. Je ne parvenais pas à croire que le directeur régional tolérait le style punk de sa coiffure, sans parler des chaussures à talons aiguilles.

– Nous y voilà, dit Mary, en extrayant une chemise du milieu de la pile.

Le dossier était marqué « Diaz »; un morceau de papier avec la nouvelle adresse était attaché sur le dessus. Elle chercha une facture agrafée à l'enveloppe dans laquelle elle nous avait été adressée.

– Je viens de recevoir une nouvelle liasse de factures. Je suppose qu'elle a vu un chiropracteur.

– Probablement un spécialiste des luxations, dis-je en utilisant le seul terme de kinésithérapie que j'aie jamais entendu.

Elle fit quelques trous dans la facture et la versa au dossier.

– En fait, ils étaient ici à propos de Bibianna. C'est pourquoi je voulais qu'ils te parlent. Je suppose que l'IPDA a appris qu'elle avait emménagé en ville. Elle a commis une série d'escroqueries à Santa Monica l'année dernière et ils avaient bon espoir de retrouver sa trace.

– Eh bien, c'est charmant. Des escroqueries à l'assurance ?

– Ils ne l'ont pas précisé, mais cela doit avoir un rapport avec les assurances, tu ne penses pas ?

Je réfléchis un moment à la situation, en me demandant pourquoi une employée de l'IPDA « mettrait au courant » quelqu'un qui travaillait pour un autre service. Ce n'est pas que l'IPDA et le Département des assurances ne coopèrent pas, mais l'IPDA n'est pas une administration chargée de l'application des lois. Et pourquoi des détectives commenceraient-ils par venir ici ? Pourquoi ne pas téléphoner à la CF au lieu de faire une heure et demie de route ? Cela n'avait tout bonnement aucun sens. Sauf s'ils mentaient.

– Leur as-tu donné cette adresse ? demandai-je en indiquant la note au crayon.

– Je ne leur ai rien donné. C'est pour cela que j'ai été si étonnée quand tu m'as dit qu'ils étaient partis. Je n'ai fait que confirmer que nous étions en train de vérifier une demande d'indemnisation. Pourquoi ?

– Ils auraient pu repérer ceci pendant que tu allais au distributeur d'eau fraîche. Ils n'avaient qu'à puiser dans la pile de dossiers sur ton bureau.

– Oh ! arrête ! Tu ne penses pas qu'ils auraient vraiment pu faire ça.

– Qui sait ? Espérons que c'était de vrais détectives.

Elle posa la main sur sa poitrine comme si elle était sur le point de réciter le serment au drapeau comme on le fait chaque matin dans les écoles des Etats-Unis.

Mary semblait vexée, elle passa soudain de l'inquiétude à l'action.

– Donne-moi ça, dit-elle.

Elle s'empara de la carte de visite de la femme et la posa sur son bureau avec un claquement bruyant. Je la vis prendre le téléphone et y taper le code régional 213 avant de former le numéro de téléphone.

– Si elle n'est pas ce qu'elle prétendait être, je me tue.

Elle resta attentive un instant, puis son expression changea. Elle me tendit le récepteur, qui émettait un son de vide-ordures en train de broyer un canard vivant.

– Tu t'es peut-être trompée en composant le numéro, dis-je pour la réconforter.

– Seigneur, je n'arrive pas à croire que je me suis fait avoir avec un truc aussi simple, mais il ne m'est pas *venu à l'esprit* de mettre en question son identité. Comment ai-je pu être si gourde?

– Écoute, tu ne dois pas t'en vouloir à ce point-là. J'ai passé des années à faire ce métier et il m'arrive encore de me laisser mener en bateau. C'est dans la nature humaine de faire confiance, particulièrement quand on est honnête. Ce n'est pas que je ne sois pas honnête, mais tu vois ce que je veux dire.

– Qu'est-ce que tu penses qu'ils veuillent faire?

– Me battre au poteau, dis-je. De toute évidence, ils connaissent Bibianna et ils sont au courant de son goût pour la triche. La véritable question, c'est : par quel chemin sont-ils arrivés à nous? Il doit bien y avoir une centaine de compagnies d'assurances à Santa Teresa. Pourquoi la CF?

– C'est terrible. J'en suis tout bonnement malade. Qu'est-ce qu'ils pouvaient bien lui vouloir?

Les joues de Mary s'étaient mises à briller, à s'empourprer.

– Sans doute rien d'agréable, sinon ils se seraient conduits correctement.

– Qu'est-ce que nous devons faire?

– Je ne vois pas ce que nous pouvons faire tant que nous ne savons pas ce qui va se passer. Pourquoi ne cherches-tu pas le véritable numéro de téléphone de l'IPDA pour demander s'ils sont en train de faire une enquête sur elle? dis-je en lui tendant la note. Pendant ce temps-là, je vais essayer de la rattraper et nous trouverons bien un moyen de nous en sortir.

5

Je rentrai chez moi et ôtai ma tenue. Je pris ma fausse carte d'identité dans le pantalon de l'uniforme et la fourrai dans la poche d'un blue-jean que j'enfilai avec un pull marin à col roulé. Je mis des chaussettes de gym et des chaussures de tennis, puis je retournai chez Bibianna.

J'espérais que la naïveté de Mary Bellflower n'avait fait courir aucun risque à Ms. Diaz. Il n'y avait toujours aucune voiture dans l'allée et aucune trace du couple que j'avais vu dans les bureaux de la CF. Avaient-ils noté l'adresse et étaient-ils déjà remontés jusqu'ici ? Ils avaient peut-être trente minutes d'avance sur moi ; ils pouvaient fort bien se trouver en ce moment dans la maisonnette ou y être allés avant de repartir. *Si toutefois* ils avaient été vraiment assez rapides pour choper son adresse. Quelques voitures passèrent dans la rue mais je ne repérai aucun visage connu. Pour la deuxième fois de la journée, je laissai ma voiture fermée au bord du trottoir et m'engageai dans l'allée de Bibianna. Il était maintenant 4 h 35 et j'apercevais des lumières allumées dans la maison. En m'approchant, je sentis une bouffée appétissante d'oignon et d'ail revenus dans de l'huile d'olive. Je grimpai les larges marches de bois. Cette fois, je pouvais entendre à l'intérieur le thème enjoué d'une chanson qui servait d'indicatif à un spectacle télévisé – probablement une rediffusion sur une station câblée.

Je frappai à la porte d'entrée ; au bout de quelques instants une femme d'allure hispanique vint ouvrir. Elle avait peut-être vingt-cinq ans. Elle était pieds nus et portait un body de satin rouge sous une courte robe de chambre taillée dans la même étoffe et serrée à la taille. Elle était svelte – voire petite – avec une peau impeccable aux reflets olivâtres et de grands yeux sombres dans un visage en forme de cœur. Elle tenait deux épingles à cheveux en écaille entre ses dents comme si je l'avais surprise en train de remettre de l'ordre dans sa coiffure. Sa chevelure brune lui descendait à mi-dos comme un châle; il y avait quelques mèches soyeuses éparpillées sur son épaule droite. Comme mon regard s'y attardait, elle les rassembla et en fit un nœud compliqué qu'elle fixa avec les épingles à cheveux.

– Oui?

J'avais vraiment envie de me dresser sur la pointe des pieds afin de pouvoir scruter la chambre par-dessus son épaule. L'intérieur de la maisonnette formait principalement une seule grande salle, divisée en plusieurs pièces grâce à des panneaux de tissus aux couleurs vives agités par le tourbillon d'air qui s'engouffrait dans l'ouverture de la porte. Un panneau d'un vert vibrant séparait le living-room de la cuisine, une pièce de drap bleu électrique dissimulait presque entièrement aux regards les montants d'un lit en cuivre. Des morceaux de cotonnade pourpre, noués au bout, étaient accrochés à des anneaux de cuivre en guise de rideaux devant les fenêtres. J'avais trouvé la même idée dans un magazine féminin, pendant que j'attendais mon tour chez le dentiste, mais c'était la première fois que je la voyais utilisée pour produire un tel effet. Les meubles formaient un ramassis mal assorti de vannerie et d'objets de rebut. Les accoudoirs usés des fauteuils étaient emmaillotés dans du coton bleu marine et pourpre, ce qui assurait à la pièce un air d'harmonie. L'effet était surprenant et donnait une impression d'audace et de confiance.

Je me souvins, à retardement, que je n'avais pas préparé d'histoire pour justifier ma présence. Heureusement, j'ai une vieille habitude du mensonge, et j'en sentis un me monter aux lèvres.

– Désolée de vous déranger, dis-je. Je suis, euh, à la recherche d'un appartement dans le coin et quelqu'un m'a dit que vous pourriez me renseigner.

Elle avait l'air d'être sur ses gardes et répondit d'un ton tranchant.

– Qui vous l'a dit?

– Eh bien, je ne me rappelle pas. Un voisin, je crois. J'ai l'impression de faire du porte-à-porte depuis des jours et des jours.

– Pourquoi voulez-vous vivre par ici? C'est déprimant.

– C'est proche de l'endroit où je travaille, dis-je, priant pour qu'elle ne demande pas où c'était.

Il me faudrait probablement prétendre que j'étais serveuse mais je n'arrivais absolument pas à me souvenir des restaurants les plus proches.

Elle me dévisagea.

– Pour tout dire, j'espère déménager d'ici deux semaines, dit-elle. Il y a de l'argent que je m'attends à recevoir très bientôt.

– C'est formidable. Verriez-vous un inconvénient à ce que je reste en contact avec vous?

Ses lèvres firent une moue.

– Bien sûr que non. Je vais vous montrer l'endroit, même si c'est un vrai fouillis! Il n'y a qu'une pièce, mais ça va si vous êtes seule. Avez-vous des meubles?

– Quelques-uns.

– Le propriétaire est plutôt sympa avec ce genre de choses. Je laisserai la plupart de ce qu'il y a en m'en allant. Il vous faudra un lit.

– J'en ai un, dis-je. Avez-vous un stylo à me prêter? Je vais prendre note de vos nom et adresse et je vous passerai peut-être un coup de téléphone dans deux semaines.

– Une minute, dit-elle.

Elle ferma la porte et revint quelques instants plus tard avec un bout de papier et un stylo. Je la regardais avec impatience.

Elle pencha la tête afin de voir ce que j'écrivais.

– Diaz, Bibianna avec deux *n*.

– Merci beaucoup.

Je quittai Bibianna et rentrai chez moi, où je pris finalement le temps d'examiner la lettre que j'avais volée dans la boîte de Bibianna. Je pris note des nom et adresse de la destinataire, une certaine Gina Diaz de Culver City, en Californie. La mère ou la sœur de Bibianna, à mon idée. Du tiroir de mon bureau, j'extirpai une bombe aérosol qui contenait un produit chimique capable de rendre translucide un papier opaque, pendant trente à soixante secondes. Il suffit d'en asperger une enveloppe et vous pouvez lire ce qui se trouve à l'intérieur sans vous donner le mal de l'ouvrir à la vapeur. Sur la bombe, il y avait bien entendu un sévère avertissement, rappelant à l'utilisateur que le fait de violer une communication écrite acheminée par la Poste des Etats-Unis est passible de cinq années de prison et/ou d'une amende de 2 000 dollars. Seigneur, je n'avais plus qu'à m'ouvrir un compte à la Caisse d'épargne pour le cas où je serais prise en train de faire des trucs comme ça.

J'appuyai sur le capuchon et, aspergeant l'enveloppe d'un fin nuage, je la tins en l'air, à la lumière. On pouvait lire sur la note :

Salut, Ma. Jusque-là je vais bien. Je devrais bientôt toucher des dollars. S'il te plaît, ne dis pas à Raymond que tu as eu de mes nouvelles. Affectueusement. B.

Je regardai l'enveloppe redevenir opaque sans conserver aucune marque visible, décoloration ou odeur. Je descendis dans la rue et fourrai l'enveloppe dans ma boîte aux lettres pour la levée du lendemain. De retour à l'appartement, je passai un bref coup de fil à Mary Bellflower. Elle était juste sur le point de quitter son bureau.

– As-tu des nouvelles de l'IPDA?

– Pas vraiment. J'attends toujours qu'ils me rappellent.

– Tiens-moi au courant, dis-je.

– D'accord.

Je mis la cafetière en marche et montai l'escalier en spirale qui mène à l'étage. Je changeai de vêtements une fois de plus, enfilant cette fois un débardeur noir, un pantalon noir moulant, coupé à la cheville, des socquettes blanches avec un liséré de dentelle, et des chaussures usées, noires à talons plats. Je nattai mes cheveux sauf une mèche que je fixai avec un élastique afin de la faire tenir debout tout droit comme une petite houppe. J'appliquai sur mon visage (avec maladresse, je l'admets) de l'eyeliner, du mascara, du rose à joues et du rouge à lèvres voyant, puis je mis d'énormes pendants d'oreilles pleins de pierres rouges qu'aucune personne douée de raison n'aurait pu prendre pour des rubis. J'aspergeai alors toute la partie supérieure de mon corps avec un parfum bon marché. Je m'observai dans le miroir de la salle de bains. Je me détournai à demi du miroir comme pour regarder derrière moi, en effaçant une épaule, avec une moue sur les lèvres... Quelle vamp... quelle dragueuse! Je ne savais pas que j'avais tant de dispositions pour ça!

Je dévalai l'escalier en spirale jusqu'à ma kitchenette et me fis un sandwich au fromage avec des olives et du piment, que j'emballai dans une boîte à déjeuner métallique; j'y ajoutai une pomme, quelques crackers à la farine complète, un thermos de café chaud et un livre de Dick Francis dans une édition de poche. Je pris ma veste de cuir noir, fourrai la fausse carte d'identité de « Hannah Moore » dans la poche de mon pantalon et attrapai mes clefs de voiture. Je conduisis jusque chez Bibianna pour me garer à quelques pas de là. Je sortis de la voiture et me dirigeai à pied vers la supérette pour utiliser le téléphone public. Le comptoir de boucherie était fermé et un gars était occupé à ranger les étagères. Je ne vis pas « Mom ».

Je mis deux pièces de dix *cents* dans la fente et composai le numéro de Bibianna. Quand elle répondit, après deux sonneries, je serrai mon nez entre le pouce et l'index et demandai à parler à Mame. J'avais la voix d'une personne enrhumée dans un spot publicitaire pour un produit antihistaminique à la télévision.

– Qui ça?

– Mame?

– Vous avez fait un mauvais numéro.

– Pardon, dis-je.

Je retournai m'installer dans ma voiture.

De la position que j'occupais, je pouvais voir l'entrée de l'allée, une bonne partie de la grande maison brune, et un peu de la cour, mais pas la maisonnette de Bibianna, située à l'arrière. Mon hypothèse était que si elle quittait la place, elle ferait son apparition quelque part sur le devant et que je pourrais la filer en voiture ou à pied, selon le cas. Je ne savais aucunement si elle comptait sortir ni à quel endroit elle pourrait bien se rendre dans ce cas-là, mais elle m'avait paru du genre remuant, et j'espérais qu'elle aurait quelque raison de bouger, même si elle se contentait de courir au coin de la rue chercher un paquet de six bouteilles de quelque chose. J'allumai la radio de la voiture juste à temps pour les nouvelles de cinq heures et demie. L'approche de la pluie commençait à être plus qu'une simple supposition. Je sortis ma tête par la portière de la voiture et regardai en direction du ciel. Un plafond de nuages de plus en plus sombres était en train de créer l'illusion d'un crépuscule soudain. Le vent se levait, chassant une palme sèche le long de la rue. Secrètement je souhaitais pouvoir rentrer chez moi et m'enfermer pour la nuit au lieu de rester là à épier Bibianna Diaz. Je tournai le bouton de la radio, d'une station à l'autre, en écoutant un assortiment varié de chansons populaires qui semblaient toutes identiques les unes aux autres. J'avais un œil sur l'allée, l'autre sur mon livre, mais l'obscurité vint si rapidement qu'il ne m'était plus possible de lire. Les réverbères s'allumèrent et je pouvais constater que les feuilles des arbres avaient pris un éclat de cuir verni, un vert profond et lustré qui semblait luire dans l'obscurité. A l'heure du dîner, le quartier commença à s'animer; des gens rentraient de leur travail, les lumières des maisons s'allumaient.

On considère généralement qu'il n'est pas rentable de travailler avec une seule voiture en matière de filature. Si vous voulez rester aussi discret que possible, il vous faut garder une telle distance entre vous et le sujet qu'il vous est difficile de garder un contact visuel sans vous faire « avoir ». Et puis, d'un autre côté, si quelqu'un venait chercher Bibianna en voiture j'avais cinquante chances sur cent seulement de me trouver garée dans la bonne direction. Si je m'étais trompée, j'étais fichue. Une voiture qui fait soudain demi-tour dans une banlieue résidentielle attire l'attention et l'on est presque assuré de se faire remarquer par le conducteur du véhicule que l'on est en train de filer. En utilisant deux voitures pour faire le guet, celles-ci peuvent au moins échanger leurs positions de temps à autre et l'on risque moins d'éveiller les soupçons du sujet. Malheureusement, je n'avais pas été autorisée à embaucher un auxiliaire dans cette affaire. De toute façon, à mon avis, Gordon Titus m'avait déjà congédiée par contumace. Ce n'était certainement pas le moment de demander une avance sur le remboursement de mes frais. Je devais opérer avec les moyens du bord pour chercher à nouer des rapports avec cette femme et découvrir ses intentions. Il est essentiel d'établir un dossier bien documenté, en matière d'escroquerie à l'assurance, pour assurer la réussite des poursuites entamées sous le chef de « vol avec escroquerie ». Avant de transmettre le dossier à l'Institut pour la prévention des délits en matière d'assurances, la CF voudrait fournir la preuve matérielle d'une volonté de tromper, la preuve d'une intention frauduleuse de l'assuré, la preuve que les rédacteurs s'étaient fondés sur des déclarations de la victime pour verser l'indemnité, et enfin la preuve du paiement. Si Bibianna escroquait l'Aetna et l'Allstate en même temps que la California Fidelity, il faudrait probablement engager un expert en graphologie pour établir les liens qui existaient entre toutes ces affaires, encore qu'il pourrait bien y avoir des empreintes digitales concordantes sur tous les formulaires qu'elle avait envoyés. Quand il s'agit de fraude, de même que dans la plupart des délits, le travail du coupable est bien plus facile que le nôtre.

A 7 h 25, pour tromper mon ennui, je mangeai mon sandwich et deux crackers à la farine complète. Il faisait maintenant complètement noir, et un brouillard pâle emplissait l'air comme une pluie si fine qu'elle mouillait à peine la chaussée. J'avais mis le moteur en marche à deux reprises, en le laissant tourner pendant de brèves périodes jusqu'à ce que la voiture se réchauffe. On livra une pizza dans un immeuble à proximité. Un parfum de *pepperoni* et de mozzarella fondue se répandit sur le passage du livreur et me fit presque monter les larmes aux yeux. Une vieille dame en robe de chambre, avec un châle sur les épaules, promenait son cocker en laisse. Des voitures passaient, dans les deux sens, mais aucune ne ralentissait et il n'y avait aucun signe de Bibianna. A 9 heures, je me sentis m'affaler; j'avais les genoux relevés contre le volant et je cherchais à éviter de m'endormir. Le couple aperçu dans les bureaux de la CF n'avait pas fait son apparition et j'étais sur le point de les rayer de mon esprit. Ou bien ils n'avaient aucune idée de l'endroit où Bibianna vivait désormais ou bien ce n'était pas elle qui les intéressait au premier chef. Je ne pouvais pas comprendre pourquoi ils s'étaient donné le mal de retrouver sa trace s'ils n'avaient pas l'intention de donner suite à leurs recherches. Peut-être qu'ils avaient pris peur de quelque chose. J'envisageais pourtant, sans y croire, la possibilité qu'ils soient dans une voiture garée à proximité pour l'attendre eux aussi.

A 9 h 45, Bibianna apparut soudain dans l'allée. Elle était encore vêtue de rouge, avec une tunique à mi-cuisses, des collants noirs et des talons aiguilles rouges. Pour une femme si petite, ses jambes paraissaient incroyablement longues et bien galbées, ce qui donnait l'impression qu'elle était grande, alors qu'elle mesurait probablement à peine un mètre soixante. Elle avait une main fourrée dans la poche d'un blouson d'aviateur en cuir brun usagé qu'elle avait laissé ouvert. De l'autre main, elle tenait un morceau de papier journal au-dessus de sa tête pour protéger sa chevelure de la bruine. Son visage était tourné dans ma direction, scrutant la rue, mais elle ne parut pas remarquer qu'elle était observée. Cinq minutes plus tard, un taxi jaune passa et vint s'arrêter en face d'elle. Elle y monta. Je mis en marche ma VW tandis qu'elle claquait la porte du taxi et s'installait sur le siège arrière. Je les précédai dans la rue en allumant mes phares tandis que le taxi démarrait ; j'espérais bien que ma voiture se confondrait avec le flot normal de la circulation en cet endroit.

Nous avancions posément le long des rues, en remontant vers Cabana Boulevard, la vaste avenue parallèle à la plage. C'était mon secteur et je pensai qu'elle se rendait dans le grand restaurant-bar qui se trouve plus loin sur les quais, ou peut-être dans un des bars louches qu'on peut voir en bas de State Street. Cette seconde hypothèse était la bonne. Le taxi ralentit en face d'un bar à demi endormi appelé le *Meat Locker* [1]. La police avait fait fermer l'endroit à deux reprises

1. Littéralement, le *Coffre à viande*. *(N.d.T.)*

dans le passé, pour avoir servi de l'alcool à des mineurs, et le précédent propriétaire avait subséquemment perdu sa licence qui lui permettait de servir des boissons alcoolisées. Le bar avait été vendu et était maintenant rouvert avec une nouvelle direction. Je le dépassai. Dans mon rétroviseur, je vis Bibianna sortir du taxi, payer le chauffeur et se diriger vers l'entrée. Je tournai à gauche, fis le tour du pâté de maisons et retournai au parking, où je casai la VW dans un endroit presque autorisé, le long du mur. En fermant la porte de la voiture, la tête rentrée dans les épaules pour me protéger des gouttes de pluie, je pouvais sentir la chaussée vibrer sous l'effet de la musique provenant du bar. Après avoir aspiré une dernière bouffée d'air frais, j'entrai dans la place.

A peine la porte passée, je payai les cinq dollars d'entrée et on me tamponna le dos de la main en rouge avec un cachet emprunté au ministère de l'Agriculture et qui servait à marquer les morceaux de bœuf de première qualité. Le *Meat Locker* semblait avoir été conçu à l'origine pour un usage industriel puis converti à des fins commerciales sans avoir bénéficié d'améliorations esthétiques. La pièce était caverneuse et grise, avec un sol de ciment et des poutrelles métalliques apparentes tout près d'un plafond ténébreux. Un comptoir de dix mètres courait le long du mur sur la droite; les visages des types qui se pressaient devant, sur trois rangs, ressemblaient beaucoup aux photos que la police fait figurer sur les avis de recherche. L'endroit sentait la bière, la fumée de cigarettes et les *tortillas* frites dans du lard; de temps à autres on percevait un relent de dope qui passait par la porte de côté donnant sur une impasse. Toutes les lumières étaient bleues. Il y avait un orchestre de cinq gars qui ressemblaient à des casseurs échappés d'une école secondaire et donnaient l'impression de continuer à répéter dans le garage d'un voisin. La musique qu'ils jouaient était un mélange grossier de coups frappés sur la contrebasse, de vibrations issues de synthétiseurs, d'accords sans cesse répétés, et de paroles qui auraient paru ignobles si quelqu'un était parvenu à discerner le moindre vocable sous ces braillements électroniques perçants. La piste de danse était un parquet amovible, en bois, de quelque sept mètres de côté, grouillant de corps bondissants aux visages ruisselant de sueur.

C'était là que les célibataires moyens, de troisième catégorie, venaient chasser. Il n'y avait ni *yuppies*, ni jeunes filles BCBG, ni chefs d'entreprise débauchés, ni étudiants de la classe moyenne inscrits dans un collège réservé aux Blancs. C'était un lieu de rencontre pour les durs, pour les motards et les gars à l'affût d'un hamburger, qui entuberaient n'importe qui pour un repas. Les bagarres et les coups de couteaux y étaient monnaie courante. Des policiers de service en uniforme y faisaient si souvent leur ronde qu'on les aurait pris pour des clients. Le niveau du bruit était intolérable, ponctué par des *bangs!* intermittents et des explosions de rire rauque. Le bar était célèbre pour une boisson, appelée une « frappe » : de la tequila et du Seven-up servis dans un verre à l'ancienne mode. Quand on préparait la boisson, on mettait un tissu au-dessus du verre avant d'en frapper le fond sur le plateau de bois de la serveuse. Le choc forçait la tequila et le Seven-up à se mélanger en un breuvage à toute épreuve que le client était censé avaler d'un seul trait. Normalement la limite était de deux « frappes » par client. Après deux verres, on devait emporter la plupart des femmes, en les traînant jusqu'à la voiture. Au bout de trois, les hommes éprouvaient le besoin irrépressible de casser le bois des chaises ou de balancer leur poing sur du verre.

En me frayant un chemin à travers le bar, je murmurais « Pardon », « Excusez-moi » et « Oh! désolée »; au cours de ma progression, je sentais de temps à autre une main anonyme sur mes fesses. Je découvris un endroit inoccupé et en revendiquai temporairement la propriété, en m'appuyant contre le mur comme tout le monde le faisait. Je commandai une bière à la serveuse qui passait; elle était moulée dans un justaucorps de danseuse de couleur orange, fluorescent, décolleté jusqu'au bas du dos. Ses fesses saillaient comme deux ballons remplis d'eau. Il n'y avait pas de place où s'asseoir, de sorte que je restai où j'étais, calée contre une poutre, tout en balayant la foule du regard.

Je repérai Bibianna sur la piste de danse, ondulant avec une énergie et une grâce remarquables au son de quelque air sensuel grinçant. Les regards des hommes semblaient suivre chacun de ses déhanchements, chacune de ses trépidations. Les lumières bleues jouaient sur le ton olivâtre de sa peau pour créer un rayonnement surnaturel qui mettait en relief le doux ovale de son visage au-dessus des seins protubérants sous sa chemise décolletée. Le vêtement était passé du rouge au pourpre, tendu sur le ventre plat, les hanches minces et les cuisses fuselées. Quand la musique s'arrêta, elle secoua sa chevelure brune et s'éloigna de la piste de danse sans regarder en arrière. Son partenaire, visiblement à bout de souffle, la suivait du regard avec admiration.

Elle commença à faire le tour des personnes présentes. Elle était apparemment très connue, s'arrêtait pour échanger des commentaires rieurs avec de nombreux types. Je me mis en évidence, l'air de rien, pour le moment où, selon mes calculs, son chemin n'allait pas tarder à croiser le mien. Raté. Avant d'arriver à ma hauteur, elle avait changé de direction, et je pouvais la voir progresser pas à pas vers le bout de couloir où se trouvaient les toilettes. Je pris la même direction, ce qui fit fuser les grossièretés sur mon passage, tandis que je me frayais un chemin dans la foule.

Au moment où j'atteignis les toilettes des dames, elle était déjà entrée dans une des cabines. Je me tins devant le miroir, taquinant mon toupet, jusqu'au moment où le bruit de la chasse d'eau se fit entendre et où Bibianna sortit. Elle s'approcha du lavabo voisin du mien, en me regardant nonchalamment dans le miroir. Je sentis son petit signe de reconnaissance plus que je ne le vis Elle dit :

– Hello.

Je lui lançai un regard sans expression.

– C'est pas toi qu'es venue chez moi cet après-midi pour te renseigner sur l'endroit où je vis?

Je levai les yeux sur elle poliment; puis je me permis de procéder, moi aussi, en deux temps.

– Oh! Salut! J'avais pas fait le rapprochement. Quelle coïncidence. C'est curieux. Comment ça va?

– Ça va. Comment ça se passe la chasse au logement? T'as trouvé quelque chose?

Je fis la moue.

– Pas vraiment. On m'avait indiqué un appartement à cent mètres environ du tien, mais il n'est pas à moitié aussi chouette.

Bibianna sortit son bâton de rouge et dessina un arc de couleur sur sa lèvre inférieure qu'elle frotta avec sa lèvre supérieure jusqu'à ce que le rouge se fût étalé uniformément. Je fis quelques gestes pour l'imiter. Elle referma le bâton de rouge.

– T'es déjà venue ici?

– Deux ou trois fois, dis-je en haussant les épaules. Avant qu'il y ait cette nouvelle direction. C'est plutôt horripilant, tu trouves pas? J'aime pas tellement que tous ces gars me mettent la main aux fesses chaque fois que je bouge.

Elle m'étudia brièvement.

– Ça dépend si t'es habituée, je pense. Moi, ça me dérange pas.

Elle se détourna de mon reflet pour consacrer toute son attention au sien, penchée en avant pour arranger ses bouclettes autour de son visage. Elle vérifia que le maquillage de ses yeux n'avait pas de défaut, en se regardant d'un air grave, avant de m'examiner à nouveau.

– J'espère que tu m'excuseras de te le dire, mais cette coiffure et ce toupet, ça va absolument pas.

– Tu crois?

Je me mis à me regarder, envahie par un sentiment de désespoir. Comment se fait-il que je provoque une remarque de ce genre? Je me prends pour un détective privé qui va leur botter le cul à tous, mais les autres voient apparemment en moi une pauvre fille abandonnée qui a besoin d'être maternée.

– Tu permets que j'intervienne? demanda-t-elle.

– Bien sûr, dis-je.

Avant que j'aie compris ce qui m'arrivait, elle avait arraché l'élastique de mes cheveux. Elle fouilla dans sa pochette pour en extraire un flacon d'où elle tira une sorte de gelée capillaire qu'elle frotta entre ses paumes et avec laquelle elle me massa le cuir chevelu. J'avais l'impression d'être un chien dont on faisait la toilette, mais j'aimais le résultat.

Maintenant mes nattes avaient l'air un peu humides avec juste un mouvement vague. Nous vérifiâmes toutes les deux mon reflet dans le miroir.

Bibianna pinça ses lèvres d'un air judicieux.

– C'est mieux, dit-elle. T'as pas un foulard sur toi?

Je fis signe que non.

– Voyons ce que j'ai.

Elle commença de fouiller dans son sac à main, en sortant un joint en cours de route.

– T'en veux une bouffée? demanda-t-elle négligemment.

– J'en ai déjà grillé un dans le parking avant d'entrer.

Elle le mit de côté sans faire de commentaire, tout occupée à fouiller les divers compartiments de son énorme sac.

– Ça y est, j'ai trouvé. Qu'est-ce que t'en penses?

Elle sortit un carré de soie vert tilleul puis fit la grimace.

– Eh, ça va pas. La couleur te va pas au teint. Bazarde les boucles d'oreilles. Ça sera toujours ça.

Comment s'y prennent les femmes pour savoir ces choses-là? Comment se fait-il que je ne les sache pas? J'ôtai les babioles tapageuses de mes oreilles et me massai les lobes avec soulagement.

Pendant ce temps-là, elle s'était arrangée pour faire apparaître un deuxième foulard, rose vif celui-là. Elle le tint près de mon visage, en louchant dessus d'un air critique. Je me mis à penser qu'elle allait me demander de le mouiller avec ma salive afin qu'elle puisse me débarbouiller mais elle le plia de façon compliquée et m'attacha la chose autour du cou. Immédiatement, mon teint sembla s'améliorer.

– Ça a l'air formidable. Et maintenant?

– Tu me suis. Je vais écarter de toi les pires de ces têtes de cons.

6

Je la suivis dans la foule comme une jeune recrue qui monte au front. Des yeux masculins nous reluquaient de la tête aux pieds ; on nous attribuait des notes en fonction de la taille de nos nichons ; ou de nos fesses ; on supputait jusqu'à quel point nous étions disponibles. Bibianna suscitait un tas de bruits de bouches, des gestes obscènes, et des propositions répugnantes qu'elle paraissait trouver drôles ; elle jetait négligemment des insultes aux types les plus bruyants dans leurs appréciations. C'était une brave fille, avec une bonne nature ; elle avait le rire facile et contagieux.

La musique reprit et Bibianna se mit à danser tout en marchant, faisant claquer ses doigts ; elle se frayait un chemin à travers la foule en frappant ou en poussant à coups de bassin. Elle scrutait les visages et je me demandais qui elle pouvait bien chercher. Il ne me fallut pas attendre longtemps pour le découvrir. Son animation grimpa d'un cran, comme s'intensifie soudain la lumière électrique avant la panne. Son corps sembla envahi par une chaleur palpable.

– Reste dans le coin, dit-elle. Je reviens.

Un gars blond se sépara du troupeau de mâles agglutinés au bar. Il avait des cheveux frisés, des lunettes à monture métallique, une moustache et un menton volontaire ; un léger sourire relevait les coins de sa bouche. Je me surpris moi-même en train de prendre note de ses caractéristiques physiques, comme le ferait un flic en patrouille à la vue d'un suspect. Je connaissais le gars. Il était de taille moyenne, avec de larges épaules, des hanches étroites; il portait un jean et une chemise-polo noire moulante dont les manches courtes étaient soulevées par des biceps avantageux. Tate. Crazy Jimmy. Jimmy le dingue. Depuis combien d'années ne l'avais-je pas revu? Il regardait Bibianna d'un air de propriétaire, les pouces coincés dans les passants de sa ceinture de sorte que ses mains semblaient encadrer le renflement qui se dessinait sur le devant de son pantalon. Son allure était calme avec un zeste d'autodérision, un mélange irrésistible d'humour et de lucidité. Je le regardais se déplacer dans sa direction, l'interpeller aussitôt en une sorte de prélude muet. Nul autre que moi ne semblait faire attention à eux. Ils approchaient de la piste de danse par des angles opposés et se rencontrèrent quelque part au milieu comme si chacun de leurs gestes était mis en scène. C'était un comportement d'amants.

Une table se libéra; je me jetai sur une des chaises vides, et posai ma veste sur le dos de la chaise voisine pour dissuader les amateurs éventuels. Au moment où je tournai de nouveau mon regard vers la piste de danse, j'avais perdu Bibianna de vue, mais je saisis l'éclair de sa robe rouge dans la masse rythmée des danseurs et j'entrevoyais de temps en temps le visage de son partenaire. Je l'avais connu dans un tout autre contexte et je ne parvenais pas à accorder l'idée que je m'étais faite de lui dans le passé avec l'endroit dans lequel je le voyais maintenant : sa présence en ce lieu paraissait trop incongrue. Il avait eu les cheveux coupés plus courts, jadis, et la moustache était nouvelle, mais le charme était le même. Jimmy Tate était un flic – probablement un ancien flic à présent, si les rumeurs étaient exactes. Nos chemins s'étaient croisés pour la première fois à l'école élémentaire – en cinquième année, où pendant six mois nous nous étions considérés comme des âmes sœurs; nos langues s'étaient touchées pour sceller le pacte. Un truc solennel. Jimmy était ce qu'on appelait un « bon à rien ». Je ne sais pas ce qui était arrivé à ses parents, mais il avait vécu toute sa vie dans des foyers d'adoption; il s'était fait éjecter du premier puis des autres. C'était un enfant qu'on avait étiqueté comme « incorrigible » dès l'âge de huit ans – rebelle, toujours prêt à faire le coup de poing, ne rêvant que plaies et bosses. Il faisait fréquemment l'école buissonnière et comme je m'y adonnais moi aussi, en ce temps-là, nous formions un couple en marge. A bien des égards, j'étais une enfant timide, mais le chagrin causé par la perte de mes parents alors que j'avais cinq ans m'avait donné des éclairs de sauvagerie. Ma révolte venait de la peur, celle de Jimmy venait de la rage, mais le résultat final était le même. Je voyais bien que derrière son attitude de défi, il y avait beaucoup de douleur et beaucoup de douceur. Il se peut même que je l'aie aimé à ma manière innocente, prépubère. Il avait douze ans et moi onze quand je l'avais rencontré, c'était un garçon paumé qui n'avait aucune maîtrise de soi. Plus d'une fois il avait pris ma défense et tabassé quelque garçon brutal de cinquième année qui avait tenté de me bousculer. Je pouvais encore me rappeler l'allégresse que je ressentais chaque fois que nous quittions l'école en courant, grisés de liberté, sachant à quel point notre évasion serait courte. C'est lui qui m'avait appris à fumer des cigarettes, qu'on pouvait se défoncer à l'aspirine et au Coca, et qui m'avait montré la différence entre les garçons et les filles. Je peux encore me souvenir du mélange d'hilarité et de pitié que je ressentis en découvrant que tous les garçons étaient affligés d'un zizi, comme un pouce mal placé, coincé entre leurs jambes. En fait, la mère adoptive de Jimmy déclara qu'il était indomptable et le renvoya là où l'on envoyait alors les gamins dont nul ne voulait : une maison de redressement, je suppose.

Je ne l'avais pas revu pendant huit ans, et je fus bien étonnée quand il se manifesta le jour de mon entrée à l'école de police. Sa dureté avait pris entre-temps un aspect maniaque. C'était un beau garçon qui buvait trop et à toute heure. Comment il avait réussi à se faire admettre à l'école, je ne le saurai jamais. Les candidats sont soumis à un rigoureux examen psychologique, au cours duquel les personnes inadaptées et instables sont rapidement éliminées. Il devait avoir esquivé les pièges de ses examinateurs ou peut-être était-il un de ces rares individus dont la personnalité ne révèle pas ses défauts même au cours d'un examen minutieux. Ses notes à l'école étaient généralement à la limite de ce qu'il fallait mais il ne manquait jamais un cours et son goût pour la compétition le maintenait dans la course. Il était suffisamment futé pour laisser tomber la vapeur quand il le devait, mais il ne se tenait jamais bien longtemps tranquille. Il s'arrangea pour obtenir son diplôme en même temps que le reste de la promotion, mais il cherchait toujours les ennuis d'une manière ou d'une autre. J'avais pris mes distances avec lui, trop préoccupée par ma propre carrière, à ce stade, pour risquer d'être éclaboussée par sa réputation.

Il avait postulé un emploi au Département de la police de Santa Teresa en même temps que moi-même, mais on l'avait refusé. J'avais perdu sa trace pendant quelque temps et puis j'avais entendu dire qu'il était entré au Département du shérif du comté de Los Angeles. Des échos de ses exploits nous parvenaient de temps à autre. Dans les bars, une fois la journée terminée, à l'heure où les langues se délient, les flics racontaient des histoires sur les extravagances de Jimmy Tate. Il était le genre de collègue que l'on voudrait avoir près de soi dans les coups durs. Dans une situation périlleuse, il était absolument sans peur, ignorant du danger. S'il s'agissait de se mesurer avec de « mauvais garçons », il arrivait toujours bon premier. Son agressivité semblait générer un champ d'énergie autour de lui, comme un bouclier protecteur. Les autres flics m'avaient dit qu'après l'avoir vu agir sous le feu, on comprenait pourquoi, à sa manière à lui, il était aussi dangereux que « ceux d'en face » – les auteurs de hold-up, les trafiquants de drogue, les membres des gangs, les solitaires, tous les cinglés qui lui ressemblaient – pour nous autres, représentants de la loi et gardiens de l'ordre public. Malheureusement, sa férocité l'avait poussé à outrepasser les limites plus d'une fois. Je suppose qu'il avait fait des choses dont on n'aime pas parler après – des choses qu'on prétend ne pas avoir vues parce que le coupable vous a sauvé la vie et qu'on lui est redevable. On avait fini par l'affecter à une unité spéciale, mise sur pied pour surveiller les activités de criminels connus. Au bout de six mois, la section avait été dissoute, après une série d'escarmouches discutables. Douze policiers furent suspendus, dont Jimmy

Tate. Tous furent réintégrés après une enquête menée par la Commission de la police, mais il semblait bien qu'avant longtemps il surviendrait quelque chose d'énorme.

Deux ans plus tôt, j'avais vu son nom mentionné dans le *L.A. Times*. Il avait reçu, dans l'intervalle, une nouvelle affectation, à la Brigade des stupéfiants, et venait d'être inculpé, en même temps que six autres représentants de la loi, pour détournement de fonds, à l'occasion d'un scandale qui secouait le service. Les détails s'étalèrent jour après jour dans la presse au cours de l'enquête préliminaire. Cinq des six personnes en cause furent déférées devant la justice et l'une d'entre elles se fit sauter la cervelle. J'avais suivi les débats judiciaires en parcourant de temps à autre le *L.A. Times*, mais je n'avais jamais su comment l'affaire s'était terminée. Je n'aurais pas été surprise d'apprendre qu'il était coupable de ce dont on l'accusait. Il était insouciant et autodestructeur mais, pour étrange que cela puisse paraître, je savais que si j'avais eu un frère j'aurais voulu qu'il soit exactement comme Jimmy Tate, non pas à cause de sa conduite ni de sa moralité douteuse, mais pour sa loyauté et sa volonté passionnée de survivre. Nous appartenons à une société pieusement préoccupée par les droits des criminels alors que les vies de leurs victimes ont été saccagées sans souci du prix de la douleur et de la souffrance. Si l'on faisait confiance à Jimmy Tate, croyez-moi, la justice serait mieux servie. Tout bonnement, il ne se préoccupait pas beaucoup des moyens techniques qu'il employait.

Bibianna et lui quittèrent la piste de danse. L'orchestre faisait une pause et le niveau du bruit baissa si rapidement qu'on avait presque l'impression d'être devenu sourd. Je fixai le visage de Jimmy, sachant qu'à l'instant où il me remarquerait, un signe de reconnaissance surgirait dans ses yeux. Ils s'assirent tous deux à la table, et Bibianna souleva sa chevelure d'une main et ventila son cou nu de l'autre. Elle était hors d'haleine, rieuse; elle avait les joues en feu, les cheveux humides sur les tempes là où les mèches brunes formaient de petites vrilles.

– C'est la personne dont je t'ai parlé, celle qui est venu visiter ma maison, lui dit-elle, en me désignant d'un geste.

– Comment tu t'appelles déjà?

Le sourire de Jimmy était poli tandis que son regard allait de son visage au mien. Je lui tendis la main.

– Hello, Jimmy. Je suis Hannah Moore, dis-je. Tu te souviens de moi?

Manifestement c'était le cas, et je savais d'après son expression qu'il se rappelait également mon vrai nom. Quelle qu'ait pu être sa situation présente, c'était encore un flic trop entraîné pour dénoncer ma fausse identité. Il me sourit en me serrant la main; il faisait passer en moi la même intensité de sexualité à faible voltage qu'il réservait à Bibianna. Il porta ma main à ses lèvres et baisa mes phalanges affectueusement.

– Bon Dieu, poupée. Comment vas-tu? Ça fait des années, dit-il.

– Vous vous connaissez, vous deux? demanda-t-elle.

Il me rendit ma main à regret.

– Nous étions à l'école primaire ensemble, dit-il sans hésiter.

Je me sentis rougir de plaisir car c'était le lien auquel je tenais le plus. L'école de police et tout ce qui était arrivé par la suite, ça n'était qu'une histoire d'adultes. L'autre possédait un côté magique; elle aurait toujours la priorité dans mes souvenirs intimes.

Il tira un billet froissé de la poche de son pantalon en lançant un regard à Bibianna avant que ses yeux ne fixent à nouveau mon visage.

– J'ai plus de cigarettes, poupée. Peux-tu faire ça pour moi?

Elle hésita juste ce qu'il fallait pour lui faire comprendre qu'elle n'était pas dupe. Son sourire était teinté d'ironie et le regard qu'elle me jeta était de connivence. Elle fourra le billet entre ses seins et s'éloigna sans un mot. Le regard de Jimmy suivit amoureusement la ligne de ses jambes jusqu'à ses hanches. Elle se déplaçait avec l'assurance et les ondulations d'un mannequin ou d'une starlette consciente de ses effets. Elle lui rendit lentement son sourire et esquissa avec les lèvres un geste qui était à demi une moue, à demi une promesse.

Je sentis le rire me démanger.

– Je n'en reviens pas de me retrouver en face de toi de cette manière, dis-je. Comment se fait-il que tu connaisses Bibianna ?

Il sourit.

– Je l'ai rencontrée à Los Angeles, dans un bal de Halloween, il y a un an. Je l'ai vue deux ou trois fois depuis, et je suis tombé de nouveau sur elle ici.

– Je ne savais pas que tu étais de retour. Qu'est-ce que tu es devenu ?

– Pas grand-chose, dit-il.

Ses yeux interrogeaient mon visage en m'examinant.

– Et toi, quoi de neuf ? La dernière fois que j'ai entendu parler de toi, tu avais quitté la police et tu étais en cheville avec une agence quelconque.

– Plus maintenant. J'ai été congédiée. Je suis à mon compte. Tu es toujours avec le shérif de Los Angeles ?

– Pas exactement.

– Qu'est-ce que tu fais au juste ? Aux dernières nouvelles, on te jugeait pour vol, dis-je.

– Cette fille, c'est quelqu'un, tu trouves pas ? dit-il en éludant ma question.

– Raconte-moi, Jimmy ?

Il appuya le menton sur son poing, en me souriant avec les yeux.

– Je suis retiré des voitures. Je leur ai fait chier leur merde – dix millions de dollars.

– Tu les as *poursuivis* ? dis-je. Et ton inculpation ?

Ma réaction parut l'amuser et je le vis hausser les épaules.

– J'ai été blanchi. C'est comme ça que le système fonctionne. Parfois tu as la peau de l'ours, parfois c'est l'ours qui a la tienne. J'ai pris un congé maladie et j'ai reçu des indemnités pour les douleurs et le stress provoqués par le boulot. Après ça, j'apprends qu'un tas de gars de chez nous ont été accusés d'association de malfaiteurs, de blanchiment de l'argent, de fraude fiscale, et de tout le bataclan. Ils nous ont mené la vie dure et quand j'en suis sorti, je pouvais tirer un trait sur tous mes avantages sociaux et je n'avais plus qu'à démissionner. Laisser tomber. Plus question de rien. J'ai payé un avocat et on les a attaqués en justice.

– Après que tu as été acquitté?

– Merde, oui. Je n'allais pas les laisser s'en tirer comme ça. D'après eux, je m'en suis sorti à cause d'une question de procédure. J'ai été le seul acquitté, mais j'en ai bavé tout comme les autres. Aussi pourquoi aurais-je été puni deux fois? Un jury a dit que j'étais innocent.

– C'était vrai?

– Bien sûr que non, mais c'est pas la question, dit-il. Le ministère public m'a visé et il ne m'a pas touché. Grâce à ça je suis tiré d'affaire maintenant. Ce que j'ai fait ou non ne compte pas. Le tribunal a déclaré que je suis innocent, je suis innocent. C'est ça la loi.

– Alors ils t'ont flanqué à la porte?

– C'est ça. Ce qu'ils ont fait, c'est qu'ils ont sucré ma pension d'invalidité. Ils trouvaient que je leur posais trop de problèmes et ils ont voulu me foutre dehors; c'est pour ça qu'ils m'ont sucré mes droits acquis. Sous prétexte que j'avais un mauvais esprit. Pas question d'accepter ça. Alors je leur ai mis un procès au cul. C'est tout juste la semaine dernière qu'on a conclu un marché. Sept cent cinquante. Bien entendu, quand le chèque arrivera, mon avocat va se servir, mais j'empocherai trois cent cinquante. Mon capital-retraite. C'est bon à prendre, non?

– C'est fantastique.

– En attendant, je suis complètement à sec, mais toi qu'est-ce que tu mijotes?

– Qu'est-ce qu'il y a avec Bibianna? Elle sait que tu es flic?

– Elle sait que tu es détective privée?

Je tournai la tête de droite à gauche et son sourire s'évanouit quand il vit mon expression changer.

– Ne me dis pas que t'enquêtes sur *elle*?

Je ne répondis pas; c'était, en soi, une réponse suffisante.

– Et pourquoi? demanda-t-il.

Je me dis que je pouvais aussi bien l'affranchir. De toute façon, il trouverait un moyen de me le faire dire.

– Fraude à l'assurance, dis-je, en surveillant sa réaction.

Si j'avais espéré le surprendre, je n'avais aucune chance.

– Pour le compte de qui tu fais ça?

– La California Fidelity.

– T'as un bon dossier ?

– Sans doute. Il sera bon quand j'aurai fini, en tout cas, dis-je.

Il détourna son regard de moi ; ses yeux se fixèrent dans la direction du juke-box. Je suivis la ligne de son regard, et aperçus Bibianna. Un arc-en-ciel de lumières balayait son visage. Elle avait quelque chose en elle – une beauté sombre, une perfection physique qui devait être irrésistible, à en juger par la façon dont il la regardait. Je la vis rejeter la tête en arrière et rire, bien que le son ne nous parvînt pas. Elle était en train de flirter avec le batteur, une main légèrement posée sur son bras dans un geste à la fois intime et négligent. Le musicien était grand et efflanqué avec un visage de chien de berger, des yeux rapprochés l'un de l'autre, des pupilles brillantes sous l'effet de certaines substances chimiques que le corps humain ne fabrique pas naturellement. Il contemplait ses seins, en émettant probablement l'aboi haut perché et plein d'espoir d'un chiot qui attend une friandise. Elle ne nous regardait pas, mais chaque phrase du langage qu'elle parlait avec son corps indiquait qu'elle était consciente de la présence de Jimmy. Un prêté pour un rendu, c'était bien ça. Elle se tourna vers le juke-box et y glissa quelques pièces mais choisit son programme au hasard. Au bout d'un instant, des battements frénétiques marquèrent le début d'une chanson à succès accompagnée uniquement par la contrebasse et les percussions. Bibianna gagna la piste de danse avec le batteur en remorque. Il était quasiment en train de mouiller son pantalon, tant il était excité par l'attention qu'elle lui accordait.

– J'ai jamais aimé opérer sous un déguisement, dit Jimmy, en élevant la voix pour être entendu.

Il continuait à regarder Bibianna, qui avait commencé à se trémousser dans le rythme en décrivant des cercles avec son pelvis comme si elle était en train de faire des exercices d'aérobic pour développer ses muscles fessiers.

Je pris une gorgée de ma bière, sans répondre. En fait je n'aimais pas me déguiser moi-même ; j'en avais beaucoup entendu parler et jamais en bien.

Il me regarda dans les yeux.
– Faut que tu lui dises ce que tu fais, dit-il.
– Pour tout rater ? T'es cinglé. Je ne vais pas faire ça. Et tu ferais mieux de ne rien lui dire non plus. C'est mon affaire.
– Ça, j'ai bien reçu le message.
– Alors qu'est-ce que c'est que ces hésitations, Jimmy ? Je connais l'air que tu prends.
– Je suis dingue de cette petite et je veux pas qu'on lui fasse du mal. Ça fait des mois que je lui répète qu'elle va se faire coincer. Si elle sait que tu en as après elle, elle va se ranger.
– C'est pas mon problème. Elle a entamé une procédure d'indemnisation frauduleuse auprès de la CF, et Dieu sait combien de demandes d'indemnisation elle a présentées à d'autres compagnies. Je vais lui mettre le cul à l'ombre.
– Elle est en train de se retirer des affaires.
– Sans blague !
– Non, c'est vrai. Elle a fait cette déclaration d'accident il y a plusieurs mois, mais j'en ai parlé avec elle. Elle va se refaire une conduite, tu peux me croire.
– Tu peux toujours rêver, Tate. Pourquoi ne renonce-t-elle pas aux indemnités, alors, si elle veut en finir ?
– C'est ce qu'elle a fait.
– Foutaise ! Elle vient de réclamer le paiement juste à l'instant. J'ai vu le machin de mes propres yeux. Elle est en train de nous relancer, de faire pression pour obtenir un règlement rapide. C'est comme ça que l'affaire m'a été transmise, pour commencer.
– Je ne te crois pas.
– T'as qu'à lui demander.
Il avait un sourire peiné.
– Ça m'est difficile si je ne lui dis pas de quoi il retourne.
– Alors tu ferais bien de trouver un moyen d'agir avant que je boucle le dossier.
– Il y a toujours des choses qu'on ne voit pas.
– Il y a toujours des choses qu'on ne voit pas dans un coup tordu, répliquai-je.
Le regard soucieux de Jimmy errait de nouveau à la

recherche de Bibianna. Il s'absorba dans sa contemplation, en se frottant la lèvre inférieure avec son pouce. Il ne voulait pas me croire. Son béguin pour cette gamine (c'était bien une gamine) l'avait apparemment aveuglé. Après avoir fréquenté des filles malhonnêtes pendant des années, il avait soudain décidé que celle-là pouvait s'amender comme par enchantement, si elle le voulait. Il avait tout simplement oublié à quel point le crime engendre une dépendance. Les récidivistes sont motivés par le manque plus que par la nécessité.

Je ne l'avais jamais vu ferré à ce point. Dans le passé, ses rapports avec les femmes avaient été faciles à comprendre, c'était des aventures menées d'un cœur léger, sans liens affectifs. Quelques éclats de rire, quelques rapports sexuels rapides, deux à trois semaines de camaraderie. Quant à elles, je ne sais pas comment elles prenaient la chose. Les femmes qu'il sortait étaient souvent intelligentes mais se leurraient volontairement elles-mêmes, en proclamant d'avance que tout ce qu'elles voulaient c'était se donner du bon temps et s'amuser, alors qu'en fait elles s'étaient attachées à lui sur un coup de foudre et se trouvaient bientôt prises à un piège sentimental. On s'apercevait du tour que prenait la chose à la manière dont elles le regardaient, à leur volonté de se montrer compréhensives, tolérantes, dociles et prévenantes. J'en avais vu passer huit ou dix dans sa vie en dix mois. Toutes étaient sveltes, séduisantes, brillantes et compétentes – des femmes avec un métier intéressant, dans la publicité, les affaires, les arts graphiques, la production d'émissions télévisées. Chacune finissait par mordre à l'hameçon. Elles se laissaient séduire par sa disponibilité, son charme naturel, la sexualité qui imprégnait l'air autour de lui. Elles commençaient par le servir, lui mijoter des petits plats, repasser ses chemises; c'était leur manière subtile de lui montrer à quel point sa vie pourrait être meilleure si elles vivaient avec lui. Elles commençaient à l'interroger sur ses amours passées, en s'efforçant d'imaginer pourquoi la femme précédente s'y était mal prise, en cherchant à éliminer de leur propre comportement les causes qui avaient provoqué la disgrâce de celles qui les avaient précédées. Cette phase ne durait pas longtemps, car la conduite de Jimmy demeurait exactement la même tout le temps. Les sacrifices personnels consentis par ces femmes ne leur rapportaient rien, sauf, peut-être, une inflammation du genou comme en ont les femmes au foyer. Il était irresponsable, toujours aussi coureur, bien qu'il essayât d'être poli. Il n'affichait jamais ses incartades mais il n'en faisait pas mystère non plus, puisque la non-exclusivité faisait partie des termes du contrat qu'il avait passé avec sa dernière petite amie. Elles finissaient par se montrer irritables parce que leur asservissement n'était pas payé de retour. Chaque femme, à tour de rôle, en venait à se conduire en victime, et à prendre Jimmy pour cible évidente de sa frustration. Cela, bien entendu, lui fournissait un parfait alibi pour rompre avec elles. En l'espace d'un mois, jamais plus de deux, elles se mettaient à exiger, voire à se plaindre, à exprimer malgré elles leurs déceptions et leurs reproches. A la minute où cela se produisait, Jimmy Tate prenait la porte sans même un « Merci, madame. » Mais je ne l'avais jamais vu regarder l'une d'entre elles comme il regardait Bibianna Diaz.

Elle revint à la table, où elle s'installa d'une manière provocante sur les genoux de Jimmy, à califourchon, la jupe troussée jusqu'à l'entrejambe, les seins si près de son visage que je le voyais déjà y mordre à belles dents comme dans des petits gâteaux. J'ai passé la demi-heure suivante à risquer la surdité permanente pendant que Jimmy Tate et Bibianna échangeaient des regards brûlants et faisaient (plus ou moins) l'amour tout habillés, en position verticale au risque de brûler par frottement toutes les couches de tissu qui les séparaient. L'air sentait le désir, comme le doux parfum de l'herbe humide après une averse. Ça ou l'insecticide pour chat.

L'orchestre achevait un numéro et entama le suivant – le seul slow que j'entendis de toute la nuit. Bibianna s'en alla danser avec quelqu'un d'autre. Jimmy semblait n'y voir aucun mal. Le fait que des piliers de bar recherchaient la compagnie de cette fille semblait le flatter. Cela me donna également le temps de me faire une idée de ce qu'il pensait dans sa tête et de savoir s'il pouvait être un atout ou un obstacle dans ma tentative pour me rapprocher de Bibianna. Jimmy me tendit la main.

– Viens danser, dit-il.

7

Je mis ma main dans la sienne et le suivis. Sur une piste de danse, il était de ces hommes qui vous donnent l'impression d'être Ginger Rogers; il me communiquait toute une série de suggestions rien qu'à la façon dont il exerçait des pressions sur ma taille. Il se mouvait d'une manière automatique tout en scrutant le bar, son regard se déplaçait sans cesse à travers la pièce. C'était un comportement que je connaissais. Quand on a été flic, on ne cesse jamais de l'être; on ne devient jamais vraiment un « ancien flic » ou un flic « qui n'est pas de service » ou un flic « à la retraite ». Une fois qu'il a été entraîné, une fois qu'il a été endoctriné, un flic est toujours sur le qui-vive, occupé à évaluer les possibilités que présente la situation pour un délinquant. Quels qu'aient été les défauts de Jimmy en tant que fonctionnaire de police, principalement en matière de corruption, je ne pouvais pas me l'imaginer faisant quoi que ce soit d'autre dans la vie. Il m'était difficile de croire qu'il s'était sabordé lui-même délibérément, se coupant du seul travail qui ait jamais eu de l'importance à ses yeux. Ce n'était pas vraiment une attitude étrangère à son caractère, mais ce n'était pas malin de sa part. Qu'est-ce qu'il allait devenir maintenant? Prendre sa retraite pour quoi faire?

Il sentit mes préoccupations et me consacra de nouveau toute son attention.

– Pourquoi t'es silencieuse?

– Je réfléchissais au procès; je me demandais comment

tu avais pu te laisser embarquer dans cette histoire, avant tout.

– Ça a commencé quand j'étais un jeune délinquant.

– Tu avais douze ans. A l'époque tu n'avais rien à perdre. Je sais que tu as eu des problèmes, mais je n'ai jamais pensé que tu étais une fripouille.

– Réveille-toi. Qu'est-ce que ça veut dire? Je ne suis pas plus fripouille qu'un autre. Allons, Kinsey. Tu sais ce que c'est. A l'occasion je me suis fais graisser la patte. Merde, tout le monde le fait. Dès le jour où je suis entré à la police, j'ai vu des types palper du pognon. Alors c'est pas comme si c'était un truc inédit – mais c'était pas organisé, un point c'est tout. Je n'ai pas escroqué des petites vieilles pour leur faucher le fric de leur retraite. C'était des foutus revendeurs de coke – des ordures. Les pires. L'argent attendait d'être blanchi ; il était juste là. T'as une idée de ce que c'est quand on réussit à choper un gars dans un coup comme ça? On pouvait trouver deux cent mille – foutre, un demi-million de dollars – allongés sur la table en jolies petites liasses bien nettes, toutes entourées d'un élastique. Ça n'a même pas l'air d'être des vraies. On dirait de l'argent pour rire. Des accessoires de cinéma. Alors qui est-ce qui va le remarquer si une liasse de billets disparaît? Les blanchisseurs? Reviens sur terre. Les types abandonnent le pognon sur place pour qu'il n'y ait plus de preuves. Au moment où on boucle le gars, s'il y a un trou de vingt mille dollars, qui peut savoir où ils sont passés? Qui s'en soucie même?

– Tu empochais plus de vingt mille, d'après ce que racontaient les journaux. Est-ce qu'il t'est jamais venu à l'esprit que tu t'étais fait piéger?

– Le sergent Renkes raflait quatre fois plus que nous; pourquoi je me serais douté qu'il cherchait à nous entuber? En y regardant bien, c'était lui qui avait le plus à perdre.

– Mais pourquoi toutes ces dépenses tapageuses? dis-je. Les journaux ont parlé de hors-bord et d'appartements... de voitures de luxe. Avec un salaire de flic? Pensais-tu que personne ne le remarquerait?

Jimmy éclata de rire.

– Personne n'a dit qu'on était malins. J'avais envie de ces

joujoux. On en avait tous envie, et pourquoi pas? Donc tout ça c'était un coup monté. Peut-être qu'on aurait dû s'en douter. En tout cas, c'est pour ça que Bosco s'est fait sauter la cervelle. Parce qu'on avait été épinglés et qu'il ne voyait pas moyen de s'en sortir. Renkes dirigeait l'unité où on travaillait ... c'est lui qui avait fixé la règle du jeu, il nous avait embringués là-dedans, et puis il nous a donnés. Quelqu'un cherchait à faire le ménage dans la boutique et Danny Renkes tenait le balai.

– Tu savais que la baraque allait sauter?

– Dans un certain sens, oui. Ça faisait des mois que des rumeurs circulaient. Personne ne voulait vraiment y croire. Moi je me trouvais en arrêt de travail à l'époque, je n'étais donc plus vraiment dans le coup au moment où ça a sauté. J'avais pris ma part, bien entendu, et Renkes le savait. Quand j'ai entendu dire que ça sentait le roussi, j'ai commencé à me renseigner autour de moi. Tout le monde disait la même chose. Planque-toi, mec. Tire-toi de là. Prends un avocat avant d'être dans la merde jusqu'au cou; ce sera comme un raz de marée. J'ai engagé le plus malin des salopards du barreau. J'ai dû mettre au clou tout ce que je possédais pour lui payer ses honoraires, mais ça valait bien toute la dépense. Wilfred Brentnell. Tu sais qui c'est?

– Tu parles! On m'a dit que la seule affaire qu'il ait perdue c'était ici. Nikki Fife, tu te souviens d'elle? Je suppose que les tribunaux de Santa Teresa ne se sont pas laissés impressionner si facilement par ses compétences.

– C'est le prix à payer quand on veut vivre en province. Mais c'est un champion. De première classe. On l'appelle « Bent Willy » parce qu'il a un doigt recroquevillé comme ça par suite d'un accident.

– Et Renkes, qu'est-ce qu'il est devenu? Tu lui en veux?

– Je lui en veux pas. Pour tout dire, je comprends pourquoi il a fait ça. Moi, je ne l'aurais pas fait, mais je n'étais pas non plus acculé comme lui. J'avais pas le district attorney sur le dos, pour me proposer un marché donnant donnant.

– Un marché?

– Merde, oui. Il s'était fait choper sur un autre coup. Tu le savais pas?

Je secouai la tête en signe de dénégation.

– Je n'ai su que des fragments de l'histoire.

– Oh! ouais! Ils avaient un cadavre sur les bras. La seule chose, en ce qui concerne Renkes, c'est qu'il nous a balancés pour pas grand-chose. Il était brûlé. Il aurait dû en prendre plein la gueule au lieu de faire tout retomber sur notre dos à nous. Mais c'est la vie, pas vrai?

La musique finissait. Nous retournâmes à notre table, en passant devant Bibianna. Jimmy émit un grognement sourd et la saisit par la peau du cou, comme s'il la revendiquait par ce geste. Elle se retourna en souriant et il la serra contre lui dans une étreinte à lui broyer la hanche, probablement destinée à réaffirmer ses droits de propriété. Bibianna le repoussa, mais elle riait en même temps et son geste était dépourvu de toute conviction. Il prit affectueusement l'épaule de la jeune femme dans l'étau de son bras et ils s'embrassèrent de nouveau. Je sentais mon regard vagabonder vers le ciel. De retour à notre table nous avons commandé une nouvelle tournée de bière.

Le niveau du bruit s'élevait, l'alcool faisait jaillir des bouffées de rires hystériques et de conversations bruyantes, sur un arrière-plan de querelles. L'air était gris à cause de la fumée de cigarette, le bruit des « frappes » qui se succédaient l'une derrière l'autre en un défilé régulier faisait penser à une équipe de menuisiers maniant le marteau. La musique reprit, cette fois il y avait des effets de lumières en supplément, de quoi vous faire avoir une attaque. Sur la piste de danse, un ivrogne bascula en arrière et s'écrasa sur une table. Un cri s'éleva, une chaise se brisa, des coupes volèrent en inondant les alentours de tessons de verre et de tequila. Jimmy et Bibianna ne semblaient pas s'en apercevoir. Ils étaient occupés à interpréter une version assise du sex-boogy, comme dans ces atroces scènes de films où les couples jouent de la langue sur l'écran et se dévorent mutuellement les lèvres. Tenir compagnie à un couple d'amants peut se transformer en une dure épreuve pour ceux d'entre nous qui sont célibataires. L'air lui-même était lourd, des étincelles jaillissaient entre eux en décrivant un arc presque imperceptible. Chaque fois qu'ils se regardaient dans les yeux, je me rendais compte qu'ils mouillaient leurs sous-vêtements.

Je regardai ma montre : onze heures un quart. C'était assez comme ça. Ma chaise grinça quand je la repoussai en arrière.

– Ça suffit pour moi, dis-je. Temps de partir. Bonne nuit. C'était formidable.

Il me fallut un certain temps pour attirer leur attention. Jimmy finit par émerger d'un baiser en piqué. Il leva les yeux vers moi sous ses paupières lourdes, avec une expression de surprise; il avait encore du mal à reprendre sa respiration.

– J'espère ne pas vous avoir interrompus, dis-je.

Le désir ralentissait ses réactions et je pouvais le voir qui cherchait à retrouver sa voix.

– Ne pars pas, croassa-t-il. Reste un peu. Il faut qu'on parle.

– A quel sujet?

Bibianna dut se pencher en avant pour se faire entendre, mais elle paraissait plutôt fraîche en comparaison.

– Trop de bruit ici. On va aller à côté manger un morceau. Pourquoi tu viendrais pas avec nous?

J'étais déchirée, je l'avoue. J'avais passé la plus grande partie de la journée à établir le contact et je savais que j'avais été assez futée pour établir avec Bibianna un lien solide. Il y avait, bien entendu, la possibilité que Jimmy Tate lui dise la vérité à mon sujet, mais je pensais que je pouvais lui faire confiance pour rester bouche cousue. En ce moment, il semblait surtout avoir envie de s'allonger. Ils s'excitaient, retardaient la conclusion inévitable, pendant que je comptais le temps qui passait. « Oh! merde, pensais-je, de toute manière je vais finir seule dans mon lit, alors pourquoi me presser? » Je fis glisser jusqu'en haut le curseur de la fermeture Éclair sur mon blouson de cuir en attendant qu'ils aient fini de démêler toutes les parties de leurs corps. Pendant que nous fendions la foule en direction de la sortie, j'eus droit à deux ou trois propositions que je ne pris pas au sérieux. Toutes étaient adressées à « Hé, toi » ... « Ouais, toi » avec force gestes et manifestations. L'un des galants devait avoir seize ans. L'autre exhibait une grosse dent en or juste sur le devant.

Nous quittâmes tous les trois le bar sous une pluie légère. Jimmy s'empara de la main de Bibianna et ils se mirent à courir. Je trottinais derrière eux, les rejoignant au moment où ils atteignaient un petit restaurant, trois portes plus bas. Après les rafales de décibels du bar, l'endroit paraissait aussi calme qu'un hôpital. *Bourbon Street* était le nom de ce petit établissement, essentiellement constitué d'une longue pièce étroite qui était censée représenter une impasse de La Nouvelle-Orléans. Les murs de briques étaient coupés par une série de fausses fenêtres et de fausses portes cochères, éclairées par derrière pour donner l'illusion qu'elles s'ouvraient sur des intérieurs accueillants. Une série de balcons cernés de balustrades en fer forgé saillaient au niveau de l'étage supérieur pour évoquer la présence d'appartements et le décor du Quartier Français (ou prétendu tel) avec des appliques en forme de lanternes dans lesquelles brûlaient des ampoules clignotantes comme des flammes de bougies vacillant sous le vent. Un lierre vert artificiel montait le long du mur ; il était si bien imité que j'aurais juré sentir la brise qui semblait agiter ses feuilles.

La cuisine du restaurant était dissimulée derrière un tournant du couloir – là où le mur faisait un angle. L'odeur des crevettes cuites *à l'étouffée* [1] et du rouget grillé remplissait l'air ; c'était comme si vous aviez reniflé une bouffée du déjeuner dominical de quelqu'un d'autre. Il y avait dix-sept tables en tout, vides pour la plupart, toutes recouvertes d'un papier de boucher blanc. Des lampes-tempête dispensaient aux clients un éclairage flatteur, tout en émettant suffisamment de lumière pour leur permettre de manger.

Jimmy commanda du maïs à la mode cajun – des morceaux d'écrevisses frites avec une sauce épicée – et un bol de jambalaya pour chacun de nous. Bibianna voulait des huîtres pour commencer. Je les regardais négocier la composition du repas ; je me sentais moi-même étrangement passive. Ils discutèrent sur le point de savoir s'il fallait du vin plutôt que de la bière et finalement commandèrent l'un

1. En français dans le texte *(N.d.T.)*

et l'autre. C'était pour eux presque un jeu, mais je me sentais absente. Je picorai un petit pain de maïs, en essayant d'imaginer l'heure qu'il pouvait être là où se trouvait Dietz. L'Allemagne était-elle de huit heures en avance sur nous? Je me mis à nourrir quelques mauvaises pensées à propos de Dietz, tout en observant paresseusement Bibianna et Jimmy, comme à travers un miroir transparent. Il me semblait clair qu'il y avait entre eux bien plus qu'une brève passade. Jimmy Tate était un garçon plein d'allure avec tout le charme ensoleillé d'un adepte du surf en Californie; ses lunettes cerclées de métal ajoutaient de l'intérêt à un visage qui aurait pu être trop séduisant pour mériter d'être pris au sérieux. Les hommes beaux n'ont jamais exercé de fascination sur moi, mais il faisait exception, probablement à cause de notre passé commun. Il avait abusé de la vie – alcool et drogues, nuits blanches et bagarres de bars – aussi, à trente-quatre ans, commençait-il à en porter les marques. J'apercevais des rides très fines autour de ses yeux, des rides plus profondes autour de la bouche. La jeunesse de Bibianna et sa sombre beauté latine offraient un parfait contrepoint à sa blondeur séduisante et à ses yeux bleus. Ils semblaient faits l'un pour l'autre : un flic véreux et une artiste de l'arnaque. Tous deux cherchaient à prendre des raccourcis... sachant se servir du système, à l'affût de quelques dollars rapidement gagnés. Ni l'un ni l'autre n'était malfaisant mais ils semblaient s'être reconnus dans leur besoin de se situer hors la loi. Je me demandais ce qui les avait attirés l'un vers l'autre au début, s'ils avaient perçu leur commun attachement pour la révolte et le péché. Leurs ressemblances n'étaient certainement pas visibles en surface, mais je soupçonne les amoureux d'avoir quelque instinct infaillible pour déceler les traits de caractère qui, chez l'un et l'autre, les attirent et les condamnent à se rejoindre.

Quand les plats arrivèrent, ils se jetèrent dessus avec le même appétit vorace qu'ils éprouvaient l'un pour l'autre, liquidant une bouteille de vin rouge à eux deux. Je n'avais plus rien envie de boire. Je concentrais mon attention sur le plat posé devant moi, avec le genre de plaisir qui ne peut faire penser qu'à la sublimation de désirs sexuels. Après les bières que j'avais ingurgitées, c'était bon d'avoir la possibilité de m'éclaircir les idées avant de rentrer chez moi en voiture. L'endroit commençait à se remplir d'une foule de noctambules. Le bruit s'intensifiait, mais il ne pouvait soutenir en rien la comparaison avec celui du bar que nous venions de quitter. J'étais vaguement consciente de la présence d'une porte derrière mon dos, s'ouvrant par intervalles plus ou moins réguliers depuis que la bousculade de minuit avait commencé – des gens en quête d'un café chaud et d'une part de gâteau à la patate douce. La nature se manifesta en moi par suite de toutes les bières que j'avais bues.

– Où sont les toilettes?

Bibianna pointa son doigt vers le fond du restaurant. Elle et Tate étaient ivres, l'un comme l'autre, et je commencais à me demander si je ne serais pas obligée de les transporter tous les deux jusqu'à son domicile à elle, dans l'intérêt de leur sécurité.

– Je reviens tout de suite, dis-je.

Je me frayai un chemin en contournant les tables, cherchant du regard la pancarte habituelle qui indiquait la direction des toilettes et des téléphones publics. Je poussai une porte battante, à deux volets, et me retrouvai dans un petit couloir, éclairé lui aussi par des ampoules à la lumière vacillante. Au bout, il y avait deux téléphones publics de part et d'autre d'une sortie au-dessus de laquelle se trouvait une pancarte où l'on pouvait lire CETTE PORTE DOIT RESTER ACCESSIBLE PENDANT LES HEURES DE TRAVAIL. A ma droite, il y avait deux portes respectivement marquées d'un H et d'un D. Je poussai celle qui portait le D. L'éclairage était meilleur. Il y avait une double vasque encastrée, à ma gauche, avec un miroir courant tout le long de la paroi, un distributeur de serviettes en papier au-dessus d'une poubelle métallique, et deux cabines, dont une était occupée. J'entrai dans l'autre. Sous la cloison rehaussée qui séparait les cabines, je pouvais voir les pieds de l'autre occupante, qui urinait copieusement avec le bruit que fait un quart de limonade versée d'une grande hauteur. Je contemplais négligemment la façon dont elle était chaussée : des bas à motifs, des escarpins à brides avec des talons aiguilles. Je les lorgnais, me penchant un peu pour regarder de plus près. J'avais déjà vu les mêmes chaussures ou une paire tout à fait pareille aux pieds de la blonde dans les bureaux de la CF. J'entendis le bruit de la chasse d'eau. Je me réajustai à la hâte tandis qu'elle se lavait les mains et s'emparait d'une serviette dans le distributeur. J'entendis le froissement du papier pendant qu'elle se séchait les mains. Je tirai la chasse d'eau dans ma cabine, en m'y attardant un moment. Je n'osais pas sortir sans savoir si elle était partie pour ne pas risquer d'être reconnue par elle. J'entendis le *tip-tap* de ses talons sur le carrelage pendant qu'elle traversait la pièce. Dès que le battant se referma derrière elle, je surgis et courus vers la porte. Je passai la tête pour scruter le couloir. J'aperçus la blonde devant un des téléphones publics, occupée à insérer de nombreuses pièces dans la fente. Elle se détournait légèrement comme pour se ménager un peu d'intimité. C'était la personne qui se faisait appeler Karen Hedgepath, avec sa chevelure blonde hérissée, coiffée à la mode punk, et son tailleur de femme d'affaires à la coupe sévère. Elle se tenait de profil, la main droite pressée contre son oreille pour étouffer les bruits en provenance du restaurant. Je la vis changer de posture et devinai que son correspondant avait décroché. Elle se mit à parler rapidement, avec de grands gestes de sa main libre. Je fis demi-tour et retournai dans la salle du restaurant pendant qu'elle était encore occupée à téléphoner. Un regard rapide me révéla la présence du gros type à veste de sport en tissu écossais. Il me tournait le dos, assis devant une table à deux places près du mur, mais je reconnus sa veste et la coupe de ses épaules. Il fumait une cigarette; une bouteille de vin rouge était posée devant lui.

A notre table, les sièges était disposés de telle sorte que je faisais face aux toilettes, le dos tourné à la porte d'entrée, avec Bibianna sur ma droite et Jimmy Tate en face de moi. Bibianna me regardait avec curiosité, sentant mon émoi. A voix basse, guettant du coin de l'œil le retour prématuré de la blonde, je lui dis en lui tendant le menu :

– J'aimerais que tu observes très discrètement la porte qui mène aux toilettes. Une blonde va faire son apparition dans un instant. Vois si tu la connais, mais ne montre pas que tu es en train de regarder. T'as compris?

– Pourquoi? Qu'est-ce qui se passe? me dit Bibianna.

– Je l'ai entendue téléphoner, près des toilettes, et elle parlait de toi.

– De moi?

Jimmy se pencha en avant.

– Qu'est-ce qu'il y a?

La blonde surgit du couloir en franchissant les portes battantes. Son regard s'attarda à peine sur notre table et changea de direction.

– Ne tourne pas la tête, chantai-je dans ma barbe.

Le regard de Bibianna effleura la femme. La réaction qui s'ensuivit fut subtile, mais je pus observer que toute animation s'effaçait de son visage.

– Oh! merde! Faut que je sorte d'ici, dit-elle.

Je lui tendis un menu ouvert, en lui indiquant du doigt le premier article sur la liste des desserts; c'était un gâteau au citron vert. Sur le ton de la conversation, je lui dis :

– Prends ton sac à main et va dans les toilettes des femmes. Sors par la porte qui se trouve au bout du couloir et attends à l'entrée de l'allée. L'un de nous viendra te chercher. Laisse ta veste sur le dos de la chaise. il ne faut pas que tu aies l'air de t'en aller pour de bon, OK?

Le regard de Jimmy se déplaçait de mon visage à celui de Bibianna.

– Qu'est-ce qui se passe?

Bibianna se mit debout, tâtonnant à l'aveuglette pour attraper son sac à main. Trop tard. Le couple se dirigeait vers nous. La blonde posa une main ferme sur mon épaule, en m'enfonçant ses ongles dans la chair. Le type pressa un Browning .45 contre la colonne vertébrale de Bibianna comme un orthopédiste qui explore une hernie discale. Je vis Jimmy s'apprêter à sortir son .38, mais le type hocha la tête.

– Je peux la descendre si quelqu'un fait du grabuge. A vous de choisir.

Jimmy posa les deux mains à plat sur la table.

Bibianna ramassa sa veste et son sac à main. Jimmy et moi les regardâmes avec impuissance partir tous trois en direction de la porte de derrière. Jimmy avait de meilleurs réflexes que moi pour ce genre de choses. A l'instant où ils disparaissaient de notre champ visuel, il bondit vers l'entrée, s'attirant les regards ahuris de tous les clients qu'il bousculait au passage. Il ne prit pas la peine de s'excuser. La porte d'entrée s'ouvrit à la volée et il se trouva dehors. Je jetai de l'argent sur la table et me précipitai à ses trousses.

Au moment où je sortis, il fonçait déjà vers le coin de la rue, ramant avec les coudes, revolver au poing. La rue était humide, l'atmosphère saturée d'un fin brouillard. Je courus derrière lui, en mettant les pieds au beau milieu d'une flaque d'eau, en cours de route. A distance, je pouvais entendre crisser des pneus dans l'allée où le couple devait avoir garé sa voiture. J'atteignis le carrefour quelques instants après Jimmy. Une conduite intérieure Ford surgit à toute allure de l'allée, trois portes plus bas. Jimmy, comme s'il se déplaçait au ralenti, se mit en position et tira. Le pare-brise arrière vola en éclats. Il tira de nouveau. Le pneu droit arrière explosa et la Ford, après un brutal tête-à-queue, emboutit un camion à l'arrêt le long du trottoir. On entendit le *bang!* angoissant que produit le heurt d'objets métalliques. Le pare-chocs avant de la Ford résonna sur la chaussée et une pluie de fragments de verre s'abattit en tintant délicatement. Les quelques piétons qui se trouvaient à proximité couraient se mettre à l'abri et je pus entendre le cri prolongé d'une femme. Les portières avant de la Ford parurent s'ouvrir simultanément. La blonde surgit du côté du passager, le type énorme du côté du conducteur ; protégé par la portière ouverte de la voiture, il se retourna pour viser. Je me laissai tomber sur le pavé en m'abritant derrière une rangée de poubelles. Les coups de feu échangés faisaient le même bruit que les grains de maïs quand ils éclatent dans une poêle à pop-corn. Je rentrai la tête dans les épaules, j'avais des gravillons dans la bouche et les narines envahies par une odeur complexe d'ordures et de ciment mouillé sous la pluie. J'entendis encore trois coups de feu tirés à la suite ; un projectile laboura la chaussée près de ma tête. J'avais peur pour Jimmy ; j'étais pleine d'appréhension quant au sort de Bibianna, également. Quelqu'un était en train de courir. Au moins celui-là se trouvait encore en vie –

je ne savais absolument pas qui c'était. J'entendis les bruits de pas s'atténuer, puis ce fut le silence. Je me relevai sur les mains et les genoux pour avancer à quatre pattes en direction d'une voiture garée, et jetai un regard par-dessus le capot. Jimmy était debout au milieu de la rue. Brusquement, il s'affaissa au bord du trottoir, la tête sur les genoux. Il n'y avait aucune trace de la blonde. Bibianna, apparemment indemne, se cramponnait à l'aile arrière de la Ford et sanglotait d'une manière hystérique. Je me mis debout, déconcertée par le calme soudain. Je m'approchai d'elle avec prudence, en me demandant où était passé le type à la veste de sport écossaise.

Je pouvais entendre un halètement, un gémissement pénible qui exprimait à la fois une angoisse et un effort extrêmes. De l'autre côté de la Ford, je l'aperçus, en train de se traîner le long du trottoir. Il avait une tâche humide de sang brillant entre les deux omoplates. Il semblait uniquement préoccupé de s'éloigner, déterminé à fuir, se déplaçant avec les gestes mal coordonnés d'un bébé qui rampe, en se servant parfois de ses membres à contretemps. Il se mit à pleurer de dépit devant la maladresse de sa progression. Sans doute avait-il été un homme qui comptait toujours sur sa force physique pour se tirer d'affaire, qui jouissait d'une certaine supériorité incontestée en raison de sa haute taille. Maintenant sa corpulence même lui était une gêne, un fardeau qu'il ne maîtrisait plus tout à fait. Il posa la tête sur le sol, pour se reposer un instant avant de reprendre de nouveau sa progression, centimètre par centimètre. Une foule s'était agglutinée, comme les spectateurs près de la ligne d'arrivée d'un marathon. Personne ne lançait d'acclamations. Les visages étaient respectueux, incrédules, perplexes. Une femme se dirigea vers le blessé et s'accroupit à côté de lui ; elle tendit la main jusqu'à le toucher. A son contact, un profond mugissement sembla s'élever de lui, guttural et douloureux. Aucun cri n'est terrible comme celui d'un homme qui pleure sa propre mort. La femme leva les yeux, ahurie, sur les personnes debout à proximité.

– De l'aide, demanda-t-elle d'une voix rauque. (Elle ne

parvenait pas à donner du volume à sa voix.) S'il vous plaît, aidez-le. Est-ce que quelqu'un peut faire quelque chose ?

Personne ne bougea.

Déjà l'on entendait les sirènes. Jimmy Tate releva la tête.

8

Je me dirigeai vers la Ford. La portière arrière gauche était ouverte et Bibianna était assise de côté sur le siège arrière, inclinée en avant avec les coudes sur les genoux. Elle tremblait si fort que ses pieds ne pouvaient pas rester à plat sur le sol. Ses talons aiguilles semblaient faire des claquettes et elle serrait ses mains l'une contre l'autre en les coinçant entre ses cuisses. Je pensais qu'elle était en train de fredonner, mais c'était une plainte qu'elle s'efforçait de réprimer en serrant très fort les dents. Son visage était blême. Je m'accroupis auprès d'elle, en posant une main sur la peau glacée de son bras.

– Pas de mal?

Elle secoua la tête, dans un geste désespéré de terreur et de résignation.

– Je vaux pas plus que si j'étais morte. Je suis morte. C'est ma faute. Il va me le faire payer. Ça va être l'enfer.

Son regard errait vaguement en direction du coin de la rue, là où la foule s'était rassemblée. Des larmes lui montèrent aux yeux, moins de tristesse que de désespoir.

Je lui donnai une petite tape sur le bras.

– Qui *est-ce*?

– Il s'appelle Chago. C'est le frère du type avec qui je vivais avant de venir ici. Il a dit que Raymond l'avait envoyé pour me ramener.

– Bibianna, c'est de la foutaise. Ils n'allaient t'emmener nulle part. Ils allaient te tuer.

– J'aurais tellement voulu en avoir fini avec tout ça! Si quelque chose arrive à Chago, Raymond me tuera de toute façon. Il y sera obligé. C'est comme une dette de sang. Ma vie ne vaut pas un clou.

– Je pensais que c'était Jimmy qui l'avait tué. Pourquoi est-ce ta faute?

– Quelle différence ça fait? Raymond ne fera pas attention à ça. C'est ma faute si je suis partie. C'est ma faute s'il a dû envoyer Chago me chercher. C'est ma faute si la *voiture* est esquintée. C'est comme ça qu'il voit les choses.

– Je pensais que la blonde était la petite amie de Chago, dis-je.

– Sa femme. Elle s'appelle Dawna. D-a-w-n-a. Qu'en dis-tu? Merde, elle me tuera elle-même si Raymond ne me tue pas avant.

Jimmy Tate approcha et posa sa main sur la nuque de Bibianna.

– Alors, poupée. Ça va?

Elle lui prit la main et la pressa contre sa joue.

– O Seigneur, ô Seigneur... J'ai eu peur pour toi.

Il la mit debout et la prit dans ses bras. Il l'étreignait en murmurant quelque chose dans ses cheveux.

– Jésus, qu'est-ce que je vais faire? se lamenta-t-elle.

Un véhicule de police-secours surgit en trombe à l'angle de la rue; son girophare continuait à lancer des éclairs orange tandis que la sirène s'arrêtait brusquement. Deux secouristes en sortirent; l'un d'entre eux portait une trousse pour les premiers soins. Je me mis debout et vis par-dessus le capot de la Ford les deux hommes se diriger rapidement vers le type étendu, face contre terre, sur le trottoir. Sa progression cahotante vers le coin de la rue s'était soudain arrêtée. Je remarquai qu'il avait laissé une longue traînée de sang dans son sillage comme une trace d'escargot. La femme qui s'était agenouillée près de lui pleurait sans retenue. J'étais persuadée qu'elle était étrangère à tout ça, uniquement liée à lui par la bizarrerie du hasard qui l'avait placée à cet endroit. Ses deux compagnons essayaient de l'entraîner avec douceur, mais elle refusait de lâcher prise.

Un des secouristes s'agenouilla et plaça les doigts sur la

carotide du type, pour voir si l'on sentait encore le pouls. Lui et l'autre secouriste échangèrent un de ces regards qui remplacent six lignes de dialogue dans un feuilleton à la télé. Deux voitures de police arrivèrent à vive allure, en faisant crisser leurs pneus, et s'arrêtèrent net derrière le véhicule de police-secours. Un agent sortit de la première voiture et Jimmy Tate s'avança à sa rencontre. Le flic de service dans la seconde voiture s'avéra être une femme, grande, robuste, les cheveux clairs tirés en arrière pour dégager le visage, et serrés en un petit chignon bien net sur la nuque. Elle était nu-tête, portait le pantalon réglementaire de couleur sombre et un blouson de même teinte, avec sur les manches l'insigne de la police de Santa Teresa. Elle se dirigea vers les secouristes pour échanger quelques paroles rapides avec eux. Je remarquai que ni l'un ni l'autre ne semblait occupé à administrer les soins d'urgence, ce qui laissait penser que le type à la veste de sport avait déjà trépassé. La femme-agent retourna à sa voiture de ronde et passa un message radio pour alerter le bureau du médecin légiste, appeler la brigade criminelle et demander l'arrivée de renforts selon la procédure numéro 2 – pas de sirène. Elle allait avoir besoin d'aide pour protéger le lieu du crime. La pluie avait repris mais c'était un simple crachin qui remplissait l'air nocturne d'une brume apaisante. La foule était passive et personne ne songeait à intervenir, mais quelqu'un allait devoir commencer à interroger les témoins, noter les noms et adresses, avant que les gens ne se lassent et se mettent à partir.

Bibianna s'effondra de nouveau sur le siège arrière de la voiture. De longues minutes s'écoulèrent. Elle avait sombré dans le silence, mais quand la première unité de renfort arriva, elle sortit de sa torpeur et lança un regard sombre dans la direction des deux agents qui sortaient de la voiture pie.

– Je ne veux parler à aucun flic, dit-elle. Je hais les flics. Je ne veux pas leur parler.

– Bibianna, il va falloir leur parler. Ces gens ont essayé de te tuer. Il y a un mort sur le trottoir...

La fureur éclata sur son visage et sa voix s'éleva de plusieurs tons.

– Je veux qu'on me foute la paix!

Plusieurs personnes se retournèrent pour nous regarder, dont la femme-agent qui se mit à progresser dans notre direction. Elle posa la main sur sa hanche gauche, pour toucher sa matraque comme s'il s'agissait d'un talisman. Quand elle se fut rapprochée, je pus lire son nom sur l'insigne. D. Janofsky. Probablement Diane ou Deborah. Elle n'avait pas une tête à s'appeler Dorothy. De près, on voyait qu'elle n'avait pas trente ans, et je me dis qu'elle était probablement nouvelle. Je connaissais presque tous les agents qui travaillaient dans la région, mais elle, je ne l'avais jamais rencontrée. Son attitude était prudente, son expression empreinte de vivacité. Comme beaucoup de flics, elle avait appris à faire taire ses émotions.

– Tout va bien ici?

Elle avait à peine émis ces mots qu'une troisième voiture de ronde dérapait à l'angle de la rue. Nous nous retournâmes toutes les trois tandis que le véhicule faisait halte à quelque distance de là. La nuit du mardi à Santa Teresa est généralement très calme, de sorte qu'à part l'envie évidente d'apporter de l'aide à un camarade, l'agent qui avait répondu avait dû être électrisé par l'idée de participer à quelque action. C'était mieux que de faire la chasse aux clochards sur les voies du chemin de fer. Janofsky reporta son attention sur Bibianna dont le visage s'était assombri. Je regardais Tate du coin de l'œil et je me rendis compte, tout comme Bibianna, qu'il avait déjà été mis en état d'arrestation.

– Qu'elle ne s'approche pas de moi, dit Bibianna.

– Tout va bien, dis-je, en espérant calmer le jeu.

Janofsky m'ignora, et se mit à fixer Bibianna d'un regard scrutateur.

– Je voudrais voir votre permis de conduire.

Elle sortit sa torche comme si elle avait l'intention d'examiner le permis après que Bibianna l'aurait montré. Je savais par expérience qu'une lampe électrique de cette taille pouvait efficacement servir d'arme protectrice. Je regardais, pleine d'appréhension.

– Pour quoi faire? demanda Bibianna.

– Madame, voudriez-vous me montrer un papier d'identité?

– Va te faire foutre, dit Bibianna.

Elle s'était arrangée pour mettre dans ces quatre mots autant de lassitude que de mépris. Pourquoi se montrait-elle si belliqueuse? Je sentais la colère me monter au nez et je savais que la femme-agent était près d'exploser elle aussi. Ce n'était pas le moment de faire l'imbécile. Car, pour ce que Janofsky en savait, c'était Bibianna elle-même qui avait abattu l'homme.

– Son nom est Diaz, lançai-je. La fusillade l'a bouleversée. Puis-je répondre à vos questions? Je m'appelle Hannah Moore.

Je babillais comme une idiote, cherchant à atténuer la tension qui était dans l'air. La voiture de patrouille où se trouvait Tate s'éloigna du trottoir en se frayant un chemin dans la foule des curieux qui tournaient sur place.

Bibianna se retourna vers moi.

– Te mêle pas de tout ça. Où est-ce qu'ils emmènent Tate?

– Probablement au poste. Il ne lui arrivera rien. Ne te fais pas de souci. Essaie juste de te calmer. Tu as déjà assez d'ennuis sur les bras.

– Pourriez-vous sortir de la voiture, s'il vous plaît? demanda l'agent.

Elle fit un demi-pas en arrière et se campa solidement sur ses deux jambes.

– Bon Dieu, Bibianna! dis-je. Tu ne veux pas te contenter de faire ce que la dame dit? Tu es en train de te fourrer dans un pétrin. Est-ce que tu piges?

Bibianna se précipita brutalement hors de la voiture et m'allongea un coup qui me fit presque tomber en arrière. Je me retins à la portière ouverte de la voiture, en agrippant la poignée pour conserver mon équilibre. Bibianna bouscula dame Janofsky, par surprise, d'un coup d'épaule. Janofsky aboya un juron, devant cette attaque inattendue. Bibianna lui envoya son poing dans la figure et se retourna pour me porter un coup qui me frôla la tempe; son poing avait la taille et la forme d'un morceau de pierre. Cette garce *faisait mal*. Pour une fille aussi fluette, elle savait vraiment envoyer une beigne.

Dame Janofsky se mit en position de combat. Avant que les deux autres agents aient seulement compris ce qui se passait, elle avait plaqué Bibianna contre la voiture, en lui tordant le poignet. Les flics savent quels sont les endroits du corps où ça fait mal pour mettre un adversaire à la raison. Je vis Bibianna se raidir et son visage grimacer de douleur tandis que la femme lui travaillait un petit nerf spécial jusqu'à ce qu'elle ne puisse plus le supporter. Janofsky ramena brusquement les bras de Bibianna en arrière et lui passa les menottes. Je sentis mon cœur sombrer. Ils allaient l'emmener en prison et l'y garder à perpétuité. Je pus me rendre compte, en un éclair, que si je voulais rester en contact avec elle, je n'avais pas le choix. J'agrippai l'agent Janofsky par le bras.

– Hé, vous, lâchez-la. Vous n'avez pas le droit de la traiter comme ça !

Janofsky me toisa. Elle tremblait de rage, fort peu disposée à supporter l'insolence des gens de mon espèce.

– Arrière! fit-elle d'un ton brusque

– Arrière vous-même! répliquai-je tout aussi brusquement.

Du coin de l'œil, je pouvais voir deux flics arriver sur ma droite. « C'est le moment de me livrer à des violences sur un officier de police », pensai-je. Je me jetai sur elle et flanquai un gnon dans le visage de l'agent Janofsky. Tout ce dont je me souviens, c'est de m'être retrouvée à plat ventre sur la chaussée, les poignets enchaînés par des menottes dans le dos, le côté droit de mon visage enfoncé dans le béton. Un flic quelconque me maintenait en m'enfonçant son genou dans le milieu du dos. Je pouvais à peine respirer et pendant un instant j'eus peur d'avoir la cage thoracique enfoncée. Cela me faisait un mal de chien, mais je ne pouvais même pas faire un « ouf » de protestation. J'avais été efficacement neutralisée – il n'y avait pas de dégâts mais je n'étais certainement pas à la noce. M'ayant rivé mon clou, le gars se leva. Je restai là où j'étais, peu disposée à risquer un coup de matraque sur le crâne. Comme pour ajouter à mon inconfort, le crachin se transforma soudain en une pluie qui se mit à crépiter. Malgré moi, je laissai échapper un gémissement. J'entendis Bibianna crier de rage plus que de douleur. Je relevai la tête de quelques centimètres, à temps pour la voir lancer un coup de pied dans la rotule de Janofsky. Le taux d'adrénaline de l'agent était déjà élevé et je craignis de la voir assommer Bibianna avec sa lampe électrique. Elle lui sauta à la gorge pour lui couper le souffle au risque de l'étrangler. Par chance, un des collègues de Janofsky s'interposa à cet instant. Je reposai ma joue contre le sol, en attendant la fin du mélo. Les gouttes de pluie, en heurtant le trottoir, rebondissaient sur mon visage. Je regardais les minuscules cailloux encastrés dans le béton, cherchant à deviner, d'après les bruits, ce qui se passait autour de moi. C'était comme si j'écoutais un reportage sportif à la radio. J'essayais de me représenter la partie au fur et à mesure, mais c'était trop fatigant. Des rigoles d'eau commençaient à couler le long de mon visage, pour former une petite flaque sur la chaussée près de ma joue. J'avais l'impression d'être un de ces contestataires dont on voit les photos dans le journal. Je dressai la tête pour regarder autour de moi, en appuyant mon menton sur le trottoir.

– Hep, excusez-moi, dis-je. Hep!

Je devais faire un trop grand effort pour chercher à garder la tête dans cette position, et je la laissai donc reposer sur le sol de nouveau. Plusieurs paires de chaussures réglementaires, appartenant à des flics, apparurent dans mon champ de vision. J'espérais qu'aucune d'entre elles n'appartenait au lieutenant Dolan. Quelqu'un donna un ordre. Soudain, j'eus un agent de chaque côté; ils m'attrapèrent sous les aisselles pour me remettre sur mes jambes, et je me retrouvai debout sans effort. On me palpa rapidement de haut en bas et je fus poussée vers une voiture de police où l'on m'enfourna sur le siège arrière. La portière se referma en claquant.

Une voiture banalisée descendit la rue en direction opposée et fit halte en dérapant sur l'asphalte humide de pluie. Je vis Bill Blair, l'adjoint du coroner, sortir du côté du conducteur et prendre le temps de s'envelopper dans son imperméable. La tête baissée pour se protéger de la pluie, il se rendit près du corps sans regarder dans ma direction. Le personnel hétéroclite que l'on trouve généralement sur les lieux d'un crime avait commencé à s'assembler : il y avait deux garçons envoyés par les Travaux publics qui mettaient des barrières en place et délimitaient le périmètre avec des cordons; des inspecteurs de la police judiciaire avaient accompagné le commissaire dans un véhicule séparé. Tout comme au début d'une pièce de théâtre, les acteurs faisaient leur apparition sur la scène, chacun muni de ses accessoires, conscient du rôle à jouer. Peu à peu, la tragédie de l'homicide se déroulait à nouveau.

Je m'inclinai légèrement, pour regarder à travers l'écran métallique qui me séparait du devant de la voiture de police. Il était 1 h 17 du matin et je commençais à avoir mal à la tête. La pluie formait maintenant un rideau opaque qui paraissait souffler en bourrasque contre les réverbères, en dégageant des bouffées de vapeur. Le bruit était familier, comme celui des grains de riz qui tombent sur un moule à gâteau. En l'espace de quelques minutes, les crépitements de la pluie augmentèrent rapidement puis se transformèrent en un battement régulier de tambour sur le toit de la voiture pie. En temps normal, j'aime rester assise dans une voiture à l'arrêt sous une pluie torrentielle. On se sent douillettement installé, à l'abri, plongé dans une intimité étonnante, selon les circonstances, bien entendu. Le même petit groupe de badauds se tenait dehors dans la rue obscure, évitant de me regarder comme si j'avais la lèpre. Quand on est assis à l'arrière d'une voiture de flics, on a toujours l'air d'être plus ou moins coupable. Le véhicule de police-secours avait été déplacé pour laisser l'adjoint du coroner accéder au corps. Chago avait été recouvert d'une longue feuille de plastique jaune qui le protégeait de la pluie. Le sang s'était coagulé sur le trottoir où il formait comme une tache visqueuse d'huile à moteur; j'avais encore dans les narines une odeur de cordite. La radio de la police croassait des paroles incompréhensibles. Il fut un temps dans ma vie – quand je portais l'uniforme – où je comprenais chaque mot. Ce n'était pas le cas ce soir. Je n'avais plus l'oreille assez exercée pour ça, comme si c'était une langue étrangère dont je n'avais pas besoin.

Un inspecteur de police qui avait fait son apparition entre-temps était en train d'interroger Bibianna. Elle était dégoulinante de pluie; sa robe rouge pendait sur elle et avait pris une nuance sanglante et sombre. Elle avait l'air d'être en train de se plaindre, mais je ne pouvais entendre un mot de ce qu'elle disait. A en juger d'après l'expression de l'inspecteur et les mouvements d'épaules de Bibianna, elle n'était plus aussi agitée mais ne manifestait aucun esprit de coopération. L'inspecteur fit un signe impatient de la main dans sa direction. L'agent qui m'avait fait entrer dans la voiture de ronde guida Bibianna vers moi. On la fouilla pour voir si elle ne dissimulait aucune arme, formalité ridicule compte tenu des circonstances. Dans la tenue mini qu'elle portait, quelle sorte d'arme aurait-elle pu cacher sur elle? La portière arrière de la voiture de police s'ouvrit d'un coup sec et l'agent lui fit baisser la tête pour la flanquer sur le siège arrière à côté de moi. Elle avait retrouvé un peu de son énergie, et fit claquer les mâchoires en direction de la main du type comme l'eût fait un chien enragé.

– Bas les pattes, espèce de salaud! cria-t-elle.

Quel langage, hein? Quand on vous arrête, voilà le genre de personnes que vous êtes forcé de côtoyer. A cause des menottes, elle devait tenir les bras maladroitement derrière son dos, de sorte qu'elle finit par se retrouver à demi étendue en travers de mes genoux. Avant que l'agent puisse fermer la porte, elle lui lança un coup violent de son talon aiguille. Heureusement pour lui, elle le manqua. Elle aurait pu lui arracher un morceau de chair de la cuisse si elle était parvenue à l'atteindre. Il était étonnamment poli – sans doute excité par le spectacle que présentait sa tenue – mais j'observai qu'il s'était arrangé pour refermer la porte avant qu'elle puisse chercher à lui allonger un nouveau coup. Elle pétait le feu, dépourvue de la moindre crainte. Pendant une minute, je me dis qu'elle restait étendue sur la banquette pour mettre les vitres en pièces à coups de talon. Mais elle marmonna quelque chose et se redressa.

D'un mouvement de tête elle chassa les mèches qui retombaient sur son visage. Je reçus quelques gouttes d'eau .

– Non mais, t'as vu ça? J'ai failli être assassinée ce soir! Ces connards ont essayé de me tuer!

Elle parlait des flics, non de Chago et de la blonde.

– Les flics n'ont pas cherché à te tuer, dis-je avec irritation. Tu t'attendais à quoi? Tu sors de tes gonds et tu fiches une beigne à un flic, qu'est-ce que tu croyais qu'il arriverait?

– Ça te va bien. Tu as cogné cette peau de vache deux fois plus fort que moi.

Elle me lança un regard qui prenait ma mesure. Je me rendis compte que j'avais éveillé dans ses yeux une lueur d'admiration par mes dons de pugiliste. Elle se mit à regarder dans les yeux un flic en faction près de la voiture.

– Bon Dieu, je hais les vaches, fit-elle remarquer.

– Ils ne semblent pas non plus te porter dans leur cœur, dis-je.

– Je pense vraiment que je pourrais leur faire un procès. Pour brutalités policières.

– Qu'est-ce qui te tracasse?

– N'y pense plus. C'est pas ton affaire.

Elle regarda à travers la vitre de la voiture et je suivis son regard. Deux flics étaient en train de se concerter, probablement en vue de nous emmener au poste. Je souhaitais qu'ils se dépêchent. J'avais froid. Mon débardeur était trempé et mon pantalon imbibé d'eau collait à mes cuisses comme un enveloppement de draps humides. Je n'avais aucune idée de ce qui était arrivé à mon blouson de cuir. Quelqu'un avait dû le voler si je l'avais laissé au restaurant. Mes chaussures éculées et mes petites socquettes blanches étaient maculées de boue et faisaient des bruits de clapotis chaque fois que je remuais les pieds. Je pouvais encore sentir l'odeur de suie dont la fumée de cigarette avait imprégné mes cheveux. J'avais les mains immobilisées derrière le dos par les bracelets de métal qui s'enfonçaient dans la chair meurtrie de mes poignets.

Il s'opéra un changement dans l'humeur de Bibianna. Elle semblait maintenant complètement désabusée, comme si elle avait l'habitude d'assister à des échanges de coups de feu, de frôler la mort, de résister à une arrestation. Elle leva un pied en l'air, pour inspecter sa chaussure.

– Ces saletés de chaussures sont foutues, remarqua-t-elle. C'est l'ennui avec la suédine. Une soirée de pluie et on se retrouve sans rien aux pieds. Je fumerais bien une cigarette. Tu crois qu'ils vont m'apporter mon sac?

– Tu ferais mieux de ne pas le souhaiter. Je croyais que tu avais un joint là-dedans.

Cela provoqua un demi-rire de sa part.

– Ah! ouais. J'y pensais plus. C'est toujours comme ça que ça tourne avec moi, tu sais? A quoi ça sert d'essayer de me corriger si ça doit toujours mal finir?

Elle jeta un regard aux divers représentants de la loi qui s'agitaient sous la pluie.

– Hé! Qu'est-ce qu'on attend pour fiche le camp, gueules de têtards? Pourquoi qu'on perd du temps?

Il était inutile de hurler derrière les vitres fermées. Un des flics en faction se retourna pour la regarder, mais j'étais certaine qu'il n'avait pas entendu un mot de ce qu'elle avait dit.

– Espèce de sale vache, lui dit-elle sur un ton plaisant. Ouais, toi, gueule de flic. Rince-toi l'œil.

Elle leva une jambe en l'air. Il détourna le regard et Bibianna éclata de rire.

9

Malgré les lumières crues qui lui balayaient le visage, sa merveilleuse peau mate semblait presque lumineuse. Elle avait des cils épais, des yeux sombres, une large bouche encore rehaussée par un rouge à lèvres couleur de feu. Comment s'y prenait-elle pour faire tenir ce truc comme ça? Chaque fois que je mets du rouge je le laisse sur le bord du premier verre dans lequel je bois. On aurait dit qu'elle venait de le mettre, tant le sien paraissait frais et humide, donnant de la couleur à son visage. Malgré son langage grossier, elle avait un regard amusé dans ses yeux brillants.

– Je peux pas croire qu'on paie des types à glander comme ça, fit-elle remarquer en louchant de mon côté. Tu tiens le coup?

– J'ai connu mieux. T'as une idée de l'endroit où Dawna est allée après avoir disparu?

– Elle est probablement partie téléphoner à Raymond. Oh! il va avoir une attaque quand il apprendra la mort de Chago!

– Où sont-ils?

– Ne pose pas de question.

– Qu'est-ce que t'as bien pu leur faire pour qu'ils te vomissent comme ça?

– C'est ce que j'ai pas fait qui compte.

– Tu leur dois de l'argent?

– Pas du tout, pépée! C'est eux qui m'en doivent. Ce que

je n'arrive pas à comprendre, c'est comment ils s'y sont pris pour me retrouver. C'est quoi déjà ton nom?

Pendant une minute, j'eus du mal à me souvenir de quelle fausse identité je m'étais affublée.

– Hannah Moore.

Il y eut un silence calculé.

– C'est tout?

– Quoi, tout?

– T'as bien un autre prénom?

– Oh! bien sûr! dis-je. Hum, Lee.

Le ton de sa voix devint cassant.

– Je te crois pas.

J'eus l'impression que le cœur allait me manquer, mais je parvins à émettre un murmure peu compromettant.

– J'ai jamais rencontré quelqu'un qui avait trois paires de lettres doubles dans son nom. Deux *n* dans Hannah, deux *e* dans Lee et deux *o* dans Moore. En plus, « Hannah » est un palindrome; ça veut dire que ça se lit dans les deux sens. Est-ce qu'on t'a jamais calculé ton chiffre?

– Tu veux parler de numérologie?

Elle hocha la tête.

– C'est un de mes passe-temps favoris. Plus tard je te ferai un graphique... tout ce dont j'ai besoin, c'est de ta date de naissance, mais dès maintenant je peux te dire que ton nombre de la personnalité est le 6. Comme tous ceux qui s'entendent bien avec leur entourage, pas vrai? Les personnes de ton genre, elles ont pour mission de diffuser l'idée de la Règle d'Or.

J'éclatai de rire malgré moi.

– Oh! vraiment! Comment peux-tu le savoir?

Un agent en uniforme, portant le sac à main de Bibianna, se dirigea vers nous et prit place au volant, les yeux fixés sur les miens dans le rétroviseur tandis qu'il faisait claquer la portière. Apparemment, c'était lui qui allait nous transporter jusqu'à la prison. Il brandit le sac.

– Ceci appartient-il à l'une de vous?

– A moi, dit Bibianna, en me jetant un regard.

Nul ne pouvait dire si le joint qui se trouvait à l'intérieur du sac allait faire son apparition ou non. Si c'était le cas, elle était mal partie.

Il flanqua le sac sur le siège, à côté de lui.

– Comment ça se passe, là-derrière?

Il n'avait pas loin de trente ans; il était rasé de près et ses cheveux bruns étaient coupés court. Sa nuque paraissait vulnérable au-dessus du col de son uniforme.

Rien de tout cela n'échappa à Bibianna.

– Nous on est en forme, champion. Et toi?

– Ça va, dit-il.

– Tu t'appelles comment?

– Kip Brainard, dit-il. Toi, c'est Diaz, pas vrai?

– Juste.

Il paraissait se sourire à lui-même. Il mit la voiture en marche et manœuvra pour se dégager du trottoir, tout en envoyant un message radio pour annoncer qu'il était en route avec nous. Il n'y eut plus d'autre conversation. La pluie avait commencé à faire le même bruit qu'un tas de clous jetés sur le toit du véhicule, les essuie-glaces allaient et venaient sans beaucoup d'effet, les appels monotones de la radio ponctuaient le silence. On atteignit l'autoroute pour filer vers le nord. Les vitres étaient couvertes de buée. Dans la chaleur du véhicule, bercée par le ronflement du moteur, j'étais sur le point de m'endormir.

Le conducteur prit la sortie d'Espada pour tourner à gauche avant de suivre la route d'en face sur quelque huit cents mètres. Sur la droite, il y avait le chemin qui passe derrière l'établissement pénitentiaire du comté de Santa Teresa, communément appelée « la prison » par ceux qui vont y être incarcérés. A l'autre extrémité du terrain, l'institution partageait une aire de parking avec le Département du shérif du comté de Santa Teresa. Nous arrivâmes à la porte. Kip appuya sur le bouton d'un interphone. La préposée chargée de la surveillance des allées et venues répondit d'une voix désincarnée; le son était brouillé par des parasites.

– Agent de police qui amène deux personnes, dit-il.

Le portail s'ouvrit en tournant sur ses gonds. Une fois à l'intérieur des murs, notre homme klaxonna et le portail pivota pour se refermer derrière nous. Nous avancions dans une cour pavée entourée par des chaînes. Tout le secteur resplendissait de lumières; la pluie mettait une auréole brumeuse autour de chaque projecteur. Une voiture du shérif du comté était arrivée juste avant nous et il nous fallut attendre en silence que le shérif adjoint soit introduit avec son prisonnier – un clochard manifestement ivre qui avait bien besoin d'aide.

Quand ils eurent disparu, Kip coupa le contact, avant de sortir de la voiture. Il ouvrit la portière arrière de mon côté et m'aida à descendre, ce qui n'était pas commode avec mes mains attachées derrière le dos.

– Vous allez tenir debout? demanda-t-il.

– Pas de problème. Je me sens bien.

Il ne devait pas me croire parce qu'il continua de me soutenir par le bras, en me faisant faire le tour de la voiture pour passer du côté où se trouvait Bibianna. Il lui ouvrit la porte et l'aida à s'extirper du siège arrière, puis il nous accompagna jusqu'à la porte. Une gardienne sortit pour l'aider. Une pluie désagréable tombait sans arrêt et glaçait mon corps, déjà tremblant par suite de toutes les tensions accumulées. Je n'avais jamais eu un tel désir d'une douche chaude, de vêtements secs, de mon propre lit. Les cheveux noirs de Bibianna étaient plaqués sur son crâne en longues mèches dégoulinantes, mais cela ne semblait pas la gêner. Toute son hostilité antérieure s'était évanouie, faisant place à une étrange résignation.

On accède à la réception de la prison du comté par un passage extérieur entouré de chaînes qui ressemble à un couloir de cynodrome. La porte s'ouvrit avec un bourdonnement et il fallut traverser un nouveau poste de contrôle équipé de serrures et de caméras électroniques. Kip nous escorta tout au long du passage; des gouttes de pluie giclaient quand nos talons frappaient le pavé mouillé.

– Vous connaissez les formalités? demanda-t-il.

– Ouais, et comment. C'est toujours pareil, mec, dit Bibianna.

– Appelez-moi « Monsieur », si c'est possible? dit-il sèchement. Je vois bien que vous êtes une habituée.

– Vous avez pigé... Monsieur le Mec, dit-elle.

Il décida de ne pas relever l'expression. Je gardais le

silence. J'avais appris la musique au temps où je portais l'uniforme. C'était curieux de voir combien tout cela me paraissait différent depuis que c'était moi la coupable. En atteignant une porte métallique, Kip appuya sur le bouton pour annoncer une fois de plus qu'il faisait entrer deux personnes. Il fallut encore attendre pendant que les caméras nous inspectaient. J'avais vu jadis la grande console où prend place l'opérateur vidéo entouré d'écrans de contrôle en noir et blanc évoquant l'un de ces films si ennuyeux d'Andy Warhol avec des images projetées simultanément sur douze écrans. L'opérateur pressa un bouton qui fit entendre son bourdonnement, et nous voilà à l'intérieur. Sans un mot, nous arpentions un corridor, puis un second, avant d'émerger dans la salle de réception où les prisonniers du sexe masculin sont bouclés. J'espérais voir Tate, mais il avait apparemment déjà rempli les formalités et avait été emmené en cellule. Le clochard, titubant sur ses jambes, vidait les poches de sa veste de sport en haillons. Je l'avais déjà vu; c'était l'un des personnages les plus connus de la ville. Il passait souvent l'après-midi autour du tribunal en discutant de façon animée avec un compagnon invisible. Son interlocuteur absent devait lui donner du fil à retordre. Le préposé aux écrous attendait derrière son bureau avec une patience bienveillante. Je connaissais le shérif adjoint, lui aussi, sans pouvoir me rappeler comment il s'appelait. Foley, peut-être. Quelque chose comme ça. Je n'étais pas assez près de lui pour lire son nom sur son insigne et je ne voulais pas attirer l'attention sur moi en scrutant sa poitrine.

Je détournai la tête vers la gauche pour éviter d'échanger un regard avec lui. Il y avait bien dix ans que je n'avais pas vu le gars mais je ne voulais pas risquer d'être reconnue par lui, ce qui aurait dévoilé ma fausse identité. Je me flattais probablement. Je ne paraissais pas plus respectable que le clochard promis à la taule. J'espérais que je sentais moins mauvais mais peut-être pas. J'ai toujours remarqué que la plupart d'entre nous ne savent pas qu'ils sentent aussi mauvais que les autres. C'est presque comme si notre nez cessait de fonctionner pour se protéger.

Kip appuya sur un nouveau bouton, devant une autre

porte verrouillée; on entendit un nouveau bourdonnement et, après une brève attente, une autre geôlière fit son apparition du côté de la prison pour femmes. On nous photographia, Bibianna et moi, dans cette sorte de cabine que l'on voit dans les Prisunic; une série de portraits minables apparut quelques instants plus tard dans la fente extérieure. Sur les miennes, j'avais l'air d'un suspect appartenant à une bande qui exploitait les adolescents à des fins pornographiques – le genre de femme qui appâte des jeunes filles avec la promesse mensongère de leur faire faire des photos publicitaires. Dans la zone réservée aux femmes, il y avait une rangée de cellules d'attente. J'entrai dans la première et Bibianna dans la deuxième. L'agent qui m'accompagnait me palpa rapidement et m'ôta les menottes.

– Appuyez-vous contre le mur, dit-elle.

Le ton n'était pas inamical, mais dépourvu de toute véritable chaleur. Et pourquoi pas? Je n'étais qu'une prisonnière comme les autres, dans un défilé sans fin de gibier de potence, pour autant qu'elle le sût.

Je fis face au mur, étendis les bras devant moi, appuyai de tout mon poids sur mes mains écartées d'un mètre vingt environ. Elle me palpa de nouveau, plus soigneusement, pour être sûre que je n'avais aucune arme mortelle dissimulée dans ma chevelure. Elle m'autorisa à m'asseoir sur un banc le long du mur pendant que l'on remplissait les papiers, au bureau, à ma droite. Quand la préposée aux écrous fut prête, je vidai mes poches, déposai au guichet mon faux permis de conduire, mes clefs, ma montre, ma ceinture et mes chaussures miteuses. Il y avait quelque chose de pathétique dans le spectacle de mes affaires personnelles qui n'étaient pas seulement minables mais également bon marché. Nous commençâmes à réciter le catéchisme qui accompagne la perte de la liberté. Renseignements personnels. Etat de santé. Emploi. Je dis que j'étais au chômage et me déclarai « serveuse ». Puis il fallut égrener la litanie des détails relatifs à l'arrestation. J'étais accusée de rébellion, ce qui était une peccadille, et de coups portés à un policier, délit qui justifiait une caution de cinq mille dollars. Je présumai que Bibianna était arrêtée pour les mêmes motifs. On me proposa de déposer une caution, mais je déclinai cette offre en imaginant que Bibianna ferait de même. Tout ce dont j'avais besoin était de rester en prison jusqu'au moment où elle trouverait le moyen de faire verser une caution pour sortir. Je m'attendais à voir la préposée découvrir que mon permis de conduire était faux mais elle ne parut pas s'en rendre compte. Mes quelques effets personnels furent inventoriés et placés dans un sac en plastique transparent qui ressemblait à ceux où l'on scelle les aliments dans les supermarchés. L'ensemble des formalités ne prit qu'une quinzaine de minutes et me laissa désorientée. Curieusement, je ne me sentais pas tant humiliée qu'incomprise. J'avais envie de révéler ma véritable identité, de leur faire savoir qu'il ne faut pas se fier aux apparences, que j'étais une citoyenne honnête et respectueuse des lois... que j'appartenais à *leur* camp. La préposée aux écrous termina les formalités.

– Si vous voulez téléphoner, il y a un téléphone payant dans la cellule suivante.

– Je ne vois pas qui je pourrais appeler, dis-je, absurdement reconnaissante de la voir manifester une telle politesse.

A quoi est-ce que je m'attendais? A des coups et à des insultes?

Marchant en chaussettes, je redescendis le couloir jusqu'au bureau de l'anthropométrie où l'on prit mes empreintes digitales. On fit une deuxième série de photos de moi, cette fois de face et de profil. Si cela continuait, je pourrais en remplir un petit album pour la fête des mères. Il était 2 h 13 du matin quand on me conduisit à la cellule des ivrognes, un local de cinq mètres sur cinq. Une femme blanche, toute maigre, le dos tourné, sanglotait sur un matelas, dans le coin opposé de la pièce. Il n'y avait pas de fenêtre donnant sur l'extérieur. Tout le devant de la cellule était entièrement fait de barreaux. Il y avait une chaise percée dissimulée dans un recoin à droite. J'avais vu des cellules où le siège des toilettes avait été ôté. Je devinais que l'on nous faisait confiance pour que nous ne nous pendions pas. Le sol était en carreaux de vynile beige. Les murs étaient faits de blocs peints en gris cendre. Il y avait un bat-flanc sur toute la largeur de la pièce, avec des matelas de trois centimètres d'épaisseur, roulés et disposés au hasard le long du mur. Je m'emparai de l'un d'entre eux et l'étendis sur le sol.

Bibianna arriva quelques instants plus tard avec deux autres prisonnières, une femme noire et une jeune fille blanche, toute sanglotante, en robe du soir.

– Salut Hannah, dit Bibianna. Voilà une vieille copine, Nettie.

Elle se tourna vers la seconde femme.

– Comment tu t'appelles, chouquette?

– Heather.

Bibianna dit :

– Heather, c'est Hannah.

– Enchantée de vous connaître, murmurai-je poliment.

Je n'avais pas la moindre idée de ce qu'était l'étiquette dans les prisons. La femme maigre, de l'autre coté de la pièce, s'agitait sans cesse dans son sommeil.

Bibianna prit un matelas sur le bat-flanc, et le tira vers moi.

– Nettie et moi, on a passé quelques jours à la prison du comté, il y a un mois, hein?

Il n'y eut pas de réponse.

Nettie, la femme noire, paraissait avoir une bonne trentaine d'années. Elle était de haute taille, avec de larges épaules et des seins comme des torpilles. Ses cheveux étaient longs et rabattus sur le côté droit, où leur masse semblait tenir comme sous l'effet d'un vent violent. Les mèches noires étaient saupoudrées de gris à leur extrémité. Elle portait un blue-jean, un tee-shirt blanc trop grand et des chaussettes blanches de sport. Bibianna disposa son matelas le long du mien et s'assit en posant sur Nettie un regard plein de respect.

– Elle était inculpée pour « tentative de coups et blessures » et « attaque à main armée ». Elle avait attaqué un ivrogne avec un tronc de palmier qu'elle avait déraciné. Je pense qu'il ne devait pas être grand, mais tu peux imaginer ça?

L'autre prisonnière, la jeune fille blanche, avait à peine plus de vingt ans, elle portait une robe d'organdi qui lui descendait jusqu'aux chevilles et une fleur au poignet. Elle sanglotait si fort qu'il était impossible de comprendre ce qu'elle racontait. Elle se laissa tomber comme un paquet et enfouit son visage dans ses mains. Nettie et elle sentaient toutes deux l'alcool. La femme noire arpentait la cellule sans cesse, en dévisageant Heather, qui n'arrêtait pas de se moucher dans l'ourlet de sa robe. Finalement, Nettie cessa de faire les cent pas et la toucha du bout du pied.

– Qu'est-ce qui t'arrive pour que tu chiales comme ça? Calme-toi et dis-nous ce qui ne va pas.

La fille leva un visage inondé de larmes, rouge de confusion. Son nez brillait, son maquillage coulait, sa jolie chevelure pâle s'échappait d'une coiffure compliquée qui semblait avoir été l'œuvre d'un professionnel. Il y avait des brins de gypsophile attachés ici et là dans sa chevelure comme des petits rameaux pâles séchés. Elle prit le temps de lécher une larme qui dégoulinait vers son menton avant de raconter une histoire compliquée sur son petit ami qui s'était bagarré, après quoi elle avait été abandonnée sans un sou sur le bas-côté de l'autoroute, trop éméchée pour se tenir debout, ramassée par une voiture de police et arrêtée sur-le-champ. C'était son vingt et unième anniversaire et elle le passait dans la prison du comté. Elle avait vomi sur la belle robe qu'elle avait achetée avec six mois de crédit chez Lerner. Son papa faisait partie du conseil municipal et elle n'osait pas appeler chez elle. Au moment où elle en arriva là, elle éclata une fois encore en sanglots.

La femme maigre, sur son matelas, marmonna un commentaire :

– Foutue histoire de merde.

Nettie, offensée, se retourna vers la femme qu'elle semblait connaître. Elle lança un regard noir en direction de la forme emmitouflée.

– Occupe-toi de tes oignons, sale pute.

Elle caressa gauchement Heather, peu habituée à exprimer des sentiments maternels mais compatissante envers la jeune fille.

– Pauvre petit bébé. Tout finira bien. Ne t'inquiète pas. Tout va s'arranger...

Je m'étendis sur le côté, la tête sur ma main. Bibianna avait le dos contre le mur, les bras croisés pour se réchauffer.

– Quelle merde! Y a des gens qui se massacrent les uns les autres et on arrête quelqu'un comme elle. J'y pige rien. Appelez son vieux et dites-lui de rappliquer pour qu'il la sorte d'ici. Il téléphonera de toute façon dès qu'il se rendra compte qu'elle n'est pas rentrée.

– Comment ça se fait que tu en veuilles tellement à la police? lui demandai-je.

Bibianna se passa la main dans les cheveux pour les remettre en place.

– Ils ont tué mon p'pa. Ma m'man elle était anglo. Lui il était latino. Ils s'étaient rencontrés au lycée. Elle était folle de lui. Elle est tombée enceinte et ils se sont mariés, mais ça marchait bien entre eux.

– Pourquoi que les flics l'ont tué?

– Pour une idiotie. Il était dans une petite boutique et il a fauché un truc sans importance – un paquet de viande et des chewing-gums. Le gérant l'a attrapé. Ils se sont battus. Un flic qui était pas en service a sorti son flingue et lui a tiré dessus. Tout ça pour un paquet de viande hâchée et quelques chiclets pour moi. Quel gâchis! Ma mère s'en est jamais remise. Bon Dieu, c'était horrible à voir. Elle s'est remariée six mois plus tard avec un gars qui était une véritable ordure. Il lui tapait dessus. On parle de la destinée – les flics l'ont tué lui aussi. Elle le jetait dehors. Il disparaissait et puis revenait pour s'excuser. Il arrivait, prenait tout son argent, nous emmerdait. Ivre la moitié du temps; trafiquant de quaalude et de coke, et de tout ce qu'il pouvait, je suppose. Quand il ne la tripotait pas, c'était après moi qu'il en avait. Une fois je l'ai coupé, au beau milieu du visage – presque arraché un œil. Une nuit, il s'est fait prendre pendant qu'il entrait par effraction dans un immeuble d'appartements à deux portes du nôtre. Il s'était barricadé là-dedans avec un fusil à douze coups. Les flics ont bloqué tout le quartier; ils étaient nombreux comme des mouches. Il y avait les gars de la télévision. Des brigades des forces spéciales avec des lacrymo. Les flics l'ont abattu comme un chien. J'avais huit ans. J'en ai vu descendre huit comme ça, tu sais?

– On dirait qu'ils t'ont rendu service avec celui-là, dis-je.

Elle eut un sourire triste mais ne répondit pas.

– Ta mère vit encore?

– Elle est là-bas, à Los Angeles, dit Bibianna. Et toi? T'as de la famille quelque part?

– Plus du tout. Ça fait des années que je suis seule au monde... Je croyais que tu allais me faire mes chiffres, dis-je.

– Ah, ouais. C'est quoi ta date de naissance?

La date que j'employais sur ma fausse carte d'identité était la même que la mienne.

– Le 5 mai, dis-je et je lui donnai l'année.

– Et moi qui n'ai pas de crayon. Hé, Nettie! Tu as quelque chose pour écrire?

Nettie secoua la tête.

– Non, à moins que tu veuilles un bâton de rouge à lèvres.

Bibianna haussa les épaules.

– Qu'est-ce que ça peut bien foutre. Regarde.

Elle suça son doigt et traça une grande grille comme pour jouer au morpion, à même le sol. Elle écrivit le chiffre 5 au centre et l'éleva à la puissance trois. Les lumières dans la cellule étaient faibles, mais le sol était si crasseux que je pouvais lire le dessin fait à l'aide de salive sans avoir à loucher.

– C'est formidable. Regarde-moi ça. Le 5 est le chiffre qui signifie le changement et le mouvement. T'en as trois. C'est fantastique. Tu vois, des voyages et des choses comme ça. Ça promet. T'es le genre de personne qui a besoin d'être toujours dehors à faire des choses, à se déplacer. Le 0 qui se trouve ici signifie que rien ne t'arrête. Tu peux faire n'importe quoi. Comme si tout ce que tu essaies, tu le réussis, tu vois? Mais cela peut faire que tu te disperses. Spécialement à cause de tous ces 5 qu'il y a ici. Ils font que tu as du mal à savoir ce que tu veux. Tu as besoin d'avoir un genre de travail qui ne serait jamais le même. Tu vois ce que je veux dire ? Il faut que ça bouge autour de toi.

Elle me regardait pour avoir une confirmation.

– Bizarre, dis-je, à défaut de trouver quelque chose de mieux.

Nettie nous jeta un regard. Elle avait un bras autour de Heather, qui se blotissait contre elle en quête de chaleur.

– On essaie de dormir un peu nous autres. Pourriez pas mettre le silencieux ?

– Pardon, dit Bibianna.

Elle abandonna la bonne aventure et s'allongea sur le matelas, en se mettant à l'aise. La grille qu'elle avait tracée semblait briller dans la pénombre. La lampe dans la cellule demeurait allumée, mais nous avions assez chaud. J'eus le sentiment qu'il y avait des allées et venues dans le corridor à l'étage au-dessus : une sonnerie de téléphone, des bruits de pas, des bourdonnements de voix, le claquement d'une porte qui se refermait. Par intervalles, l'odeur de la fumée d'une cigarette semblait passer à travers les conduites d'aération. Quelque part à l'étage au-dessous, il y avait les dortoirs qui abritaient en permanence quelque cinquante à soixante femmes condamnées par les juges du comté et qui, en toutes saisons, purgeaient leur peine. Je sentais que je me laissais dériver. Du moins nous étions à l'abri de la pluie et les mauvais garçons ne pouvaient pas nous atteindre. Sauf s'« ils » étaient enfermés avec nous dans la cellule. Maintenant, on pouvait réfléchir.

– Une bonne chose, murmura Bibianna à demi endormie.

– C'est quoi ?

– Ils n'ont pas trouvé le joint...

– T'as de la chance ma poulette.

Après, ce fut le silence, sauf de temps à autre un bruit de vêtements froissés quand l'une d'entre nous se retournait sur son matelas. La maigre femme blanche se mit à ronfler doucement. J'étais étendue, pleine de pensées chaleureuses envers Bibianna. Je savais que, désormais, je me souviendrais d'elle comme de la personne avec qui j'étais allée pour la première fois en prison ; c'est une sorte de lien peu courant entre des femmes. Je me serais sentie beaucoup mieux si Jimmy Tate était venu à notre secours, mais je ne savais vraiment pas ce qu'il aurait pu faire pour nous. En ce moment même, il était probablement assis dans une cellule du côté des hommes, dans le même pétrin que nous, à peu de chose près. Sacrés Jimmy Tate et Bibianna Diaz, quel couple ils faisaient !

10

La première chose dont je me suis rendu compte ensuite, c'était un cliquetis de clefs. Mes yeux se sont ouverts d'un seul coup. Une des gardiennes était en train de déverrouiller la porte. Elle était courte sur pattes et solide, bâtie comme si elle passait beaucoup de temps à faire de la gym. Mes quatre compagnes de cellule étaient encore endormies. La surveillante me désigna du doigt. Les yeux voilés de fatigue, je me dressai sur un coude, en écartant les cheveux de mon visage. Je pointai un doigt vers ma poitrine – était-ce bien à moi qu'elle en voulait ? Impatiemment, elle me fit signe d'avancer jusqu'à la porte. Je me penchai en avant pour me remettre sur mes jambes aussi silencieusement que possible. Il n'y avait aucun moyen de savoir quelle heure il était ou pendant combien de temps j'avais dormi. Je me sentais étourdie et désorientée. Sans un mot, elle ouvrit la porte et je sortis. Je la suivis le long du corridor en marchant sur mes socquettes et en souhaitant de tout mon cœur avoir la possibilité de me brosser les dents.

J'étais sortie jadis avec un flic qui avait dans son bureau une table de deux mètres et demi sur trois et demi, fabriquée spécialement pour lui ; il prétendait que le meuble avait la même superficie que les cellules pour deux personnes, à la prison de Folsom. La pièce dans laquelle je fus introduite avait à peu près cette taille ; elle était meublée d'une simple table en bois, de trois chaises en bois à dossier droit et était éclairée par une ampoule dans un globe laiteux. J'aurais parié qu'il y avait quelque part de quoi enregistrer. Je jetai un coup d'œil sous la table. Aucun signe de fil électrique. Je m'assis sur une des chaises, en me demandant comment il fallait me comporter. Je savais que j'étais épouvantable. Mes cheveux étaient emmêlés, probablement hirsutes à certains endroits. J'étais certaine que le mascara et l'eyeliner avaient coulé tout autour de mes yeux en produisant cet effet de « raton laveur » que les femmes admirent tellement sur elles-mêmes. La tenue d'allumeuse que j'avais concoctée n'était pas seulement défraîchie, mais elle sentait encore un peu l'humidité. Au moins, si je devais subir des brutalités policières, je n'aurais pas à craindre de répandre du sang sur mes vêtements.

La porte s'ouvrit et le lieutenant Dolan parut, en compagnie d'un de ses collègues (c'est ce que je supposai) en civil. J'éprouvai un accès de peur pour la première fois depuis le début de cette horrible épreuve. Dolan était la dernière personne que j'aurais voulu rencontrer dans mon état actuel. Je sentis le rouge de la honte envahir mon cou et mon visage. Le compagnon de Dolan avait une soixantaine d'années, une épaisse tignasse de cheveux argentés brossés en arrière, au-dessus d'un visage carré, avec des yeux profondément enfoncés, et une bouche aux coins tombants. Il était plus grand que Dolan et en bien meilleure forme, taillé en force avec des épaules larges et des cuisses d'allure puissante. Il portait un costume trois-pièces en tissu écossais aux couleurs sourdes avec une chemise en jean bleu et une large cravate marron agrémentée d'un décor floral qui eût mieux convenu à un dessus-de-lit. Il avait une bague en or à sa main droite, une montre avec un lourd bracelet d'or à son poignet droit. Il ne fit aucun effort particulier pour se montrer poli. Rien sur son visage n'indiquait qu'il s'était fait une opinion sur moi. A eux deux, ils semblaient remplir la pièce.

Dolan, en entrant, se pencha vers le couloir pour dire quelque chose à quelqu'un puis il ferma la porte et tira une chaise sur laquelle il s'assit à califourchon. L'autre homme s'assit en même temps et croisa les jambes, un genou sur l'autre, après avoir légèrement remonté son pantalon. Il tenait ses grandes mains posées sur ses genoux et ne cherchait pas à me faire le moindre signe avec les yeux.

Dolan semblait positivement guilleret par comparaison.

– J'ai commandé un peu de café. Vous semblez en avoir besoin.

– Comment saviez-vous que j'étais ici ?

– Un des shérifs adjoints vous a reconnue quand on vous a bouclée et il m'a téléphoné, dit-il.

– Qui est-ce ? demandai-je en montrant du regard l'autre homme.

Je ne voulais pas lui laisser l'avantage de l'anonymat. Il était clair qu'il savait qui j'étais et qu'il en savait même assez sur mon compte pour adopter une attitude d'indifférence.

– Le lieutenant Santos, dit Dolan.

Santos ne fit pas un geste. Qu'est-ce que cela voulait dire ? Étais-je destinée à ne rencontrer cette semaine que des hommes hostiles ?

Je me mis debout et me penchai par-dessus la table en lui tendant la main.

– Kinsey Millhone, dis-je. Ravie de vous voir.

Sa réaction fut lente et je me demandai brièvement jusqu'à quel point il avait l'intention de se montrer grossier. Nous échangeâmes une poignée de main et son regard croisa le mien, juste assez longtemps pour que je remarque dans ses yeux une neutralité de pierre. Au début, j'avais pensé qu'il ne m'aimait guère mais j'étais forcée de corriger cette impression. Il n'avait absolument aucune opinion sur moi. Il se pouvait que je lui sois utile. Il n'en était pas encore convaincu.

On entendit des petits coups secs frappés à la porte. Dolan se pencha en arrière et ouvrit. Un des adjoints lui passa un plateau avec trois gobelets de café, un carton de lait, et quelques sachets de sucre. Dolan le remercia et referma la porte. Il posa le plateau sur la table et me tendit un gobelet. Santos se pencha en avant pour prendre le sien. Je versai un peu de lait dans le mien et y ajoutai deux sachets de sucre, espérant me donner un coup de fouet en vue des questions qui allaient suivre. Le café n'était pas chaud, mais il avait un goût exquis ; il était doux et sucré comme du caramel.

– Qu'est-ce qui est arrivé à Jimmy Tate ?

– Pour l'instant, il est inculpé d'homicide sans préméditation. Un bon attorney pourrait transformer ça en homicide volontaire, mais ça me paraît improbable, étant donné ses antécédents, dit Dolan. Vous voulez nous renseigner sur les circonstances de la fusillade?

– Bien sûr, dis-je d'un air patelin, sachant qu'il me faudrait arranger un peu la vérité.

– La California Fidelity m'a demandé d'enquêter sur Bibianna Diaz à l'occasion d'une demande d'indemnisation peut-être frauduleuse qu'elle a présentée. J'ai cherché à me lier avec elle assez étroitement pour réunir des preuves solides, mais jusqu'à présent, tout ce que j'ai obtenu c'est des conseils de mode. Le mort s'appelle Chago. C'est le frère de Raymond Quelque-chose, lequel est un ancien béguin de Bibianna. J'ai cru comprendre que Raymond avait envoyé Chago et sa femme, Dawna, jusqu'ici pour enlever Bibianna mais je n'ai aucune idée de ses raisons. Je n'ai pas pu obtenir de Bibianna qu'elle me raconte ce qui s'est passé, mais il est clair qu'ils sont brouillés.

Santos prit la parole.

– Elle et Raymond Maldonado étaient censés se marier. Elle s'est sauvée. Ce n'est pas un homme à prendre ce genre de chose avec calme.

– Je veux bien le croire, dis-je. Apparemment, il avait donné à Chago des instructions pour la descendre si elle ne se montrait pas docile.

Santos remua sur sa chaise et poursuivit de sa voix terne :

– Tout ça c'est du bluff. Raymond veut qu'elle revienne.

Je les regardai à tour de rôle.

– Si vous connaissez déjà toute l'histoire, pourquoi donc m'interroger?

Les deux hommes firent semblant de ne pas avoir entendu. Je compris que je ne gagnerais rien à me rebiffer.

Dolan consulta son petit carnet à spirales; il revint d'une page en arrière.

– Qu'est-ce qui s'est passé avec Jimmy Tate? Comment s'est-il trouvé impliqué là-dedans?

– Je ne suis pas sûre, dis-je. J'ai cru comprendre que Bibianna et lui se sont embarqués dans une liaison qui dure depuis deux mois. Ça semble sérieux – pour le moment, en tout cas.

Je poursuivis mon récit en lui donnant des détails sur la journée de la veille; je lui disais tout ce que je savais sur le mort, ce qui n'était pas grand-chose, et sur Jimmy Tate, ce qui était beaucoup. Même si j'avais de l'affection pour Tate, je ne voyais pas pourquoi je le protégerais contre les enquêteurs à propos de la fusillade. Il y avait eu d'autres témoins et je devinais que Dolan leur avait déjà parlé.

Quand j'eus terminé, il y eut un silence. Je baissai mon regard sur mes mains, et me rendis compte que je m'étais acharnée sur mon gobelet vide pendant mon récit. Je posai les débris sur la table.

– Et c'est Tate qui a tiré, finit par dire Dolan.

– Eh bien, je ne l'ai pas vu faire, mais je peux le supposer. Il a tiré deux fois sur la voiture, et après que je me suis couchée sur la chaussée, il y a eu plusieurs autres coups de feu. Je ne pense pas que Bibianna était armée.

– Et en ce qui concerne l'autre femme, Dawna? Avait-elle un revolver?

– Pas à ma connaissance, du moins pas dans le restaurant. Elle aurait pu en planquer un dans la voiture, je suppose. Est-ce qu'elle a réapparu?

Je ne pensais pas que Dolan allait répondre, mais j'aimais faire semblant de croire que nous étions sur un pied d'égalité. Ce n'était qu'un petit tête-à-tête amical entre nous, à la prison du comté, entre personnes chargées de faire respecter la loi.

Dolan me surprit en répondant.

– Elle a été touchée. Rien de sérieux. On dirait qu'une balle a ricoché sur quelque chose et lui a effleuré la clavicule. Nous l'avons attrapée dans une cabine téléphonique, à quelques blocs de là. Elle était probablement en train de parler à Raymond, bien qu'elle ne veuille pas l'avouer.

– Elle est à l'hôpital?

– Pour l'instant. On va essayer de la retenir un peu, juste pour voir ce qu'elle pourrait nous dire.

– A quel sujet?

Dolan glissa un regard vers Santos, comme s'il vérifiait sa carte maîtresse au cours d'une partie de poker. J'eus l'impression que Santos était en train de prendre une décision. Son expression paraissait la même, mais quelque chose semblait s'être passé entre eux deux.

– Je suppose que nous ferions mieux de vous raconter ce qui se passe, dit-il.

Sa voix était pleine de grognements mais son récit était méthodique.

– Vous avez mis les pieds dans une espèce de bourbier.

– Ah ouais, dites-moi tout.

Santos fit basculer sa chaise en arrière contre le mur et croisa les mains sur le dessus de son crâne.

– Je dirige une équipe constituée par plusieurs services pour enquêter sur ce qui est, selon nous, une des plus énormes escroqueries à l'assurance jamais montées en Californie du Sud. Vous travaillez depuis assez longtemps dans ce métier pour savoir de quoi je parle. Le comté de Los Angeles est la capitale de l'escroquerie à l'assurance automobile pour tous les Etats-Unis. Cela s'est déjà propagé aux comtés de Ventura et de Santa Teresa. La bande de Raymond n'est qu'une des dizaines de bandes qui empochent illicitement entre cinq cents millions et un milliard d'indemnités injustifiées par an. Dans cette affaire, nous cherchons à pincer quinze avocats, deux douzaines de médecins, une demi-douzaine de chiropracteurs. En plus de tout ça, il y a des équipes tournantes de quelque cinquante à soixante individus chargés de participer à des accidents, fabriqués de toutes pièces, qui donnent lieu à des indemnisations.

Il s'écarta du mur pour se redresser sur sa chaise dont les pieds de devant heurtèrent le sol en faisant entendre un couinement.

– Vous me suivez jusque-là?

– Oh! j'y suis! dis-je.

Il se pencha en avant, un bras posé sur la table. Je remarquai que son attitude à mon égard commençait à se réchauffer un peu. C'était un homme passionné par son travail. Je ne voyais pas où il voulait en venir avec ses explications; manifestement, il n'était pas venu de Los Angeles, au beau milieu de la nuit, uniquement pour me faire ce compte rendu monotone de ses problèmes professionnels.

– Nous sommes parvenus à reconstituer toute l'affaire,

peu à peu, pièce par pièce; cela nous a pris deux ans, et nous ne sommes pas encore en mesure de mettre les coupables sous les verrous.

– Je ne vois pas le rapport, dis-je. Bibianna ne fait pas partie de la bande; n'est-ce pas?

– Elle en faisait partie. Raymond Maldonado a débuté comme « rabatteur ». A l'heure actuelle, nous pensons qu'il est l'un des caïds de la bande mais nous n'en avons pas encore la preuve. Vous savez comment opèrent ces bandes?

– Pas vraiment, dis-je. Les personnes à qui j'ai affaire d'habitude sont strictement des amateurs.

– Eh bien, les méthodes se recoupent probablement dans une certaine mesure, dit-il. De nos jours, les professionnels ont tendance à éviter les gros coups et préfèrent présenter d'innocentes petites réclamations qui peuvent se convertir en très grosses sommes d'argent. Ils empochent des indemnités pour des maux dont il est difficile de prouver qu'ils sont imaginaires, comme des effets d'origine traumatique et des douleurs dans le bas du dos... vous connaissez le terme médical qui désigne ces choses-là.

Il ne semblait pas vraiment attendre une réponse.

– C'est le travail du rabatteur de recruter le propriétaire d'un véhicule, généralement quelque chômeur à court d'argent. Ils souscrivent une police d'assurance pour certains risques dûment spécifiés, par l'intermédiaire d'un agent affilié à la bande. Le rabatteur donne alors au propriétaire de la voiture les noms de deux « passagers » – totalement fictifs – qui « roulaient » avec le conducteur. Il produit également les noms de personnes prétendument assises dans la seconde voiture. Dans notre cas, il y a six ou sept demandes d'indemnisation par accident. Il existe une autre variante qui exige deux voitures : on l'appelle le « coup du taureau et de la vache » . Le « taureau » – c'est-à-dire la voiture assurée – heurte la « vache », qui n'est pas assurée mais remplie de passagers, lesquels souffrent tous de blessures fictives. La plupart du temps le premier véhicule est une sorte d'épave qui a été assurée sans avoir été examinée.

– J'ai traité des dossiers où tout était faux – où il n'y avait même pas de mise en scène, dis-je.

– Oh! on en a vu, nous aussi! Dans le cas de Maldonado, certains accidents n'existent que sur le papier, et d'autres sont mis en scène. Ce qui a fini par attirer notre attention sur cette bande, au départ, c'est que les mêmes séries de noms ne cessaient de resurgir pour des sinistres dépourvus de tout rapport apparent entre eux. Même agent d'assurance, même avocat. L'enquêteur a fini par mettre tous les noms dans l'ordinateur et a découvert des liens entre vingt-cinq affaires différentes. La plupart d'entre elles étaient fictives. L'adresse d'un des plaignants s'est avérée correspondre à un puits de pétrole de La Brea; une autre à un dépôt d'autobus désaffecté.

– Comment est-ce que ça fonctionne? demandai-je.

– L'un des stratagèmes est appelé le « coup du chauffard et du père tranquille » et il exige l'emploi de deux voitures. Ces gens-là refont le même coup, sur des routes secondaires, peut-être cinq ou six fois par semaine...

– Ça m'étonne qu'ils n'essayent pas sur les autoroutes, fis-je remarquer.

Il secoua la tête.

– Trop dangereux. Ces gars n'ont pas envie de se tuer. Ce qu'ils font, c'est choisir une « cible » – généralement une voiture coûteuse ou un véhicule commercial – qui a toutes chances d'être bien assuré. La bagnole de celui qu'ils appellent le « père tranquille » prend position pour rouler devant la cible. Les deux conducteurs avancent posément sur la route à 60 km/h, chacun absorbé par ses propres pensées. A un signal, un autre conducteur, appelé le « chauffard », fait une queue de poisson à la voiture du « père tranquille » qui freine brutalement, de sorte que la « cible » lui rentre dedans. Le chauffard disparaît. Le « père tranquille » et le conducteur de la cible se mettent sur le bas-côté, comme tout bon citoyen, pour échanger les numéros de leur permis de conduire. A ce stade, le propriétaire de la cible est généralement bien embêté. Il a heurté un autre véhicule à l'arrière et il sait qu'il est responsable. Le « père tranquille » est plein de compréhension – diable, il peut se le permettre – et se contente de confirmer ce que le chauffeur de la cible ne demande qu'à croire, à savoir que ce n'était pas de sa faute.

– Mais sa compagnie d'assurances paiera de toute façon, dis-je.

– Il faut bien. En Californie la règle veut que vous soyez responsable si vous tamponnez quelqu'un par-derrière. Il se trouve que la « victime » a beaucoup de « problèmes » par suite de l'accident. Elle consulte un avocat qui lui conseille de voir un médecin, ou elle peut être envoyée à un chiropracteur...

– Et ils sont tous de mèche...

– Tous de mèche, dit le lieutenant Santos.

– Et Bibianna s'est trouvée mêlée à tout ça par Raymond?

– On dirait. D'après les renseignements que nous avons rassemblés, Raymond l'a recrutée il y a deux ans; il y avait longtemps qu'il la connaissait. Tout était prêt pour leur mariage, il y a un an environ, mais pour une raison quelconque elle s'est tirée. En mars, elle a disparu et peu de temps après elle a fait surface à Santa Teresa. Il semble, d'après tout ça, qu'elle avait envie de se remettre dans le droit chemin, mais elle a eu beaucoup de mal à trouver du boulot. Finalement elle a obtenu un emploi dans une teinturerie mais elle n'est pas bien payée et, en définitive, je devine qu'elle n'a pas pu résister à l'envie de tenter une petite escroquerie ou deux pour son propre compte.

Je commençais à voir comment tout cela s'agençait.

– Et maintenant, mon enquête a gêné la vôtre.

– Pas encore, mais il n'y a pas loin. Nous ne pouvons pas nous permettre de vous laisser faire des bourdes sans savoir ce qui se passe. Mais ce n'est pas le seul problème que nous ayons à résoudre. On dirait qu'il y a eu une fuite quelque part et que des renseignements importants sont tombés dans l'oreille de Raymond. Au moins trois fois nous avons organisé des descentes... tout récemment dans un garage qu'il possède à El Segundo. Nous avions des mandats d'arrêt et de perquisition jusqu'au cou. Mais au moment où nous arrivons là-bas, la baraque est fermée et nous entrons dans une maison vide – ils n'avaient rien laissé sur les lieux à part un pneu à armature et une boîte de Pepsi.

– Je ne comprends pas. Qu'est-ce que vous cherchez?

Le lieutenant Santos fit une pause pour se racler la gorge.

– Des dossiers. Des registres. Vous étudiez les papiers et cela vous conduit tout droit chez Raymond. Nous pouvons mettre la main sur lui, mais à ce moment-là les preuves auront été transportées ailleurs ou détruites et le district attorney renoncera aux poursuites...

– Donc, la descente dont vous parlez n'a servi à rien?

– Pas tout à fait. Nous avons débusqué le chef de la bande et une demi-douzaine de comparses – deux avocats, quelques médecins et deux chiropracteurs. Raymond a réussi à se retourner et même à élargir sa part de l'affaire; il a profité de notre coup de torchon pour se propulser à la place que nous avions rendue vacante, juste à son intention. Nous sommes de nouveau après lui, naturellement, mais il nous faut d'abord découvrir le mouchard ou sans ça tout va recommencer. Entre-temps, nous essayons d'attaquer le problème sous un autre angle, et nous pensons que ça pourrait marcher. Mais comme nous ignorons d'où vient la fuite, il est difficile de savoir à qui faire confiance.

Dolan s'agitait sans cesse. Il prit la parole pour la première fois depuis que Santos avait commencé à me mettre au parfum.

– Je déteste dire ce que je vais dire, mais le mouchard pourrait se trouver dans l'un de nos services ici même. D'après nous, c'est comme ça que Raymond a découvert la présence de Bibianna à Santa Teresa. Elle a été arrêtée ici le mois dernier et quelqu'un a donné les sous pour sa caution.

Je pus sentir un éclair illuminer rapidement ma mémoire.

– Ouais. Je me rappelle qu'elle en a parlé. Elle était malade de peur à l'idée que Raymond pourrait la retrouver.

– Elle avait raison de s'en faire. L'homme peut causer de sérieux dégâts, remarqua Santos. J'ai vu quelques échantillons de son savoir-faire.

– Je ne comprends toujours pas pourquoi vous me racontez toute cette histoire.

Il y eut un bref silence et Dolan prit la parole.

– Si nous pouvions vous introduire dans la bande, nous aurions une nouvelle chance de les coincer.

Je le dévisageai froidement.

– Allons, allons, vous n'êtes pas sérieux.

Je les regardai l'un après l'autre mais aucun des deux ne dit mot.

– Comment pensez-vous faire?

Dolan sourit sans manifester aucun plaisir particulier.

– Vous avez déjà fait le plus dur. Vous avez établi des rapports avec Bibianna, ce que nous ne pouvons pas faire.

– Ça servira à quoi? Je pensais vous avoir entendus dire qu'elle en avait fini avec Raymond.

Dolan haussa les épaules.

– Mais il n'en a pas fini avec elle. Si Dawna a réussi à le prévenir, il est probablement en route pour venir ici. Ne vous éloignez pas de Bibianna, tout particulièrement s'il veut la ramener à Los Angeles avec lui. Nous voulons que vous restiez à l'intérieur de la bande.

– Attendez une minute. Je me suis cognée dans Dawna l'autre jour, au bureau de la CF. Qu'est-ce qui se passera si elle se souvient de moi?

– Ne vous faites pas de souci pour Dawna. On va la retirer de la circulation.

Je passai la main dans mes cheveux qui étaient tellement imprégnés de laque qu'ils avaient la consistance d'une perruque.

– Oh! bon Dieu, vous les gars vous êtes complètement dingues! dis-je. Je ne connais pas tripette au travail d'agent secret.

– Nous ne vous demandons pas d'y aller sans protection...

– Oh! voilà qui me rassure vraiment!

Il fit semblant de ne pas entendre.

– Vous serez soigneusement préparée, nous aurons quelqu'un pour vous aider dans la place, quelqu'un qui saura où vous serez à tout moment.

Je les scrutai à tour de rôle. Je ne leur faisais pas confiance. Je persistais à penser qu'il y avait un chaînon manquant quelque part – quelque chose qu'ils me cachaient.

– De toute façon, je suppose que vous avez déjà essayé.

– Sans beaucoup de succès, dit Santos. Dans cette situation nous pensons qu'une femme serait beaucoup plus efficace. Ces gars ne peuvent imaginer qu'une femme soit très intelligente. Il faudra vous faire la tête de l'emploi, bien que vous ne soyez pas d'origine hispanique vous-même. Ça vous intéresse ?

– Non.

Dolan mit la main en cornet derrière son oreille, comme s'il n'avait pas bien entendu.

– Je ne vais pas faire ça, lieutenant Dolan. Il y a dix ans que j'ai quitté la police, et même en ce temps-là je n'ai jamais fait aucun travail clandestin. Oubliez tout ça. Je ne suis pas entraînée à ce boulot et c'est sacrément trop dangereux.

– Parfois on n'a pas le choix, dit Santos.

– Vous n'avez peut-être pas le choix, mais moi je l'ai.

Santos cessa de me regarder.

– Vous pourriez être condamnée à un an de prison pour cette bagarre. Agresser un agent de police est un délit. Nous pourrions vous retirer votre licence.

Je le dévisageai.

– Ainsi maintenant vous me menacez ? Super. J'aime ça. Eh bien, devinez quoi ? Je ne vais pas faire votre sale boulot. Je me fous pas mal de Raymond Maldonado.

Je pouvais sentir un éclair de chaleur qui me parcourait.

– Je déteste être bousculée et je n'ai aucun plaisir à ce qu'on me fasse faire des choses à coups de bâton. Vous voulez me donner un rôle dans votre comédie, vous feriez mieux de vous y prendre autrement.

Santos voulait apparemment insister, mais Dolan le fit taire avec un geste d'impatience.

– Discutons-en avant que vous nous donniez une réponse.

– La réponse est non.

Les deux hommes échangèrent un nouveau regard dont je ne compris pas le sens. Il me paraissait clair qu'ils exploraient toutes les possibilités, ce qui était risible, à mon avis, parce que je n'avais pas l'intention de céder.

Dolan se pencha en avant sur sa chaise et sa voix descendit d'un ton.

– Il y a une chose que vous devriez savoir ; après ça, vous ferez ce que vous voudrez. Votre ami Parnell Perkins était l'un des employés de Raymond. Nous pensons que c'est Raymond qui l'a tué, mais nous n'avons aucune preuve.

– Je n'en crois rien.

– Le vrai nom de Perkins était Darryl Weaver. Il travaillait pour une compagnie d'assurances à Compton. Raymond faisait passer toutes ses demandes d'indemnisation par Weaver jusqu'au moment où ils se sont brouillés. Weaver a quitté Los Angeles, il s'est installé ici, il a changé de nom et trouvé un emploi à la California Fidelity.

Je compris soudain pourquoi il avait passé le dossier de Bibianna à Mary Bellflower. Il avait probablement pensé que Raymond et Bibianna s'étaient réconciliés et que Raymond serait à ses trousses s'il ne faisait pas quelque chose très vite. En voyant le nom de Bibianna, il avait dû sentir son cœur s'arrêter de battre...

Santos sembla revenir à la vie et saisit la balle au bond.

– Il est venu nous voir il y a un mois pour nous proposer de coopérer avec nous. Après son assassinat, le Département de la police de Santa Teresa a pris les empreintes digitales et nous a mis au courant. C'est pourquoi je suis ici.

– C'est à cause de ça que vous avez enterré l'enquête pour homicide, dis-je, pour ne pas compromettre l'autre enquête.

– Exact, répliqua Dolan. Nous ne pouvons pas nous permettre de laisser Raymond découvrir ce que nous voulons faire. Nous n'avons pas laissé tomber l'enquête, nous la poursuivons sans faire de bruit.

Un calme soudain envahit la pièce. Ils laissèrent le silence s'accumuler. Je pris mon temps, pour peser suffisamment toutes les conséquences. Une petite voix chantait en moi : « Fais pas ça. Fais pas ça. »

– Quel est le délai pour agir? dis-je prudemment.

J'étais ferrée et ils le savaient.

Dolan regarda Santos.

– Pas grand-chose. Une demi-journée, au mieux.

– Qu'est-ce que vous me demandez vraiment de faire?

– Trois choses. Trouver le mouchard. Trouver où sont les dossiers. Et trouver la preuve que Raymond a tué votre copain.

Santos se fit entendre à nouveau. Les deux hommes me travaillaient comme des chiens de berger.

– Vous nous dites ce qu'il vous faut, nous vous donnerons tout ce que vous voudrez.

Dolan dit :

– L'important c'est que vous vous fassiez recruter par eux. Vous pourrez agir à partir de là. Avec ou sans la coopération de Bibianna.

J'y réfléchis rapidement, sans cesser de mettre en doute la sagesse de ma décision. J'avais l'impression que mes méninges commençaient à fonctionner, malgré mes appréhensions persistantes.

– Si vous parlez de mettre en scène des accidents... il semblerait qu'il serait futé d'avoir une fausse police d'assurance au nom de Hannah Moore.

– Pouvez-vous obtenir ça de la CF? demanda Dolan.

– Je pourrais, mais il vaudrait mieux que ça vienne de vous. Il vous faudra demander l'autorisation de Mac Voorhies et également passer par la voie hiérarchique.

– Moins il y aura de gens au courant, mieux ça vaudra, et il nous faut aller vite, dit Dolan.

– Est-ce que ça présente des difficultés? me demanda Santos.

– Je pense que la CF sera heureuse de coopérer avec vous, dis-je.

– On vous demandera de porter un micro, dit Santos. Nous pouvons avoir un technicien ici à 9 heures du matin, pour en fixer un sur vous.

– Est-ce que Raymond et ses complices ne vont pas me fouiller?

Santos répondit :

– J'en doute, mais s'ils le font, n'oubliez pas que nous entendrons tout.

Dolan parut penser que je n'étais pas rassurée.

– Si vous avez un micro, nous pouvons placer une voiture pleine d'inspecteurs en civil à cent mètres de l'endroit où vous serez. C'est peut-être la meilleure chance que nous ayons de coincer ces gars et nous ne voulons pas la perdre. Pas de question?

– Je suis sûre que j'en trouverai.

Santos dit :

– Nous aurons une autre occasion de vous mettre au courant. Pour le moment, nous allons vous renvoyer dans votre cellule avec Bibianna. Demain matin on vous fera sortir toutes les deux sous caution. Portez-vous garante pour elle. Mieux vaut que la fille vous soit redevable. Nous attendrons que le technicien soit ici pour vous libérer.

– Est-ce qu'elle n'aura pas de soupçons si elle sort avant moi ?

– Je suis sûr que vous trouverez une bonne explication à lui donner, dit Dolan sèchement. Dans l'intervalle, concertez-vous toutes les deux sur les moyens de vous retrouver plus tard dans la journée.

– Et si Raymond fait son apparition entre-temps ?

– Eh bien, nous inventerons quelque chose d'autre. Ah ! pendant qu'on en parle...

Dolan griffonna un numéro de téléphone spécial où on pouvait le joindre à tout moment. Je fourrai le bout de papier dans ma chaussette. Il regarda sa montre et se leva pour me signifier que l'entretien était terminé.

Je me mis debout. Santos et moi échangeâmes une poignée de main.

– Quelle heure est-il ? demandai-je.

– Quatre heures et deux minutes.

– Je suis trop vieille pour être encore debout à cette heure-ci, dis-je. Et j'ajoutai après avoir jeté un regard à Dolan :

– Pouvez-vous me rendre un service ? J'ai laissé mon blouson de cuir noir dans le restaurant et ma VW est toujours garée sur le parking à côté du *Meat Locker*. Je ne pourrai probablement pas y aller avant cet après-midi. Pouvez-vous réclamer mon blouson et prévenir la contractuelle ? Je veux pas avoir une contravention ni aller à la fourrière.

– Ça sera fait. Nous ne voulons pas que vous ayez une altercation avec ce genre de bonne femme, dit Dolan.

Il m'adressa un sourire éclatant et me tendit la main.

– Merci.

– Je n'ai encore rien fait.

La gardienne de la prison me ramena au violon où elle m'enferma. J'étais presque malade de fatigue, mon cerveau bourdonnait à cause du café, mon corps n'en pouvait plus, par manque de sommeil. Je me dirigeai vers mon matelas et m'effondrai avec satisfaction, couchée en chien de fusil, le visage tourné vers les autres. Bibianna était éveillée, le regard fixé sur moi, d'un air soupçonneux.

– Où es-tu allée?

– L'inspecteur chargé de l'enquête sur l'homicide avait des questions à me poser au sujet de la fusillade.

– Est-ce qu'ils ont harponné Dawna?

– Elle est à l'hôpital en ce moment, avec des blessures légères. Tate est ici, du côté des hommes. Ils parlent de l'accuser d'assassinat mais je ne vois pas comment ils pourraient. Plus probablement d'homicide.

– Les salauds.

– Il s'en tirera.

– Ouais, je suppose.

Bibianna semblait sur le point de se rendormir. J'hésitai un bref instant, puis je retins ma respiration et me jetai à l'eau.

– A propos, pendant que j'étais là-bas, j'ai téléphoné à mon garant. Il va déposer l'argent des cautions pour nous deux. Il sera là à 8 heures.

Elle écarquilla les yeux.

– Tu paies ma caution aussi? Pourquoi tu fais ça? J'ai pas les moyens. Y en a bien pour cinq cents tickets.

– Tu me les devras, ne te fais pas de mouron.

Elle avait l'air stupéfaite.

– Mais pourquoi maintenant? Pourquoi que t'as pas commencé par là?

– Je me suis rappelé que j'avais de l'argent sur un compte d'épargne. Ma voiture est dans un garage. J'économisais pour faire réparer les transmissions. Au diable, faut pas s'en faire. L'argent ne me sert à rien tant que je suis ici.

Elle ne me croyait pas encore.

– Je peux pas croire que t'aies fait ça.

La femme maigre intervint sans quitter son matelas, sur un ton exaspéré.

– Qu'est-ce que ça peut te faire, espèce de dingue? Prends le fric et ferme ta gueule.

Bibianna jeta un regard à la femme et sourit malgré elle. Elle me dévisagea encore un moment puis murmura un

« merci ». Ses yeux se refermèrent. Elle se retourna sur le ventre et croisa les bras sous elle pour se réchauffer. Quelques minutes plus tard, elle ronflait. L'atmosphère de la cellule était imprégnée par l'odeur des corps endormis : chaussettes mouillées, mauvaise haleine, cheveux mal lavés. J'avais pensé que mes compagnes de cellule pourraient se réveiller à mon retour, mais personne d'autre ne bougea. La lumière du couloir brillait faiblement. Le calme devint absolu. Sur le sol je pouvais voir la grille numérologique que Bibianna avait dessinée à mon intention avec sa salive. Mouvement et changement. Eh bien, n'était-ce pas la vérité ?

11

Ce qui se produisit ensuite résulta d'une erreur bureaucratique dont on ne connut jamais le responsable. Toute la paperasserie fut terminée à 6 heures et Bibianna ainsi que moi-même nous retrouvâmes dehors. C'était tout. Aucune nouvelle de Dolan ni de Santos, aucun signe du technicien qui était censé m'équiper d'un micro. Je continuais à attendre que la gardienne de prison me fasse revenir, me prenne à part sous un prétexte ou un autre pour me donner les instructions promises. Qu'en était-il au juste de l'opération prévue? Les plans avaient-ils été changés? Je n'arrivais absolument pas à trouver une raison pour retarder ma libération. Je n'avais plus qu'à faire face à la situation telle qu'elle se présentait. Je portais mes objets personnels, encore sous scellés, dans la poche de plastique transparent. On nous avait rendu nos chaussures, nos ceintures et tous les autres articles susceptibles de tuer, comme les tampons hygiéniques. Je me sentais abominable mais la première bouffée d'air frais me rendit le moral jusqu'à un certain point. Au bout de quatre heures passées au violon, la liberté avait quelque chose de vertigineux.

La matinée était froide et brumeuse, le sol était encore saturé de la pluie qui était tombée la nuit précédente. Les collines pouilleuses qui entouraient la prison donnaient une impression de sérénité. De petits oiseaux chantaient. Sur l'autoroute, la rumeur provenant de la circulation semblait augmenter et diminuer sur un rythme très reposant, comme le bruit des vagues à marée haute. J'avais envie de prendre une douche, de me préparer un petit déjeuner, d'être seule. Il aurait fallu que j'invente une excuse pour me séparer de Bibianna, contacter Dolan et découvrir ce qui avait bien pu arriver. Pour le moment, il me fallait rester près d'elle comme un pot de colle.

La première chose à faire, bien entendu, était de trouver le moyen de rentrer. Je fouillai dans ma pochette de plastique, avec l'impression d'être une malade mentale tout juste sortie d'une institution psychiatrique. J'avais dix dollars en espèces, grâce à quoi je décidai de faire signe à un taxi. En règle générale, je n'ai pas les moyens de prendre des taxis, mais je trouvais que cette fois je le méritais. Bibianna et moi clopinions le long de l'interminable allée de la prison. Je devais avoir une touche saisissante, avec mon débardeur et mon pantalon noir fripé, mes petites socquettes blanches noircies là où avaient déteint mes souliers humides. Bibianna elle-même n'avait pas l'air bien fraîche. Le rouge de sa robe était peu flatteur à la lumière du jour; sa tenue jurait avec ses souliers à talons aiguilles que la pluie avait rendus informes. Tout en marchant, elle tenait son poudrier en face de son visage et s'appliquait une nouvelle couche de rouge à lèvres. Elle avait ôté son collant, couvert d'échelles après nos aventures de la nuit. Ses jambes avaient l'air pâles et décharnées à la dure lumière du jour, et sa robe était aussi plissée, sur le devant, que les soufflets d'un accordéon. Oh! c'est comme ça! Je suppose qu'il y a des moments où il suffit de se savoir libre de ses mouvements pour être heureux. Nous laissions derrière nous les passages bordés de chaînes, les lumières permanentes, les serrures, les fenêtres à barreaux. Malgré notre libération, je ne trouvais rien à dire. Je ne pouvais quand même pas murmurer : « Merci... c'était une très bonne soirée... il faudra qu'on remette ça bientôt. » Les règles élémentaires de l'étiquette ne paraissaient pas de mise.

Bibianna fourra son poudrier dans son sac, elle avait un air inquiet.

– Ils t'ont posé des questions sur les coups de revolver? demandai-je.

– Pas encore. Un flic de la criminelle doit se présenter chez moi dans la journée.

– Qu'est-ce que tu vas leur dire?

– Qu'est-ce que ça peut faire? Faut que je trouve un moyen de me tirer avant que Raymond s'amène...

De mon côté, j'étais aux prises avec mes propres inquiétudes. Qu'est-ce qui allait bien se passer? Où était Dolan? Qu'est-ce qu'on attendait de moi?

Brusquement, Bibianna a serré mon bras en enfonçant ses ongles dans ma chair.

– Doux Jésus, murmura-t-elle, les yeux fixés droit devant elle.

Je suivis son regard et m'aperçus, mais un peu tard, qu'elle était fascinée par une Ford vert bouteille, garée le long de la route; la voiture avait été trafiquée et l'arrière se trouvait surbaissé au point que le plancher touchait presque le sol. La peur de Bibianna était si évidente que je sentis mes cheveux se hérisser sur ma nuque.

– Qui c'est?

– C'est Raymond. Oh! Bon Dieu!

Sa voix s'était brisée. Des larmes jaillissaient de ses yeux et elle émit avec la gorge un petit cri étrange. J'évaluai rapidement la situation, sans savoir ce qu'il convenait de faire. C'était bien notre chance. Apparemment, Dawna avait réussi à lui téléphoner.

Il était appuyé sur l'aile avant et regardait les voitures passer sur la contre-allée. Quand il nous aperçut, il se mit à marcher d'un pas tranquille à notre rencontre.

– Bibianna, t'énerve pas. Reste calme. Retournons à la prison...

Elle secoua sa tête.

– Même si les flics nous ramenaient à la maison, il trouverait bien un moyen de m'attraper. Ne me quitte pas. Jure que tu ne feras pas ça. Quoi qu'il arrive, ne le contrarie pas. Ne le fais pas sortir de ses gonds, sinon il cassera tout, autour de lui, et toi avec.

– D'accord, d'accord. Allons-y maintenant. Reste calme. Je ne vais pas m'en aller.

– Jure que tu ne me quitteras pas.

– Je le jure, dis-je.

A première vue, il ne m'impressionnait pas. A cette distance, le type avait l'air d'être comme tout le monde. Il était grand et très mince, avec de larges épaules et une taille étroite. D'après ce que je pouvais voir de lui, il était vêtu comme une gravure de mode : manteau de sport en cuir, pantalon à pinces, chaussures vernies pointues à garniture d'argent au bout, lunettes de soleil réfléchissantes. Il pouvait être d'origine latino-américaine ou italienne, avec les cheveux noirs et le teint olivâtre. Je lui donnais à peu près trente ans. Il avait les mains dans les poches et paraissait détendu.

Les doigts de Bibianna étaient glacés. Elle s'accrochait à ma main comme le ferait une amie au beau milieu d'un film d'horreur, juste quand le gars au couteau de boucher va bondir. Dans l'apparence de Raymond, je ne pouvais rien déceler qui justifiait cette réaction.

Quand il nous rejoignit, il enleva ses lunettes de soleil. Il avait d'épais sourcils sombres, une bouche charnue, une fossette au menton. Maintenant qu'il était tout près, je voyais bien que quelque chose n'allait pas. Ses yeux étaient comme révulsés, laissant apparaître un filet blanc au bord de la paupière inférieure. Son visage et son corps étaient secoués de mouvements convulsifs ; il clignait des yeux ; le coin de sa bouche s'agitait de façon spasmodique ; ses lèvres s'ouvraient largement ; puis il rejeta par deux fois la tête en arrière. L'effet produit était hallucinant : cette série de gestes mettait en branle tout son corps et s'accompagnait d'un son qui était à moitié un cri, à moitié une toux. Il secoua son bras droit en le faisant rouler dans l'articulation de l'épaule comme pour le décontracter. Dans ma mémoire, un faible signal d'alarme se déclencha et je me rappelai l'existence d'un certain état pathologique qui produisait ce genre d'effets – des tics et des cris. Il n'y fit aucune allusion et Bibianna non plus ; elle semblait bien plus préoccupée par la façon dont il prenait la mort de Chago.

– C'est pas moi. Je le jure devant Dieu. Je ne l'ai pas tué. Je suis désolée. C'était un accident. Oh ! s'il te plaît. Raymond, je n'ai rien à voir avec ça...

L'expression de Raymond s'était radoucie ; elle était devenue presque rêveuse pendant qu'il prenait Bibianna par les épaules pour l'attirer tout contre lui et lui passait la main sur toute la longueur de ses bras nus.

– Tu ne peux pas savoir comme je suis content de te voir...

Je la vis se raidir, s'écarter légèrement de lui bien qu'elle ne pût sans doute faire un geste de recul sans risquer une sorte d'explosion. Il fourrait le nez dans ses cheveux.

– Oh ! baby ! Mon ange. Ma douce, je suis content de te voir, murmurait-il d'une voix tendre. C'est formidable. Tu m'as vraiment manqué, tu sais ?

Il se détacha d'elle et serra entre ses mains le bas du visage de Bibianna pour la forcer à le regarder.

– Bon, ça va. Tout est OK. Ne t'inquiète pas.

Son regard se déplaça jusqu'à moi.

– Qui est-ce ? dit-il en rejetant deux fois la tête en arrière.

– Hannah Moore, dis-je.

Elle lui lança un coup d'œil.

– C'est Raymond Maldonado.

Il me tendit la main.

– Ravi de vous rencontrer. Désolé de tout ça. Mon frère a été tué cette nuit.

Nous nous sommes serré les mains. Les siennes étaient tièdes et douces, sa poigne était ferme.

– Je suis navrée pour votre frère. C'est terrible.

Ces civilités créaient une ambiance irréelle.

Raymond regarda Bibianna.

– T'es prête ?

– Je ne viens pas. Raymond, j'en ai pas l'intention. J'en ai fini avec tout ça. Je ne veux pas retourner à Los Angeles. Je te l'ai dit. Je n'ai rien à voir avec...

Il la saisit par le bras et se mit en devoir de l'entraîner vers la voiture. Je pus voir la bouche de Bibianna esquisser une grimace et ses doigts à lui s'enfoncer brutalement dans son épaule. Elle bredouillait. Il leva une main comme pour la réduire au silence, faire cesser cette hémorragie de paroles. Elle pressa une main contre ses lèvres. Il tourna la tête de côté, baissa une épaule, roula du col et prit une respiration profonde, les yeux révulsés en arrière. Son visage se crispa du côté droit, une fois, deux fois. Ses yeux se rouvrirent, les pupilles refirent leur apparition – énormes, claires, d'un brun foncé. Il continuait à avancer en direction de la voiture.

Je les suivis sans y être invitée, me livrant à un calcul rapide. Ma proie était là : Raymond Maldonado en chair et en os. Je savais que c'était l'occasion idéale, mais je n'avais pas eu le temps de m'y préparer. Si j'entrais dans le jeu sans avoir reçu mes instructions, je pouvais faire échouer toute l'opération. Je ne pouvais pas me permettre de commencer à me conduire en agent secret, mais je n'avais pas le choix. Il marchait si rapidement que je dus esquisser un pas de danse pour rester dans le rythme.

Bibianna se livrait à une résistance passive, ralentissait l'allure, se faisait traîner.

– Raymond, écoute. Peut-être que je pourrais venir une autre fois, d'accord? Hannah parlait de me raccompagner à la maison, dit-elle. Et nous avons des projets...

Il se retourna et me sourit.

– Nous allons nous marier.

– Aujourd'hui?

Il secoua la tête.

– Bientôt en tout cas. Tout était arrangé, mais elle disait qu'elle n'était pas prête. Ensuite, tout ce que je sais c'est qu'elle est partie. Elle est partie comme ça. Sans même me laisser un mot. Je me suis réveillé un matin et elle avait disparu...

Le visage de Bibianna était crispé et pâle.

– Je suis désolée. Je ne voulais pas te faire du mal, Raymond, mais qu'est-ce que je pouvais faire? Je ne savais pas quoi te dire. J'ai essayé de t'expliquer...

Il lui mit un doigt sur les lèvres, puis le pointa vers elle d'un air réprobateur.

– On ne plaque pas un gars comme ça, Bibianna.

Il se tourna vers moi, une main tendue, la paume ouverte, plaidant sa cause.

– Ça fait combien d'années maintenant que je suis amoureux de cette femme? Six ans? Huit? Qu'est-ce que je peux faire, hein?

Bibianna était silencieuse, les yeux pleins d'effroi. Je ne parvenais pas à comprendre le changement qui s'était opéré en elle. Son assurance, son énergie folle, son aspect sexy, tout avait disparu. Ma bouche à moi était devenue sèche et une sensation de peur me chatouillait le creux des reins.

Nous avions atteint la voiture. Un autre type en sortit, un Latino avec un bonnet de tricot sombre enfoncé jusqu'aux oreilles. Ses yeux étaient noirs, aussi inexpressifs et ternes que des taches de vieille peinture. Il avait des cicatrices d'acné sur les joues et une moustache d'environ quatorze poils, dont certains avaient l'air d'avoir été posés à la main. Il avait ma taille. Il portait un pantalon kaki bien repassé, avec des petits plis sur le devant, et un tricot de corps d'un blanc immaculé. Des touffes de poils raides et bruns étaient visibles sous ses aisselles. Ses bras nus et musclés étaient couverts de tatouages des épaules aux poignets – un dessin de Donald Duck sur le bras droit et de Daffy Duck sur le gauche.

– C'est un plagiat de Walt Disney, fis-je remarquer, presque étourdie par l'angoisse.

– Voilà Luis, dit Raymond.

Il avait un revolver. Il tenait la portière arrière de la voiture ouverte, à la manière d'un chauffeur de maître.

Bibianna recula, s'arc-boutant d'un bras sur la carrosserie de la voiture.

– Je ne viendrai pas sans Hannah.

Raymond parut décontenancé.

– Pourquoi ça?

– C'est mon amie, et je veux qu'elle reste avec moi, dit-elle.

– Je ne sais même pas qui est cette fille, répliqua-t-il.

Les yeux de Bibianna lancèrent des éclairs.

– Bon Dieu, Raymond! C'est bien de toi ça. Tu dis que tu m'aimes. Tu dis que tu ferais n'importe quoi. Et dès que je demande quelque chose, tu te mets à discuter. Eh bien, j'en ai marre.

– D'accord, d'accord. Qu'elle vienne si elle veut. C'est bien ça que tu as dit.

Bibianna se tourna vers moi avec une expression de supplication muette.

– S'il te plaît. Seulement pour quelques jours.

Avec un haussement d'épaules, je dis :

– J'ai rien d'autre à faire.

Bibianna monta la première, se glissa de l'autre côté du siège arrière. Raymond s'installa à côté d'elle. J'hésitai un peu, en me demandant si c'était bien prudent.

Luis tourna son revolver dans ma direction de sorte que l'arme se trouvait pointée vers ma poitrine. Cela m'aida à me décider.

Je m'assis sur le siège arrière. Le tableau de bord était tapissé de velours blanc sur lequel se trouvait brodée à la machine en lettres vertes et brillantes l'inscription : « Raymond et Bibianna ». Un chapelet était accroché au rétroviseur ainsi qu'un Sacré Cœur de Jésus tout sanglant. L'intérieur de la voiture, y compris les sièges avant et arrière, était recouvert d'un tissu acrylique blanc comme celui dont sont faits les ours en peluche. Il y avait un radio-téléphone Shack sur le siège avant. Tout ce qui manquait à la décoration de la voiture, c'était une série de pompons à l'arrière... ou une Vierge Marie de dix centimètres de haut avec des petits aimants sous les pieds. A l'instant même où je montai dedans, je sus que je faisais une erreur.

Luis mit le moteur en marche sans un mot. Le pot d'échappement faisait entendre comme un bruit lointain de marteau-piqueur pendant qu'il s'engageait sur la route. Il gardait les deux mains sur le volant, au bout de ses bras raides, le tronc et la tête inclinés en arrière. Il fit demi-tour et accéléra en direction de l'autoroute. Les tics nerveux de Raymond se reproduisaient à peu près toutes les trois minutes, quelquefois à des intervalles plus courts. J'en étais agacée au début, tout particulièrement parce que personne ne me donnait d'explication. Les autres paraissaient trouver ça naturel. Au début, je sursautais chaque fois que ça le prenait, mais je me suis aperçue que je m'y habituais, étonnée que quelqu'un soit condamné à vivre comme cela. Ne pouvait-on rien y faire?

Bibianna semblait d'humeur querelleuse, peut-être pour prévenir toute avance amoureuse.

– Comment as-tu fait pour savoir ce qui s'est passé hier soir?

– Dawna m'a téléphoné et m'a tout raconté avant que les flics l'embarquent. Qui est le gars?

– Quel gars?

– Le gars qui a descendu Chago la nuit dernière.

– Comment pourrais-je savoir qui c'était? Juste quelqu'un dans le restaurant qui avait un revolver.

– Dawna a dit que tu étais avec lui.

– J'étais toute seule.

– C'est pas ce qu'elle dit.

– Elle a dit ça? C'est des conneries. Quel air avait-il? Elle te l'a dit?

– Elle a pas eu le temps. Une voiture de patrouille s'est pointée et elle a raccroché. Elle a dit qu'il y avait aussi une nana.

– Elle t'a raconté des bobards. Quelle garce! J'étais là toute seule quand Chago a surgi avec un revolver. Peut-être que le gars était un flic, mais pas en service, ou rien qu'un citoyen comme tout le monde, avec une arme.

Le visage de Raymond s'assombrit.

– Ça me fait chier tous ces gens qui déconnent; y a trop de ces foutues armes dans la nature.

Il se tourna vers moi.

– Chaque jour dans le journal, le *L. A. Times*, on lit que quelqu'un s'est fait buter. Est-ce que tu lis *Metro*? Ça me donne la chiasse.

Il leva une main en l'air, comme pour retenir ses paroles.

– Tu connais le slogan: « C'est pas les armes à feu qui tuent les gens; c'est les gens qui tuent les autres »? Quelle connerie!

– Luis a une arme, fis-je remarquer gentiment.

– C'est différent. C'est mon lieutenant. C'est comme mon garde du corps. Je n'arrive pas à croire qu'un type a tué mon frère sans une foutue raison.

Cet homme n'avait pas un sou de jugeote dans la tête. Je restais assise à regarder bien droit devant moi, bouche cousue au souvenir de ce que Bibianna m'avait dit sur son caractère.

Raymond se tourna vers Bibianna et se mit à l'embrasser en lui pelotant les seins avec une familiarité que je trouvais gênante. Elle se laissait faire mais elle me lançait des regards affolés par-dessus son épaule. Je me mis à regarder dehors par la vitre.

Je me penchai en avant et donnai une tape sur l'épaule de Luis, en essayant de prononcer la seule phrase d'espagnol que je connais.

– Hum, *habla usted inglés ?*

– Merde, madame. Est-ce que j'ai l'air d'un demeuré? dit-il.

Il parlait l'anglais sans trace d'accent et j'en vins à me demander si sa tenue de tombeur n'était pas un déguisement.

– Oh! Très bien, pourrais-tu m'arrêter au prochain carrefour et me laisser mettre pied à terre? Il faut que je passe un coup de fil rapide.

Cela ne produisit pas le résultat escompté.

Sur le même ton de la conversation, je me tournai vers Raymond, en plaçant ma bouche tout près de son oreille.

– Pardon Raymond. Pourrais-tu dire à ton gars de m'arrêter un peu plus loin?

Raymond avait glissé sa main sous la jupe de Bibianna, en troussant le vêtement, et introduit un doigt sous le bord de son slip. Il n'y avait pas la moindre sexualité dans tout ça. Il était en train d'exercer ses droits. J'entendais qu'elle lui murmurait : « Fantastique... oh, baby, c'est bon », n'importe quoi pour apaiser et calmer ses exigences. Le chauffeur attrapa mon regard dans le rétroviseur et me fit un clin d'œil complice. Il alluma la radio pour couvrir les soupirs de plus en plus bruyants. Une musique salsa envahit la voiture. C'était répugnant.

J'étais tout à fait prête à m'éjecter, au risque de me faire mal et de me casser quelque chose, uniquement pour échapper à ce bordel de fausse fourrure et de fatras religieux. J'attendis que la voiture ralentisse en abordant la rampe d'accès de l'autoroute, puis je glissai ma main sous la poignée de la portière et donnai un coup sec. Rien ne se produisit. Toutes les manivelles actionnant les vitres avaient été enlevées à l'arrière. J'appuyai mon front contre la vitre teintée, pour regarder dehors. Derrière moi, je pouvais entendre

Raymond tripoter la boucle de sa ceinture et la fermeture Éclair de son pantalon. C'était pire qu'une cassette porno. Je me retournai et les fixai.

– Bon Dieu, *Bibianna* , dis-je en élevant la voix. C'est *obscène* ! Imagine un peu ce que j'*éprouve* d'être assise ici pendant que tu *baises* un mec! Pourquoi que tu ne gardes pas tes mains pour toi, d'accord?

Raymond tourna vers moi un visage ahuri de baiseur frustré, les yeux mi-clos, la bouche comme dévorée, le menton barbouillé de rouge à lèvres, les cheveux hérissés. Toute la voiture sentait les hormones, le jus de sexe et les sous-vêtements. Luis, tout narquois, essayait d'apercevoir le siège arrière dans le rétroviseur.

Je me tournai vers lui sauvagement.

– Hé, Jack. Qu'est-ce que *tu* cherches à voir?

Puis en m'adressant à Raymond :

– Pardon, Raymond. Je sais que ce n'est pas de ta faute si ces gens se conduisent comme ça.

Bibianna se redressa en faisant ce qu'elle pouvait pour remettre sa jupe en place. Elle murmura :

– Pardon.

Elle avait un gros suçon dans le cou là où Raymond s'était acharné sur son épiderme.

En fait, Raymond semblait embarrassé et rentrait les pans de sa chemise dans son pantalon. Il fut victime d'une nouvelle crise de convulsions avec hochements brusques de la tête et roulements du col.

J'enfonçai le clou sans attendre.

– Je lui ai dit que j'avais un petit ami régulier en taule, lui dis-je. J'ai vraiment pas besoin de vous voir tous les deux dans cet état. Bon Dieu. Elle n'a aucune classe.

Je me rencoignai sur mon siège, en faisant mine de brosser des peluches imaginaires sur mon pantalon noir.

Raymond tira un mouchoir et ôta un peu du rouge à lèvres de Bibianna sur son menton. Il avait un sourire penaud.

– Le prends pas mal. C'est pas sa faute. Elle peut pas se retenir, dit-il.

– Eh bien, j'en suis malade de l'entendre se donner des

airs à cause de toi. Est-ce qu'elle ne peut pas garder ses opinions pour elle?

– Elle se donne des airs à cause de moi?

– Non, Raymond. Je ne dis ça que pour m'entendre parler, dis-je. Je pense que je devrais peut-être pas embêter tout le monde pour avoir quelque chose à bouffer. Mais on n'a pas eu de petit déjeuner et j'ai la dalle.

Raymond se pencha en avant et donna à Luis une tape sur la tête.

– Qu'est-ce que t'attends? Arrête ici. T'as pas entendu ce que la dame a dit?

Raymond m'étudiait avec amusement tout en parlant à Bibianna par-dessus son épaule.

– Ton amie me plaît. Elle manque pas de cran.

– C'est pas du *cran*. C'est de l'irritation, dis-je.

Bibianna me regardait, mal à l'aise, mais j'étais partie sur ma lancée. J'étais en train de mettre au point le caractère de Hannah, ce faisant, et ça me libérait drôlement. Elle était soupe au lait et sarcastique, avait son franc-parler avec un peu de grossièreté. Je pourrais m'y habituer. Elle avait le droit de se tenir mal.

Raymond me sourit.

– Ça vous va, patron? demanda Luis, l'homme au bras si joliment tatoué.

Il ralentissait près de l'entrée d'un *McDonald's* en haut de State Street.

– Ça ira pour toi? me demanda Raymond.

Il paraissait sincèrement désireux de me voir approuver le choix du restaurant.

– C'est parfait, Raymond. Allons-y.

Je mangeai trois œufs McMuffins. S'il avait été 10 heures du matin, j'aurais pris plutôt deux hamburgers au fromage. Bibianna ne pouvait rien avaler. Elle était assise et picorait un feuilleté aux pommes tandis que Luis et Raymond manifestaient leur sympathie pour la France en commandant des frites et du pain perdu avec du sirop d'érable canadien. J'avais repéré un téléphone dans le couloir exigu qui conduisait aux toilettes pour dames, mais l'appareil était fixé au mur, bien visible de la table où nous étions assis tous les quatre. D'un bras négligent, Raymond persistait à entourer les épaules de Bibianna, en lui frictionnant le haut du bras d'une manière qu'il voulait sensuelle. Les gars apprennent à faire ça à l'école secondaire et c'est très agaçant. Elle était de nouveau passive, obséquieuse et soumise. Je souhaitais la voir se rebiffer. Résister. Pourquoi ne lui faisait-elle pas un pied de nez? Ça ne lui servirait à rien de se conduire comme un chien battu. Il était temps qu'elle se reprenne en main. Si elle continuait à se conduire en victime, le gars continuerait à la traiter comme telle.

Je me levai de table.

– Faut que j'aille aux chiottes. Tu m'accompagnes, Bibianna? Tu pourras me faire une queue de rat.

– Si tu y tiens...

– Tu nous excuseras, Raymond? Il faut qu'on aille se refaire une beauté.

– Faites, dit-il.

Je plaçai un baiser au bout de mes doigts et le posai sur le bout de son nez.

– T'es un amour.

Il se glissa hors du boxe pour laisser Bibianna se lever.

12

Dans les toilettes réservées aux femmes, elle tourna le robinet pour s'asperger les yeux avec un peu d'eau froide. Je tirai une serviette en papier que je lui tendis. Elle y enfouit la moitié inférieure de son visage, en se regardant dans le miroir au-dessus du lavabo. Elle s'essuya les mains et jeta le papier.

– Merci pour ce que tu as fait dans la voiture. Bon Dieu, je ne peux pas supporter ça! Je ne peux pas le blairer.

– Il est certainement fou de toi, dis-je.

Elle entra dans une des cabines et essaya d'ouvrir la fenêtre au-dessus de la cuvette.

– Merde. C'est cloué. Tu crois qu'il n'y a pas une autre façon de sortir d'ici?

– Je ne sais pas. Je vais voir, dis-je.

J'étais plutôt coincée avec Bibianna, car je voulais l'aider sans renoncer pour autant à rester près de Raymond Maldonado. Je me rendis à la porte et l'entrebâillai pour essayer de repérer une porte de derrière. Tout ce que je vis, ce fut Raymond en proie à ses tics nerveux de la tête. Le téléphone public sur le mur était désespérément proche, mais Luis aurait tôt fait de me remarquer si j'essayais de l'utiliser. Je refermai la porte.

– Qu'est-ce qu'il a Raymond?

– C'est en train d'empirer, dit-elle sur un ton morose. Je ne l'ai jamais vu si mal.

– Ouais, mais ça *provient* de quoi?

– Ça s'appelle le syndrome de Tourette [1] ou quelque chose de ce genre. On dit que c'est d'origine nerveuse – neurologique et tout ça. Tout ce que je sais, c'est que ça le prend et le reprend, et quelquefois il a des crises de rage incontrôlables. On lui donne des pilules, mais il ne veut pas les prendre parce qu'il ne supporte pas les effets secondaires.

– Est-ce qu'il est comme ça de naissance?

– Je suppose. Il n'en parle pas beaucoup.

– Mais il ne fait rien pour guérir?

– Fumer de la dope, ça l'aide, qu'il dit, et il se shoote parfois.

– Est-ce que c'est pour ça que tu l'as quitté, à cause du syndrome de Tourette?

– Je l'ai quitté parce que c'est un pauvre type! Sinon je pourrais supporter ça, mais il est devenu méchant. Ça n'a rien à voir avec son état, dit-elle. Jésus, nous ferions mieux de chercher comment sortir d'ici.

Elle se rendit dans la deuxième cabine et essaya la fenêtre qui s'y trouvait. Bouclée également.

– Au diable tout ça. Il va falloir qu'on trouve un autre moyen. Je voudrais seulement que Tate soit ici.

– Et moi donc, ma petite! Est-ce que tu crois que Raymond sait que tu es avec lui?

– Bon Dieu, j'espère que non! Il est si jaloux, il peut pas voir les choses normalement.

– Comment as-tu fait la connaissance de Tate?

– Il était venu à un bal costumé, pour la fête de Halloween. Habillé en flic. Tout le monde pensait que c'était un déguisement sauf moi. Je peux sentir un flic à un kilomètre à la ronde.

Elle sortit une brosse à cheveux de son sac à main et entreprit de se recoiffer.

– C'est vraiment différent avec Jimmy.

– Pour sûr, dis-je. J'ai cru comprendre que tu es amoureuse de lui.

1. Syndrome de Tourette ou « maladie des tics », qui fut identifié par le Français Gilles de la Tourette en 1885. Cette affection, caractérisée par une généralisation progressive des tics, débouche sur la dégénerescence mentale, accompagnée de phobies, de délires et d'obsessions.

Elle sourit fugitivement, pour la première fois depuis que nous avions quitté la prison.

– J'ai intérêt. On s'est mariés il y a deux semaines. C'est pour ça que ma maison va être à louer. Je vais m'en aller avec lui.

La porte s'ouvrit brusquement. J'ai dû faire un bond de trente centimètres. C'était Luis avec son .45 et sa petite moustache narquoise.

– Allez, mesdames. On s'en va. Dépêchez-vous. Raymond dit que ça a assez duré.

De la main, je l'écartai.

– Oh! et puis quoi encore, Luis! Qu'est-ce que t'as? Tu cours partout comme un idiot. Faut encore que je fasse pipi et elle aussi.

Il rougit de confusion.

– Dépêchez-vous.

– D'accord, dis-je, en allant dans la première cabine.

Du coin de l'œil, je le vis fourrer le revolver dans sa ceinture et ressortir de la pièce.

Dix minutes plus tard on était sur la route.

C'est donc comme ça que je me suis retrouvée en train de foncer sur la 101, dans une voiture surbaissée, ce mercredi matin, 26 octobre. Le mariage de Vera devait avoir lieu le lundi d'après et j'allais le rater, c'était réglé comme du papier à musique. Si Raymond tuait Bibianna, il allait être obligé de me tuer aussi. Pour la Toussaint, je me retrouverais probablement sur le parking longue durée de la LAX [1], tassée dans le coffre d'une voiture inconnue. Même sous le soleil brûlant, ça peut parfois prendre des jours avant que quelqu'un soit alerté par l'odeur.

Luis conduisait pendant que Raymond, assis sur le siège avant, tripotait la radio. A intervalles réguliers, sa crise de tics le reprenait. S'il était en train de parler à Luis, les tics semblaient se calmer, pour l'assaillir de plus belle aussitôt qu'il fermait la bouche. Bibianna s'était recroquevillée sur le siège arrière et dormait d'un sommeil agité. Au moins main-

1. LAX : il s'agit de l'aéroport de Los Angeles.

tenant elle n'aurait pas à s'inquiéter d'être interrogée par les flics de Santa Teresa. Je me sentais surexcitée. J'étais passée de la fatigue à l'épuisement, puis à l'inverse. Dieu sait que mon travail me met parfois en contact avec des personnages louches, mais je n'aime vraiment pas la violence ni le danger ni tout ce qui menace ma santé. Ma visite bi-annuelle chez le dentiste est la seule démarche masochiste que je me permets. Pourtant j'étais là en compagnie de ces *vatos*, à me demander comment je pourrais appeler le numéro de téléphone que Dolan m'avait donné. Je regrettais mon cher sac à main, mon blouson et mon revolver. En même temps, je l'avoue, je me sentais extraordinairement vivante. Peut-être que je vivais simplement un des grands moments de ma vie avant de toucher le fond.

La voiture quitta l'autoroute à Oxnard et poursuivit sa course vers le sud sur la Highway 1, à travers le secteur sud-est de la ville. Elle dépassa le Centre du bataillon de construction navale, à Port Hueneme (qu'on prononce Youni-mi). La route était parallèle à l'océan d'un bleu-vert profond, qu'on pouvait voir au loin, sur notre droite. Les plages étaient désertes, sauf que, de temps à autre, un pêcheur lançait sa ligne dans l'eau. Le sable avait été tassé et assombri par la pluie, mais le ciel était maintenant sans un nuage, d'un bleu azur clair. La chaleur du soleil matinal avait dissipé le brouillard, et la vue portait tout droit jusqu'à l'horizon. Du côté de la terre, les falaises beige rosé plissées par l'érosion et les collines affaissées sous des broussailles gris pâle, avec çà et là des taches de végétation, laissaient glisser un peu de sable léger sur la route.

Après Point Dume, des maisons commencèrent à apparaître dans la bande de terre qui allait s'élargissant entre la route et l'océan; les propriétés se multipliaient rapidement au fil des kilomètres. Dans le couloir réservé au stationnement, les poids-lourds et les fourgonnettes étaient alignés pare-chocs contre pare-chocs. Des gars en shorts et costumes de bain humides déchargeaient des planches de surf et des planches à voile. Quand nous atteignîmes Malibu, les bungalows, les petits immeubles résidentiels et les maisons individuelles s'entassaient au point de se toucher, dans un fouillis architectural où le style château voisinait avec les cabanons de plage, les villas italiennes avec les demeures dans le goût Tudor, les maisons de pêcheurs du cap Cod avec le béton. Les gens riches qui avaient du goût devaient être apparemment absents le jour où la commission de l'urbanisme avait voté. (Y avait-il même une commission de l'urbanisme?) Aussi, la route était-elle maintenant bordée d'une quantité invraisemblable de magasins, de panneaux publicitaires pour Texaco, la scierie de Malibu Lumber, les livres de Crown Books, un marchand de chaussures, les charpentiers de Fast Frame, Jack-in-the-Box, Motel, Malibu Inn, Vins et spiritueux, le restaurant de Jimmy's Ribs sur la plage, les locations de voitures de Budget Car, les lignes de la main et tarots, Shell, Realty, Arco AM/PM, Malibu Voyages, Motel, Vins et spiritueux, Pizza, Agence immobilière, Serrurerie, Cordonnerie, Poissonnerie de Malibu... tout un assortiment vulgaire d'enseignes au néon, de panneaux d'affichage et de feux clignotants aux croisements. La circulation donnait lieu à un perpétuel enchevêtrement de Mercedes, de BMW et de Jaguar.

Un feu rouge nous arrêta à l'endroit où Sunset Boulevard aboutit à Pacific Coast Highway. La femme qui conduisait paresseusement une petite voiture de sport, à côté de nous, jeta un regard inquiet vers Luis avec son bonnet de laine et ses bras à la Walt Disney. Il fut assez bon pour lui faire des propositions grossières. Raymond lui donna une tape sur la tête pour le rappeler à l'ordre. C'était peut-être pour ça qu'il portait un bonnet, afin de réduire les risques de traumatismes crâniens.

Luis se frictionna la tête d'un air irrité.

– Hé, vieux. Calme-toi.

– C'est toi qui dois te calmer, lui balança Raymond en me jetant un regard chargé d'excuses.

Il était manifeste que je passais à ses yeux pour la seule personne raffinée du groupe.

Au changement de feu, Luis démarra avec une série de soubresauts qui mirent à l'épreuve la suspension arrière. En l'espace de quelques minutes, nous étions passés de l'opulence à la misère.

Notre destination était une ville balnéaire située à quelques kilomètres au sud de l'aéroport, dans un secteur marqué par la pauvreté. A l'est, les ghettos de Compton, de South Gate et de Lynwood étaient rigoureusement répartis entre des bandes rivales et l'on y comptait normalement de quinze à vingt assassinats par week-end. Ici, il n'y avait que des immeubles pouilleux à l'infini, ornés de revendications territoriales tracées sur les murs en caractères anguleux par ces scribes d'un nouveau genre à l'aide de bombes de peinture noire. Attendez que les cryptographes des temps futurs redécouvrent ces tablettes de pierre. Même les bus municipaux qui passaient étaient défigurés, transformés en messagers porteurs des insultes qu'une bande adressait à une autre. Les rues étaient jonchées d'ordures et de vieux pneus. Les ivrognes avaient déjà ramassé toutes les bouteilles et boîtes vides, tout ce qui pouvait être recyclé et revendu pour acheter de la piquette. Un canapé déchiré était posé sur le trottoir comme s'il attendait l'autobus. Les guerriers nonchalants du ghetto traînaient devant le marché du coin. Du côté de l'île, sur le boulevard à quatre voies, une devanture sur trois était aveuglée par des planches clouées. Les boutiques encore en activité étaient protégées par des barres d'acier posées en travers de leurs vitrines de verre épais sur lesquelles étaient collées des publicités.

Je vis un *Burger King*, un drugstore *Sav-On*, un disquaire à l'angle d'une rue avec une énorme pancarte FERMÉ, un bureau de poste avec un drapeau américain retombant au bout de son mât. Du côté de l'océan la rue étalait un mélange défraîchi de petites maisons en bois et d'immeubles divisés en petits appartements. En guise de pelouse il y avait des lopins de terre nue entourés de barrières de chaînes. Les quartiers pauvres de toutes les villes que je connais ont en commun un certain nombre d'éléments : des perrons affaissés, des murs écaillés, des mauvaises herbes tenaces quand elles parviennent à pousser, des terrains vagues couverts de gravats, des pancartes à la gloire de Pepsi-Cola, des enfants désœuvrés, des voitures aux pneus crevés garées en permanence au bord du trottoir, des maisons abandonnées, des hommes léthargiques dont les yeux vides d'expression se tournent vers vous quand vous passez à côté. La violence est une forme de spectacle que seuls les indigents peuvent s'offrir. Le prix du billet n'est pas coûteux. A l'affiche, c'est toujours la tragédie de la vie et de la mort : drogues et braquages, fuites, représailles – la grande terreur des mères qui regardent angoissées, dans les coulisses. Souvent, ce sont les spectateurs qui tombent sous les balles perdues.

Nous coupions par l'intérieur des terres, en dépassant six pâtés de maisons de HLM. Je sentais en moi des frémissements d'angoisse comme si je couvais une maladie.

En arrivant au logis de Raymond, je n'avais aucune idée de l'endroit de Los Angeles où nous nous trouvions. Luis gara la Ford devant un immeuble d'appartements de deux étages en face d'un petit cimetière de voitures. Il y avait probablement une quarantaine d'appartements dans l'immeuble, répartis sur trois couches autour d'une cour en béton. A première vue, cela ne me parut pas tellement miteux. Le quartier lui-même n'était pas du tout aussi misérable que ceux dont nous venions d'avoir le spectacle.

On était en plein milieu de la matinée, et malgré un petit air frais, la plupart des portes des appartements étaient ouvertes. J'entrevis des intérieurs surpeuplés, pleins de meubles entassés et lugubres. On aurait dit que toutes les télévisions étaient branchées sur les feuilletons à l'eau de rose de l'Amérique blanche, mais les radios, placées au-dessus des téléviseurs, jouaient une musique hispanique qui contrastait étrangement avec les images yankees. Il y avait des décorations de Halloween partout, mais certaines étaient là depuis si longtemps que les citrouilles commençaient à pourrir et que les squelettes de papier crépon étaient couverts de poussière.

Après avoir escaladé tous les quatre un escalier derrière l'immeuble jusqu'au premier étage, il fallut tourner à gauche, pour nous diriger vers un appartement qui donnait sur la rue.

– Est-ce que nous allons chez toi? ai-je demandé à Raymond.

Il avançait à côté de Bibianna juste devant moi. Luis fermait la marche pour le cas où j'essaierais de m'enfuir.

– C'est là que nous nous installerons quand nous serons mariés, dit Raymond en lui jetant un regard timide.

Il se mit à fouiller dans sa poche comme si quelque chose lui revenait soudain en mémoire. Il en tira une clef attachée à un anneau métallique qui portait un gros M en plastique – sans doute l'initiale de Maldonado. Il donna le tout à Bibianna. A mon avis il aurait voulu conférer quelque solennité à son geste mais elle fourra l'objet dans son sac sans presque y jeter un regard. Son visage était de pierre. Il semblait gêné de voir qu'elle ne montrait aucun enthousiasme pour des questions dont il était manifestement obsédé.

Le problème, dans la vie, c'est qu'il n'y a pas de musique d'accompagnement. Dans les films, vous savez que vous êtes en danger parce que des notes sinistres rehaussent la scène; une mélodie cacophonique vous fait savoir qu'il y a des requins dans l'eau et des assassins derrière la porte. La réalité est silencieuse comme la mort, de sorte que vous ne savez jamais très bien si des ennuis vont vous arriver. Sauf quand vous entrez dans un appartement étranger plein de gars qui portent des résilles sur les cheveux. Personnellement, je n'ai jamais compris pourquoi la résille à cheveux désigne le mauvais garçon dans toute son horreur. Ils étaient cinq, tous d'origine hispanique, à peine sortis de l'adolescence, et tous portaient d'épaisses chemises de laine Pendleton boutonnées jusqu'au menton. Ils étaient assis autour de la table de la cuisine, l'un d'eux avec sa petite amie sur les genoux. Une seconde fille était assise, étalant ses jambes nues, la jupe serrée remontée à mi-cuisse. Elle tenait une cigarette allumée et s'entraînait à faire des ronds de fumée à grand renfort de moues avec ses lèvres peintes d'un rouge vif. Deux gars appuyés contre le mur se mirent au garde-à-vous quand Raymond franchit la porte. Sur la paroi il y avait une grande inscription faite à la main avec les initiales « R.E.P » (Repose en paix) au-dessus du nom de Chago en majuscules; on avait dessiné un crucifix et des mains jointes, en prières, entre les deux lignes. Quelqu'un avait épinglé plusieurs photos de Chago sur le mur, près de cette sorte d'hommage. Au milieu des piles de papiers sur la table il y avait un tas de faire-part, fabriqués à la main, sur lesquels figurait le même texte soigneusement calligraphié. D'après les expressions maussades des assistants et le nombre de bouteilles de bière visibles, je supposais que c'étaient des copains de Chago et que nous avions interrompu une veillée improvisée. J'épiai la réaction de Raymond, mais il n'en eut aucune. N'éprouvait-il aucun chagrin pour la mort de son frère?

Je m'efforcai de me conduire avec naturel, en prenant un air nonchalant. Je n'avais rien à craindre, n'est-ce pas? Après tout, je n'étais pas prisonnière, j'étais l'invitée de Raymond. J'allais pouvoir rassembler des renseignements pour Dolan et après ça je rentrerais à la maison. Il va de soi que, normalement, je ne fréquente pas ce genre de bande, mais j'essaie d'avoir l'esprit large. Certes, il y avait ici des différences culturelles que je ne pouvais même pas imaginer et encore moins comprendre. Ce n'était pas pour ça que quelqu'un était mauvais, non? Alors pourquoi m'attendre au pire? *Parce que tu n'as pas la moindre idée de ce que tu es en train de faire, Bon Dieu*, me disait une petite voix dans mon for intérieur.

L'air était gris de fumée; cela sentait un peu la marijuana, drogue dont je n'ai pas usé depuis le lycée (sauf pendant une courte période quand Daniel Wade partageait ma vie). Le décor, à première vue, se composait d'un tapis en fibres de coco bleu roi avec le genre de meubles que l'on vend sur le bord de la route, de l'autre côté de la frontière mexicaine. (On en trouve aussi dans le comté d'Orange, à Euclid, au sud de l'autoroute de Garden Grove). On aurait dit que Raymond avait cherché à améliorer l'endroit, en faisant recouvrir toute la surface du grand mur qui se trouvait à ma gauche avec des carreaux de miroir gris doré. Malheureusement, ce revêtement avait été récemment fracassé par une chaise de cuisine, abandonnée sur place, avec ses pattes chromées toutes tordues. Presque tous les éclats de verre avaient été balayés, mais je pouvais encore voir des traces de sang sur le mur nu. Ce n'était pas du sang frais; il ne coulait pas; mais il était évident que quelque chose d'affreux s'était produit tout récemment à cet endroit. Personne ne fit allusion aux dégâts. Raymond ne manifesta aucun signe de curiosité, ce qui pouvait vouloir dire qu'il en était l'auteur. Bibianna s'en rendit compte en un clin d'œil mais ne dit rien. Sans doute valait-il mieux pour elle ne pas soulever la question. Je détournai mon regard.

Sur la droite, on pouvait voir une cuisine en forme de *L* dont chaque centimètre était couvert de hautes piles d'assiettes sales, en papier, de bouteilles de bière, de cendriers et de boîtes de frites Rosarito – vides. La pièce sentait le coriandre, les *tortillas* et le lard frit. Cinq sacs bruns d'épicier étaient pleins à ras bord de déchets, tachetés de grosses traces de graisse, de couleur sombre. Sur l'un des sacs, il y eut un éclair de vif-argent et quelque chose disparut de ma vue.

Sur la table de la cuisine dont le dessus était en métal, l'un des gars s'escrimait pour remplir au crayon un formulaire. Son visage était assombri par le dépit. Son revolver était posé négligemment sur une pile de formulaires déjà remplis auxquels il servait de presse-papiers. Fugitivement, je me demandai si c'était un immigré clandestin remplissant de faux papiers. Derrière lui, la lumière du jour inondait une grande fenêtre panoramique sur laquelle se découpait sa silhouette. En cas de descente de police, il se ferait abattre comme l'ours métallique qui sert de cible dans les baraques foraines. J'entendis Raymond l'appeler Tomàs, mais je ne pus saisir le reste de la conversation.

L'un des deux types appuyés contre le mur portait un walkman Sony; on voyait le revolver qu'il avait à la ceinture. L'autre s'amusait à émettre de fausses notes avec le goulot d'une bouteille de bière vide Dos Equis. Tous deux ressemblaient vaguement à Raymond, et je me demandai si c'étaient des parents – des frères ou des cousins. Apparemment ils connaissaient tous Bibianna mais aucun ne la regarda dans les yeux. Les deux femmes semblèrent mécontentes de la voir arriver, et échangèrent un regard méfiant.

On ne me présenta pas mais ma présence provoqua un léger intérêt. Je fus examinée par plusieurs paires d'yeux masculins, et quelqu'un fit une remarque qui amusa ceux qui l'avaient entendue. Luis réapparut, une bouteille de Dos

Equis à la main. Il prit une position d'attente, en s'accroupissant contre le mur, le corps légèrement penché en avant, la tête rejetée en arrière, le nez tourné vers moi. Il y avait quelque chose d'arrogant dans son comportement – comme s'il voulait afficher la supériorité sexuelle des renégats et des hors-la-loi. Je ne savais pas ce qu'il me voulait, mais il cherchait à faire savoir qu'il avait des droits sur moi. Les autres gars semblaient prendre des attitudes les uns devant les autres mais ils manquaient d'éclat.

Une dispute éclata entre les trois gars assis autour de la table, dans une langue qui paraissait être une sorte de mélange *cholo* d'espagnol et d'anglais « petit nègre ». Je ne pouvais pas comprendre un mot, mais le ton était querelleur. Raymond cria quelque chose que j'étais ravie de ne pas savoir traduire. Le gars au crayon et au papier reprit son travail avec un air maussade qui ne présageait rien de bon.

Bibianna, sans se laisser impressionner par toute cette bande, jeta sa pochette sur une chaise et enleva ses chaussures à hauts talons.

– Je vais prendre une douche, dit-elle, et elle sortit de la pièce à pas de loup.

Raymond alla prendre le téléphone et composa un numéro, le dos à demi tourné.

– Alfredo, c'est moi...

Il baissa le ton de sorte que je ne pouvais plus rien entendre. Pendant qu'il parlait, je vis, par derrière, qu'il était secoué par une série de tics rapides; c'était presque comme une pantomime ou comme s'il jouait aux charades.

Je me dis que je devrais essayer de passer inaperçue avant de décider de ce qu'il me faudrait faire par la suite. Je cherchai un siège du regard et changeai brusquement d'idée. Juste derrière la porte, à un mètre environ, il y avait un pitbull. Je ne sais comment je m'y étais prise pour ne pas voir le clebs, mais il était là. Il avait une robe tachetée avec la poitrine et les pattes blanches. Sa tête était large et épaisse; ses oreilles n'avaient pas été taillées mais lui rentraient dans la tête comme celles d'une chauve-souris. Autour de son cou massif, il portait un collier de cuir clouté de pointes métalliques. Etait-il pour quelque chose dans la tache de sang étalée sur le mur? Une longue chaîne ballante, d'environ un mètre, était fixée au collier; l'autre bout était enroulée autour du pied du monumental divan bleu roi. Le chien émit un grondement sourd en regardant ma gorge. Les chiens et moi, nous ne nous entendons pas si bien que ça, même dans les meilleures circonstances. J'ai toujours du mal à me laisser séduire par une bête qui semble se préparer à me mettre la carotide en pièces.

Un des gars interpella le chien en espagnol, mais l'animal ne semblait pas comprendre cette langue beaucoup mieux que moi. Le type tourna sa tête dans ma direction, le nœud de sa résille pendait au beau milieu de son front comme une araignée sur une toile.

– Ne fais pas de gestes brusques et n'essaie jamais de lui caresser la tête. Il t'arracherait le bras.

– Ça me fait de la peine d'entendre des choses comme ça. Comment s'appelle-t-il? ai-je demandé, en priant pour que ce ne soit pas Cujo.

– Perro, dit-il.

Et il ajouta avec une grimace :

– Ça veut dire « chien » en espagnol.

– T'as trouvé ça tout seul? dis-je d'une voix douce.

Tout le monde éclata de rire. Ah bon, ils parlent donc l'anglais, pensais-je.

Son sourire était pincé.

– Il déteste les Ricaines.

Je jetai de nouveau un regard au chien et déplaçai ma personne, en essayant de garder mes distances. Comment le chien pouvait-il connaître ma nationalité? Il abaissa les oreilles et montra les dents. Sa lèvre supérieure se retroussa si loin en arrière, que je pouvais voir jusqu'au fond de ses narines.

– Hello, Perro, chantai-je. Bon chien. Bon toutou.

Lentement, je me permis de détourner mon regard en me disant que le fait de le regarder dans les yeux avait peut-être un caractère trop agressif pour le goût du pauvre petit. Erreur. Le chien plongea en avant, en poussant un aboiement sauvage qui lui secoua tout le corps. Je frémis involontairement, ce que les gars semblèrent trouver comique. Le canapé se déporta d'environ dix centimètres dans ma direction, ce qui amena la bête presque à portée de ma jambe. Je pouvais même sentir le souffle chaud de ses aboiements, comme de petits courants d'air

– Hé, Raymond?

Raymond, qui parlait toujours au téléphone, leva une main, agacé d'être interrompu.

– Quelqu'un pourrait-il appeler le chien, s'il vous plaît?

Je répétai cette fois la question à voix haute.

Raymond fit claquer ses doigts et le chien s'assit. Mon soulagement suscita un sourire narquois chez le gars au Walkman. Raymond mit une main en travers sur le micro du téléphone et tourna sa tête dans la direction du gars.

– Juan. Fais sortir le chien.

Puis, à mon intention :

– T'as envie d'une bière? Sers-toi. Dès que Bibianna aura fini, tu pourras te doucher si tu veux.

Il se consacra de nouveau au téléphone. Je ne fis pas un geste.

En rechignant, Juan ôta le revolver de sa ceinture et le posa sur la table. Il ramassa une laisse métallique sur le bras du canapé et l'attacha au collier de Perro. Le chien fit mine de lui mordre la main d'un mouvement rapide. Juan ramena son poing en arrière et pendant un instant ils se toisèrent du regard. Juan devait être un sacré surmâle parce que Perro recula, ce qui me renforça dans l'idée que les chiens ne sont pas vraiment intelligents. Une goutte de sueur se mit à couler lentement au creux de mes reins.

Après le départ du chien, je me servis une bière et pris place dans un fauteuil en tapisserie aux larges bras rembourrés, tout au bout de la pièce. Je repliai mes jambes sous moi pour le cas où il y aurait eu de la vermine en vadrouille sur le sol. Jusqu'à nouvel ordre, je n'avais plus qu'à siroter ma bière. J'appuyai la tête contre le dossier du fauteuil. La fausse excitation que j'avais éprouvée dans la voiture s'était maintenant dissipée et elle faisait place à une lassitude énorme. Je me sentais lourde de fatigue, comme si la tension m'avait soudain fait prendre du poids.

13

J'avais dû m'assoupir parce que tout ce que je sais c'est que quelqu'un m'avait ôté la bouteille de bière à moitié vide que j'avais à la main et me secouait gentiment le bras. Je me suis éveillée en sursaut, en me retournant pour regarder la femme sans comprendre et en essayant de me ressaisir. Ah, ouais. Bibianna. Je me trouvais toujours empêtrée dans cette histoire de fusillade entre Chago et Jimmy Tate. Luis et Raymond étaient encore dans l'appartement, mais les autres étaient partis.

Bibianna avait meilleure mine, elle avait recouvré un peu de son ancienne assurance. Elle portait un épais peignoir de velours blanc, les cheveux dans une serviette de toilette nouée autour de la tête Elle sentait le savon. Elle s'était récuré le visage qui brillait maintenant de tout l'éclat de la jeunesse. Elle alla dans la cuisine et se rapporta une bière. Raymond, toujours au téléphone, la suivait des yeux. Je fus prise d'un élan de pitié. C'était un homme d'une belle prestance, mais son désir lui faisait perdre contenance et lui donnait un air de chien battu. Maintenant que Bibianna avait retrouvé son insolence, il avait, pour sa part, perdu toute assurance. Il avait l'air d'un mendiant inquiet, ce qui n'a rien de séduisant pour la plupart des femmes. L'arrogance de macho que j'avais remarquée en lui un peu plus tôt était sapée par le chagrin. Il devait savoir qu'elle se fichait pas mal de lui. Le pouvoir avait changé de main; c'était elle qui l'avait maintenant; il l'avait perdu.

– Viens. J'ai quelques vêtements que je peux te prêter, dit-elle.

– J'assassinerais quelqu'un pour voler une brosse à dents, dis-je dans un murmure pendant que nous nous dirigions vers la chambre à coucher.

Elle s'arrêta, jeta un regard derrière elle vers Luis, qui était maintenant perché sur le comptoir de la cuisine.

– Cours jusqu'au *Seven-Eleven* et rapporte deux brosses à dents.

Il ne réagit pas jusqu'à ce que Raymond lui eut adressé un claquement de doigts avec impatience. Luis sauta à terre et se dirigea vers Raymond, qui lui tendait quelques billets froissés. Dès qu'il fut parti, Raymond se tourna vers Bibianna :

– Hé. Ne lui parle pas sur ce ton. Ce gars bosse pour moi, pas pour toi. Traite-le avec un peu de respect.

Bibianna roula des yeux et me fit entrer dans la chambre à coucher avec elle.

La pièce était décorée dans le goût habituel de Raymond qui semblait toujours se fournir chez les marchands de meubles mexicains installés sur le bas-côté de quelque route. Le lit était ce qu'il avait trouvé de plus grand; il y avait des draps de satin rouge et un énorme édredon joufflu. Les tables de nuit et la commode avaient l'air d'être en aggloméré avec un placage de bois, dans le « style espagnol », c'est-à-dire qu'il y avait des tas de gonds et de poignées en fer forgé noir. Bibianna fit glisser la porte de la penderie.

– Il a déménagé tous les vêtements que j'avais dans mon autre maison. Il ne m'a même pas demandé la permission, dit-elle. Regarde ça. Il pense qu'il peut m'acheter, comme si j'étais à vendre.

La tringle de bois ne suffisait pas à accueillir tous les vêtements pendus à des cintres; la longue étagère du dessus était pleine de chandails, de sacs à main et de chaussures. Elle se dirigea vers le bureau et se mit à ouvrir les tiroirs remplis de lingerie, en grande partie neuve. Elle me dénicha une paire de caleçons en dentelle rouge auxquels était encore attachée l'étiquette du magasin. Elle m'offrit un soutien-gorge que je refusai. Pas la peine de mettre des pommes dans des sacs destinés à des melons. En plus des sous-vêtements, elle extirpa des sandales, une mini-jupe rouge et la ceinture de cuir rouge qui allait avec, un corsage à la mode paysanne en coton blanc avec des manches bouffantes et un cordon au cou.

En me tendant les vêtements, elle murmura :

– Fous le camp si tu en as l'occasion.

– Qu'est-ce que Raymond va dire?

– T'inquiète pas de ça. Je sais le mener.

– Tout va bien?

Raymond se tenait sur le seuil de la porte. Il avait enlevé sa veste de sport et ses épaules paraissaient étroites sans leur rembourrage.

Elle se tourna vers lui dans un éclair :

– Tu te fous de moi? Nous sommes en conversation *privée* ici si tu veux savoir.

Il me jeta un regard embarrassé.

– Je crois que je vais prendre une douche, murmurai-je.

Il tendit un paquet.

– Voila ta brosse à dents.

– Merci.

Je pris le sac et passai devant lui, pressée de m'enfuir. Il n'y a rien de pire que d'être là quand un couple s'apprête à se faire une scène. Tous les deux essayaient à la dérobée de gagner ma sympathie, et ce procédé de recrutement muet me soulevait l'estomac.

J'entrai dans la salle de bains réservée aux invités et fermai le verrou derrière moi. Je pendis mon débardeur au bouton de la porte pour empêcher quelqu'un de chercher à regarder par le trou de la serrure. Mes doigts de pied se crispèrent devant l'état de la salle de bains, qui avait tout le charme qu'on pourrait trouver à des latrines de l'armée. Je n'ai jamais été tentée de marcher pieds nus dans des vestiaires publics, où le sol semble toujours jonché de cheveux, d'épingle à cheveux rouillées et de morceaux de Kleenex humides en cours de désintégration. Je ne décrirai pas le lavabo. La porte de verre de la douche était cassée et réparée avec du ruban de plombier; le rail métallique sur lequel la porte glissait était encrassé de mousse de savon. Une longue tache pointue allait de la pomme de la douche jusqu'au bac lui-même. Il y avait une bouteille de shampooing en plastique dans le coin et je la ramassai délicatement entre deux doigts, les lèvres pincées de dégoût.

Je posai du papier tout autour de la cuvette des W-C et m'installai sur le siège. Pendant que j'étais assise là, je tirai le numéro de téléphone de Dolan de ma socquette droite. Je l'enregistrai dans ma mémoire, déchirai le morceau de papier en minuscules particules et les jetai dans la cuvette en actionnant la chasse d'eau. L'eau ne s'écoulait pas. Les minuscules morceaux de papier, comme des confettis, tourbillonnaient et tourbillonnaient avec une nonchalance angoissante tandis que le niveau approchait dangereusement du bord. Formidable. La cuvette allait déborder. Je commençai à agiter les mains, en murmurant : « Va-t'en... va-t'en ». Finalement l'eau s'écoula mais je n'osais pas tirer de nouveau la chaîne tant que le réservoir ne se serait pas rempli. Je tendis l'oreille en mettant la main en cornet sans obtenir la moindre indication à ce sujet. Si Raymond surgissait, irait-il repêcher les morceaux de papier pour essayer de les recoller ensemble? Sûrement pas.

J'ouvris le réservoir de la chasse. Il y avait des paquets de plastique collés tout autour... probablement de l'héroïne ou de la cocaïne. Quelle idée! Si les flics faisaient une descente, ce ne serait certainement pas comme *ça* qu'ils seraient blousés. Une des pochettes était placée trop haut et coinçait la boule du dispositif. Je la poussai de côté et manœuvrai le levier. Le réservoir commença à se remplir. Finalement, les toilettes se rincèrent en faisant des bruits tonitruants – pour moi c'était un triomphe d'ingéniosité personnelle et un exploit de plombier amateur. Mon code secret à la Dick Tracy fut expédié à la mer par le tout-à-l'égout en toute sécurité.

Pour commencer, l'eau de la douche était tiède, mais je m'arrangeai pour me savonner à l'aide d'une minuscule savonnette qui portait l'inscription « Ramada Inn ». Je me lavai les cheveux et j'étais juste en train de les rincer quand l'eau chaude cessa de couler. Je finis à la hâte. La seule serviette de la salle de bains était mince, rêche et défraîchie par l'usage. Je me séchai en me tapotant avec mon débardeur et m'habillai.

Quand je sortis de la salle de bains, mon linge sale à la main, l'appartement était silencieux. Je jetai un coup d'œil dans la salle de séjour. Luis était apparemment rentré chez lui. Raymond et Bibianna n'étaient visibles nulle part. La porte qui menait à la grande chambre à coucher était fermée et je pouvais entendre des voix qui discutaient en espagnol et dont le ton montait. J'approchai ma tête tout près de la porte mais je ne parvenais vraiment pas à comprendre un mot de ce qui se disait. Je retournai dans la salle de séjour. Perro était de nouveau attaché au canapé, et il était en train de mâchonner d'un air guilleret le cuir de la laisse qui le retenait. Dès qu'il me vit, il bondit sur ses pattes, le poil hérissé sur l'arête du dos. Il baissa la tête et se mit à gronder dans le fond de sa poitrine. Pour atteindre la porte d'entrée, il aurait fallu que je passe à quelques centimètres de lui. Laisse tomber, pensai-je.

Le téléphone, un appareil à touches, était installé tout à l'heure sur la table basse. Maintenant il n'y en avait plus aucune trace. Je parcourus la pièce du regard mais en vain. Apparemment, Raymond avait débranché l'instrument et l'avait emporté dans la chambre à coucher. Cela ne dénotait pas une grande confiance. Je rebroussai chemin et obliquai vers le petit corridor de gauche . L'autre chambre à coucher contenait un sofa brun déchiré et un matelas nu avec deux oreillers sans taies.

Je me rendis à la fenêtre qui donnait sur la rue. Je déverrouillai le dispositif de fermeture et fis basculer la fenêtre coulissante dans son cadre d'aluminium; je parvins à la remettre en place avec un minimum de grincements. Ce n'est pas que je cherchais une voie d'évasion immédiate. Mais j'aime tout bonnement savoir où je suis et ce que je pourrais faire en cas d'urgence. Je me penchai en avant et me tordis le cou afin de regarder dans toutes les directions.

A ma droite, la façade de l'immeuble était miteuse et ingrate – un mur dépouillé, d'au moins six mètres de haut au-dessus d'un trottoir vide. Aucun balcon, pas de décoration en bois, et pas d'arbre à proximité. D'après ce que je pouvais voir, c'était un quartier de *tacquerías* et de boîtes de nuit, d'ateliers de carrosserie et d'entrepôts. Tout cela était aussi dévasté et désert qu'un champ de bataille. Je regardai à ma gauche et fus réconfortée de voir un escalier métallique en zigzag. Du moins aurais-je accès au monde libre si je me faisais coincer.

J'examinai la pièce derrière moi, j'étais si fatiguée que je pouvais à peine me tenir debout. J'optai pour le sofa défoncé; il était un peu trop court pour me permettre de m'allonger complètement. Les coussins sentaient la poussière et la fumée de cigarette refroidie. Je relevai les genoux et croisai les bras en les serrant contre moi pour me remonter le moral. Je me fichais de ce qui allait arriver, il fallait que je dorme un peu.

A mon réveil, je pouvais dire d'après l'angle de la lumière dans la pièce qu'il était près de 4 heures de l'après-midi. Les jours avaient déjà commencé à s'écourter, l'obscurité précoce indiquait le début soudain de l'hiver. Chaque année, c'est le moment où l'on allume toutes les chaudières. La nouvelle provision de bois de chêne a été livrée et rangée. C'est la saison où les Californiens, avec un bel ensemble, sortent leurs lainages, en se plaignant très fort du froid quand il ne fait que 10 °C dehors – ce qui est la température la plus froide que nous aurons vraisemblablement.

L'appartement était encore silencieux. Je me levai et me rendis pieds nus dans la salle de séjour. Perro était en train de ronfler, mais je me dis que c'était une simple ruse. Il espérait que j'essaierais de passer subrepticement devant lui et qu'il pourrait me déchiqueter le derrière. Je me faufilai à gauche, dans l'espace réservé aux repas, qui se trouvait dans le prolongement direct de la kitchenette en forme de cabine de bateau. J'y étais entrée rapidement quand je m'étais servi une bière, mais je n'avais pas eu la possibilité de vérifier s'il y avait une sortie. Je m'attendais à trouver une porte de service, mais la cuisine était une impasse et il ne semblait pas y avoir d'autre issue.

Je jetai un coup d'œil à la table de la cuisine encore couverte de piles de papiers. Je pris une liasse et la parcourus.

Çà, alors! Eh bien, au moins maintenant je savais ce qui avait rendu le gars si furieux. Ces *batos locos* à l'allure vicieuse avaient léché la pointe de leurs crayons pour essayer de remplir des formulaires d'assurance concernant des blessures bidon dont ils ne pouvaient même pas épeler convenablement les noms. Ils avaient des « bleux » et des « équimoses » et « trais mal dans le bas et le hot du dos. » L'un d'eux avait écrit :

Nous roulion en diression du nor can cete voiture nous a donnai un cou par derriaire et nous a fai conier un poto de téléfone. Je me suis tapai la tète dans le parbriz . après jai eu des bleux et mal dans le cou. Jai eu ausi de la migrène, et jai mal au do.

Le médecin traitant désigné sur la plupart des formulaires était un certain docteur A. Vasquez, et il y avait aussi un chiropracteur nommé Fredrick Howard qui arrivait bon second. En y regardant de plus près, je me rendis compte que toutes les « victimes » avaient donné des récits identiques de leurs « accidents ». Ce que Tomas s'était contenté de faire, c'était de recopier les mêmes renseignements d'un formulaire à l'autre. Avec ou sans instructions, mes instincts de détective commencèrent à se réveiller et je pouvais sentir l'excitation me gagner. C'était une partie de ce que Dolan et Santos cherchaient : une escroquerie en cours, avec les noms des participants joliment et nettement épelés. Il n'y avait pas trace d'un classeur, pour autant que je puisse voir, mais Raymond devait bien garder toute cette paperasse quelque part. Je choisis au hasard une demande d'indemnisation déjà remplie, la pliai rapidement et la fourrai dans mon corsage, en la tapotant pour la mettre en place. Je laissai les papiers restants comme je les avais trouvés et retournai dans la chambre d'ami, dont le sol craquait légèrement sous mes pas. Quand j'atteignis la porte d'entrée, j'aperçus Raymond qui se tenait près de la fenêtre; il était en train de fouiller dans la pochette d'objets personnels que j'avais apportée de la prison.

– Sers-toi. Je n'ai que dix tickets sur moi, dis-je, sur le seuil de la porte.

S'il fut gêné d'être pris sur le fait, il ne le montra pas. Il y eut un bref silence au cours duquel il fut saisi d'une crise de tics auxquels je ne prêtai aucune attention, pas plus que lui.

– Qui c'est, Hannah Moore?

– Pardon?

– Hannah Moore, c'est pas ton vrai nom.

– Ah non? Eh bien, première nouvelle.

Je m'efforçais de prendre un ton mi-plaisant, mi-perplexe.

– Ton permis de conduire, il est faux.

Il jeta le permis sur le sol et s'occupa des autres articles qui se trouvaient dans le sac.

– Si tu veux savoir, mon permis a été suspendu il y a un mois, dis-je d'un ton mordant. Un de mes amis m'a fabriqué celui-là. En quoi ça te dérange?

Je traversai la pièce et le ramassai à terre, tout en lui arrachant la pochette de plastique d'un seul mouvement brusque.

– Ça me dérange pas, dit-il.

La colère que j'affichais semblait l'amuser.

– Comment que tu t'es fait retirer ton permis?

– Je me suis fait avoir pour conduite en état d'ivresse. Deux fois depuis juin.

Je le vis digérer l'information, ne sachant pas encore s'il devait ou non me croire.

– Qu'est-ce qui se passe si un flic t'arrête et qu'il voit que c'est un faux?

– J'atterrirai encore en prison. Quelle différence ça fait?

– Alors ton vrai nom c'est quoi?

– Et le tien, c'est quoi?

– Où est ta voiture?

– Hors service. Les transmissions ont besoin d'être réparées mais je n'ai pas de quoi.

Nous nous fixâmes dans les yeux. Les siens étaient énormes et plus sombres que je ne m'en souvenais. Il avait besoin de se raser, une barbe vieille d'un jour ombrageait sa mâchoire. Il s'était changé; il portait un pantalon de sport et une chemise de soie à manches courtes d'une nuance beige qui rendait plus chaude la couleur de ses yeux. Il s'habillait avec plus de goût qu'il ne se meublait. Je devinais qu'il se faisait beaucoup d'argent, surtout si ce que Santos disait était vrai. Le cou de Raymond se contracta, après quoi il tourna la tête et hurla quelque chose en mettant sa main devant sa bouche comme s'il toussait.

J'entendis s'ouvrir la porte de la grande chambre à coucher. Peu après, Bibianna entra à pas feutrés dans la pièce. Elle était pieds nus et portait un truc court en soie blanche qui lui faisait la peau plus sombre par contraste. Elle se tint sur le seuil tandis qu'elle allumait une cigarette en me scrutant avec intérêt. Son regard était indéchiffrable. Elle avait rassemblé sa chevelure au-dessus de sa tête en un chignon négligé. Son regard glissa jusqu'à Raymond.

– Où est le téléphone?

– Il est cassé.

– Il n'est pas cassé. Je t'ai vu l'utiliser, y a pas longtemps.

– Maintenant il l'est. T'en as pas besoin.

– Je veux appeler ma mère.

– Une autre fois, dit-il.

Elle quitta l'encadrement de la porte, tourna sur ses talons et disparut dans le couloir en direction de la salle de séjour.

Il la suivit du regard. Un tic presque imperceptible s'était réveillé près de sa bouche. Il effectua une rotation du cou et fit tourner son bras droit dans l'articulation de l'épaule pour le décontracter. Il devait être épuisé à la fin de la journée. Il secoua la tête :

– J'y pige rien. Je fais tout pour elle. Je lui achète plein de fringues. Je l'emmène dans des endroits huppés, je lui donne tout ce qui lui fait envie. Elle n'a pas à lever le petit doigt. Elle n'a même pas à travailler. Je lui ai payé une grande croisière. Est-ce qu'elle t'a raconté ça?

Je fis non de la tête.

– Demande qu'elle te raconte. On avait à bouffer autant qu'on voulait. Ils avaient fabriqué un cygne en glace, de deux mètres de haut, qui servait de fontaine pour verser le champagne. Je lui ai payé cet appartement. Tu sais ce qu'elle m'a dit? C'est de la merde. Elle déteste l'endroit. Qu'est-ce qui tourne pas rond chez elle?

Son étonnement se mêlait d'agressivité.

– Est-ce que tu peux me dire ce que j'ai fait de travers? Dis-moi ce qu'il lui faut de plus.

– Je ne suis pas vraiment une conseillère conjugale.

– Tu sais quoi? Je suis trop gentil. C'est la vérité. Je suis trop bon avec cette femme, mais je peux pas m'en empêcher. C'est comme ça que je suis. On avait tout arrangé pour se marier. Est-ce qu'elle te l'a dit?

– C'est toi qui l'as mentionné, je crois.

– Elle me brise le cœur et j'arrive pas à comprendre pourquoi elle fait ça.

– Il faut que je te dise, Raymond. Tu peux pas t'accrocher à quelqu'un qui ne veut pas de toi.

– C'est tout?

Il m'examina avec tant d'attention que je crus un instant pouvoir réellement le persuader de la laisser partir. Il fourra ses mains dans ses poches, le regard perdu dans la lumière déclinante.

– Raymond? cria Bibianna, dans la salle de séjour. Qu'est-ce que c'est que ça?

– Quoi?

Un instant plus tard, elle réapparut. Elle tenait un couteau dans la main, un étroit couteau à cran d'arrêt avec un manche en os. La lame était noire de sang séché.

Il fixa le couteau des yeux.

– Où t'as trouvé ça?

– Sur le comptoir de la cuisine. C'est le tien. Je le reconnais.

Il tendit la main, comme s'il n'avait pas entendu la première question. Je pensais aux morceaux de miroir en miettes et au pied de chaise cassé, au mur éclaboussé de sang. Avec une hésitation, Bibianna déposa le couteau dans sa main. Il y avait une expression inquiète sur son visage. Une fois de plus, le pouvoir avait changé de camp. Il pressa un bouton sur le manche, ce qui fit rentrer la lame dans sa fente. Il fourra le couteau dans la poche de son pantalon. Il cligna des yeux. Il tourna la tête sur le côté et sa bouche s'ouvrit toute grande.

Elle le regardait avec prudence.

– D'où vient tout ce sang?

– Habille-toi. On va dîner dehors. On pourra lui rapporter quelque chose, répondit-il.

Je ressentis une bouffée d'excitation momentanée à la perspective de rester pendant un court laps de temps sans surveillance.

– Pourquoi qu'on emmène pas Hannah? Elle crève sûrement de faim.

– Elle a qu'à avaler un bol de chili avant qu'on revienne. Il y en a une grande casserole sur la cuisinière.

J'intervins d'un air désinvolte.

– T'en fais pas Bibianna. Je me sens bien. Je garderai le chien.

Comme si Perro et moi étions de vieux copains. Je mourais d'envie d'être seule, de passer un coup de téléphone à Dolan dès que je le pourrais.

Ils entamèrent tous deux une longue discussion – où aller, comment s'habiller, s'il fallait ou non attendre Luis pour organiser une sortie à quatre. Mon estomac se serrait à force d'anxiété, mais je ne voulais pas paraître trop impatiente de les voir partir. Raymond était partisan d'attendre Luis, mais Bibianna dit qu'elle ne voulait pas manger avec lui, et Raymond n'insista pas. Je me sentais danser d'un pied sur l'autre, mentalement.

14

Il était près de 7 heures quand ils partirent enfin après des discussions et des tergiversations vraiment pénibles. Perro restait à son poste habituel près de la porte, en rongeant sa chaîne. Il avait des dents semblables à celles qu'on pourrait voir sur un squelette de dinosaure, parfaites pour réduire en chair à pâté des alligators et autres mammifères de taille modeste. Quand la porte se fut refermée sur eux, je me dirigeai vers la chambre d'ami, où il me fallut une minute pour extirper de mon corsage le formulaire de déclaration et le mettre en sûreté sous un coussin du sofa. Puis je me mis à la recherche du téléphone disparu. Je commençai par la grande chambre à coucher, en ouvrant chaque tiroir. Je ne pouvais croire qu'il avait planqué l'appareil dans les affaires de Bibianna, de sorte que je négligeai les tiroirs de sa commode à elle et m'escrimai sur celle de Raymond. Elle s'était probablement elle-même livrée à une fouille rapide mais sans succès.

Le tiroir de gauche, en haut de sa commode, était bourré de chaussettes dépareillées, de mouchoirs maladroitement pliés. Le tiroir de droite contenait le genre de babioles et de riens qu'on ne peut pas supporter de jeter : des pochettes d'allumettes, des boutons de manchettes, des épingles à cravate, une pince, de la menue monnaie, un portefeuille encore en bon état mais vidé de ses cartes de crédit, un livret de compte d'épargne plat et brun avec un solde créditeur de quarante-trois mille dollars. Le tiroir du dessous contenait des chemises sous lesquelles se trouvaient des chandails. Dans une boîte, presque au fond du tiroir, je découvris deux revolvers. L'un était un semi-automatique, un Mauser de calibre .30 dans son coffret, avec un chargeur de rechange, une brosse pour le nettoyer, une cible pour s'entraîner et une boîte de cartouches. Je baissai la tête pour renifler le canon, sans avoir à le toucher. Il n'avait pas été nettoyé, mais il n'avait pas non plus servi récemment. La seconde arme était un SIG-Sauer P220 calibre .38 Super, qui coûte environ trois cent cinquante dollars. Aurais-je le culot de le voler pour mon propre usage? Non, pas à ce stade. Ce ne serait pas malin. Sous la boîte, il y avait en vrac une collection de permis de conduire de l'Etat de Californie avec les cartes d'identités assorties. Je me réservais de les examiner plus tard si j'en avais l'occasion. Je remis les revolvers au-dessus des documents.

Je fouillai la penderie du haut en bas, en particulier chaque pile d'affaires assez importante pour dissimuler un téléphone débranché. Je regardai sous le lit, cherchai dans les tiroirs des tables de nuit. J'allai dans la salle de bains principale, qui était plus vaste que l'autre mais pas beaucoup plus propre. L'armoire à pharmacie était trop petite pour dissimuler quelque chose. Je fouillai la corbeille de linge sale. Le téléphone y était enfoui tout au fond. J'émis un petit glapissement de joie et le tirai d'un monceau de sous-vêtements sales. Je savais qu'il y avait une prise dans la salle de séjour, mais j'étais trop nerveuse pour aller brancher le téléphone là-bas. Luis allait arriver d'une minute à l'autre. Je ne voulais pas me faire surprendre avec la bouche collée au récepteur.

Je scrutai les plinthes de la chambre à coucher dans l'espoir de découvrir une autre prise. Il n'y en avait aucune à proximité immédiate. Je me mis à quatre pattes et rampai tout autour de la pièce sur les mains et les genoux en poussant l'appareil à côté de moi pendant que je cherchais du regard derrière la commode et la table de nuit. Finalement j'aperçus une prise sur le mur derrière le grand lit double, à peu près au milieu de la longueur du meuble. En m'étirant sur le ventre et en étendant le bras à travers les moutons et les toiles de poussière, je parvins à faire entrer le petit truc du téléphone dans le trou de la prise. J'étais allongée sur le sol entre le lit et la penderie quand le chien se mit à aboyer. Luis. Merde! J'arrachai le fil de la prise et le tirai d'un coup sec de dessous le lit. Perro aboyait si fort que je ne pouvais pas savoir si Luis était entré ou non. Je filai vers la salle de bains principale en enroulant le fil autour du téléphone.

– Hé! Y a quelqu'un?

Il était bien entré.

– Luis? C'est toi? Je suis dans la salle de bains, criai-je.

Je fourrai le téléphone au fond de la corbeille à linge et tassai dessus les vêtements sales. Je vérifiai mon image dans le miroir et ôtai un poil de chien collé sur ma lèvre. J'eus juste le temps d'enrouler une serviette de toilette en turban autour de ma tête avant de voir Luis apparaître sur le seuil de la salle de bains. Il portait une chemise de flanelle. Des manches longues dissimulaient maintenant les beaux tatouages de ses bras, mais je pouvais encore voir les deux paires de pattes de canards qui dépassaient. Il examina la pièce. Son regard s'arrêta sur moi; ses yeux étaient glacés et soupçonneux.

– Où est Raymond?

– Il est sorti avec Bibianna.

– Qu'est-ce que tu fous là?

– Bibianna m'a dit de me servir de son sèche-cheveux, dis-je, en priant pour qu'elle en ait réellement un. Je jetai un coup d'œil à la corbeille à linge. Un bout du cordon de téléphone, en forme de petite boucle, se balançait sur le côté. Je changeai de position pour lui boucher plus efficacement la vue.

– Je sors dans une seconde.

Il écarquilla les yeux. Il avait les pommettes saillantes et un petit menton pointu dans un visage ovale. Ses dents étaient belles mais il avait une bouche mince qui lui donnait un air méchant, accentué par sa petite moustache pathétique. Ses cheveux bruns étaient raides, noués derrière la tête en queue de cheval, ce qu'avait dissimulé la veille son bonnet de guetteur. Il devait avoir près de trente ans.

– A quelle heure qu'ils ont dit qu'ils rappliqueraient?

– Tu peux pas attendre une minute pour en parler? Je voudrais me coiffer, dis-je.

Je me déplaçai pour fermer la porte de la salle de bains, ce qui le contraignit à faire un pas en arrière. Je poussai le battant avec un geste théâtral et attendis une demi-seconde avant de rouvrir brusquement. Il se releva, gêné, fourra les pouces dans sa ceinture et s'en alla sans se presser en direction de la salle de séjour.

– T'es trop prévenant, lui criai-je et je fis claquer la porte pour mieux ponctuer mes paroles.

Je trouvai le sèche-cheveux et le mis en marche, puis le posai sur le couvercle des toilettes; je le laissai marcher pendant que j'enroulais le fil autour du récepteur et replaçais soigneusement le tout au fond du panier de linge où je l'avais trouvé. Je remis le linge par-dessus. Après avoir refermé le couvercle, je me retournai et jetai un coup d'œil à mes cheveux dans le miroir. Je m'emparai du séchoir hurlant et me penchai en avant jusqu'à ce que mon visage soit sens dessus dessous, chevelure pendante. Je fis souffler une giclée d'air chaud dans ma tignasse durant une minute environ; quand je me redressai, elle ne semblait pas du tout en meilleur état, mais elle avait une allure différente : on aurait dit un buisson sans feuilles. J'éteignis le sèche-cheveux et sortis pour me rendre dans la salle de séjour.

La soirée se passa paisiblement. Luis ne paraissait pas tourmenté par l'intelligence ou la curiosité, de sorte que la conversation était limitée. Il était assis à l'extrémité du canapé qui n'appartenait pas au chien tandis que j'étais installée dans le fauteuil. Il avait allumé le poste de télévision. Il n'avait qu'une toute petite faculté d'attention et très peu de goût pour les choses compliquées. De temps à autre, il agissait comme s'il avait curieusement conscience de ma présence – pas ouvertement mais c'était néanmoins perceptible. Il se dégageait de lui une sexualité étouffante, comme une odeur de fleurs d'oranger par une nuit d'été humide. Il regardait plusieurs spectacles en même temps, en se servant de la télécommande pour zapper d'une chaîne à l'autre. Le chien me regardait intensément pendant les poursuites en voiture et les rires préenregistrés, et quand je croisais son regard par hasard, ses petits yeux paraissaient loucher.

A 10 h 20, Raymond et Bibianna rentrèrent avec un récipient en carton qui contenait des portions de poulet frit achetées dans un stand de la chaîne *Kentucky Fried Chicken*. J'avais tellement faim à cette heure-là que j'en ai dévoré cinq morceaux, avec une barquette de purée de pommes de terre arrosée de sauce brune, la salade de chou cru que renfermait une enveloppe de plastique rebondie, trois biscuits difformes et un gâteau frit à peine garni. Luis mangeait autant que moi et termina même toute la nourriture qui restait. A minuit, Bibianna me donna une couverture et une chemise de nuit. Je me traînai jusqu'à ce que je considérais désormais comme ma chambre à coucher. Je fermai la porte, ôtai mes vêtements, enfilai la chemise de nuit et me laissai tomber sur le sofa défoncé.

Je m'éveillai en sursaut. Au début, je n'avais aucune idée de l'endroit où j'étais et de ce qui se passait. C'était le milieu de la nuit. Je luttai contre les ténèbres, en cherchant à fouiller du regard la pièce où j'étais étendue; je me sentais complètement immergée dans l'amnésie momentanée produite par le sommeil. Une lueur pâle provenant de la rue éclairée projetait une raie jaune au plafond. Une légère odeur de *tortillas* frites avec du lard imprégnait l'air. Je me souvins de Raymond. Avais-je entendu quelque chose? Quel qu'ait été le bruit qui m'avait réveillée, j'avais dû l'intégrer à un rêve obscur dont j'avais perdu le souvenir au réveil. Je pouvais sentir une présence dans la pièce. Mes yeux s'habituaient à l'obscurité. Je divisai mon champ de vision en plusieurs secteurs que je me mis à étudier l'un après l'autre. Mon cœur battait à tout rompre. La porte de ma chambre semblait maintenant avoir été entrouverte. Luis? Je luttais, pour essayer de voir si je pouvais distinguer une silhouette se découper contre le gris clair du couloir. La porte s'ouvrit toute grande, un vide de plus en plus vaste envahissait l'obscurité. J'ai murmuré :

– Qu'est-ce que tu veux?

Silence.

J'entendis comme un bruit de métal traîné sur le sol. La peur flamba en moi comme une allumette. C'était le chien. Je me souvenais de l'avoir vu mâchonner la lanière de cuir qui reliait sa laisse à la chaîne le retenant attaché. Dieu seul savait depuis combien de temps il s'était libéré et errait dans l'appartement. Je pouvais voir l'éclat de ses yeux sombres, sa tête baissée. Je n'avais pas d'arme à portée de la main, aucun moyen de me défendre. Il semblait renifler l'air en quête d'une odeur humaine. Si je pouvais rester absolument immobile, peut-être se lasserait-il pour s'en retourner en direction de la pièce où Raymond et Bibianna dormaient. Je retins ma respiration. Le pit-bull avançait vers le sofa où j'étais allongée raide, ses ongles faisant entendre un *tap-tap* sur le plancher nu. J'étais couchée sur le côté droit, le visage presque à sa hauteur. J'avais mon bras droit replié sous moi, mais mon bras gauche pendait en dehors du sofa, car il n'y avait pas d'autre endroit où le mettre. Le chien tendit son museau jusqu'à toucher mes doigts de la main gauche avec le bout du nez. Je pouvais sentir les poils rêches de sa moustache contre mon poignet. J'attendis, sans bouger. Finalement, avec une prudence infinie, j'écartai tout doucement la main. J'entendis un grondement au fond de sa gorge. Je devins de glace, n'osant plus retirer mes doigts. Il s'avança plus près jusqu'à poser son menton sur le bord du sofa, sa bouche au niveau de la mienne. Il émit un long gémissement. J'avais l'impression que mon cerveau se vidait. En quelques secondes, il avait sauté d'un seul coup près de moi, sur le sofa, et me poussait contre les coussins de derrière en m'immobilisant avec ses pattes osseuses. Timidement, je posai une main sur sa tête entre les deux oreilles. Il me lécha la paume.

– Je croyais que tu détestais qu'on te touche la tête, dis-je avec indignation.

Manifestement, ce n'était pas le cas. Je me mis à caresser le pan soyeux d'une de ses oreilles. Le chien haleta de bonheur. La chaleur de son corps m'enveloppa bientôt de la poitrine au genou. Je n'osais pas me plaindre, même s'il émanait de lui un riche fumet de chien. C'était la première fois de ma vie que j'avais un compagnon de lit qui sentait le porc chaud. Quand je m'éveillai de nouveau, il était parti.

Il est étonnant de voir à quel point on peut s'adapter à un environnement étrange et à des changements de décor. Le matin, l'endroit me paraissait aussi familier que si j'avais été un cancrelat. Bibianna me prêta un T-shirt propre à porter avec ma mini-jupe rouge. Pour le petit déjeuner, Luis fit cuire quelques *burritos* au fromage et des haricots, que nous avalâmes avec du Pepsi-Cola. C'est alors que la méticulosité inhérente à ma nature se manifesta avec ardeur. Munie d'une éponge et d'un peu de Comet que j'avais réussi à dénicher, j'attaquai les surfaces de la salle de bains, récurant le sol, le lavabo, la cuvette des toilettes, la baignoire et les carrelages sales qui entouraient la douche. Je persuadai Bibianna d'enlever les sacs d'ordure de la cuisine et je me mis à récurer l'évier, la plaque chauffante et les comptoirs. Perro avait repris son poste près de la porte, montant la garde. Pareil en cela à un amant d'une nuit, cet ingrat renfrogné faisait comme s'il ne s'était rien passé entre nous, et grognait sur un ton menaçant chaque fois que mon regard croisait le sien. Ce n'était pas que j'attendais de lui un dévouement attendrissant, mais un simple geste de reconnaissance aurait pu apaiser mon ego piqué au vif.

A 9 heures du matin, Raymond quitta l'appartement sans un mot d'explication. Bibianna retourna au lit. Je me demandai si elle allait se mettre hors circuit – se droguer ou se soûler ou dormir – n'importe quoi pour éviter de subir les sollicitations sexuelles de Raymond.

Luis me surprit en s'emparant de la cuisine. Il avait apparemment décidé qu'il était l'heure de faire à manger. Peut-être lui en avais-je donné l'idée en enlevant toute la crasse de la plaque chauffante et en grattant au couteau la saleté accumulée dans les fentes du carrelage. Personne ne paraissait savoir s'il y avait de vraies assiettes. J'avais jeté des piles chancelantes de fragiles assiettes en carton et douze sets de table en matière plastique. La pauvre vaisselle restante – gobelets en plastique et ustensiles de cuisine couverts de croûtes de nourriture – trempait dans un évier plein d'eau que j'avais d'abord fait bouillir sur le fourneau. Un peu plus tard, Luis se mit au travail. Rapidement, je me demandai si quand il était seul il se mettait lui aussi en état de quasi-lévitation pour éviter de poser ses pieds nus sur la crasse incorporée au sol de la salle de bains. N'ayant rien de mieux à faire, je me suis accoudée au comptoir de la cuisine et l'ai regardé opérer.

C'est alors que se manifestèrent certains aspects cachés de sa nature. Chacun de ses gestes était délicat et précis. Il pelait un oignon. Il écrasait des gousses d'ail avec le plat d'un couperet, en ôtant les peaux sèches comme s'il s'était agi de coquilles d'insectes. Il mit des poivrons à griller, puis les épépina, les pela et les coupa en menus morceaux. L'odeur était âcre mais elle éveillait l'appétit. Il était complètement concentré, absorbé dans sa tâche comme une femme qui se maquille. Je me laisse toujours fasciner par la compétence. Il ouvrit une grande boîte de tomates concassées et en déposa le contenu dans la poêle que j'avais lavée. Il ajouta les oignons, l'ail et des piments. Il ne manquait pas d'allure dans son travail ; il procédait de façon méticuleuse. On voyait qu'il avait appris à le faire, mais qui le lui avait enseigné ? L'air commençait à sentir merveilleusement bon.

– Qu'est-ce que c'est que ça ? demandai-je.

– De la sauce d'*enchilada*.

– Ça sent bon.

Je m'appuyai au comptoir en me demandant comment formuler la question suivante.

– Qu'est-ce qui se passe pour Chago ? Vont-ils lui faire un enterrement ?

Luis se concentra sur sa casserole de sauce pour éviter d'avoir à me regarder dans les yeux.

– Raymond a parlé aux flics. Ils ne rendront le corps qu'après l'autopsie. Peut-être demain, ils ne l'ont pas dit.

– Est-ce qu'il a d'autres frères ?

– Juan et Ricardo. Ils étaient ici hier.

– Et en ce qui concerne les parents ?

– Son père a été mis en taule pour avoir fait des trucs à des mômes. Les autres l'ont buté en prison quand ils ont su ce qu'il avait fait à Raymond.

– Et c'était quoi ?

Luis leva les yeux vers moi.

– Il en parle pas et je ne pose pas de question.

Il retourna à sa casserole de sauce, qu'il n'arrêtait pas de touiller comme en hypnose.

– Sa mère s'est barrée en l'abandonnant quand il avait sept ou huit ans.

– C'est l'aîné?

– L'aîné des garçons. Il y a trois sœurs plus âgées qui ne peuvent pas le blairer. Elles ont dans l'idée que tout ce qui est arrivé aux parents est de sa faute.

– Encore une enfance heureuse, dis-je. Ça fait combien de temps que tu le connais?

– Six, huit mois. J'ai fait sa connaissance grâce à un de ses rabatteurs qui s'appelle Jésus.

Bibianna apparut à la porte, une couverture sur les épaules à la mode indienne.

– Raymond n'est pas encore rentré?

Luis hocha la tête.

Elle disparut de nouveau, et peu après j'entendis couler l'eau de la douche. Luis laissa la sauce mijoter sur le feu et s'apprêtait à emmener le chien se promener. Quand il ramassa la chaîne, il découvrit que le cuir de la laisse avait été sectionné à force d'être mâchonné. Je l'entendis murmurer dans sa barbe un « merde » inquiet. Je ne dis pas un mot, en espérant que je pourrais ainsi éveiller un sentiment de reconnaissance chez le corniaud. Luis trouva un autre moyen d'attacher la laisse au collier de Perro, et ils quittèrent tous deux l'appartement.

Bibianna réapparut, complètement habillée cette fois. Elle trouva un jeu de cartes écorné, s'assit par terre près de la table basse et se mit à faire une patience. J'envisageais d'aller chercher le téléphone, mais je ne voulais pas appeler Dolan avec Bibianna à proximité. Moins elle en saurait sur mon identité, mieux ce serait. J'allumai le poste de télévision. La journée avait déjà pris une drôle de tournure – oisive, informe, sans objet ni attrait – comme des vacances forcées dans un lieu de villégiature au rabais.

Bibianna semblait préoccupée et je n'avais pas envie de me mêler de ses affaires, mais nous étions rarement seules et j'avais besoin de renseignements.

– Est-ce qu'il est souvent violent? demandai-je.

Elle me jeta un regard sombre.

– Pas tous les jours. Parfois deux ou trois fois par

semaine, dit-elle avec insistance. J'en ai parlé avec Chago une fois et il m'a dit que ça avait commencé quand Raymond était petit. Il avait des clignements des yeux et puis les tics le prenaient et assez vite il se mettait à glapir et à tousser. Son père pensait qu'il le faisait exprès, juste pour attirer l'attention; alors il avait l'habitude de le battre. Il lui a fait aussi d'autres trucs qui l'ont conduit en prison. Pauvre Raymond! Il était hyperactif à l'école, il avait tout le temps des ennuis. C'est probablement pour ça que sa mère est partie...

– Et il n'a pas cessé? Tout le temps que tu l'as connu?

– Il a été mieux pendant un bout de temps, mais ça l'a repris, pire qu'avant.

– Les docteurs ne peuvent rien faire?

– Quels docteurs? Il voit pas de docteurs. Ça le calme parfois de faire l'amour. L'alcool ou le sommeil, la drogue. Une fois, il a eu la grippe avec quarante de fièvre et pendant tout ce temps-là il était normal, pas de problème, il n'a pas eu un seul tic. Il a été en forme pendant deux jours. La grippe est partie, et ça l'a repris; cette fois il se léchait les lèvres, il faisait ces gestes bizarres avec les mains. Je ne veux plus en parler. C'est déprimant.

Raymond rentra juste avant le déjeuner avec un journal plié et un sac de beignets. Luis et le chien arrivèrent immédiatement après. Si Raymond était en deuil de son frère, je n'en vis aucun signe. Les tics paraissaient moins évidents ce jour-là, mais je n'en étais pas certaine. Il quitta la pièce à plusieurs reprises et je le soupçonnais d'aller se soulager dans l'autre pièce. C'était cela ou bien il se shootait. J'étais à peine en train de me passionner pour un feuilleton vraiment tocard, après avoir posé mes jambes nues sur le bras du fauteuil, une sandale pendue au bout d'un pied, au moment où il s'assit devant la table de la cuisine avec Luis. Ils se mirent à parler doucement en espagnol. Pendant la pause publicitaire, je me rendis dans la cuisine et me servis un verre d'eau. Je m'arrêtai un instant, en regardant par-dessus l'épaule de Raymond pour voir ce qu'ils étaient en train de fabriquer. C'était pure curiosité de ma part, mais il ne sembla pas y trouver à redire. Ce que je prenais pour un quotidien s'avéra être un horrible journal de petites annonces.

Luis le feuilleta jusqu'à la rubrique automobile et replia les pages. Je vérifiai la date. Jeudi 27 octobre. C'était probablement les dernières annonces du week-end qui s'annonçaient. Luis sauta les camions, fourgonnettes et les véhicules importés pour s'intéresser aux voitures américaines à vendre.

– Celle-là, dit Luis.

A l'aide d'un feutre, il entoura une annonce pour une Caddy de 1979. En me penchant un peu, je pus lire : « En bonnes conditions. 999 dollars. OMO ».

– C'est quoi OMO? demandai-je.

Je connaissais la réponse mais je voulais montrer que je m'intéressais à ce qu'ils faisaient et je pensais que la meilleure chose à faire était de paraître ignorante.

– Ou meilleure offre, dit Raymond. Tu veux pas une Cadillac?

– Qui moi? Pas spécialement.

– Cette Chrysler Cordoba me botte, dit Raymond à Luis, en pointant son doigt sur la case suivante.

Luis dessina un œuf gigantesque autour de l'annonce pour une « 77 blanche, bon état de marche, bonne apparence. 895 dollars. OMO ». Un numéro de téléphone figurait sur chaque annonce.

Raymond se leva et quitta la pièce, pour revenir avec le téléphone, qu'il brancha dans la prise sur le mur. Je tirai une chaise et m'assis. Luis continuait à entourer des annonces pendant que Raymond passait des appels téléphoniques, l'un après l'autre, en posant des questions sur chaque voiture qui les intéressait et en notant l'adresse où on pouvait les voir. A la fin de cet exercice, et après avoir sélectionné les annonces intéressantes, Luis en fit une liste sur un morceau de papier séparé.

Raymond me regarda.

– T'as une assurance de voiture?

– Bien sûr.

– Quelle sorte?

Je haussai les épaules.

– Celle qu'il faut dans l'Etat de Californie. J'étais en train de penser que je devrais l'annuler puisque ma voiture ne marche plus. Pourquoi?

– Est-ce que t'es assurée au tiers et pour les collisions?

– Qu'est-ce que j'en sais? Je ne me promène pas avec les détails de l'assurance dans ma tête. La police d'assurance est à Santa Teresa.

– Est-ce que ta compagnie d'assurances ne peut pas te renseigner?

– Certainement. Il suffit qu'ils y jettent un coup d'œil.

– Ça pourrait valoir le coup de faire réparer ta voiture si t'es couverte pour les collisions.

Raymond souleva le récepteur du téléphone et me le tendit.

– Appelle-les.

– Tout de suite?

– Ça pose un problème?

– Pas du tout, dis-je avec un rire gêné.

Dans ma poitrine, mon cœur s'était mis à battre à grands coups. C'était si manifeste que je vérifiai si mon T-shirt n'était pas agité de pulsations sur le devant. Pendant un instant, mon esprit se vida. Je ne pouvais me souvenir du numéro de la California Fidelity. Je ne pouvais pas me rappeler le numéro de téléphone donné par Dolan, et je ne parvenais pas à décider lequel des deux il me fallait essayer. En tout cas, je pris le récepteur.

Je frappai l'indicatif 805, en faisant des vœux. Automatiquement, mes doigts se déplacèrent sur le clavier du téléphone, pour composer le numéro de la CF sur un air quasi musical qui ressemblait à « Mary had a little lamb ». Je me demandais si Dolan s'était mis en rapport avec Mac Voorhies. Est-ce que ma fausse identité n'allait pas d'un seul coup être révélée?

Le numéro sonna deux fois. Darcy répondit. J'espérai que ma voix n'était pas reconnaissable quand je dis :

– Puis-je parler à Mr. Voorhies?

– Un instant, s'il vous plaît. J'appelle son bureau.

Il y eut un déclic. On entendait une musique à l'arrière-plan, une version orchestrée de *How High the Moon*. D'une manière inexplicable, la mélodie pénétra dans ma tête sans que je le veuille. Je pensais à Dawna, me demandant combien de temps les flics pourraient la garder. Blessée ou non, elle était dangereuse.

15

Mac prit la ligne.

– Voorhies.

– Mr. Voorhies, mon nom est Hannah Moore. Ma voiture est assurée par votre compagnie et je voudrais vérifier les garanties.

Il y eut un silence de mort. Je savais qu'il avait reconnu ma voix. Raymond inclinait la tête vers la mienne et tenait le téléphone de biais afin de pouvoir écouter la conversation.

Mac hésita. Je pouvais l'entendre se poser mentalement des questions à propos de ma demande, en essayant d'imaginer ce qui se passait et ce qu'il pouvait dire sans compromettre ma situation, quelle qu'elle fût. Il me connaissait suffisamment bien pour deviner que je ne lui aurais pas envoyé un tel appel sans une bonne raison.

– S'agit-il d'un accident d'automobile ? demanda-t-il prudemment.

– Eh bien, non. Il se pourrait que, heu, j'aie à conduire la voiture d'un ami et il n'a pas envie de me la prêter avant de savoir si je suis garantie.

Le visage de Raymond se trouvait à quinze centimètres du mien. Je respirais sa lotion d'après-rasage et je sentais son souffle chaud, légèrement adénoïdien.

– Je vois. Votre ami est-il près de vous ? demanda Mac.

– C'est exact.

– Avez-vous le numéro de la police sous la main ?

– Heu, non. Mais le courtier est Dolan.

Raymond s'écarta pour aller chercher un morceau de papier, sur lequel il griffonna une note : « Demande pour les collisions. » Je déteste que les gens me disent ce que je dois faire quand je suis au téléphone. Il me montrait ostensiblement le papier du doigt. J'eus un geste d'irritation.

– Heu, surtout en cas de collision, j'ai besoin de savoir si je suis garantie, rectifiai-je.

Il y eut un autre silence gênant. Je souris à Raymond pendant que Mac se raclait la gorge.

– Voilà ce que je vais faire, Miss...

– Moore.

– Oui, d'accord. Laissez-moi voir si je peux me mettre en rapport avec Mr. Dolan. Il n'appartient plus à notre compagnie, mais je suis certain qu'il est toujours en ville. Je peux regarder votre dossier pour la garantie et vous rappeler. Y a-t-il un numéro où je pourrais vous joindre cet après-midi?

Raymond rejeta la tête en arrière et mit un doigt devant ses lèvres. Je dis :

– Pas vraiment. Je suis avec cet ami à Los Angeles, mais je ne sais pas combien de temps nous resterons là. Je pourrais vous rappeler plus tard si vous me dites à quelle heure.

– Entre 3 et 5 heures cet après-midi. Je devrais avoir le renseignement à ce moment-là.

– Merci beaucoup. Je vous en serais reconnaissante.

Je rendis le récepteur à Raymond qui le raccrocha.

– Qu'est-ce qu'il a dit?

– Il va vérifier. Je suis censée le rappeler cet après-midi à 5 heures.

– Mais à ta connaissance l'assurance est toujours valable.

– Je t'ai dit qu'elle l'était.

Raymond et Luis échangèrent un regard. Raymond jeta un coup d'œil par-dessus son épaule, en direction de Bibianna, laquelle était toujours absorbée dans son jeu de patience.

– Prends ta veste. On sort.

Puis il ajouta en se tournant vers moi :

– S'il te faut un blouson, elle t'en donnera un.

– Qu'est-ce qui se passe?

– Nous allons faire une virée dans le monde.

– Qu'est que c'est que *ça*? dis-je.

Luis avait pris le volant et s'engageait dans Sepulveda Boulevard en remontant vers Culver City. Bibianna était renfrognée, assise silencieusement sur le siège arrière, les bras croisés, pendant que Raymond la caressait, la pelotait, et la harcelait entre deux coups de téléphone en discourant à propos de tout le fric qu'il avait l'intention de ramasser, de tous les exploits qu'il avait réalisés, de tous les grands projets qu'il avait faits pour eux deux. Il fallait que je donne quelques leçons à ce gars-là. Il était complètement à côté de la plaque. A part le fait (inconnu de lui) qu'elle était déjà Mrs. Jimmy Tate, ce n'était pas une fille à se laisser impressionner par tout son blabla. Les femmes n'aiment pas rester assises à écouter les hommes parler d'eux-mêmes. Elles veulent avoir de vraies conversations sur des choses réelles, comme les sentiments – c'est-à-dire les leurs. Raymond paraissait croire qu'il ne l'avait pas encore convaincue de la profondeur de son affection, tout bonnement. Je voulais lui crier : « Elle sait tout ça, espèce de guignol! Seulement elle s'en fout comme de l'an 40. »

Nous arrivâmes à la première adresse.

La Caddy de 79 était garée près du trottoir. C'était une Séville noire, vendue par un gars noir tout en muscles avec un bonnet de douche rose, une larme tatouée sur la joue, et un anneau d'or à l'oreille gauche. Honnêtement, je n'exagère pas. Il portait un T-shirt et un jean à taille basse, avec son Calvin Kleins qui dépassait de sa ceinture. Il était en fait très mignon, avec une moustache et une barbichette, un sourire malicieux et des dents légèrement espacées. Bibianna resta dans la voiture, mais je sortis et restai dans les parages près des gars, en dansant d'un pied sur l'autre pendant qu'ils engageaient tous les trois une longue et ennuyeuse négociation. Raymond eut plusieurs attaques de tics, mais le Noir ne réagit pas sauf qu'il évita de le regarder. Je me rendais compte que dans certains milieux, Raymond serait traité comme un panier ambulant. J'aurais voulu m'interposer pour le protéger et dire : « Hé, il peut pas s'en empêcher, OK? »

L'OMO s'avéra être de cent dollars au-dessous des 999 dollars annoncés dans le journal. Raymond se détourna légèrement et sortit un gros rouleau de billets attachés avec un élastique. Il fit glisser l'élastique sur son poignet pendant qu'il comptait la somme exacte. Ils signèrent le morceau de papier rose qui changea de main, mais je ne pouvais pas croire que Raymond allait vraiment l'envoyer au Bureau des immatriculations. Les criminels normaux ne semblent pas se soucier de choses comme celles-là. Ils font tout ce qui leur plaît tandis que nous autres nous sentons obligés de jouer le jeu.

Le Noir s'éloigna nonchalamment dès que la transaction fut terminée. Raymond et Luis se livrèrent à un examen de la voiture, qui paraissait en assez bon état. Le chrome du pare-chocs s'écaillait et le feu arrière droit était cassé. Les pneus étaient lisses, mais la carrosserie ne présentait aucune bosse importante. L'intérieur était gris, un accroc sur le siège du passager avait été proprement raccommodé avec du fil noir. Le plancher, devant et derrière, était couvert de vieux sachets de repas achetés dans des self-service, de boîtes vides qui avaient contenu des boissons non alcoolisées, de paquets de cigarettes froissés, de feuilles de journaux. Il fallut quelques minutes à Luis pour tout jeter dans le caniveau et vider le cendrier ce qui fit une petite montagne de mégots.

– Qu'est-ce que t'en penses? me demanda Raymond.

Je n'arrivais pas à comprendre pourquoi il me demandait mon avis.

– Ça m'a l'air mieux que tout ce que j'ai conduit jusqu'à présent.

Il passa un doigt dans le porte-clefs et fit sonner les clefs dans sa paume.

– Monte. Bibianna va avec lui.

Je lançai un regard à la Ford vert sombre où Bibianna était assise. Elle était perchée sur le siège arrière et utilisait le rétroviseur pour tresser sa chevelure brune et brillante.

– Ça me va, dis-je.

Je montai dans la Caddy.

Raymond s'installa sur le siège du conducteur et boucla sa ceinture de sécurité.

– Ligote-toi, dit-il. On va avoir un accident.

– Est-ce que cette voiture est assurée? On vient juste d'acheter ce foutu engin, dis-je avec étonnement.

– Te fais pas de mouron. J'aurais qu'à appeler mon agent plus tard. Il est à ma solde.

Je m'attachai, en essayant de m'imaginer avec une minerve autour du cou.

Le changement de vitesses était automatique. La voiture avait des serrures automatiques, des freins automatiques, des vitres automatiques. Raymond mit en marche le moteur qu'il fit pétarader comme s'il y allait de sa vie. Il ajusta le rétroviseur et attendit qu'une Toyota argentée nous dépasse à une vitesse de croisière avant de déboîter. J'essayai de faire fonctionner les vitres automatiques, qui se relevèrent avec un bourdonnement calme.

– Comment qu'on va faire? demandai-je.

– Tu verras bien.

Nous semblions rouler au hasard, en prenant le Venice Boulevard pour traverser Palms, en tournant à droite dans Sepulveda vers un quartier appelé Mar Vista. C'était des quartiers de petits bungalows en stuc avec de minuscules jardins et des arbres ratatinés dont les feuillages manquaient d'oxygène à cause de la fumée et du brouillard qui formaient le fameux smog de Los Angeles. Raymond parcourait les rues du regard comme un flic à l'affût des indices qui le mettraient sur la piste d'un crime en cours d'exécution.

– En quoi est-ce une virée dans le monde?

– C'est comme ça qu'on dit quand on part à la recherche d'un accident. On appelle la voiture un seau. J'ai toute une flotte de seaux, toute une équipe de cornacs qui font exactement ce que nous sommes en train de faire. Toi, t'es un fantôme.

Je souris.

– Pourquoi ça?

– Parce que tu seras pas payée, par conséquent t'existes pas.

– Et pourquoi je ne serais pas payée?

– T'es une stagiaire. T'es juste ici pour gonfler le nombre de têtes.

– Oh! merci! dis-je.

Je me retournai et regardai par la vitre de côté.

– Alors, qu'est-ce que tu cherches?

Raymond me regarda sévèrement, un air soupçonneux sur son visage.

– J'essaie seulement d'apprendre, dis-je.

– Une victime. On les appelle des vics, répondit-il avec un peu de retard à ma question. Quelqu'un qui grille un stop, qui fait une marche arrière dans un sens unique, qui sort d'un parking...

– Et puis quoi?

Il sourit pour lui-même.

– On percute le gars. Faut que tu touches l'aile arrière parce que les dégâts se voient bien et personne n'est blessé.

On roula pendant une heure, sans pouvoir détecter la moindre faute de conduite. Je me rendais compte que Raymond était impatient, mais curieusement aucun tic d'aucune sorte ne se manifesta pendant tout ce temps passé dans la voiture. Peut-être que le travail apaisait son système nerveux malade.

– Laisse-moi essayer, dis-je.

– T'es sérieuse?

– Si j'y arrive, je veux du fric. Combien c'est payé?

– Cent tickets par jour.

– Tu t'emmerdes pas. Je parie que tu gagnes des fortunes et je veux une part honnête.

– Sacrée putain, dit-il doucement.

Nous changeâmes de place. Je pris le temps de rapprocher le siège de devant un peu plus près des pédales de l'accélérateur et du frein. Je fis entrer la Caddy dans la circulation. A ce moment-là, nous avions remonté Lincoln Boulevard jusqu'aux abords de Santa Monica. A Pico, je coupai à gauche, empruntai Ocean Avenue à San Vicente. Raymond n'avait pas fait bien attention mais quand il vit la direction que j'avais prise, il me regarda avec étonnement.

– Qu'est-ce qui ne va pas avec Venice?

– Pourquoi pas Beverly Hills? demandai-je.

Au début l'idée parut le mettre mal à l'aise mais il se rendait compte des possibilités que cela présentait. Je poursuivis ma route jusqu'à Sunset Boulevard et continuai vers l'est, en dépassant le périmètre nord du campus tentaculaire de l'université de Californie. Tout de suite après l'hôtel *Beverly Hills*, je pris à droite dans Rexford. Je trouvais apaisant de nous promener dans des rues bien larges et bordées d'arbres. Il y avait une zone appelée le « plateau » de Beverly Hills. Les maisons étaient gigantesques et occupaient tout le terrain, côte à côte. Les pelouses étaient vertes, les arbustes taillés, des jardiniers balayaient les feuilles mortes le long des allées. Des arbres offraient leurs ombrages tout le long de la plate-bande herbeuse située entre le trottoir et la rue – des sycomores alternant avec des chênes. De hautes haies dissimulaient à la vue les courts de tennis. De temps à autre, j'entrevoyais un bout de piscine et une cabine. Le feu de Santa Monica Boulevard était au vert. Je conduisais la Caddy calmement au cœur du quartier commerçant de Beverly Hills.

Sur le plan technique, je savais que je risquais de me casser la figure avec cette virée dans le monde. La seule chose dont je me souvenais de ce qu'on m'avait appris à l'école de la police, à propos des missions secrètes, c'est qu'il est contraire à la « politique de l'administration » pour un représentant de la loi de participer à l'exécution d'un délit ou d'inciter quelqu'un à y participer. Heureusement, je n'étais pas vraiment un représentant de la loi, et si quelque chose tournait mal, ce serait la parole de Raymond contre la mienne. Aider Raymond à mettre en scène quelques faux accidents me paraissait être le moyen le plus rapide de le persuader qu'on pouvait compter sur moi.

Raymond regardait par la fenêtre, mal à l'aise.

– Tu vas jamais rien trouver à faire ici.

– Tu veux parier?

Je venais juste d'aviser une Mercedes dernier cri sortant d'une aire de parking au cœur d'un pâté de maisons, avec son clignotant gauche allumé. La voiture était une conduite intérieure à quatre portes, d'un noir bourgeois; la plaque d'immatriculation était nominative et l'on pouvait y lire BULL MKT. La femme qui conduisait avait probablement une quarantaine d'années; elle portait un casque de cheveux blonds et de grosses lunettes de soleil rondes qui retombaient sur le bout de son nez. Je ralentis la Caddy, en priant mentalement et par anticipation pour le pardon de mes péchés. Je m'arrêtai tout à fait et, bien poliment, je fis signe à la dame de passer. Elle me répondit par un geste rapide de la main et un sourire qui révélait des couronnes parfaites.

– Qu'est-ce que tu *fabriques*?

– Je cède la priorité, dis-je avec innocence.

Dès que la Mercedes se présenta sur mon chemin, je fis ronfler la Caddy et, d'un grand coup, j'enfonçai tout le quart de cercle arrière de l'autre voiture. C'était exactement comme les autos tamponneuses et j'éprouvais la même sensation maladive à demi coupable, à demi excitée que j'avais ressentie à la foire. Le choc se trouvait joliment bien placé. La femme cria et se retourna pour me regarder, la bouche grande ouverte d'étonnement.

Raymond sortit de la Caddy en un éclair.

– Qu'est-ce que vous avez foutu? Vous nous avez coupé la route juste devant nous!

Je sortis à mon tour et allai devant la Caddy, où je constatai que le phare était cassé et le pare-chocs démoli. Pas mal. Les dégâts sur l'autre voiture étaient au moins six fois plus graves. La blonde s'était remise de sa consternation initiale. Elle émergea de la Mercedes et claqua la portière de la voiture. Elle était en costume de tennis, jupette blanche, polo à rayures vertes et blanches; elle avait de longues jambes bronzées, des petites socquettes avec de malicieux pompons verts attachés au-dessus de ses chaussures de tennis, blanches et immaculées. L'arrière gauche de la Mercedes, d'un noir brillant impeccable quelques minutes auparavant, arborait maintenant une bosse aux belles proportions; l'aile était froissée et une baguette de chrome décollée pendait comme une antenne horizontale. La porte arrière ne pourrait être ouverte qu'à l'aide d'un levier. Je pouvais voir le rouge monter au visage de la conductrice pendant qu'elle examinait les dommages. Elle se retourna et brandit un doigt furieux vers mon visage :

– Espèce de sale conne! Vous vous êtes arrêtée là et vous m'avez fait signe de passer!

– Ce n'est pas vrai, dit Raymond.

– Si c'est vrai!

– Non, intervins-je pour montrer de quel côté je me trouvais.

– Regardez ma bagnole! dit Raymond. Nous venions juste de l'acheter et maintenant regardez ce que vous en avez fait!

– *Votre* bagnole! Regardez la *mienne*!

Je posai une main sur mon cou et Raymond se tourna vers moi d'un air soucieux.

– Tout va bien, chérie?

– Je crois, dis-je sans conviction.

Le mouvement du cou que je fis fut accompagné d'une grimace.

Raymond renonça à son irritation et y substitua un air de calme étudié qui était plus efficace, à sa manière.

– Madame, j'espère que vous êtes bien assurée...

L'après-midi fut consacrée, pour nous, au sport favori de Raymond qui consistait à démolir des voitures à intervalles réguliers. C'était un jeu surréaliste dans sa conception, mais déprimant dans ses effets. Nous avions rebroussé chemin, après avoir abandonné Beverly Hills pour Brentwood, en passant par Westwood, puis en roulant de nouveau dans Santa Monica. Nous cherchions des endroits où la circulation était dense, à l'affût de violations mineures du code de la route, de fautes d'inattention et d'erreurs de jugement. Raymond tenait un compte méticuleux de chaque accident que nous avions mis en scène – quatre en tout – en notant l'heure et l'endroit, le nom de l'autre conducteur et de sa compagnie d'assurances.

La Caddy tenait avec honneur son rôle de bélier et subissait très peu de dommages par rapport à ceux que nous infligions aux autres automobilistes sans soupçons. Les victimes paraissaient bien niaises, affligées, pleines de confusion, parfois irritées, mais généralement inquiètes à la perspective d'être l'objet de poursuites ruineuses. Je jouais mon rôle – je me montrais vertueuse et ennuyée, prétendant ressentir de soudaines douleurs au cou ou dans le dos – mais je ne pouvais pas supporter de les regarder. Je ne savais pas très bien tricher de la sorte, et pour le faire il me fallait recourir au même genre de détachement mental que j'adopte pour entrer à la morgue. Raymond, bien entendu, ne s'intéressait qu'à la façon de remplir les constats bidon pour les dégâts matériels et tous les maux que nous pouvions feindre de ressentir comme conséquence du choc. Une longue pratique avait aiguisé ses talents de manipulateur.

A 4 heures, à mon grand soulagement, il décida que nous en avions assez fait. J'avais tenu le volant pour les deux premiers accidents. Puis Raymond avait pris le relais. Il trouva une rampe d'accès à la nationale 405 et se dirigea vers le sud, en direction de l'appartement. J'avais l'impression d'être un commis voyageur, sur la route avec son patron. Je posais à Raymond les mêmes questions banales qu'on pourrait attendre d'une stagiaire de Fuller Brush.

– Comment que t'as appris à faire ça? demandai-je, comme si je m'enquérais des diplômes qui lui avaient permis de faire carrière dans l'*Encyclopaedia Britannica.*

– Un gars m'a formé quand j'ai débuté. Il est en taule, et maintenant je suis à mon compte.

– Une sorte de promotion.

– Ouais, c'est ça. Exactement. J'ai une écurie de toubibs et d'avocats qui noircissent toute la paperasse. Moi j'ai qu'à manager. C'est rare que je mette la main à la patte comme ça. Mais j'aime garder la main.

– Ton boulot c'est quoi au juste, trouver des plaignants?

– C'est ça, ouais. Qu'est-ce que tu crois qu'on a foutu tout l'après-midi? En ce moment, j'ai une escouade de dix quidams, mais ça va, ça vient. C'est dur de trouver de la main-d'œuvre sérieuse...

– Ça, je parie, dis-je en riant.

– Je vais te confier un truc. Et c'est la clef de tout bon management. Fais gaffe au gars qu'est juste au-dessous de toi dans le boulot. Ne le mets pas au parfum.

– Parce qu'il pourrait avoir envie de te pousser dehors?

– C'est ça. C'est le gommeux qu'a envie de te planter un couteau dans le dos. Prends le cas de Luis. Je l'aime comme un frangin, mais il y a des choses que je lui raconte pas, des gens que je lui présente pas. Comme ça j'ai pas à m'en faire, tu comprends?

– Ça doit rapporter pas mal.

Raymond secoua la tête :

– Tu plaisantes? Ça rapporte très gros. Je me fais un millier de tickets par coup, tout dépend du genre de « lésion ». Le toubib ou le chiro empochent encore quelque chose comme quinze cents.

– Seigneur, ça donne le tournis. Qu'est-ce qu'ils foutent, ils palpent des honoraires?

– A l'occasion. Ou ils facturent des actes médicaux qu'ils ont jamais pratiqués. La compagnie d'assurances n'y voit que du feu et, de son côté, le toubib se démerde. En plus, t'as l'avocat au-dessus de tout ça. Evidemment, le plus gros morceau c'est moi qui l'encaisse, dit-il en souriant avec une ironie désabusée.

– Parce que c'est toi qui prends tous les risques?

– Parce que c'est moi qui investis tout le fric. L'achat des bagnoles, la rétribution de tous les rabatteurs. Je casque probablement cinq ou six mille dollars par escouade. Multiplie ça par dix, vingt équipes qui bossent sept jours sur sept. Ça fait un paquet.

– Ça en a l'air, dis-je, et je laissai tomber le sujet.

Un long silence s'établit. Je n'ai jamais eu de goût pour le calcul mental, mais c'était de toute évidence énormément d'argent. J'appuyai ma tête contre le siège. Ce n'était pas difficile à comprendre. Un gars comme Raymond préférait gagner sa vie comme ça plutôt qu'en accomplissant une journée de travail honnête. Merde, j'aurais pu me faire plus d'argent en défonçant des voitures que je n'en gagnais comme détective privée. Bien sûr, il y avait des inconvénients. Après tous ces chocs, ces à-coups et menus incidents traumatiques, j'avais la tête lourde et le cou raide. Je me massais les muscles de l'épaule; je me sentais contractée.

– Qu'est-ce que t'as?

– J'ai le cou raide.

– Tout comme moi, dit-il non sans ironie.

Il me regarda de plus près.

– Pour de bon ?

– Raymond, on vient juste d'avoir quatre accidents d'auto! La dernière fois, j'ai presque été éjectée de mon siège. T'aurais pu me prévenir.

– Tu veux voir un docteur? Je peux t'arranger ça. Massages chauds, ultrasons, tout ce que tu veux. C'est un des avantages.

– Attends que je vois comment je me sens quand on sera rentrés à l'appartement. Où est Bibianna? J'espère que je ne suis pas la seule par ici à risquer ma peau.

– Elle et Luis sont en train de faire une virée dans le monde tout comme nous.

– Bien. Ça me réjouit de le savoir.

Il m'observa, en essayant de jauger mon humeur.

– Est-ce que tu prends ton pied?

– C'est vachement plus excitant que de bosser pour gagner sa croûte.

Il me lança un sourire, puis regarda de nouveau la route.

– Tu parles!

Il s'arrêta un moment devant le magasin d'accessoires automobiles de Buddy, de l'autre côté de la rue, à deux pas de l'appartement. Le garage à proprement parler occupait l'angle d'un terrain qui allait d'une rue à une autre. Dans le coin le plus éloigné, il y avait une cabane de tôle ondulée entourée de châssis, d'ailes, de pare-chocs, de moteurs et de pneus. Une barrière toute délabrée clôturait environ un hectare de voitures accidentées et d'accessoires. Une pancarte annonçait : CHEZ BUDDY. RÉCUPÉRATION D'AUTOMOBILES. OUVERT 6 JOURS. ACHÈTE AU PLUS HAUT COURS VOTRE VOITURE OU CAMION. LE PLUS GRAND CHOIX DE PIÈCES DÉTACHÉES DE TOUTE LA CALIFORNIE DU SUD. Un énorme chien noir, un rottweiler avec une tête taillée à coups de serpe comme une souche d'arbre, dormait dans la poussière près d'une fourgonnette.

– Est-ce que Buddy travaille pour toi? demandai-je.

– Buddy, c'est *moi*. Le type qui pilote le business, c'est Chopper. J'en ai pour une minute, murmura-t-il en s'en allant.

Apparemment Raymond faisait marcher son affaire de « réparations » conjointement avec un dépôt de ferraille et la vente de matériels de récupération, ce qui lui permettait probablement de démanteler les automobiles une fois qu'il avait obtenu le maximum de l'assurance.

J'attendis qu'il fût dans le garage et puis je sortis à mon

tour. Je me rendis d'un pas tranquille vers le distributeur de Pepsi qui se trouvait juste à l'entrée. Je pris mon temps pour fourrer les pièces dans la fente, extraire une boîte de Pepsi Light. Je fis sauter le fermoir que je jetai par terre, en surveillant négligemment ce qui m'entourait. Il n'y avait pas une âme à la ronde et rien n'indiquait une activité quelconque. En fin d'après-midi, le soleil de la Californie traçait sur le sol de béton craquelé quelques longues rayures diagonales d'un jaune fauve. L'air sentait l'essence, les vieux pneus et le métal chaud. Une pyramide de barils métalliques d'un bleu électrique, couchés sur le côté, servait de casier de stockage pour un bric-à-brac de pièces détachées rouillées. J'apercevais Raymond à travers la porte ouverte d'un espace aménagé en bureaux. Le bâtiment à toit plat semblait avoir été jadis une très petite maison en stuc. Un autre bureau était logé dans l'unique et large remorque coincée entre la barrière et le bâtiment. Les volets horizontaux d'une paire de fenêtres poussiéreuses à claire-voie étaient inclinés pour laisser entrer un peu d'air. Une palette de bois était appuyée contre la remorque. Le panonceau d'une société de gardiennage signalait que l'endroit était protégé par une alarme; il se trouvait fixé sur le côté de la remorque, mais je ne le pris pas au sérieux. L'endroit ne ressemblait pas à un établissement réputé pour ses mesures de sécurité.

Raymond avait réglé ses affaires et émergea du garage en compagnie d'un gars qu'il me présenta comme étant Chopper. C'était un Anglo d'une quarantaine d'années, presque entièrement chauve et obèse. Sa respiration était laborieuse et son visage ruisselant de sueur.

– Merveilleux chien, dis-je, dans l'espoir d'entrer dans les bonnes grâces de son propriétaire.

– C'est Brutus.

Chopper émit un coup de sifflet perçant et Brutus s'éveilla avec complaisance pour marcher pesamment jusqu'à ses pieds. Le pauvre chien était âgé, si criblé d'arthrite qu'il avançait d'un mouvement ondulant, se rapprochant de son objectif par degrés. De près, je me rendis compte que sa fourrure noire était pleine de poils blancs. Il s'arrêta près de moi, d'un air humble. Je posai ma main sur son museau et il me lécha. J'étais gênée de jouer les ingénues avec cette sale bête.

Raymond et Chopper en avaient fini avec leur conversation d'affaires. Quelques minutes plus tard, nous étions de retour à l'appartement, en laissant la voiture là où elle était.

16

Bibianna était déjà à la maison, assise devant la table de la cuisine, en train d'appliquer un vernis rouge vif sur ses ongles. Elle portait un short rouge et un bustier imprimé avec des images de jungle aux couleurs vives : rouge, noir, vert olive et blanc. Ses cheveux étaient tirés en une masse brillante au-dessus de sa tête. Luis était allé promener le chien. J'étais étonnée de constater que Bibianna ne s'était pas enfuie pendant qu'elle en avait la possibilité. Raymond avait oublié de remettre le téléphone dans sa cachette. Il ne paraissait pas s'en être aperçu, mais Bibianna, elle, s'en était certainement rendu compte. Elle ignorait la présence de l'appareil avec tant d'application que je devinais qu'elle l'avait utilisé. J'attirai son attention en lui lançant un regard interrogateur, mais elle resta sans expression. Je me demandais qui elle avait appelé. Sa mère? Jimmy Tate? Pouvait-il être déjà sorti de prison?

Raymond regarda sa montre.

– Hé, il est presque 5 heures. C'est le moment d'appeler ton agent d'assurance.

Ma conversation avec Mac fut courte. Raymond me laissa régler l'affaire sans coller son oreille à l'écouteur, tout près de la mienne. Je m'annonçai sous le nom d'Hannah Moore et Darcy me passa Mac qui m'expliqua les conditions particulières incluses dans ma police d'assurance, en s'exprimant de telle façon que le message devait paraître anodin à toute oreille indiscrète.

– Mr. Dolan m'a assuré que vous étiez garantie en cas d'accident. Avez-vous toujours son numéro de téléphone?

– Oui, je l'ai. Merci pour le renseignement. Je vous suis reconnaissante de votre aide.

– A votre disposition, dit-il. Et ne prenez pas de risque.

– J'espère que non.

Après avoir raccroché, j'achevai de griffonner des notes : numéro de la police, franchise, responsabilité, risques de collision, remboursements des frais médicaux et capital-décès. Je présumais que Mac avait fait établir une police spéciale au nom de « Hannah Moore », en introduisant une mention spéciale dans l'ordinateur pour être alerté en cas de déclaration. Je donnai à Raymond le numéro de la police et les renseignements transmis par Mac.

Peu après, j'entendis le pas de Perro dans le couloir de l'immeuble, sa respiration rauque et poussive quand il tirait sur la laisse. Luis ouvrit la porte et le chien bondit à l'intérieur. Quelque part, dans un coin de son cerveau exigu, cet animal avait brusquement décidé de se souvenir de moi. Il fonça droit devant lui dans un élan de joie et heurta Bibianna au passage en sautant par-dessus ses genoux pour me rejoindre. Puis, d'un bond, il jeta ses pattes sur mes épaules pour me regarder dans les yeux. Je me retins de côté à la table de la cuisine pendant qu'il me passait sa langue sur la bouche. Bibianna s'était vivement mise hors de portée, avec un cri, les doigts en l'air pour que l'animal n'abîme pas ses ongles. Raymond claqua des doigts, mais le chien était bien trop absorbé par sa passion pour obéir. Raymond hurla quelque chose et fut pris d'une quinte de toux. Je jetai un coup d'œil à son visage juste au moment où ses yeux commençaient à se révulser. Un tic lui déformait la bouche, sa lèvre inférieure pendait d'une manière grotesque. Deux convulsions lui rejetèrent le visage vers la gauche, tandis que sa bouche s'ouvrait. Il paraissait hors de lui et fondit sur le chien. Un coup de poing mal orienté s'abattit sur l'épaule musclée de Perro. Le chien montra les dents et fit mine de se jeter en avant. Raymond lui envoya un nouveau coup de poing qui l'atteignit au museau. Perro jappa et s'éloigna rapidement de lui, la tête baissée en signe de soumission. Je me dressai devant le poing de Raymond qui retint un nouveau coup tandis que Bibianna se jetait contre lui. Raymond se débarrassa d'elle, me bouscula brutalement et allait cogner de nouveau sur le chien quand Luis tira Perro par le collier et l'entraîna vers la porte. Raymond restait là, haletant, le blanc des yeux visible dans la fente des paupières. La rage et la cruauté inscrites sur son visage étaient effrayantes, d'autant plus que son explosion de colère visait un pauvre chien. Pour un pit-bull, Perro avait un air innocent de grand dadais et nous avions tous envie de le protéger.

Bibianna poussa Raymond dans un fauteuil.

– Qu'est-ce qui te prend!

Raymond se frictionnait le poignet, reprenant peu à peu possession de soi. Luis et le chien disparurent. Mon cœur se mit à battre très fort à retardement. Raymond respirait avec difficulté. Je vis sa tête secouée par une nouvelle convulsion. Il fit tourner son bras droit dans l'articulation de l'épaule et effectua quelques rotations du cou pour se décontracter. La tension disparut de la pièce.

Son regard était concentré sur Bibianna, qui le clouait dans le fauteuil, en pesant sur ses épaules pour l'empêcher de se lever. Elle avait enfourché ses genoux, ses longues jambes parfaites l'immobilisant sur place. C'était la même attitude que je l'avais vue adopter avec Tate, deux nuits plus tôt. Il était difficile d'imaginer que moins de quarante-huit heures auparavant, elle se trouvait avec lui.

Raymond leva les yeux sur elle.

– Qu'est-ce qu'il y a? Qu'est-ce qui se passe?

– Rien. Tout va bien, dit-elle laconiquement. Luis a emmené le chien faire un tour.

Le moment était passé. Je commençais à m'y retrouver dans ses changements d'humeur. Ses explosions de rage stimulaient ses appétits sexuels. Mais avant qu'il ait pu glisser les mains le long de ses cuisses, elle avait quitté ses genoux comme si elle était descendue de cheval. Elle lissa son short et se dirigea vers le poste de télévision sur lequel était posé le jeu de cartes qu'elle ramassa.

– Si on faisait une partie de gin-rummy? dit-elle. A cinq *cents* le point.

Raymond sourit, pour lui faire plaisir, en pensant probablement qu'il la choperait plus tard.

Quand Luis rentra avec le chien, Bibianna me prêta un jean, un T-shirt et des tennis pour que je puisse sortir dîner avec eux. Et nous voilà partis à pied, tous les quatre, vers le lugubre quartier commercial qui jouxtait les immeubles d'habitation. Après avoir traversé un terrain vague j'entrai avec eux par la porte de derrière dans un restaurant nommé *El Pollo Norteño,* ce qui, traduit par moi, signifiait « le Poulet du Nord ». L'endroit était bruyant, le sol recouvert de carreaux de vinyle et le mur de panneaux en plastique stratifié. La pièce donnait une impression d'enfermement presque de claustrophobie, à cause de la chaleur dégagée par les grils à l'arrière. D'innombrables poulets étaient enfilés sur une broche rotative, bruns et succulents, la peau croustillante et luisante de graisse cuite. Un orchestre mariachi faisait un bruit assourdissant, constamment ponctué par les coups irréguliers des couperets qui transformaient les poulets entiers en quarts ou en moitiés. Le menu était écrit sur un tableau derrière la caisse. Après avoir passé commande au comptoir et emporté quatre bières, nous étions en train d'explorer la salle, en quête d'un box. L'endroit était plein à craquer et des clients se réfugiaient sur une sorte de balcon de fortune en bois où l'on était, en fait, beaucoup mieux. Il y régnait un peu plus de calme et l'air vif de la nuit californienne était réconfortant. Quelques instants plus tard, une serveuse apportait notre commande sur un plateau, et nous distribuait des assiettes en carton et des couverts en plastique. Il fallut arracher avec les mains des morceaux de poulet grillé que l'on mangeait sur de tendres *tortillas,* en ajoutant par-dessus des cuillerées de haricots *pinto* et de sauce à l'oignon, aux tomates et aux poivrons, fraîchement faite. Nous faisions une consommation extravagante de triples serviettes en papier pour nous essuyer les mains et le menton dégoulinants de graisse. Après le dîner, à 9 heures, nous nous étions déjà repliés sur un bar, deux portes plus loin.

Le bar *Aztlan* était enfumé, caverneux, mal éclairé, fréquenté presque exclusivement par des hommes d'origine hispanique dont les yeux, à cette heure-là, avaient été rendus insaisissables par tout l'alcool qu'ils avaient consommé. Des bruits et des rires continuels emplissaient la salle comme des explosions rauques, furtives et agressives, très inquiétantes. Il y avait, en surface, une mince apparence de bonne conduite, sous laquelle bouillait la violence imprévisible de la jeunesse. La musique espagnole hurlait fiévreusement, contraignant les assistants à élever la voix sur un ton agressif que même l'hilarité ne parvenait pas à masquer. J'imitais l'attitude de Bibianna, qui semblait sur ses gardes et mettait une sourdine à sa sensualité. Ici, elle se retenait de déployer sa séduction à la bonne franquette comme je l'avais vue faire au *Meat Locker*. Raymond se mettait trop facilement hors de lui et il était toujours prêt à se méprendre sur ses intentions. Luis donnait l'impression d'être chez lui, en s'éloignant d'un pas nonchalant vers le bar avec cette allure de macho qui était la sienne. Son maillot de corps, blanc comme neige, faisait ressortir les tatouages aux couleurs agressives, noir et jaune, de ses bras nus qui semblaient animer les dessins de Daffy Duck et de Donald Duck.

Pendant que Luis allait nous chercher quatre bières supplémentaires, nous étions parvenus au fond de la pièce en fendant la foule. Dans l'arrière-salle, deux fois plus petite que la première, il y avait trois billards, dont deux étaient occupés. Les tapis semblaient aussi verts que des îles herbeuses sous la chaude lumière des suspensions. L'obscurité du plafond était ponctuée de lumières clignotantes et multicolores d'arbre de Noël qui restaient probablement là toute l'année. Raymond trouva un box libre et Bibianna se glissa sur la banquette. J'étais restée en arrière, retardée par les bousculades de la cohue. Je sentis une main se poser sur mon bras pour me retenir. J'entendis :

– Hé, pépé. Tu fais un billard ?

Je connaissais cette voix.

Je me retournai ; c'était Tate.

Je sentis mon cœur sur le point d'exploser à l'idée de la réaction de Raymond. Je lançai un regard en arrière à Bibianna. Elle était coincée dans le box et me faisait face.

Elle avait dû reconnaître Tate en même temps que moi parce que son visage sembla pâlir.

– Allons faire un tour jusqu'au billard, dit Tate à voix basse. Est-ce que Raymond a compris que c'est moi qui ai tué Chago?

– Si c'était le cas tu serais un homme mort. Dawna s'est fait prendre avant de pouvoir tout lui dire. Pourquoi est-ce que tu ne t'en vas pas pendant qu'il est encore temps? murmurai-je.

Tate me prit par le bras pour me guider vers le billard.

– T'es pas contente de me voir?

Je fermai les yeux un instant.

– Pour l'amour du ciel. Eloigne-toi de moi, Tate. Qu'est-ce que tu viens *faire* ici?

Il me prit par la main. J'étais forcée de le suivre pendant que nous nous dirigions vers le râtelier des queues de billard, où je regardai Tate en choisir une.

– Il faut que je voie Bibianna. Elle t'a parlé de nous deux?

– Bien entendu. T'aurais pu me le dire toi-même si tu m'avais fait confiance.

– Est-ce qu'on a eu le temps? J'étais occupé à canarder des truands.

Il leva la queue de billard à hauteur de son épaule et l'examina sur toute sa longueur, comme on fait avec un fusil.

– Comment savais-tu que nous serions là?

– Prends une queue, dit-il.

J'en choisis une au hasard, trop distraite pour faire attention et de toute manière je n'avais pas la moindre idée des qualités que doit présenter une bonne queue.

– Pas celle-là.

Il m'en tendit une et poursuivit nonchalamment.

– C'est le quartier général de Raymond. Pas la peine d'être Sherlock Holmes pour deviner où le trouver. A propos, si Raymond se pointe et veut savoir ce qui se passe, dis-lui la vérité – on a été à l'école primaire ensemble.

– Comment t'as fait pour sortir de taule? Je pensais que t'étais fini. C'est combien la caution pour un assassinat, deux cent mille tickets?

– Deux cent cinquante mille. C'est un pote à moi, à Montebello, qui a donné sa maison en garantie. Mon avocat a réussi à faire baisser la caution à cent mille dollars. En plus de la caution, je suis en résidence surveillée...

– Et ils t'ont laissé quitter le comté ?

– Arrête de te faire du mouron. C'est légal. J'ai demandé à mon juge une permission de huit heures. Je lui ai raconté que ma femme était malade. On m'attend à Santa Teresa à 6 heures du matin, sans ça ils me boucleront de nouveau.

Tate disposa les boules sur le tapis et joua un coup. Les boules s'éparpillèrent partout avec un claquement de satisfaction.

– Comment on fait ? Il y a des années que je n'ai pas joué au billard.

– Huit boules. C'est ton tour.

– C'est vraiment malin, dis-je sans beaucoup de conviction. Montre-moi seulement où je dois taper et on continue.

– Tu penses que je peux la voir seul à seul ?

– Non.

– Tu veux bien lui transmettre un message ? Lui dire que je fais tout ce que je peux pour la sortir d'ici ?

– Certainement.

Nous continuions notre partie de billard. Jimmy Tate faisait semblant de m'apprendre et je feignais de suivre ses instructions, uniquement pour pouvoir poursuivre une conversation serrée, dissimulée sous des sourires éclatants. J'espérais qu'à distance nous avions l'air d'être des gens qui avaient simplement envie de coucher ensemble – du moins aux yeux de quelqu'un qui nous aurait tués s'il avait pu comprendre ce qui se passait vraiment. Tate adorait ça, bien entendu. C'était tout à fait le genre de situation qui le stimulait – se trouver là, en première ligne, dans le champ de tir, à prendre des risques au nom de je ne savais même pas quoi. J'éprouvais une sensation de malaise identique à celle qui précède une vaccination contre le tétanos. Quelque chose de fâcheux allait se produire et je ne parvenais pas à imaginer comment faire pour y échapper.

Tate dit :

– Tu prends bien soin d'elle pour moi ?

– Je suis une vraie championne, dis-je. C'est la dernière

fois de ma vie que je fais une connerie pareille pour quelqu'un.

Il sourit.

– C'est parce que t'as plutôt une gueule de victime.

– *Ça*, c'est sûr.

Tate ôta les boules de la table et nous rejoignîmes les trois autres, qui étaient entassés dans le box. Luis se leva et je me glissai à côté de Tate qui se montra plein de prévenance à mon égard. Luis alla chercher une chaise vide et l'approcha de la table. Je pense que c'était la première fois que je servais de « couverture » dans une liaison dangereuse. Autant je peux être menteuse dans des circonstances ordinaires, autant je trouve compliqué de feindre un sentiment. Je me sentais maladroite et j'avais l'impression que mes propos sonnaient faux, ce qui n'échappait pas à Raymond dont les radars signalaient la présence d'un avion ennemi dans les parages. Je sentais ses yeux scruter mon visage avec une question à demi formulée. Peut-être allait-il me rayer des cadres en se disant que j'étais décidément une buse dont on ne pouvait rien attendre. Probablement le manque de naturel de ma conduite envers Tate était-il flagrant.

Tate se mit à me taquiner outrageusement sous le nez de Bibianna. Elle feignait l'indifférence, mais manifestait un intérêt évident. A part le fait que la situation me rendait folle de peur, j'étais ravie que Tate soit entré en scène. Je n'avais pas compris jusque-là combien je me sentais seule. Certes j'étais encore vulnérable – d'autant plus qu'il était là –, mais au moins j'avais un ami, et je savais, d'après ma longue expérience, qu'il se ferait tuer pour moi s'il le fallait.

Bibianna, se retrouvant à portée de Jimmy Tate, entama sa danse rituelle. Il n'y avait rien de voyant dans sa conduite. Elle se donnait un mal de chien pour s'occuper de Raymond, fourrant son bras sous le sien, s'appuyant contre lui de sorte que sa poitrine effleurait son bras d'une manière provocante. Elle et Tate évitaient de se regarder, s'ignoraient l'un l'autre avec une telle ostentation que je les aurais trouvés grossiers si je n'avais pas connu leurs liens véritables. Tel que c'était, le jeu qu'ils jouaient étaient bien plus risqué. Une rougeur involontaire avait envahi les joues de

Bibianna. Je voyais se manifester sa sexualité, comme une sorte de réaction primitive, muette, face à son mâle. Il était impossible que Raymond ne s'en aperçoive pas. Le seul indice que j'avais quant à son état d'esprit était le retour de ses tics, qui se succédaient de minute en minute.

Manifestement, il était en train de défendre son territoire. Qu'il ait été sensible ou non à ce que se passait en réalité, Tate était un mâle qui non seulement empiétait sur le terrain de Raymond, mais se trouvait à proximité de sa femme. Raymond paraissait se gonfler, essayait d'entraîner Tate dans une surenchère de fanfaronnades et de vantardises, une sorte de joute oratoire à qui pisserait le plus haut. Je ne sais pas ce qui, chez les femmes, équivaudrait à ça. J'avais cessé de suivre la conversation parce qu'il ne s'agissait que de conneries vaniteuses, nourries d'alcool et de testostérone. Je n'arrivais même pas à imaginer ce que serait la réaction de Tate quand il découvrirait que Bibianna couchait avec Raymond. Toute la situation aurait pu m'amuser si je n'avais pas été dévorée par l'appréhension.

Luis était attentif. Le masque impassible qui lui était habituel avait disparu et je voyais, pour la première fois, son intelligence roublarde à l'œuvre. Derrière son regard mort se tapissait un animal agile, d'autant plus dangereux qu'il était plus habile à se dissimuler. La lueur s'éteignit. Il s'affala sur son siège, en jetant un bras derrière le dos de la chaise. Il leva sa bouteille de bière par le col et but une profonde gorgée. Quand il tourna de nouveau son regard vers moi, son arrogance était de retour ; il affichait la supériorité du mâle qui condescend à baisser les yeux sur de pauvres mortelles.

Je pensais que la nuit ne finirait jamais. La musique espagnole répandait ses vibrations, alternativement hurlante et frénétique ou sentimentale et oppressante. L'air était enfumé et sentait la bière. Le seule chose que je voulais c'était rester tout près de Tate, dont le visage bronzé par le soleil me paraissait être le seul refuge en vue. Je lui demandai de danser avec moi, en partie pour l'écarter de Raymond qui n'était pas du tout idiot. A cause de la tension qui régnait, nous buvions tous beaucoup trop. Il était certain que j'allais être malade le lendemain matin, mais je m'en moquais sur le moment. Peut-être me serait-il possible de trouver quelques instants de calme sur le sol de la salle de bains, la tête penchée au-dessus de la cuvette des W-C.

L'endroit fermait à 2 heures du matin. Dehors, on se sépara de Tate. J'étais soulagée de sortir indemne de cette situation, sans coups de poing, sans affrontements, sans larmes. Luis nous laissa tous les trois en face de l'appartement, et il s'éloigna dans la Cadillac. Je montai les escaliers devant Raymond et Bibianna puis j'attendis que Raymond ouvre la porte et nous fasse entrer. Le chien, étendu sur le seuil, en sentinelle, leva sa grosse tête osseuse pour me lancer un regard au passage. Au moins il avait la bonne grâce de ne pas grogner.

Je me rendis dans ma chambre et me glissai dans ma chemise de nuit avant d'aller à la salle de bains. La porte de la chambre principale était fermée. A la manière dont Raymond avait regardé Bibianna j'avais compris que son désir était de nouveau exacerbé. Si elle voulait avoir la paix, elle allait devoir s'y soumettre. Je compatissais. Qu'est-ce qui pourrait être pire que faire l'amour avec une personne dont on ne veut pas, être piégé dans une situation qui impose une intimité? Je me lavai le visage et me brossai les dents, éteignis la lumière de la salle de bains, et retournai à pas feutrés et pieds nus dans ma chambre. J'ouvris une des fenêtres et me penchai au dehors pour examiner rapidement la rue, d'abord dans une direction, puis dans l'autre. Il n'y avait pas un chat. A cette heure de grand silence, sous la lumière pâle et purifiante de la lune, la pauvreté elle-même peut paraître séduisante. La misère est gommée. Tout ce qui est cassé paraît intact. Le trottoir de béton semblait briller d'une couleur argentée, la chaussée était d'un ton plus sombre. Une voiture passa lentement. Jimmy Tate, peut-être? Etait-il rendu fou par l'idée que Bibianna se trouvait au lit avec un autre? Je me souvins de Daniel, mon deuxième ex-mari, dont l'infidélité m'avait autrefois causé tant d'angoisse. Longtemps après, quand l'amour est mort, il est difficile de se rappeler comment cela avait pu prendre une telle importance.

De l'autre chambre me parvenaient des bruits assourdis quand le grand lit double cognait contre le mur. Je levai la tête, brusquement dégrisée en réalisant que c'était le moment idéal pour faire un peu de travail si j'agissais rapidement. J'ôtai ma chemise de nuit et enfilai un jean. Je passai un T-shirt et glissai mes pieds nus dans les chaussures de tennis de Bibianna, que j'attachai à la hâte. Je déverrouillai la fenêtre coulissante et fit basculer le cadre d'aluminium qui grinça sur son rail en s'ouvrant.

L'air de la nuit était froid et une légère brise me fouetta le visage. Tout en bas, l'étroit passage qui séparait les immeubles semblait obscur et vide. Je humais l'odeur du brouillard et des fumées ajoutée à la senteur saumâtre de l'océan, qui formaient un mélange grisant. Je me hissai sur le rebord de la fenêtre et parvins tant bien que mal à atteindre le palier métallique, à l'extérieur, sur l'escalier de secours. L'alcool que j'avais consommé agissait comme un anesthésique sur l'anxiété que j'aurais pu éprouver. Mon cœur battait fort et cela me donnait de l'énergie. J'étais électrisée à l'idée de faire quelque chose, de me remettre à agir après tant de passivité forcée.

17

Mes chaussures de tennis ne faisaient presque aucun bruit quand je passai devant la fenêtre obscure de Raymond. Je retins ma respiration, mais les rideaux fermés de la chambre à coucher continuaient de bouger au rythme des coups portés par la tête de lit qui cognait contre eux. Je poursuivis mon chemin en descendant les escaliers ; mes pas faisaient de doux clapotements là où mes semelles de caoutchouc touchaient le métal. Arrivée à la dernière marche, je fis une pause pour m'orienter. J'étais bien à l'abri, dans l'ombre noire portée par l'immeuble. Il était près de 3 heures du matin, la rue était déserte, le voisinage enveloppé de silence. Même la circulation sur le grand boulevard qui se trouvait à un demi-bloc de là n'était qu'intermittente. La lune était pleine et haute dans le ciel nocturne. Les lumières de la ville de Los Angeles diffusaient à travers les cieux une lueur cendrée, qui brouillait les étoiles. Mes yeux s'étant accoutumés à l'obscurité, je commençai à distinguer la lumière pâle dispensée par la lune. J'émergeai de la trouée qui s'étendait entre l'immeuble de Raymond et le complexe immobilier suivant. Je tournai à gauche, toujours dans l'ombre, tout en traversant la rue pour me diriger vers le terrain de récupération des voitures. Je touchai la grille et fit le tour de la clôture en traversant parfois le halo circulaire d'un réverbère municipal. A mi-chemin, je trouvai un endroit où une entrée avait été ménagée dans la barrière. Un bouquet d'herbes hautes et des buissons minables encadraient la porte. Dans la journée, l'allée boueuse était utilisée par les camions qui remorquaient des véhicules accidentés. De nuit, quand le terrain était fermé, une large porte roulante en interdisait l'accès, bouclée par une chaîne et un cadenas. Je pesai sur la porte pour l'entrouvrir autant que la chaîne le permettait. Une brèche de vingt-cinq centimètres apparut. Je serrai les fesses et en m'arc-boutant des deux mains aux montants de la porte j'introduisis ma jambe droite dans l'ouverture. Je poussai encore avec les hanches et parvins à gagner quelques centimètres de plus. Les épaules de biais, je glissai ma tête dans la brèche, puis, pivotant sur la jambe droite, je pénétrai tout entière dans les lieux, de l'autre côté de la barrière.

La lumière de la lune mettait une mince couche de gelée blanche sur les grosses montagnes de métal rouillé. J'avais l'impression d'être entrée dans un charnier plein de cadavres de voitures. Certaines autos, aux toits aplatis, avaient dû faire des tonneaux. D'autres avaient été coupées en deux quand elles s'étaient fracassées contre des arbres, les piles d'un pont ou des poteaux télégraphiques. Tout ce catalogue d'accidents faisait surgir des images terribles de la souffrance humaine : chromes arrachés et vitres brisées, ailes fracassées, pneus éventrés et écrasés, moteurs violemment encastrés sous le pavillon, volants projetés contre les dossiers de sièges avant enfoncés. Chaque véhicule évoquait un chapitre de la vie de quelqu'un – parfois le dernier –, des sirènes et des phares giratoires qui signalaient la présence des blessés et des morts, la perte d'un être cher, ou le premier acte d'un cauchemar de dépenses médicales et de frais de réparation.

J'attendis jusqu'à ce que mon cœur cesse de faire entendre ses battements dans mes oreilles, puis je me mis à avancer avec précaution le long de l'allée boueuse qui menait aux bureaux du magasin d'accessoires automobiles de Buddy. La camionnette que j'avais vue auparavant n'était plus garée près de la caravane, mais on avait laissé Brutus sur place pour qu'il garde la propriété. Je pouvais le voir, noir et épais près de l'unique passage, surveillant mon arrivée. Je m'accroupis sur mes talons, en l'appelant doucement et en faisant de petits bruits de baisers dans le silence. Il s'assit sur ses pattes arrière, se leva et se mit à avancer vers moi à pas prudents. On aurait dit qu'il marchait sur la pointe des pattes, faisant craquer tout son squelette; sa progression en avant semblait nourrie par les souvenirs de sa jeunesse vigoureuse.

Je tendis une main qu'il renifla, en émettant des sons rauques de joie et de reconnaissance. Je passai quelques minutes avec lui, pour l'assurer de mes bonnes intentions. Quand je me mis debout, il m'accompagna à la caravane et me contempla poliment pendant que je démontais toutes les lamelles de verre de la fenêtre. Je glissai une main dans l'ouverture et sentis une surface de bois qui, supposais-je, était un bureau poussé contre le mur juste au-dessous de l'orifice. Je posai soigneusement les plaques de verre sur le dessus du bureau à l'intérieur.

Je me hissai dans l'ouverture en murmurant des politesses à Brutus, qui agitait la queue si fort qu'il en perdit presque l'équilibre.

– Je reviens tout de suite, dis-je.

Je balançai mes pieds à travers la fenêtre et pénétrai dans le bureau noir comme un four. J'étais maintenant assise sur une table de travail. Je pouvais sentir qu'il y avait une machine à calculer, un téléphone et divers articles de bureau. Je replaçai les lamelles dans les cadres métalliques qui leur étaient destinés.

Je descendis doucement de la table. Je restai là quelques minutes pour m'accoutumer à l'obscurité. Généralement je ne me livre pas à ce genre de petites effractions sans avoir ma trousse à outils avec moi : lampe de poche, passe-partout, bande adhésive et pince-monseigneur. Ici, j'avais les mains vides et je me sentais bien démunie. Tout ce que je voulais c'était vérifier les classeurs pour voir si Raymond gardait ses papiers sur les lieux. Après que j'aurais repéré l'endroit où se trouvaient les dossiers, je m'en irais. Il allait falloir que je prenne le risque d'allumer. Je me souvenais d'avoir vu une pancarte qui indiquait la présence d'un système d'alarme. Raymond avait-il vraiment un dispositif de ce genre ou bien était-il de ceux qui croient dissuader tous les cambrioleurs et vandales en prétendant posséder un appareil de sécurité? Difficile à dire avec lui. Il était si scrupuleux vis-à-vis des lois quand ça l'arrangeait!

Je tâtonnai le long du mur jusqu'à ce que je trouve un interrupteur. J'hésitai un instant, puis j'allumai. L'ampoule de quarante watts révéla un bureau d'environ trois mètres sur quatre, dont les murs étaient recouverts à mi-hauteur de plaques de faux sapin noueux. Des calendriers représentant des filles déshabillées et remontant aux six dernières années étaient fixés par des punaises au-dessus d'un établi où quelques pare-brise étaient entassés. Trois fils de prolongateurs électriques étaient branchés à une prise dans le bureau et passaient par la porte pour être utilisés dans le bureau extérieur. Chaque centimètre carré de la pièce était couvert d'un bric-à-brac de boîtes en carton et de pièces graisseuses de voiture. Deux classeurs en métal gris étaient serrés dans le coin, à l'autre bout de la pièce. Comme je me dirigeai vers la porte ouverte menant au bureau extérieur, j'aperçus un petit rayon lumineux du coin de l'œil. L'« œil » à infrarouges de l'alarme installée par Raymond avait décelé la chaleur de mon corps et mis en marche tout le système.

Une sirène, probablement destinée à annoncer la fin du monde, se mit à pousser un énorme hurlement qui faisait alterner les notes hautes et les notes bases et semblait émettre une sorte de bruit de cloche dans l'intervalle. Nous sommes programmés depuis la naissance pour réagir aux bruits forts et soudains. Bien entendu, je sursautai et mon cœur se mit à battre à la vitesse supérieure. En même temps, je me rendais compte que mes émotions se déconnectaient du reste de ma personne comme cela arrive dans certains cas de danger. Je me demandais, mais un peu tard, si l'alarme de Raymond était reliée au poste de police. Il valait mieux tenir compte de cette possibilité, pensai-je. Je jetai un coup d'œil à ma montre. Il était 3 h 12 du matin. Je me disais que j'avais environ cinq minutes, tout au plus, avant que les voitures pie fassent leur apparition. C'était peut-être me montrer charitable envers la police de Los Angeles. Peut-être ne se souciait-elle même pas des alarmes. Peut-être n'interviendrait-elle qu'à sa convenance. Qu'est-ce que je pouvais bien savoir du fonctionnement et des habitudes de la police dans une grande ville? Pendant que le système d'alarme bêlait, beuglait et me désignait de son doigt sonore, je me dirigeai vers le classeur et ouvris le premier tiroir. Des factures, des pièces de rechange. Je fermai celui-là et essayai le suivant. Encore des factures, des relevés bancaires, de la correspondance, des formulaires vierges. Le troisième tiroir contenait la même chose. Je passai au classeur suivant et commençai par le haut en progressant vers le bas. Les trois tiroirs du dessous étaient bourrés de chemises en carton brun pleines de déclarations d'accident. Je jetai un coup d'œil aux dates en toute hâte, et remarquai que les déclarations semblaient s'échelonner sur une période d'environ trois ans. Dehors, Brutus se permettait de temps en temps un aboiement rauque, apparemment transporté de joie à l'idée que j'avais gagné le gros lot. Je fermai les tiroirs du classeur, vérifiai que les fenêtres étaient bien closes, remis de l'ordre dans quelques papiers sur le bureau et enlevai un peu de boue que j'avais laissée sur un numéro du magazine *Month-at-a-Glance*. Je me rendis dans le bureau extérieur, tournai le coin pour gagner la porte de devant que j'ouvris, retournai en vitesse dans le bureau intérieur pour y éteindre la lumière, puis repris mon chemin dans l'obscurité jusqu'à la porte de devant. Je sortis d'un bond en claquant le battant derrière moi, pour être sûre qu'il serait bien fermé. Les vociférations de l'alarme dans l'air de la nuit ne semblaient pas avoir éveillé particulièrement l'attention des voisins. Je me demandai si Raymond pouvait l'entendre de l'autre côté de la rue, deux portes plus bas.

Je me mis au pas de course en remontant le sentier boueux vers l'entrée, avec Brutus sur les talons. Je pouvais l'entendre bondir derrière moi, haleter de plaisir pendant qu'il faisait gigoter ses pattes comme s'il se rappelait vaguement comment s'y prendre. Je jetai un regard en arrière. Pour un vieux cabot, il ne se débrouillait pas trop mal, déterminé qu'il était à me tenir compagnie dans ma petite promenade nocturne. J'atteignis la grille et la poussai, en inversant le procédé grâce auquel j'avais réussi à entrer. J'entendis une voiture faire crisser ses pneus au coin de la rue et regardai en arrière juste à temps pour voir le véhicule pie entrer en scène. Je me poussai tout contre la barrière et m'engageai en me tortillant dans l'étroit passage.

J'entendis quelque chose qui ressemblait à un reproche canin. Quand je tournai mon regard vers lui je vis que Brutus avait la tête coincée dans la fente entre la barrière coulissante et le poteau. Il se débattait pour se dégager, sa tête osseuse et son épais cou musclé coincés dans l'étau de la clôture. Des portes de voiture claquèrent et un flic en uniforme se dirigea vers l'entrée principale tandis que le deuxième avançait dans ma direction.

– Oh! Seigneur!, m'exclamai-je.

Je pesai sur la barrière et poussai la tête du chien pour le libérer. Puis je plongeai dans les buissons et me tapis contre le sol. J'étais provisoirement abritée par un massif de buissons enchevêtrés, mais le flic qui avançait de mon côté scrutait chaque centimètre de la clôture avec sa lourde torche électrique réglementaire. Pendant ce temps-là, à l'intérieur, Brutus avait découvert ce que j'étais en train de faire. Il avait mis son museau contre le cadenas de la chaîne et émettait un son inquiet, mi-grognement, mi-hommage à notre amitié nouvellement cimentée.

Le flic qui se trouvait de l'autre côté du bloc près du bureau lança un coup de sifflet et l'agent le plus proche de moi se retourna pour rebrousser chemin. Je me mis debout et, m'extrayant des buissons, m'éloignai de la voiture de patrouille aussi discrètement que je le pouvais. Brutus entreprit d'aboyer pour montrer qu'il ne voulait pas être abandonné juste au moment où le jeu devenait amusant. Il y avait une rangée de voitures garées le long du trottoir. J'atteignis la première et me baissai derrière, puis j'utilisai les autos pour me dissimuler jusqu'au coin de la rue. Je traversai le carrefour et fis un crochet pour rentrer chez Raymond, en passant par l'ombre épaisse qui séparait les immeubles. Audessus de moi, la fenêtre de sa chambre à coucher étincelait de lumière. Je montai quatre à quatre l'escalier métallique en prenant appui sur le garde-fou. Hors d'haleine, je passai devant la chambre à coucher, trouvai ma fenêtre ouverte et me jetai de nouveau dans ma chambre. J'enlevai prestement mes chaussures, ôtai mon jean et passai ma tête par la porte, en grimaçant sous les lumières qui étaient maintenant allumées dans le couloir. Bibianna, dans un déshabillé de soie, venait juste de sortir de la chambre à coucher. J'entendis Raymond parler au téléphone dans la salle de séjour.

– Qu'est-ce qui se passe? demandai-je.

Bibianna leva les yeux au ciel.

– C'est l'atelier de carrosserie. Fausse alerte. Parfois ce foutu machin se met en branle tout seul. Chopper est en route, mais les flics disent que c'est rien. Retourne te coucher.

Je refermai la porte. La sommeil fut long à venir.

L'odeur du café me réveilla à neuf heures et demie. Je me douchai et m'habillai. La porte de la chambre à coucher principale était ouverte et je glissai un coup d'œil sur l'immense lit double, soigneusement refait. Aucun signe de Raymond ou de Bibianna. J'entrai en flânant dans la salle de séjour et je m'aperçus que Luis était seul dans la maison, à part le chien, bien entendu. Luis ne fit pas particulièrement attention à moi. Il posa un gobelet propre sur le comptoir et j'y versai un peu de café.

– Merci, dis-je dans un murmure.

Je m'assis à la table de cuisine, en l'inspectant rapidement pour m'assurer qu'elle avait été nettoyée.

– Où est Bibianna?

– Ils sont partis quelque part.

– Qu'est-ce que tu fous, du baby-sitting?

Il n'émit aucune réponse. Un carton d'œufs était ouvert sur le comptoir. En l'espace d'une journée, depuis que j'avais lavé la cuisine, elle était de nouveau dans le plus grand désordre. Des sacs d'ordures étaient appuyés contre les placards, pleins à craquer de bouteilles de bière et d'assiettes en carton usagées. L'évier était rempli à ras bord de pots et de casseroles sales, de cendriers débordant de mégots. Qui fumait? Je n'avais jamais vu quelqu'un avec une cigarette. Luis avait sorti le seul poêlon propre qui restait. Il le plaça sur un brûleur et se mit à retirer des ingrédients du réfrigérateur : des poivrons, des oignons, du chorizo.

– T'as envie d'un petit déjeuner?

– Et comment! J'adorerais ça. Tu veux que je t'aide?

Il secoua la tête.

Cela paraissait être l'occasion parfaite pour lui soutirer quelques renseignements, mais je ne voulais pas mettre la question de la bande tout de suite sur le tapis, sauf à paraître trop curieuse.

– J'espère que ça n'a rien de trop personnel, dis-je. Je pensais que Raymond serait bouleversé par la mort de Chago, mais il n'en a pas dit un mot. Est-ce qu'ils n'étaient pas très proches?

Luis coupait les poivrons en anneaux et puis hâchait les oignons, sans se soucier des larmes qu'une réaction chimique faisait rouler le long de ses joues. Son regard se releva pour rencontrer le mien.

– Chago était tout ce qu'il avait. Les sœurs de Raymond l'ont mis dehors quand il avait quatorze ans à cause de son mauvais caractère. Il s'est débrouillé tout seul après ça et il s'en est bien tiré, à la réflexion. Les gosses à l'école avaient l'habitude de l'embêter, de se moquer de sa maladie.

– Tu le connaissais déjà, à l'époque?

– C'est Juan qui m'a tout raconté. Je voudrais bien qu'il aille voir le docteur, qu'il se fasse soigner, mais il ne le fera pas. Il croit que Bibianna c'est tout ce qu'il lui faut.

Je le regardais, en espérant qu'il se confierait davantage, mais apparemment il avait l'air d'en avoir dit suffisamment. Il se servait du couteau pour éplucher les oignons, puis faisait pénétrer la lame dans le tas et les éminçait. Il se dirigea vers le réchaud. J'attendis pendant qu'il inclinait la poêle et surveillait un morceau de beurre rond en train de fondre mollement. Il y jeta les oignons et les poivrons. Finalement, il se remit à parler.

– Comment que ça se fait que tu connaisses Jimmy Tate? J'ai vu sa photo dans les journaux. C'est un flic, dit-il en donnant aux mots qu'il prononçait un ton venimeux.

– Un ancien flic. A l'école primaire. On a été gosses ensemble à Santa Teresa, il y a longtemps.

– C'est un mouchard.

– Quelle connerie! Le Département du shérif du comté de Los Angeles l'a mis à la porte et il s'est rebiffé et leur a fait un procès. Ils ne vont pas se mettre à l'utiliser pour quoi que ce soit!

Luis se retourna, pointa le couteau vers moi.

– Faut que je te prévienne. Tate n'a rien à faire avec nous. Il s'amène et je renifle le mouchard. Ne me dis pas que c'est des conneries. Je sais de quoi je parle.

Je me sentais hésiter, faire marche arrière. L'idée que Tate travaillait en secret pour la police m'avait traversé l'esprit, à moi aussi. Dans mon entretien avec Dolan et Santos, j'avais demandé à deux reprises s'ils avaient un homme dans la place et chaque fois ils s'étaient abstenus de répondre. Le procès intenté par Tate au Département et son arrestation dans la nuit de mardi pouvaient faire partie de sa couverture. Si Luis avait des soupçons, alors Raymond allait en avoir également, et chaque geste de Tate serait soumis à un examen.

– Qu'est-ce qu'il en dit Raymond?

– Il est en train de se rancarder.

– Eh bien, c'est une bonne chose, dis-je. Alors il pourra arriver à une certitude, pas vrai?

La peur faisait faire des *tap-tap, tap-tap-tap*, à mon cœur. La possibilité qu'il y ait des fuites dans la police était déjà une source d'angoisse. Si un mot filtrait sur mon compte, j'étais morte.

Luis se replia de nouveau sur lui-même. Il fendait la peau d'une saucisse mexicaine et en extirpait la chair d'un geste étonnamment inquiétant. Je ne tardai pas à sentir l'odeur du chorizo qui grésillait avec les oignons et les poivrons. Luis cassa d'une main huit œufs dans un bol, puis les battit vivement jusqu'à les faire mousser, à l'aide d'une fourchette.

Je ne voulais pas prendre la défense de Jimmy Tate trop vigoureusement parce que cela pouvait me retomber dessus. On aurait pu commencer à se demander pourquoi j'en savais tant. Mieux vaut ne pas trop protester quand on cherche à cacher la vérité. D'un autre côté, la couverture de Tate devait être bien épaisse – si, en réalité, c'était le cas.

Dolan et Santos étaient tous deux conscients de la nécessité de garder le secret. Je laissai tomber le sujet. J'avais espéré découvrir quelque chose sur la bande de fraudeurs. Mais là aussi, je décidai de laisser tomber. Tout ce que je voulais c'était obtenir que Luis tourne son regard d'acier vers moi.

Nous mangeâmes l'omelette en silence. Je suis obligée de dire que c'était la meilleure que j'aie jamais goûtée. Je donnai au chien les quelques bouchées que je n'avais pu finir. Perro happa les œufs au vol d'un seul coup de dent et rejeta la tête en arrière afin de propulser la nourriture au fond de sa gorge. Après le petit déjeuner, Luis nettoya le poêlon. Je m'appliquai à débarrasser la table et à jeter les assiettes aux ordures.

– C'est quoi le programme pour aujourd'hui ?

– Je t'emmène chez le chiro dès que Raymond sera rentré.

– Comment ça se fait qu'on doive attendre ? Est-ce qu'on ne peut rien faire tout seuls ?

Luis ne répondit pas. Je me dis qu'il ne serait pas sage de l'embêter. Raymond n'avait pas l'air de lui faire confiance beaucoup plus quà moi.

A midi Raymond et Bibianna rentrèrent. Elle avait le visage défait et me lança un regard chargé de craintes. Elle essayait de me faire savoir quelque chose, mais je ne comprenais pas ce que c'était. A l'inverse, Raymond paraissait d'humeur démonstrative, mais je décelai un début de tic dans son clin d'œil. Bibianna enleva sa veste et la jeta sur le canapé. Il y avait un pansement au creux de son coude droit. Raymond l'attrapa par-derrière et la serra contre lui, dans un geste d'étrange hostilité déguisée en affection.

Il avait perçu mon regard qui s'était attardé sur le pansement et me regardait à son tour.

– On lui a fait une prise de sang. Nous allons nous marier après la publication des bancs. Trois jours maxi.

– Félicitations, dis-je faiblement. C'est vraiment formidable.

Luis tendit la main. Lui et Raymond se livrèrent à une série compliquée de tapes dans le dos et d'embrassades qui indiquaient l'immense plaisir qu'éprouve la troupe à l'annonce des noces d'un de ses membres. Le bonheur de Bibianna était si intense qu'elle dut quitter la pièce, réaction qui ne passa pas inaperçue aux yeux toujours vigilants de Raymond. Je pus voir le tic se manifester, sa bouche s'ouvrir, son cou se rejeter en arrière. Luis ouvrit deux bouteilles de bière pour fêter l'événement dans les règles. Mon intuition me disait qu'il espérait devancer une des crises de Raymond.

– Fais-la sortir de là. Luis va nous chercher du champagne. On va trinquer.

– Je reviens tout de suite, murmurai-je en allant dans la chambre.

Bibianna était assise au bord du lit, la tête enfouie dans les mains.

Je m'assis sur le lit à côté d'elle, en la regardant sans un mot. Qu'est-ce que j'aurais pu dire? Elle était mariée à Jimmy Tate. Il n'était pas question qu'elle épouse également Raymond. Finalement, je dis :

– Qu'est-ce que tu vas faire?

Elle me regarda d'un air sombre.

– Me tuer ou le tuer.

Elle se pencha pour me prendre une main qu'elle serra.

– Tu peux compter sur moi, dis-je.

– Je sais, répondit-elle.

18

Luis gara la Ford sur un petit parking plein d'herbes, à proximité d'un centre commercial désaffecté qui avait probablement été construit au début des années 50 à en juger par le style architectural : parpaings cendrés et pavés de verre. Le bureau du chiropracteur se trouvait dans une boutique, entre un restaurant spécialisé dans le barbecue et un coiffeur. Des rideaux beiges crasseux aveuglaient les vitrines de verre épais pour protéger l'intérieur contre les regards indiscrets des passants. Non pas qu'il y ait eu grand-chose à voir. Des chaises pliantes métalliques étaient alignées le long des murs d'un bleu mat. Un appareil de télévision, dans l'angle de la pièce, diffusait une bande en espagnol vantant les vertus de la chiropraxie. Sur le mur, une gravure en lambeaux intitulée *Carte de l'œil* montrait des cercles divisés selon des lignes radiales qui permettent d'établir un diagnostic par l'examen de l'iris dans les cas de diabète, de typhoïde, de malfonctionnement de l'aorte et autres maladies alarmantes. On avait récemment passé une serpillière humide sur le sol recouvert de carreaux en vinyle beige marbré et l'opération avait laissé subsister quelques restes de la crasse de la veille. Un comptoir séparait le bureau d'accueil et les salles d'examen à l'arrière. Seize personnes attendaient de voir le docteur Howard et il n'y avait aucun magazine. Un des patients était un type que je pensais avoir vu dans l'appartement de Raymond, le jour de mon arrivée. Je remplis un questionnaire médical rudimentaire, en inscrivant machinalement les trois premières lettres de « Millhone » avant de m'en rendre compte et de remplacer le *i* et le *l* par le double *oo* de mon nom d'emprunt : « Moore ». Il me fallut deux minutes pour remplir le formulaire, après quoi je fis comme les autres, tous assis à se regarder mutuellement pendant que deux bébés pleuraient et que onze personnes fumaient trente-quatre cigarettes en tout. L'inhalation passive de fumée ajoutée à mon ennui suffisait à me donner l'envie de fuir l'endroit. Je regardai ma montre. Il y avait une heure et demie que j'étais assise là. J'avais l'impression que je ne pouvais pas me plaindre puisque j'étais venue dans le seul but d'escroquer la compagnie d'assurances. J'imaginais comment toutes les autres personnes, les Noirs, les Hispaniques, les vieillards, les athlètes du dimanche, se faisaient étirer, masser et marteler pour être remis d'aplomb dans l'arrière-salle pendant que j'attendais mon tour. Les personnes qui sortaient et payaient semblaient être soulagées. Leurs dos semblaient plus droits, leurs épaules plus carrées. Elles se déplaçaient avec plus d'énergie et emportaient avec elles d'énormes flacons de pilules qui, je le supposais, devaient contenir de coûteux suppléments de vitamines ou de calcium. La réceptionniste bilingue encaissait beaucoup de billets usés et chiffonnés. C'était une femme d'une quarantaine d'années – très probablement l'épouse du médecin. Quand vint mon tour, je jetai un coup d'œil sur son badge, mais tout ce qu'on pouvait lire était « Martha ». Elle remonta un petit couloir, passa devant la porte ouverte de ce qui devait être le bureau du docteur Howard. J'aperçus un bureau de chêne tout écorché, couvert de fiches classées en plusieurs tas et de photographies encadrées qui le montraient probablement au milieu de sa petite famille; cela proclamait son statut d'homme marié et le mettait sans appel hors de portée des patientes pourvues d'arrière-pensées. Je fus introduite dans la pièce d'examen adjacente, en remarquant avec intérêt que la porte de séparation entre les deux pièces était entrebâillée. Je pouvais voir à travers le bureau du docteur jusque dans le couloir, où un malade qui passait se retourna pour me regarder avec curiosité. Martha ouvrit un placard et prit une blouse imprimée qui semblait faite de deux panneaux de coton rectangulaires attachés ensemble sur le côté et retenus au cou par un élastique.

– Enlevez vos chaussures et déshabillez-vous, à l'exception de votre slip, dit-elle en me tendant la blouse. Il sera à vous dans dix minutes.

– Merci. Euh, serait-il possible de fermer cette porte? demandai-je.

– Certainement.

Elle traversa le bureau du docteur pour se diriger vers la porte du couloir qu'elle referma derrière elle.

Les doigts commençaient à me démanger.

Ça alors! J'étais complètement seule et les dossiers d'un fraudeur, d'un rebouteux véreux qui escroquait les compagnies d'assurances, se trouvaient à trois mètres de moi. Je remarquai que la porte de la salle d'examen avait un bouton de verrouillage sur la poignée; je l'enfonçai pour fermer. J'enlevai mes vêtements en hâte et passai la blouse pardessus ma tête, puis entrai pieds nus, à pas de loup, dans le bureau du docteur, en fermant également sa porte au verrou. Les murs étaient si minces et si mal construits qu'il n'était pas difficile d'entendre ce qui se passait autour de moi. J'entendis le docteur entrer dans la pièce, de l'autre côté du couloir, saluer le patient par son nom tout en fermant la porte derrière lui. On pouvait percevoir leurs murmures mais il était impossible de comprendre ce qui se disait pendant la consultation tandis qu'il procédait à ses manipulations. Je dressai l'oreille tout en fouillant aussi sérieusement que je le pouvais pendant les huit minutes qui m'étaient encore imparties; cela me permit de découvrir un plein tiroir de déclarations qui correspondaient, à première vue, aux formulaires d'assurance que j'avais vus chez Raymond. J'entendis la porte s'ouvrir de l'autre côté du couloir et la voix du docteur s'éloigner pendant qu'il concluait sa consultation par quelques conseils et recommandations. Je fermai le tiroir du bureau et me dirigeai rapidement vers la porte, attrapai la poignée et la tournai. Le petit bouton jaillit. J'étais en train de repartir vers la salle d'examen quand une des petites photos de famille encadrées sur son bureau attira mon regard

Je marquai un temps d'arrêt pour m'approcher et examiner une photo de mariage représentant une jeune femme que j'aurais juré avoir déjà vue. Je m'emparai du cadre qui contenait deux clichés en réarrangeant ceux qui restaient afin de dissimuler le vide qui s'était creusé soudain. J'entrai dans la salle d'examen et je venais tout juste de fourrer le cadre dans le sac à main que j'avais emprunté à Bibianna quand j'entendis le docteur essayer d'ouvrir la porte.

– Un instant, criai-je.

Je tirai le verrou et lui ouvris la porte avec un sourire innocent.

– Pardon, dis-je. Je n'avais pas compris que je m'étais enfermée. Vous êtes le docteur Howard?

– C'est ça.

Il entra dans la pièce, en tirant la porte derrière lui.

Je me retins de lui serrer la main. Cela me paraissait inconvenant étant donné que je venais juste de dérober quelque chose sur son bureau. C'était un homme d'une soixantaine d'années, à l'allure honnête. Il portait un pantalon blanc et une veste assortie par-dessus une chemise également blanche comme neige, avec un col amidonné si haut qu'il semblait lui faire une cuirasse autour du cou. Ses cheveux bruns semblaient tout doux sur le dessus de la tête. Son crâne était en train de se dégarnir ce qui agrandissait son front sans rides. Il avait des yeux froids, d'un brun clair, derrière des lunettes carrées à monture d'écaille, une bouche sans humour dont les coins s'affaissaient légèrement. Il esquissait un sourire de pure forme tout en conservant un air impassible sur le reste de son visage. Son regard était intense, ce qui lui donnait l'air d'un homme que son esprit dépravé rendait capable de lire dans mes pensées. Un parfum d'épices broyées envahit la pièce dans son sillage; c'était un mélange oriental de musc et de bois de santal éventé.

Il regardait ma fiche.

– Mademoiselle Moore. Qu'est-ce qui ne va pas, à votre avis? Montez donc sur la table.

– C'est mon cou, dis-je tout en me hissant sur la table. J'ai eu un petit accident et Raymond Maldonado m'a suggéré de me faire examiner.

Il se dirigea vers un lavabo d'angle et se lava les mains à l'aide d'un savon liquide d'un rouge virulent dispensé par un distributeur mural. Le regard qu'il me lança fut rapide, mais aiguisé.

– Vous auriez dû le dire à Martha. Nous avons besoin d'une radiographie, dit-il. Il va falloir que mon assistant la prenne. Vous pourrez revenir ici dès que ce sera fait.

Il se déplaça vers la porte et la tint ouverte pour me laisser passer. L'instint me commanda de prendre mon sac à main, que j'attrapai et fourrai sous un bras, geste de méfiance qui ne lui échappa pas.

– Ne craignez rien pour votre porte-monnaie, si vous souhaitez le laisser, dit-il.

– C'est sans importance, murmurai-je, n'ayant pas l'intention de le remettre en place.

Je l'imaginai en train de le fouiller en mon absence et découvrant la photo que j'avais piquée avant son arrivée. Un petit souvenir me chatouillait la mémoire, trop faible pour que je puisse savoir de quoi il s'agissait. J'étais certaine d'avoir vu la femme de la photo, mais je n'avais aucune idée de l'endroit où c'était.

Je le suivis pieds nus le long du couloir jusqu'à un laboratoire de radiologie de fortune, isolé à l'aide de quelques panneaux de bois amovibles. L'appareil ressemblait à celui que j'avais vu dans le cabinet d'un médecin quand j'était gosse : trapu et noir, avec un cône de la taille d'un zoom. Je m'imaginais des rayons du style de ceux des années 50, épais et faisant un bruit sourd en pénétrant dans mon corps à doses mal mesurées. L'assistant, un jeune type avec une cigarette aux lèvres, prit deux clichés – un de toute la colonne vertébrale et un gros plan des vertèbres cervicales. Je me méfie des passages aux rayons X inutiles, mais là encore, puisque j'étais en train de tricher, il m'était difficile de protester. Je retournai à la salle d'examen, où je dus attendre longtemps de nouveau, cette fois en restant docilement assise sur la table recouverte de papier. Pour autant que je pouvais le savoir, le docteur Howard était en train de m'observer à travers un orifice camouflé. Il revint enfin et accrocha le film développé sur un écran mural. Il m'expliqua patiemment, en termes de chiropraxie, à quel point mon épine dorsale était en mauvais état. Heureusement mon cou n'avait aucune fracture, mais presque toutes les autres parties de mon dos avaient besoin d'être soignées. Il m'allongea sur le ventre, face contre la table, et me fit quelque chose de divin; mes os craquaient avec un bruit qui faisait penser à quelqu'un en train de croquer des glaçons. Il prescrivit une longue série de manipulations, et mit par écrit son diagnostic à l'aide d'un stylo à plume. Il était gaucher et tenait son poignet tordu au-dessus de la liste de recommandations qu'il rédigeait. La plume faisait un bruit de grattement en se promenant sur la page. Même son écriture paraissait onéreuse, me dis-je. La California Fidelity allait chèrement payer mes douleurs.

– Quels sont vos liens avec Raymond? demanda-t-il sans lever les yeux.

Quelque chose dans la nonchalance de son ton indiquait une note de prudence.

– Je suis une amie de Bibianna, sa fiancée.

– Est-ce que vous la connaissez depuis longtemps?

– Deux jours, dis-je. On a passé une nuit ensemble dans la prison du comté de Santa Teresa.

Le regard aigu changea de direction et je crus avoir remarqué une moue presque imperceptible sur ses lèvres. Il n'aimait guère les personnes de mauvaise vie comme Bibianna et moi, et probablement comme Raymond Maldonado, également.

– Depuis combien de temps avez-vous un cabinet ici, demandai-je.

– Depuis que ma licence m'a été rendue, répondit-il, avec une naïveté qui me surprit.

Peut-être avais-je mal jugé l'homme. Il ouvrit un tiroir et en retira d'innombrables stylos à encres, de divers types et couleurs. Il me passa une feuille de papier avec une série de cases dans la colonne de gauche.

– Signez chaque ligne avec un stylo de couleur différente, en les utilisant au hasard. Nous mettrons les dates plus tard quand nous facturerons votre compagnie d'assurances. De quelle compagnie s'agit-il?

– La California Fidelity. J'ai appelé leur bureau dans le Nord et ils ont dit qu'ils m'expédieraient les formulaires de déclaration.

– Parfait, dit-il. Et quel genre de travail faites-vous normalement?

– Serveuse.

– Mauvais. Je ne veux pas vous voir debout et surtout pas porter des plateaux lourds. Voici une feuille d'arrêt de travail. Heureux d'avoir fait votre connaissance, dit-il.

Il referma mon dossier, se leva et quitta la pièce. Une demi-minute plus tard, je l'entendis entrer dans la salle d'examen voisine.

Il était trois heures moins cinq quand je quittai son bureau. La journée était chaude pour une fin d'octobre, l'air sentait l'odeur nauséabonde des pots d'échappement surchauffés. L'endroit où nous nous trouvions ne valait pas beaucoup mieux que celui où vivait Raymond. Comme j'approchai de la Ford, Luis se pencha en avant et ouvrit la portière de la voiture. Je me glissai sur le siège de devant. Quelles qu'aient pu être les manipulations qu'avait faites le docteur Howard, mon mal de dos avait disparu. C'était déjà ça. J'inclinai ma tête d'un côté puis de l'autre, pour vérifier l'état de mon cou. Pas mal. Aucune raideur, plus de douleurs ni de souffrances.

L'intérieur de la voiture sentait le hamburger et les frites froides. Il y avait un gobelet vide qui avait contenu du milk-shake, posé sur le tableau de bord, et un sac en papier blanc placé devant mon siège.

– Oh! merci, c'est pour moi? demandai-je.

En jetant un coup d'œil dans le sac, ma faim se réveilla soudain.

– Luis, il n'y a rien là-dedans, que des ordures!

– Je pensais que tu avais mangé.

– Tu pensais que j'avais mangé? dis-je en insistant.

Luis semblait embarrassé.

– Que tu aurais mangé.

– Ouais, eh bien, j'ai mangé en même temps que toi et je meurs de faim de nouveau.

J'avais changé de ton. Il n'y avait aucune raison d'être garce à ce sujet.

– Est-ce qu'il n'y a pas moyen de s'arrêter quelque part et de me trouver quelque chose à me mettre sous la dent en rentrant à la maison?

Il fit démarrer la voiture, vérifia la circulation dans le rétroviseur.

– Raymond a dit de revenir aussitôt que tu aurais fini. On a du travail à faire.

– Comment ça se fait qu'on doive faire tout ce qu'il dit?

Luis me lança un regard morne.

Je réfléchissais au caractère de Raymond.

– Un bon point, dis-je.

Quand nous arrivâmes à l'appartement, le chien était attaché à la rambarde du balcon et la porte de l'appartement était grande ouverte. Il y avait là six ou sept jeunes Hispaniques que je n'avais jamais vus auparavant pour la plupart. Bibianna était assise sur le capané, penchée au-dessus d'une réussite qu'elle avait étalée sur la table basse. Luis alla à la cuisine et se servit une bière. Je murmurai une excuse et me rendis dans ma chambre, où j'ôtai de mon sac à main les photos volées. Je m'approchai de la fenêtre et l'ouvris silencieusement. C'était un cadre en or mat, à deux volets, pour deux photographies, qui se fermait par le milieu. Je démontai le cadre et le jetai dehors, par la fenêtre, en m'assurant tout d'abord qu'il n'allait pas tomber sur la tête de quelqu'un. J'étudiai les deux photographies de près, en les tenant en l'air dans la lumière. C'était des portraits de mariage traditionnels. Le premier était un de ces clichés de groupe pris sur les marches de l'église, avec les gens alignés en demi-cercle et les jeunes mariés au centre. Outre les nouveaux mariés, il y avait six jeunes femmes en robe lavande, à gauche, et six garçons en smoking gris avec de larges ceintures mauves sur la droite. Le docteur Howard était de toute évidence le père de la mariée, dont la mère n'avait pas l'air de ressembler à la réceptionniste. Je m'étais trompée sur ce point. La deuxième photographie était un cliché de la mariée elle-même, en pied. C'était elle que je croyais reconnaître. Elle se présentait de trois quarts, les yeux levés solennellement vers le vitrail au-dessus de sa tête, un bouquet de mariée attaché à la taille. La robe était en satin, très ajustée, avec une traîne étalée tout autour de ses pieds comme si le tissu avait fondu pour former une mare. Sa chevelure blonde était tirée en arrière, retenue par une sorte de résille qui ressemblait à un bandeau de jeune vierge. Le visage était affriolant, non parce qu'il était joli en quoi que ce fût, mais parce que la jeune femme avait de toute évidence engagé une équipe de spécialistes du maquillage pour mettre en valeur chacun de ses traits. J'étais certaine de l'avoir vue récemment, bien qu'elle n'ait pas eu si belle allure que sur la photo. Je grimaçai, perplexe. Ça me faisait le même effet que de voir mon facteur à un cocktail en tenue de gala. Il me fallait mettre tout ça de côté et n'y plus penser pour quelque temps. Ça me reviendrait, ça surgirait probablement dans ma tête quand je serais absorbée par quelque chose d'autre.

Je me dirigeai vers le placard, fis glisser la porte coulissante et soulevai un coin de la moquette bleu foncé qui en tapissait le sol. Après avoir glissé les photos dessous, je remis la moquette en place.

Je retournai dans le living-room, où Bibianna étudiait la rangée de cartes qu'elle venait d'étaler pour sa réussite. Je m'installai dans le fauteuil. Les jambes repliées sous moi, je regardais Bibianna jouer, tout en surveillant d'un œil discret la troupe de mauvais garçons, qui faisaient vaguement la queue près de la cuisine. Ça devait être le jour de paie. Raymond était assis à la table, occupé à collecter les morceaux de papier que lui tendaient des mains, comptant l'un après l'autre les billets qu'il distribuait en retour. Il était tout à son affaire et menait les transactions en espagnol. Sans paraître faire attention, je prenais note des visages, en me demandant si je serais capable de les identifier ultérieurement grâce à leurs photos dans les archives de la police, si c'était nécessaire. Les deux seuls que je reconnaissais étaient Juan, le frère de Raymond, et le gars boudeur, Tomás, qui avait eu tant de mal à remplir des papiers le jour où j'étais arrivée. Raymond me lança un regard et je baissai les yeux vers la réussite étalée sur la table.

Je l'avais vue faire tant de fois déjà que j'étais presque prête à essayer à mon tour. Celle-là ne consistait pas à apparier une reine rouge avec un roi noir, comme d'habitude, mais exigeait de compléter des suites de sorte que si l'on gagnait, on finissait avec seulement quatre tas, un pour chaque couleur, les cartes placées dans l'ordre numérique, des as aux rois. Elle examina toutes les cartes qu'elle avait en main, trois par trois, sans parvenir à faire une suite. Elle les lança sur la table et remit toutes les cartes ensemble dans le paquet.

– Tu veux me dire l'avenir? demandai-je.

Elle secoua la tête négativement.

– L'attirail est chez ma mère et Raymond ne me laisse pas lui parler. J'ai essayé d'appeler la nuit dernière, mais il m'a surprise avec le téléphone en main et il m'a tellement battue que je suis presque restée sur le carreau. Tu parles d'un con...

Elle jeta un regard à Raymond qui s'était arrêté dans ce qu'il était en train de faire pour pouvoir la contempler. Bibianna fut secouée par une impression de malaise et me regarda. Elle dit :

– Je peux te faire les lignes de la main, à la place. Mets les mains sur la table.

– Les paumes vers le bas?

– Ouais. Pose-les juste sur la table.

Je libérai mes pieds de dessous moi et me penchai en avant afin de pouvoir poser mes paumes à plat sur la table comme elle me le demandait. Raymond devait avoir compris qu'elle était en pleine chiromancie et il avait repris son travail. L'expression de Bibianna révéla sa concentration. Elle étudiait le dos de mes mains, puis les souleva ensemble et les retourna. Elle prit ma main droite dans les siennes et l'examina attentivement, sans rien dire. Son comportement était aussi professionnel que celui d'un médecin. Je ne crois pas aux lignes de la main, pas plus que je ne crois à la numérologie, à l'astrologie, aux lapins qui apportent les œufs de Pâques ou aux petites souris qui emportent les dents de lait des enfants, mais il y avait quelque chose dans son expression qui piquait ma curiosité.

– Qu'est-ce qu'il y a? dis-je.

Elle passa son index sur ma paume droite, saisit ma paume gauche, et l'examina de nouveau.

– Tu aimes l'action. Tu sais comment je vois ça ? Quand tu poses les mains à plat sur la table, tu laisses plein d'espace entre elles. Les personnes anxieuses les mettent l'une près de l'autre. Tu as les ongles courts, ça veut dire que tu es agressive. Pas de stries ou de points, ce qui est bon signe. Ça signifie que t'es en bonne santé. Type de peau : moyen ; pas grand-chose à en tirer ; mais regarde ça... tu vois ce grand espace entre ton pouce et les autres doigts : tu as tes idées à toi...

Sa voix était hypnotique et je me surpris à l'écouter avec un grand sérieux. Je m'attendais à un tas de balivernes sur la ligne de vie et la ligne de cœur, mais elle n'eut pas le temps d'en venir là. L'incident éclata si soudainement que je n'ai jamais su ce qui l'avait déclenché. J'entendis un cri, le claquement d'une chaise qui tombait en arrière. A l'instant où je levais les yeux, Raymond maintenait Tomás à terre. Il serrait le gars à la gorge, appuyait le couteau à cran d'arrêt contre sa joue. Le visage de Raymond était contracté de rage, ses mains tremblaient tandis qu'il crispait les doigts autour de la trachée de Tomás. Celui-ci était en train de suffoquer, les yeux grands ouverts, pendant qu'il luttait pour se dégager. De la sueur perlait à son front. Je vis la lame du couteau s'enfoncer dans sa joue, se perdre dans la chair, le sang gicler. Raymond paraissait comme hypnotisé par ce qui se passait. Personne d'autre ne faisait un geste. Cela semblait être un de ces moments où toute intervention par la force ne ferait que compromettre les chances de survie de Tomás.

– Mon Dieu... murmura Bibianna.

Elle traversa la pièce, s'agenouilla à côté de Raymond et se mit à lui parler à l'oreille. Je le voyais qui luttait pour recouvrer son sang-froid. Il émit un son qui ressemblait à un sanglot, étouffé et profond, presque un grincement du fond de sa gorge. Bibianna lui toucha la main, en lui parlant avec ferveur.

– Ne fais pas ça, Raymond. Je t'en supplie. Laisse-le partir. Il ne l'a pas fait exprès. Tu lui fais mal. S'il te plaît...

Il leva le couteau. Bibianna le lui arracha des mains pendant que sa victime roulait sur elle-même pour s'éloigner ; le sang dégoulinait sur son visage. Raymond parut tousser et l'objet de sa colère se déplaça de Tomás vers Bibianna. Il l'attrapa par les bras et la remit debout, la poussa contre le mur si fort que le choc de sa tête fit se détacher un morceau de plâtre. Il plaça son visage à deux centimètres du sien, la vague de tics désormais habituelle agitait par saccades la moitié de ses muscles faciaux. Ses yeux se révulsèrent de sorte qu'il paraissait la regarder par des fentes aveugles. Sa voix était un sifflement :

– Je te tuerai si tu te mêles encore de mes affaires, t'as compris?

Bibianna secouait la tête frénétiquement.

– Je le ferai plus. Pardon. Je voulais pas...

Il s'écarta. La toux et l'aboiement rituels le prirent et je le vis secouer la tête, faire rouler son bras dans l'articulation de l'épaule. Luis avait attrapé un torchon de cuisine et le pressait contre la coupure, sur la joue de Tomás, tout en donnant des ordres en espagnol. Le torchon fut imbibé de sang instantanément. Deux des gars vinrent prêter assistance à Tomás et l'aider à sortir par la porte. L'appartement se vida rapidement. Mon cœur battait la chamade. Bibianna se laissa tomber sur le canapé, le visage livide. Elle mit sa tête entre ses genoux, prête à s'évanouir. J'allai vers elle et m'assis à ses côtés pour la caresser et lui murmurer des paroles d'encouragement destinées autant à me rassurer qu'à la calmer. Quelques instants plus tard, Luis revint. Je devinai que quelqu'un était en train d'accompagner Tomás au service des urgences. Entre-temps, Raymond semblait de nouveau maître de lui. Bibianna reprit ses esprits et ramassa les cartes, avec des mains tremblantes. Luis nettoya le sang sur le sol de la cuisine. Chacun d'entre nous comprenait combien il était important de ne pas ergoter sur ce qui s'était passé. Pour éviter toute nouvelle complication, nous nous conduisions comme si rien n'était arrivé, ce qui établissait entre nous une sorte de complicité. Personne ne mentionna le nom de Tomás ni ce qu'il avait fait pour provoquer la réaction de Raymond.

Raymond faisait les cent pas dans la pièce; il claqua des doigts avec impatience en se tournant vers Bibianna :

– Hé. Mets ta veste. On sort. Toi aussi, Hannah.

Je pris ma veste. Bon Dieu, je n'allais pas discuter avec cet homme.

Cette fois, Raymond et moi nous montâmes dans la Ford, pendant que Luis nous suivait dans la Cadillac, Bibianna était assise à la place du passager. Je me retournai à demi, en regardant par la vitre arrière la Caddy qui se maintenait toujours à la même distance de nous.

– Pourquoi est-elle toujours avec lui pour ces virées?

– On se dispute, dit-il.

Je me mis à l'étudier avec intérêt. Il semblait détendu, son comportement était normal et accommodant. Je commençais à comprendre que pendant un court laps de temps, juste après une « crise », il était plutôt affable, comme si l'explosion l'avait radouci. Pendant un bref moment, il allait être complètement accessible, et même affectueux. Ce n'était pas un gars déplaisant à regarder. Il aurait probablement pu trouver une femme qui prenne soin de lui s'il ne s'était pas entiché de Bibianna.

Il surprit mon regard.

– Qu'est-ce que *tu* regardes?

Ses paroles étaient belliqueuses mais le ton était modéré.

– J'étais en train de chercher pourquoi t'es tellement entiché de Bibianna. Pourquoi que t'insistes alors qu'elle n'est visiblement pas très chaude pour se marier avec toi?

Je retins ma respiration, mais il ne semblait pas s'offenser.

– Elle n'a pas le droit de me faire des crasses. Pas mèche. Les gens qui veulent se foutre de ma gueule, faut qu'ils comprennent qu'ils n'ont pas le droit. Elle n'a pas encore pigé.

– De quoi tu parles? Tu l'as récupérée. Qu'est-ce que tu veux de plus?

– Il faut que je sois sûr qu'elle restera.

– Et comment tu feras?

– C'est déjà fait, dit-il. Seulement elle ne le sait pas encore.

19

Cet après-midi là, je pris un cours « accéléré » à l'Ecole supérieure de la fraude automobile de la Californie du Sud. La leçon portait sur « le coup du chauffard et du père tranquille » que les inspecteurs Dolan et Santos avaient si bien résumé au cours de notre petite conversation à la prison. La voiture remonta jusqu'au quartier ouest de Los Angeles, à la limite de Bel Air, en prenant Sunset Boulevard, de Sepulveda à Beverly Glen. La circulation de l'après-midi était infernale et les conducteurs habitués à cette partie de la route semblaient conduire les yeux fermés, changeaient de file sans prévenir, roulaient à plus de 50 ou 60 km/h au-dessus de la limitation de vitesse.

Une fois que nous aurions trouvé une cible, Raymond et moi, dans la voiture du « père tranquille » nous devions nous positionner juste devant, pendant que Luis et Bibianna allaient nous dépasser sur le côté. Luis nous ferait soudain une queue de poisson. Raymond freinerait brutalement et l'infortunée cible derrière nous, surprise par la manœuvre, foncerait tout droit dans notre tuyau d'échappement. Luis accélérerait avant de disparaître pendant que Raymond et moi, dans notre voiture, et la cible dans la sienne, irions nous ranger le long du trottoir; chacun de nous se montrerait consterné et exprimerait sa colère envers le chauffard. Nous ne risquions pas de voir la cible chercher à alerter les flics, car nous savions tous que la police de Los Angeles ne se présenterait pas sur les lieux de l'accident s'il n'y avait pas de dommages corporels. Il nous appartiendrait donc d'échanger nos noms, adresses, numéros de téléphone et ceux de nos compagnies d'assurances respectives, après quoi nous irions rejoindre Luis et Bibianna pour repartir en quête d'une autre victime. L'arnaque fut répétée à quatre reprises, et Raymond m'affirma que nous avions raflé pas loin de treize mille dollars dans l'affaire.

Ce qui m'inquiétait, à part le fait que j'endurais le martyre avec mon cou, c'était un petit changement ennuyeux dans mon attitude. « Quels imbéciles! pensais-je. Les gens méritent tout ce qui leur arrive. » Je me mettais à croire que c'était la faute de la cible, assez jobarde et stupide pour ne pas avoir remarqué notre petit jeu, assez crédule pour ajouter foi à nos affirmations. Je ressentais ce sentiment secret de supériorité que chaque arnaqueur doit éprouver lorsque l'appât fait son effet et que la victime mord à l'hameçon. Mentalement, il fallait me secouer, même si ça ne fait jamais de mal, à mon avis, de se rappeler qu'aucun d'entre nous, n'est à l'abri de la tentation quand se présente l'occasion d'être malhonnête. En fait, c'est des personnes qui font le plus de bruit, au nom de la morale la plus vertueuse, que je me méfie le plus.

On plia bagage à 5 heures après une rapide conférence dans un square où nous nous étions retrouvés pour comparer nos notes. Plusieurs nounous en uniforme conversaient à voix basse pendant que les bambins confiés à leur garde gambadaient sur l'aire de jeu. Nous étions assis sur l'herbe; Bibianna avait enlevé ses chaussures. Luis et Raymond s'étaient allongés dans la lumière du soleil couchant et ils revivaient un par un les moments les plus palpitants de la journée. C'était comme entendre des hommes parler d'une partie de golf ou de chasse; chacun d'eux réarrangeait ce qui venait de se passer avec un luxe de détails étonnant. Il y eut un court débat sur le point de savoir si oui ou non on allait tenter un dernier accident, vite fait, mais aucun d'entre nous n'en avait vraiment envie. Tout ce que je voulais c'était prendre un peu d'aspirine et retourner au cabinet du docteur Howard, où je pouvais espérer qu'il ferait craquer mes vertèbres pour me soulager le cou.

Raymond annonca qu'il avait une course à faire, de sorte que je retournai à la voiture avec lui. Luis s'éloigna dans la Caddy avec Bibianna, pendant que Raymond prenait par Beverly Drive et pénétrait au cœur du quartier des affaires de Beverly Hills. Deux cents mètres plus loin, il tourna à droite dans Little Santa Monica, qui est parallèle à Santa Monica Boulevard. Comme nous approchions de Wilshire Boulevard, il ralentit pour chercher un endroit où se garer. Toutes les places de parcmètres étaient prises. Avec des manifestations d'impatience, il bifurqua vers l'entrée d'un garage souterrain qui desservait un immeuble de bureaux de vingt étages. Il s'arrêta devant le guichet électronique qui émit un bourdonnement, fit entendre une sonnerie et lui présenta un ticket. Le « bras » électronique se leva et Raymond se glissa dans l'espace de parking le plus proche, bien qu'une pancarte indiquât clairement que l'endroit était réservé aux handicapés. Il laissa la clef de contact dans la serrure et ouvrit la porte de son côté.

– Attends-moi ici. Si quelqu'un t'enquiquine, bouge la voiture. Je rapplique tout de suite.

Un panneau mural indiquait que les ascenseurs se trouvaient de l'autre côté d'une double porte vitrée. Il marcha rapidement dans cette direction; ses talons résonnaient sur le ciment, et un écho renvoyait le bruit contre les rampes d'accès aux étages, sur la gauche. Qu'est-ce qu'il était en train de mijoter?

Dès qu'il eut disparu, j'enlevai la clef de contact et sortis faire un tour à l'arrière de la voiture où j'ouvris le coffre. Il n'y avait rien que le pneu de rechange et le cric. Zut. Je retournai me glisser sur le siège avant et remis la clef de contact à sa place. Je me penchai sur le côté et entrepris de fouiller la poche de la portière du côté de Raymond, mais tout ce que je trouvai ce fut une carte déchirée des rues de Los Angeles et quelques coupons de remise pour une pizzeria du coin. De mon côté, la pochette était vide, ce que je savais parce que je l'avais fouillée subrepticement pendant que nous roulions. J'ouvris la boîte à gants, dont le couvercle se rabattit brutalement sous l'effet de son ressort; elle était bourrée de camelote que je me mis en devoir de trier. Il y avait un tas de vieilles notes de gaz, des stylos à bille inutilisables, des vignettes remontant à plusieurs années, le manuel d'entretien de la voiture, les fiches du mécanicien qui faisait les révisions périodiques. Raymond était très consciencieux sur ce point, il fallait le reconnaître. Toutes les trente secondes, je jetai un coup d'œil vers l'entrée du sous-sol par où je l'avais vu disparaître. Je supposais qu'il avait pris l'ascenseur pour gagner un des bureaux directoriaux dans les étages. En fouillant dans le tas de saletés sur mes genoux, je découvris des chiffons, une capsule de bouteille de bière, une barre de chocolat Hershey ramollie par suite de la chaleur, un préservatif emballé dans du papier d'aluminium. Est-ce que quelqu'un range jamais ses gants dans la boîte à gants d'une auto? En fait, l'endroit semble servir, tout comme le réfrigérateur, à dissimuler les divers débris, animés ou inanimés, qui révéleraient notre manque de soin aux yeux de nos amis. Je remis tout ce bric-à-brac en place dans la boîte, en faisant bien attention de ne pas trop y mettre de l'ordre. C'était frustrant. J'avais espéré en tirer quelque chose. Oh! tant pis! Quand on fourre son nez partout, on ne peut pas s'attendre à gagner un gros lot à tout coup. Une fouille illicite donne des résultats dans quatre cas sur dix. Le reste du temps, elle ne fait que satisfaire votre curiosité naturelle.

Au moment où j'entendis le *tap-tap* des talons de Raymond sur le ciment, tout était en place et je me peignais les cheveux en me servant du rétroviseur que j'avais fait pivoter vers moi. « Hannah Moore » commençait à faire sentir son influence. Ma « coiffure » consistait désormais en quelques mèches pointues, vraiment affriolantes, sur le dessus du crâne. J'avais un air de punk, mais je trouvais ça plutôt drôle, si vous voulez savoir la vérité. En plus, j'avais bien l'intention de me faire percer les oreilles et de mâchonner du chewing-gum en public – je commettrais ainsi tous les péchés contre la société, ceux que ma tante m'avait toujours interdits, comme mettre du vernis à ongles rouge et arborer des bretelles de soutien-gorge minables.

Raymond ouvrit la portière de la voiture et jeta le ticket du parking sur le tableau de bord. Il ôta sa veste et la disposa sur le siège arrière. Je ramassai le ticket et le gardai en main à son intention ce qui, sous prétexte du désir féminin de l'aider, me permit de jeter un coup d'œil dessus. Au dos, à la place des autocollants justifiant l'utilisation du parking, il y avait le tampon de la firme Gotlieb, Naples, Hurley et Flushing. Des avocats? Des experts comptables? Raymond m'arracha le ticket des mains et le fourra entre ses lèvres en le serrant avec les dents pendant qu'il faisait démarrer la voiture et sortait en marche arrière de l'emplacement où il était garé. Qu'est-ce qui lui prenait? Bon Dieu, il n'avait pas l'air de me faire confiance. Pendant qu'il tournait à gauche pour sortir du garage, je me répétai en silence le nom de la firme comme une litanie, jusqu'à ce qu'il s'inscrive dans ma mémoire. Il faudrait que je demande à Dolan de voir ça si je parvenais à lui téléphoner.

Le retour à l'appartement se fit au beau milieu des embouteillages : des voitures dignes de courir les 500 Miles d'Indianapolis s'entassaient sur six files, conduites par des hommes d'affaires et autres dingues de la Bourse. J'étais tendue, mais Raymond ne semblait pas s'en apercevoir. Les causes extérieures de stress n'avaient pas l'air de le perturber autant que les émotions. Il mit la radio sur une station de musique classique et augmenta le volume du son, en gratifiant les voitures voisines d'une sonate apparemment fabriquée presque entièrement à partir d'erreurs. Cette partie de la 405 était morne : une étendue tentaculaire de béton, criblée d'usines, ponctuée de derricks, traversée par des lignes à haute tension et agrémentée de bâtiments industriels destinés à on ne savait trop quoi. Dans le lointain, une barrière irrégulière de cheminées se découpait en ombres chinoises sur le profil de la ville, qui avait pris une teinte brune sous la lumière vert et orange d'un coucher de soleil irréel..

Il était plus de 7 heures et le ciel était complètement sombre au moment où Raymond gara la voiture sur un emplacement de parking en face de l'immeuble. En montant au deuxième étage, je fus frappée par les bruits qui provenaient des appartements. Comme d'habitude, de nombreuses portes restaient ouvertes, des postes de télévision beuglaient. Des enfants couraient sur les balcons, captivés par un jeu de leur propre invention. Une mère de famille se pencha par-dessus la balustrade et hurla après un gosse appelé « Eduardo », qui devait avoir environ trois ans. Il protestait en espagnol, ne voulant probablement pas accepter la honte de se coucher si tôt.

Luis avait pris le chien et revint à la maison peu après notre retour. Il avait servi de baby-sitter à Bibianna pour s'assurer qu'elle ne ficherait pas le camp pendant que Raymond avait le dos tourné. L'appareil de télévision était allumé, réglé sur une rediffusion câblée de *Leave It to Beaver*, que Bibianna regardait de mauvais gré pendant qu'elle étalait ses cartes pour une autre réussite. Personne ne semblait avoir envie de faire le dîner car nous ressentions tous la fatigue de la journée, à force de causer des accidents de voitures et d'abuser les automobilistes de Californie. La dépression de Bibianna était encore accentuée par des crampes, et elle alla se coucher avec une bouillotte. Raymond fit sortir le téléphone de sa dernière cachette et commanda le dîner chez un traiteur chinois. Ses tics l'avaient repris, mais ils avaient cessé de m'inquiéter. Les problèmes personnels du gars étaient bien plus graves que le syndrome de Tourette dont, pensais-je, d'autres patients avaient probablement appris à s'accommoder. Sa sociopathologie soulevait également d'autres questions.

Quand je m'assis avec lui devant la table de la cuisine, en attendant que le livreur apporte la commande, Raymond se roula un joint qu'il fuma. J'avais attrapé deux formulaires d'assurance à moitié remplis, que j'avais vus auparavant. « Le temps était venu de me rendre utile », pensais-je. J'étudiai la première feuille puis la deuxième.

– Qu'est-ce que c'est que ça ? dis-je, en éclatant de rire.(Je ne pus m'en empêcher – certaines fautes d'orthographe me font l'effet de chatouilles.) « Soufre de movaises contussions » ?

Comme j'allais prendre une troisième feuille, Raymond repoussa brusquement les papiers loin de moi.

– Raymond, écoute. Qu'est-ce que tu as ? Tu ne peux pas envoyer ça à une compagnie d'assurances. Ces deux déclarations disent exactement la même chose.

Je continuai et tirai de la pile un troisième formulaire.

– Encore une autre. Même date, même heure. Tu t'imagines qu'ils ne vérifient pas ces trucs-là? Ils vont s'en apercevoir. Là, regarde. Si tu veux que ces gars remplissent des formulaires, au moins sers-toi de ton imagination. Invente quelques histoires différentes...

– J'allais le faire, dit-il avec irritation.

– Laisse-moi essayer. Ça m'amuserait, dis-je.

Au départ, je ne croyais pas qu'il accepterait, mais son regard s'était arrêté sur mon visage et je comprenais que j'avais piqué son intérêt. A contrecœur il relâcha le formulaire que nous nous étions disputé. Je pris un morceau de crayon et me mis à rédiger le récit d'un accident d'automobile.

– Ne lui donne pas l'air trop intelligent, dit Raymond.

– Fais-moi confiance.

Je me mis à inventer, en me creusant la tête, plusieurs variantes des accidents auxquels j'avais participé dans l'après-midi. Il faut que je me passe un peu de pommade dans le dos. J'étais vraiment bonne à ça. Je me ferais une fortune si je me mettais sérieusement au service du crime. C'est apparemment ce que pensait Raymond.

– Comment que tu sais tout ça?

– J'ai beaucoup de qualités, dis-je, en léchant la pointe de mon crayon. Arrête de me zieuter, tu me rends nerveuse.

Raymond nous apporta une bière à tous les deux et la conversation se poursuivit pendant que je fabriquais de faux accrochages et accidents mineurs. Raymond n'avait pas réussi à obtenir son certificat d'études secondaires alors que j'avais passé trois semestres entiers dans un collège universitaire, avant de tout laisser tomber.

– Pourquoi que t'as abandonné? T'es intelligente.

– J'ai jamais aimé l'école, dis-je. Au lycée, je fumais trop d'herbe pour avoir de bonnes notes. L'université semblait être pétrie de tous ces trucs que je n'aimais pas. J'étais trop révoltée à l'époque. Ce n'était pas comme si j'avais eu dans l'idée de faire « carrière ». Je n'arrivais pas à comprendre pourquoi il fallait apprendre toutes ces choses que j'avais pas envie de savoir. Sciences-po et biologie. Ça sert à quoi? J'en avais rien à foutre du xylène et du phloème.

– Moi non plus. Surtout le phloème, pas vrai ?

– Ça c'est sûr, dis-je avec un petit rire, en supposant que c'était une plaisanterie de sa part.

Il me sourit, plutôt gentiment.

– Si seulement Bibianna était un peu plus comme toi, dit-il.

– Arrête ton char. Je suis une ratée. Deux fois divorcée. Je ne suis pas meilleure qu'elle pour les relations.

Il s'éclaircit la gorge.

– Tu sais, d'après ce que j'ai vécu, les gonzesses elles valent rien.. Une femme normale elle te pompe tout ce que t'as. Après, tu sais ce qu'elles font ? Elles te plantent là et elles se taillent. Je peux pas m'y faire. Qu'est-ce que j'y peux ?

– Je ne sais pas quoi te dire, Raymond. C'est pas parce que des gars m'ont quittée qu'ils étaient mauvais. C'est comme ça, la vie.

– Ils t'ont brisé le cœur ?

– Un ou deux.

– Bon, maintenant écoute... C'est la différence. T'as eu ton cœur brisé comme moi ? C'est dur à croire ? Tu piges ?

Il contemplait sa bouteille de verre, en pelant une bande de l'étiquette avec l'ongle du pouce.

Je me sentis me raidir et je choisis mes mots avec soin.

– Je vais te dire ce que quelqu'un m'a dit une fois : « Tu peux pas obliger quelqu'un à t'aimer et tu peux pas empêcher quelqu'un de mourir. »

Il me regarda ; ses yeux sombres étaient presque lumineux. Il y eut un silence pendant qu'il digérait le coup. Il hocha la tête :

– Et moi je dis : Ceux qui ne m'aiment pas ? Qu'ils crèvent.

A neuf heures moins le quart notre dîner arriva dans six boîtes blanches en carton, avec en plus de minuscules coussinets plats en plastique contenant de la sauce de soja et de la moutarde chinoise qui vous montait au nez. J'enfournais la nourriture avec l'appétit vorace de quelqu'un qui a dû inhaler la fumée de marijuana des autres, ce qui dans les circonstances présentes était probablement une chance car, très curieusement, les plats eux-mêmes avaient tous le même goût. Chacun consistait en une mixture abondamment rehaussée de *bok choy* et de pousses de bambou ; l'un d'eux était recouvert d'une sauce qui avait l'air d'être du jus d'orange épaissi avec de la Maïzena. Raymond et moi faisions entendre de petits bruits en mangeant ; tout fut nettoyé à l'exception d'une boule de riz cuit à la vapeur, de la taille d'une balle de golf. Sur la petite bande de papier traditionnellement contenue dans mon beignet, on lisait : « Votre prédisposition au bonheur illumine tout autour de vous. » Celle de Raymond annonçait : « Jamais deux routes ne se ressemblent », ce qui n'avait aucun sens de toute façon. Il sembla penser que c'était profond, mais entre-temps le blanc de ses yeux était devenu rose et il s'était mis à ingurgiter un petit remontant qu'il s'était concocté – de la gelée de raisin étalée sur des pétales de maïs pas très frais. J'allai me coucher, mais avant d'éteindre la lumière, je sortis la photo de mariée que j'avais volée, pour la regarder une fois de plus. Qui était donc cette femme ? Je savais que ça me reviendrait. Son identité pouvait, tout aussi bien, n'avoir aucun rapport avec l'enquête, mais je ne le pensais pas.

Je m'installai pour la nuit sur mon sofa défoncé. Je mourais d'envie d'être chez moi, bien en sécurité, dans mon propre lit. J'avais l'impression que l'angoisse envahissait le bas de mes reins. C'était une sensation physique ancienne et familière que je ne pus identifier immédiatement – un épisode de mon enfance réveillé par les événements. J'éprouvais une contraction au creux de l'estomac – pas une douleur mais une sorte de sensation qui ressemblait à du chagrin. Je fermai les yeux en cherchant le sommeil, en appelant quelque chose d'autre, mais j'étais incapable de réfléchir. Mes yeux se rouvrirent et dans un éclair, je pris conscience de ce que c'était. Je m'ennuyais de la maison.

Ma tante m'avait envoyée en colonie de vacances quand j'avais huit ans, sous prétexte que cela me ferait du bien de « m'évader ». Je comprends maintenant que c'était peut-être elle qui avait besoin d'un répit. Elle m'avait raconté que je m'amuserais merveilleusement et que je rencontrerais des tas de filles de mon âge. Elle avait dit que nous allions nager et monter à cheval et faire des promenades dans la nature et chanter des chansons autour du feu de camp, à la nuit tombée.

Avec des détails vertigineux, les souvenirs se bousculaient sur mon écran mental. C'était vrai pour ce qui était des filles et de toutes les activités. Ce qui était également vrai c'était qu'au bout d'une demi-journée, je n'avais pas envie d'être là-bas. Les chevaux étaient énormes et couverts de mouches; des sortes de balles de base-ball en paille fumante sortaient de leur arrière-train à intervalles réguliers. Leurs bouches étaient aussi douces et soyeuses que du daim sauf qu'elles avaient des petits poils piquants, mais quand on s'y attendait le moins, ils se mettaient à relever brusquement la tête et cherchaient à vous mordre avec des dents aussi grandes que des touches de piano. La nature n'était que côtes raides, poussière, chaleur et démangeaisons. Ce qui n'était pas sec et ennuyeux était encore pire. Nous étions censées nager dans un lac avec un nom indien, mais le fond était infect et fangeux. La moitié du temps j'avais peur de marcher sur des tessons de bouteilles enfoncés dans la boue. Un faux pas et je savais que la chair tendre de mon dessous de pied serait tailladée jusqu'à l'os. Quand je ne pensais pas à la vase ni aux rochers tranchants, j'avais peur des créatures qui évoluaient dans les profondeurs troubles, des tentacules qui guettaient nonchalamment mes jambes maigres et pâles. La première nuit, autour du feu de camp, après que nous eûmes chanté *Kumbayah* environ six fois, on nous parla de cette pauvre petite fille qui s'était noyée deux ans plus tôt, pendant qu'elle était au camp, et de celle qui avait fait une réaction allergique à la piqûre d'une abeille et en était presque morte, et puis de celle qui s'était fracturé le bras en tombant d'un arbre. Il y avait également l'histoire de la monitrice qui se trouvait dans une voiture à l'arrêt, en train de se faire peloter par son petit ami, quand le speaker de la radio avait parlé de ce maniaque évadé; ils avaient relevé la vitre de la voiture et démarré rapidement, quand ils l'avaient aperçu tout contre la portière. Cette nuit-là, j'avais pleuré toutes les larmes de mon corps avant de m'endormir, pleuré en silence pour ne pas me déshonorer. Au matin, j'avais découvert que je n'avais pas les shorts qu'il fallait et je fus forcée d'endurer un tas de regards apitoyés parce que les miens avaient des élastiques autour de la taille. Au petit déjeuner, les œufs brouillés étaient flasques et avaient des filets blancs qui, selon une fille de ma chambre, étaient faits de petits bébés oiseaux avortés. Après quoi j'avais été malade et envoyée à l'infirmerie, où il y avait une fille de douze ans qui saignait mais ils disaient qu'elle n'avait pas vraiment mal. C'était seulement un bébé mort qui sortait de son ventre tous les mois. Au déjeuner il y avait des carottes râpées avec des points noirs. Le lendemain, j'étais rentrée à la maison, et c'était là que je voulais être en ce moment. Je ne dormis pas bien.

20

Tôt le lendemain matin, les flics de Santa Teresa téléphonèrent pour prévenir que l'autopsie de Chago était terminée. Raymond se rendit chez l'entrepreneur des pompes funèbres pour prendre des dispositions afin que le corps y soit transporté. Le directeur lui avait apparemment donné toutes assurances, par téléphone, que Chago serait présentable le soir même. Un rosaire devait être récité le dimanche soir à la chapelle mortuaire. Une messe serait dite à 10 heures le lundi matin dans l'église de la Sainte-Rédemption, suivie d'une mise en terre au Roosevelt Memorial Park, de Gardena.

A son retour, Raymond eut un entretien avec Luis, qui s'en alla peu après avec le chien. La nouvelle circulait déjà apparemment dans la rue. Les deux filles que j'avais vues le premier jour firent leur apparition et s'assirent à la table de la cuisine, où elles se mirent à fabriquer de petits cahiers en assemblant des feuilles de papier avec une agrafeuse et à écrire avec des marqueurs de couleur. Je pus lire R.E.P. CHAGO en lettres gothiques tarabiscotées sur la couverture. Une pile de photographies photocopiées y furent collées avec des textes imprimés. En l'espace d'une heure, les vieux copains de Chago commencèrent à arriver par deux et par trois; certains étaient accompagnés par leurs femmes ou leurs petites amies. La plupart semblaient trop âgés pour prendre encore une part active aux exploits du gang. La drogue, le tabac et l'alcool les avaient déjà marqués; ils avaient des ventres ballonnés et un drôle de teint. C'était les survivants de Dieu sait quelles guerres territoriales ; des gars qui, proches de la trentaine, s'estimaient probablement heureux d'être encore vivants. Il y avait une ambiance de malaise diffus ; c'était une assemblée funèbre réunie pour rendre un dernier hommage à un camarade défunt. Tout ce que j'avais connu de Chago c'était son dernier voyage, centimètre par centimètre, pour atteindre un coin de rue à Santa Teresa. Sous la pluie et dans l'obscurité, il avait rendu ses derniers soupirs en rampant pour se rapprocher de chez lui. Je ne vis aucun signe de Juan ou de Ricardo, les deux autres frères de Raymond, mais Bibianna m'assura qu'ils se trouveraient à la maison des pompes funèbres plus tard. Je pensais que les visites dureraient jusqu'au soir et que nous serions tous obligés de rester là. En même temps, je me sentais empotée. Je n'avais pas connu le frère de Raymond et je ne connaissais aucune des personnes qui venaient présenter leurs condoléances. Je cherchais l'occasion de m'esquiver discrètement et de me retirer dans ma chambre. Il y avait un petit attroupement près de la porte d'entrée et le curé arriva dans sa soutane noire d'où dépassait un peu le collet blanc. Bibianna se pencha vers moi pour murmurer :

– Le père Luevanos. C'est le curé de la paroisse.

Le père Luevanos avait une soixantaine d'années ; c'était un homme frugal au visage ridé, auréolé de cheveux blancs crépus. Il était petit et vigoureux, avec des épaules étroites et de longues mains fines. Il semblait les tenir loin de son corps, les paumes tournées vers l'extérieur, comme saint François d'Assise mais sans les oiseaux. Il fendit la foule, en parlant avec douceur à chacun de ses paroissiens. On le traitait comme un personnage de sang royal, les gens s'écartaient pour le laisser passer. Raymond se dirigea vers lui. Le père Luevanos lui prit les mains et tous deux échangèrent des murmures dans un mélange d'anglais et d'espagnol. Je voyais le chagrin de Raymond faire surface devant les exhortations du prêtre. Il ne pleurait pas, mais son visage afficha une série de tics qui, de loin, semblaient faire défiler de façon accélérée sur sa face les expressions d'un homme en larmes. Je supposais que Chago avait été un des piliers sur lesquels s'appuyait Raymond, peut-être le seul membre de la famille qui avait réellement aimé celui-ci et qui en était aimé. Raymond saisit mon regard. Il me fit signe d'approcher et me présenta au prêtre.

– Elle est de Santa Teresa.

Le père Luevanos retint mes mains pendant qu'il me parlait.

– Heureux de faire votre connaissance. Il y a beaucoup de fidèles à Santa Teresa. Depuis combien de temps connaissiez-vous Valensuelo?

– Qui?

– Chago, murmura Raymond.

– Oh! m'exclamai-je en sentant le rouge me monter aux joues. En fait je suis une amie de Bibianna.

– Je vois.

Comme si elle avait compris que c'était son tour, Bibianna s'avança vers le prêtre. Elle s'était changée et portait une jupe noire, un corsage blanc et des souliers noirs à talons aiguilles. Elle avait fixé une rose de satin rouge dans ses cheveux. Son visage était très pâle, le maquillage ressortait sur la pâleur de ses joues.

– Mon père... chuchota-t-elle.

Elle était au bord des larmes et sa bouche commençait à trembler au moment où il saisit ses mains. Il se pencha vers elle, lui murmura quelque chose en espagnol. Elle devait éprouver un besoin presque irrésistible de se confesser.

Après le départ du père Luevanos, l'ambiance se fit plus légère. Il y avait un sentiment de paresse dans l'après-midi, malgré les circonstances. La porte d'entrée restait ouverte et la foule s'éparpillait jusque sur le balcon. Certains des gars avaient apporté des packs de six boîtes de bière, des chips et de la *salsa*. Les conversations étaient ponctuées par le chuintement des boîtes de boisson qu'on ouvrait. Il y avait des rires silencieux et de la fumée de cigarette dans l'air. Quelqu'un avait apporté une guitare aux cordes d'acier et jouait des mélodies compliquées. Un bébé de neuf mois répondant au nom d'Ignacio fit cinq pas hésitants et s'affaissa sur son derrière enveloppé de couches, entièrement satisfait par les applaudissements que son voyage lui valait.

A cinq heures et demie, la foule commença à s'éclaircir. On nous attendait de bonne heure à la maison des pompes funèbres, pour que Raymond puisse voir le corps avant l'arrivée des autres. On partit à 6 heures. Bibianna et moi étions assises sur la banquette arrière. Luis conduisait. Raymond était à côté de lui, silencieux et hagard ; il serrait dans son poing un paquet qu'il avait pris dans la chambre à coucher, vaguement enveloppé dans les plis d'une écharpe de satin blanc. Son chagrin s'exprimait par toute une série de symptômes, des rotations et des mouvements convulsifs qui accentuaient encore la crispation de son visage. En l'espace d'une heure, lui qui ressemblait à un truand vicieux s'était transformé en un gosse à l'expression craintive, écrasé par l'épreuve qui l'attendait.

L'entreprise des pompes funèbres était installée dans un hôtel particulier de style victorien, d'allure extravagante ; c'était un des rares édifices qui avaient survécu à la grandeur première de Los Angeles. La résidence, jadis occupée par une seule famille, avait deux étages ; le toit était orné de tourelles et de cheminées. La façade de pierres noircie à colombages bruns était entourée de palmiers et cèdres séculaires qui dominaient la propriété, flanquée de part et d'autre d'immeubles de bureau en béton. Mon sentiment de la réalité se trouva ébranlé à cette vue, et je me retrouvai pendant une fraction de seconde en 1887, le passé et l'avenir brièvement confondus.

A l'intérieur il y avait une succession de pièces sombres et étouffantes avec de hauts plafonds, des boiseries sombres et vernies, du papier peint en relief et un éclairage indirect. Les accords voilés d'un orgue étaient à peine audibles, ce qui engendrait un sentiment subliminal de tristesse et de solennité. Tout l'ameublement était victorien, satin damassé et bois sculpté, à l'exception de chaises pliantes métalliques qui avaient été disposées tout autour de la chambre funéraire, où Chago était étendu. Le cercueil gris perle reposait dans une baie, tout au bout de la pièce, le couvercle à demi ouvert laissait voir une doublure de satin blanc et une partie de son profil. La bière était entourée de grandes gerbes de glaïeuls blancs et de couronnes d'œillets blancs, de boutons.

de rose blancs comme pour un bébé. Raymond n'avait semble-t-il pas regardé à la dépense.

Luis, Bibianna et moi restions discrètement en arrière près de l'entrée pendant que Raymond s'approchait du cercueil, en portant son paquet comme une offrande. Je supposais que c'était la première fois qu'il voyait Chago depuis la fatale nuit de mardi. Il inclina la tête, en regardant dans le cercueil ; nous ne pouvions de là où nous nous trouvions voir son expression. Au bout d'un instant, il se signa. Je le vis déplier l'écharpe de satin blanc et se pencher sur le corps de Chago, mais il était difficile de savoir ce qu'il était en train de faire. Quelques instants plus tard, il s'écarta du cercueil et se signa de nouveau. Il sortit un mouchoir et se moucha, puis s'essuya les yeux et jeta le mouchoir. Il se retourna et traversa la pièce dans notre direction. Quand il nous rejoignit, Luis lui tendit la main et lui serra l'épaule, en lui donnant une petite tape de consolation.

– Hein, mec ! C'est dur, dit-il d'une voix à peine audible.

Bibianna s'écarta de nous. Elle s'approcha du cercueil en hésitant, pleine d'une appréhension visible. Elle jeta un regard rapide sur le corps puis se signa. Elle revint et prit un siège, en cherchant un Kleenex dans son sac à main.

– Tu veux le voir ? demanda Raymond.

Ses yeux étaient pleins d'une prière à laquelle il était impossible de résister. Aller observer le mort me donnait l'impression de partager un moment d'intimité avec lui et comme je n'avais pas connu le défunt, il me paraissait incongru de me joindre à ses amis et à sa famille à la tête du cercueil. D'un autre côté, il se sentirait insulté si je refusais.

Raymond mit un terme à mon indécision en souriant gentiment.

– Non, viens. C'est OK. Il est beau à voir.

Bien entendu, c'était une question de goût. En fait j'avais vu Chago à deux reprises : la première fois, ce mardi-là, au bureau de la CF quand il m'avait heurtée dans le couloir, et de nouveau cette même nuit au restaurant *Bourbon Street* quand il avait enlevé Bibianna sous la menace d'un revolver. Il avait eu l'air d'un homme imposant, mais la mort l'avait rapetissé. Il ressemblait à Ken, le frère de la poupée Barbie, exposé dans une énorme boîte. Il était probablement de quatre ou cinq ans plus jeune que Raymond, mais avait le même genre de beauté. Son visage était lisse et sans ride, le menton et les pommettes saillantes. Ses cheveux formaient une « banane » noire et brillante qui donnait l'impression que sa tête était trop grosse pour la largeur de ses épaules. Le paquet enveloppé de satin déposé par Raymond contenait apparemment des articles religieux. Une énorme bible sous une reliure de tissu blanc avait été maladroitement disposée près des mains jointes de Chago, d'un rose crayeux. Un chapelet avait été passé entre ses doigts et une photographie de lui, quand il était petit garçon, avait été placée tout encadrée sur le petit oreiller blanc où reposait sa tête. Cet oreiller était en satin et il ressemblait à ce que les femmes mettent sous leur tête quand elles ne veulent pas défaire une coiffure mise en place à grand frais dans un salon de coiffure. Luis et moi étudiâmes Chago aussi attentivement que l'on contemple un enfant accompagné d'un parent fier de lui.

A 7 heures, quelques-uns des garçons que j'avais vus à l'appartement commencèrent à arriver. Ils semblaient mal à l'aise en présence de Raymond, peu habitués à le voir en veste de sport avec une cravate. Les copains de Chago avaient tous mis des T-shirts spécialement fabriqués pour l'occasion avec, dans le dos, l'inscription « En souvenir affectueux de Chago – R.E.P. » et leurs propres noms sur le devant.

Je m'assis à côté de Bibianna ; nous n'avions pas grand chose à dire ni l'une ni l'autre. De temps en temps, quelqu'un me regardait fixement dans les yeux mais personne ne me parla. De toute façon, la plupart des conversations qui se déroulaient autour de moi étaient en espagnol de sorte que je ne pouvais même pas commettre d'indiscrétion.

La foule grossissait. Il n'y avait aucun signe de l'un ou l'autre des frères de Raymond, mais je remarquai trois femmes que je pris pour ses sœurs aînées. Elles se ressemblaient étonnamment avec leurs grands yeux sombres, leurs bouches pleines et leur peau parfaite. Elles étaient assises en groupe; c'était de magnifiques femmes d'une quarantaine d'années, fortes et sombres, avec une allure de nonne à cause de leurs mantilles noires et de leurs chapelets. Elles échangeaient des commentaires par intermittence mais ne disaient pas un mot à Raymond, qui faisait des efforts méritoires pour s'en foutre. A un moment où il n'était pas sur ses gardes, je le vis jeter un regard dans leur direction. Je compris alors que Bibianna n'était pour lui qu'une nouvelle version de ses sœurs, encore une fille raffinée qui le rejetait comme sa mère avait dû le faire. Pauvre Raymond! Peu importait le nombre de versions de l'histoire qu'il essaierait de se raconter, il ne parviendrait jamais à se faire aimer et l'histoire ne pourrait jamais que mal se terminer.

Un groupe de trois amies en deuil s'approcha de Bibianna; c'était de jeunes *Chicanas*, des Américano-Mexicaines d'une vingtaine d'années; l'une d'elles tenait un bébé sur la hanche. Je me levai et me dirigeai vers la porte, en me demandant s'il n'y aurait pas moyen de trouver un téléphone. Avant que j'atteigne le seuil, Luis surgit à mes côtés et me prit le bras. Je m'appuyai contre lui.

– Est-ce que tu crois qu'il y a des toilettes à l'étage?

– Tu ne sors par d'ici.

– Oh! Alors, je suppose que ça n'a pas d'importance s'il y en a en haut ou pas.

Je me rassis sur ma chaise et jetai un coup d'œil à ma montre. Il était 8 h 10. J'avais faim. Je m'ennuyais. Je n'avais rien à faire. J'avais envie de bouger. Ça faisait trop longtemps que j'étais soumise à de fortes doses d'angoisse, balancée entre le désir de lutter ou de fuir; ça me faisait battre les tempes et tourner l'estomac. Luis collait à moi comme un crampon. Pendant les cinquantes minutes qui suivirent, je me tortilìai sur ma chaise pliante, en passant mon temps à croiser et à décroiser les jambes, à me tripoter les cheveux. Pour me distraire, je m'entraînais à mémoriser les visages, dans l'éventualité où je devrais plus tard en identifier quelques-uns à la barre des témoins. Finalement, à 9 h 20, l'employé des pompes funèbres chargé de notre salon fit une apparition et regarda ostensiblement sa montre. Raymond comprit ce que cela voulait dire et commença à faire le tour de la pièce pour dire bonne nuit aux visiteurs attardés.

Sur le chemin du retour, il déposa Luis à son domicile. En arrivant dans l'appartement, Raymond disparut dans la chambre à coucher tandis que Bibianna et moi entreprîmes de mettre de l'ordre partout. Ce n'était pas qu'une de nous y tînt beaucoup, mais c'était quelque chose à faire. A l'arrière-plan, sans que nous en soyons bien conscientes, nous pouvions entendre le bruit de la petite monnaie tombant dans les tiroirs de la commode en bois pendant que Raymond vidait ses poches. Nous avions mis toutes les boîtes de bière vides dans un sac à ordure en plastique et vidé les cendriers pleins quand Raymond sortit de la chambre à coucher et se rendit dans la salle de bains normalement réservée à mon usage. Quelques instants plus tard, j'entendis grincer les robinets. Les tuyaux se mirent à tonner et l'eau éclaboussa les carrelages de la douche comme une pluie d'automne soudaine.

Je jetai un coup d'œil à Bibianna :

– Comment se fait-il qu'il se douche dans ma salle de bains?

– C'est pour se donner une occase de... dit-elle en faisant un geste vers le creux de son bras gauche.

– Il est en train de se piquer?

Ce qui me vint à l'esprit d'abord, ce fut la signification du grincement métallique dans la chambre. J'eus l'impression que tout devenait clair dans ma tête. Luis n'était pas là. Il n'y avait pas de chien à portée de main. Elle s'aperçut que j'avais respiré bruyamment et me regarda.

Je dis :

– Jésus, on est des idiotes, ou quoi?

Je me rendis vivement dans la chambre à coucher et attrapai les clefs de la voiture bien visibles dans le tiroir où il les avait déposées. J'hésitai et puis j'ouvris d'un coup l'autre tiroir où se trouvaient les revolvers. La boîte se trouvait là où je me souvenais de l'avoir vue, avec en dessous les diverses cartes d'identité. Je soulevai le couvercle. Le SIG-Sauer était encore là, de même que le Mauser et les cartouches. Je fourrai le SIG-Sauer dans ma ceinture. Plus question d'être sans arme. J'eusse aussi bien pu me promener nue dans une aérogare. Quelques secondes plus tard, j'étais de retour avec les clefs, que je lui lançai. La douche ne coulait plus. Prestement, je mis le revolver dans mon sac à main. On entendit la porte de la salle de bains s'ouvrir :

– Bibianna?

Elle se débattait pour séparer la clef de la Cadillac attachée à l'anneau par un cercle de fil de fer. Ses mains tremblaient très fort, les clefs cliquetaient entre ses doigts comme des castagnettes.

– Prends tout ce bazar! ai-je crié. Va-t'en!

Le téléphone se mit à sonner et nous fit sursauter toutes les deux, surtout parce qu'on ne s'y attendait pas. L'appareil était posé par terre sous la table de la cuisine, branché à la prise murale. Je la poussai d'un coup vers la porte et saisis le combiné.

– Allô?

A l'autre bout de la ligne, une femme dit d'une voix tremblante :

– Bibianna, Dieu merci. Lupe m'a dit que tu étais de retour. J'ai essayé de te joindre à Santa Teresa. J'étais à l'hôpital... J'ai été...

Sa voix se brisa.

– Excusez-moi. Je suis désolée. Je suis Hannah, une amie de Bibianna. Ne quittez pas. Elle est là.

Il y avait quelque chose dans le ton de la femme qui indiquait plus que de la détresse.

Bibianna s'était arrêtée au milieu de la pièce et me regardait. Je lui tendis le récepteur.

Elle s'approcha comme une somnambule. Je voulais la presser, angoissée à l'idée que Raymond devait avoir entendu la sonnerie du téléphone, lui aussi. Elle me prit le téléphone des mains.

– Allô?

Je la contemplais, médusée.

Elle dit :

– M'man? Oui...

Raymond apparut sur le seuil de la porte, les cheveux encore ébouriffés, là où il les avait épongés à la hâte.

– Bibianna?

Il avait enfilé un pantalon de soie, ses mains étaient encore occupées à boucler sa ceinture. Je me surpris à vérifier s'il y avait la marque d'une injection sur ses bras nus. Il dit :

– Qu'est-ce qui se passe? Qui est au téléphone?

Bibianna se détourna et pressa une main contre son oreille afin de pouvoir entendre malgré les questions de Raymond. Elle fronça les sourcils et dit avec une expression incrédule :

– Quoi?

Le reste de ce que lui disait sa mère se lisait sur le visage de Bibianna. Ses yeux erraient sur le mur aux carreaux de miroir cassés, qui laissait apparaître le plâtre sur les pans irréguliers où le miroir avait été brisé. Ses lèvres s'ouvrirent et un son s'en échappa. Elle posa une main sur la pommette d'une de ses joues. Quelque chose dans son expression provoqua une crispation d'épouvante dans mon estomac.

Il ne fallut pas plus de quinze secondes à Raymond pour traverser la pièce à grandes enjambées, lui arracher le combiné et raccrocher violemment. Il arracha le fil de la prise et envoya promener l'appareil contre le mur. Le boîtier en plastique craqua, s'ouvrit en deux pour laisser échapper le mécanisme intérieur. Le regard horrifié de Bibianna allait du téléphone au visage de Raymond.

– Je sais ce que tu lui as fait...

– A qui?

– Ma mère est à l'hôpital.

Raymond hésita; au son de sa voix il avait compris qu'il était en train de perdre la partie.

– Ce que j'ai fait? Qu'est-ce que j'ai fait?

Les lèvres de Bibianna remuèrent. Elle ne cessait de répéter la même phrase... c'était un simple murmure d'abord, mais sa voix s'élevait peu à peu.

– Tu l'as défigurée, salaud. Tu l'as défigurée! *T'as taillladé le visage de ma mère ici même dans cet appartement!* T'as tailladé son beau visage, salaud. *Espèce de salaud...*

Elle se jeta sur Raymond, les doigts comme des serres, pour lui déchiqueter le visage. Elle fonça sur lui; sous la violence de cette attaque furieuse il recula contre la table. L'une des chaises de cuisine tomba en arrière avec un bruit sec. En deux enjambées, Bibianna se trouva dans la kitchenette, saisit la poignée d'un tiroir et donna une secousse. Raymond plongea sur elle par-derrière. Il la soulevait presque du sol pour la tirer en arrière mais elle s'accrochait à la poignée du tiroir. Celui-ci s'arracha du meuble tandis qu'un assortiment d'ustensiles de cuisine volait de toutes parts. Raymond tomba en entraînant Bibianna sur lui. Elle se débattait et, se retournant à moitié, réussit à marteler Raymond avec ses talons aiguilles; ses longues jambes jetaient des éclairs. Il chercha à lui allonger un coup mais la manqua. Elle réussit à lui flanquer un coup de pied dans la poitrine et j'entendis le « ouf » quand l'air sortit de ses poumons. Elle se dégagea à quatre pattes, gagna de nouveau la kitchenette où elle attrapa un couteau de boucher qui avait glissé sur le sol et balança le bras pour le poignarder. La main de Raymond jaillit. Il immobilisa son poignet dans sa poigne de fer, serrant si fort que je crus qu'il lui avait écrasé les os. Elle poussa un hurlement. Le couteau tomba. Pendant un moment, ils restèrent étendus côte à côte, son corps à lui couvrait à moitié celui de Bibianna; tous deux haletaient.

Son visage à elle commença à se crisper. Les larmes lui montèrent aux yeux.

– Reste pas sur moi, espèce de salaud, dit-elle.

Raymond sembla penser que le pire était passé. Il se releva et lui tendit la main pour l'aider à se remettre debout. Aussitôt qu'elle se fut redressée, elle lui flanqua un coup de pied dans la figure. L'extrémité pointue de son talon aiguille manqua légèrement la cible mais le coup fut assez fort pour qu'il se couvrît de ses bras et se penchât en avant pour se protéger. Le son qui sortit de son corps fut une expression obscène de douleur, de surprise et de colère.

J'avais perdu de vue les clefs de la voiture qui devaient avoir sauté de la main de Bibianna à un moment quelconque, pendant la bagarre. J'explorai le sol en toute hâte, les découvris près du mur et me jetai dessus pour les ramasser. Je les lançai dans la main même de Bibianna; ce fut une passe parfaite. Elle attrapa les clefs et fila. La porte principale claqua ; elle avait disparu ; ses hauts talons résonnèrent dans les escaliers qu'elle descendait à toute vitesse, et puis l'on n'entendit plus rien. Je me ruai vers la porte dans un sursaut désespéré.

Raymond me frappa par-derrière. Je titubai et essayai de me raccrocher avec les mains, mais il me jeta par terre. Nous étions en train de nous empoigner avec des grognements quand il commença à me marteler avec le poing ; il passait sa rage sur moi, en me portant une série de coups que je parais en croisant les bras devant mon visage. Il me saisit par les cheveux et me remit debout. En me tordant le bras derrière le dos, il me fit franchir la porte et avancer le long du couloir. Il n'avait sur lui que son pantalon. Sa poitrine était rouge des coups qui avaient atterri sur sa peau nue. J'aurais voulu écraser ses pieds nus mais je savais qu'il me casserait le bras en représailles. Devant la maison, je pouvais entendre Bibianna mettre en marche la Cadillac qui démarra en trombe, avec un crissement de pneus. Raymond me poussait devant lui à grands pas vers la Ford. D'une main, il ouvrit le coffre et saisit un démonte-pneu ; il me tira de force jusqu'à la portière du côté du conducteur. Il frappa à tour de bras sur la vitre jusqu'à pratiquer dans le verre une ouverture suffisante pour pouvoir passer la main et déverrouiller la porte de l'intérieur. Il ouvrit d'un coup et m'enfourna dans la voiture. Il tira un trousseau de clefs caché sous le siège avant avec un revolver. Il arma celui-ci et le pointa vers moi, puis posa la main gauche sur le volant et démarra.

21

Nous étions lancés. Bibianna n'avait pas plus de deux minutes d'avance. Raymond plaça le revolver entre ses cuisses ; à 80 km/h, il n'avait pas à craindre que je saute du véhicule en marche. Il écrasa l'accélérateur et fit monter à 95 ou 100 km/h la vitesse de la Ford qui vibrait de partout. Les réverbères défilaient à toute vitesse. Je me cramponnais en croyant ma dernière heure venue ; mes regards fixaient la route ; je subissais l'atroce fascination qu'exerce un tour dans les montagnes russes, à la foire. A en juger par l'air consterné de tous les conducteurs qui nous entouraient, Bibianna devait avoir brûlé les feux rouges à tous les carrefours, juste devant nous.

Raymond ne semblait pas s'inquiéter autant que moi, loin de là, pour les voitures ou les passants ou pour des détails comme les feux rouges et les sacro-saints passages cloutés. Les gens plongeaient hors de son chemin, des jets de klaxons hurlants et de malédictions fusaient dans notre sillage. Il saisit le téléphone de bord et le tint contre le volant, pour pousser les touches avec le pouce. Il fit un numéro. On entendit une sonnerie, deux. Quelqu'un décrocha à l'autre bout de la ligne.

Raymond dit :

– Salut, Chopper ! Bibianna vient de foutre le camp avec la Caddy et j'ai besoin d'un coup de main... Juste. Elle va prendre la 405, direction nord, à Avalon. Si tu nous rates au port, essaie par Crenshaw ou Hawthorne.

On posa manifestement une question au bout du fil.

– C'est toi qui décides, mec, dit Raymond.

Il coupa, raccrocha le téléphone et reprit le revolver coincé entre ses cuisses nues. Il le garda dans la main droite tout en conduisant de la main gauche.

Nous étions encore sur Avalon Boulevard, en fonçant vers l'autoroute. Au coin de Carson, le feu était vert et Raymond passa en trombe. Il conduisait à 95 km/h, s'ouvrant un chemin pour lui tout seul entre les voitures à l'arrêt et celles qui avançaient lentement vers la rampe d'accès. Je me cramponnais d'une main au tableau de bord et de l'autre à mon siège. Je pouvais voir les conducteurs, dans les voitures de devant, nous observer dans leurs rétroviseurs – d'abord un regard négligent, puis un deuxième regard plus appuyé pour calculer notre vitesse et comprendre que nous allions, dans une seconde, grimper sur leur pare-chocs arrière. Quelques voitures accéléraient pour se rabattre en troupeau vers la gauche et nous laisser la place de passer. D'autres cherchaient leur salut comme elles pouvaient, en se faufilant dans les contre-allées jusqu'à monter sur le trottoir – n'importe quoi pour éviter l'inévitable choc à l'arrière. Je me rendis compte que je grinçais des dents en silence, puis hurlais de peur et de détresse quand nous dépassions une voiture en nous débrouillant je ne sais comment pour l'éviter.

Le visage de Raymond était tout à fait calme, sa concentration était intense. Je voyais maintenant que ses pupilles étaient réduites à des points minuscules mais il n'affichait pas d'autres signes indiquant qu'il venait de se droguer à l'héroïne. Peut-être calculait-il ses doses si soigneusement qu'il pouvait fonctionner normalement, même avec de la blanche plein les veines. Il poussa une voiture garée et je hurlai involontairement, la tête rejetée en arrière par le choc qui nous propulsa à contresens au-devant de la masse des voitures qui arrivaient sur nous. Il redressa le volant. S'il m'entendait crier il n'en laissait rien paraître. J'étais pourtant sensible à l'ironie du sort qui, en cette situation de stress intense, m'obligeait à manifester moi-même les symptômes habituels de Raymond. Peut-être, dans sa structure neurologique, une partie de lui-même réagissait-elle en permanence comme s'il se trouvait lancé dans une poursuite infernale, occupé à provoquer des accidents fantômes, réduit à éviter de justesse des catastrophes dont il arrivait à se sortir indemne par des improvisations rapides et des glapissements spontanés d'horreur, de désarroi et de surprise.

Il obliqua à droite et remonta la rampe d'accès à la 405 en direction du nord. Je ne comprenais absolument pas comment il savait qu'elle y serait, mais j'aperçus Bibianna juste devant nous dans la Caddy noire au moment où Raymond se jetait dans le flot de voitures de l'autoroute. Il était tard et c'était un samedi soir, aussi ne fallait-il pas craindre les encombrements et les ralentissements habituels de l'heure de pointe. Mon regard collait à la route et je priais silencieusement pour qu'il n'arrive rien à Bibianna. Elle pensait probablement lui avoir échappé, sans savoir qu'il était déjà là, à ses trousses, séparé d'elle par sept voitures seulement. Il fourra de nouveau le revolver entre ses cuisses, reprit le téléphone et poussa les touches avec ses pouces. Il parla rapidement à Chopper pour lui donner nos coordonnées. Je les entendis calculer où devrait se situer le point d'interception. Mon cœur battait très fort pendant que je regardais avec angoisse la Caddy, tout en explorant du regard l'autoroute en quête de motards.

Nous venions de dépasser la rampe d'accès de Rosecrans, quand j'entendis un coup de klaxon à côté de nous. Je levai les yeux vers le couloir voisin. C'était une Chevy, bleu marine. Chopper était au volant. Raymond lui désigna la Cadillac, puis se passa l'index en travers de la gorge. Chopper ricana et leva le pouce à l'adresse de Raymond. Celui-ci cessa d'appuyer sur l'accélérateur et reprit une vitesse normale tandis que le gars dans la Chevy se rabattait sur notre voie et accélérait. La dernière fois que je vis Bibianna, la Chevy commençait juste à la dépasser. C'est alors que mon regard tomba sur la plaque minéralogique, un frisson me parcourut le dessus du crâne, descendit le long de ma colonne vertébrale et un froid de glace m'enserra les reins. La plaque portait le nom de PARNELL. Raymond devait avoir utilisé la voiture de Parnell Perkins depuis la mort de celui-ci et s'en était probablement servi pour escroquer des indemnités sous prétexte de dommages corporels.

Raymond remarqua une voiture pie qui descendait en direction du sud. Quelqu'un avait dû signaler aux flics notre façon démente de conduire parce que l'agent jeta sur la Ford un bref regard inquisiteur en nous croisant. Raymond coupa à travers deux voies vers la droite et prit la rampe de sortie la plus proche. Même si le flic faisait demi-tour, nous serions loin. Il trouva une rue latérale obscure, se dirigea vers le trottoir et gara la voiture. Il s'appuya sur le dos de son siège en soufflant.

J'avais commencé à trembler de peur, de soulagement, d'appréhension pour le sort de Bibianna et d'horreur en imaginant le visage ensanglanté de la maman que je n'avais d'ailleurs jamais vue. Je pensais à Parnell, la face contre le sol du parking, avec une balle dans la tête. Je serrais mes mains entre mes genoux; je claquais des dents; je respirais avec difficulté. Raymond me regarda avec étonnement.

– Qu'est-ce qui te prend?

– Ferme-la, Raymond. Je ne veux plus te parler.

– J'ai rien fait. Qu'est-ce que je pouvais faire?

– T'as rien *fait* ? Me fais pas croire ça.

– Une nana me vole ma voiture et je cours après. Qu'est-ce que tu voulais que je fasse?

– T'es dingue.

– C'est *moi* qui suis dingue? Pourquoi? Parce que j'ai pas laissé cette pute m'avoir jusqu'au trognon? T'as intérêt à me croire.

– Qu'est-ce qui va lui arriver?

– M'en fous.

Je me redressai, exaspérée par son attitude.

– Fais pas l'imbécile Raymond. Qu'est-ce que Chopper va lui faire?

– Qu'est-ce que j'en sais? Je suis pas un foutu psy. T'inquiète pas pour ça. C'est pas tes affaires.

– Et sa mère?

– En quoi ça te regarde? Arrête de faire comme si c'était *ma* faute.

Je le regardais avec ahurissement.

– C'est la faute à qui alors ?
– A Bibianna, répondit-il, comme si c'était évident.
– Pourquoi sa faute à elle ? C'est toi qu'as tailladé cette femme.
– Qui ça, Gina ? Elle est vivante, non ? On peut pas en dire autant de Chago. Mon frère a été tué, et qui tu crois qu'a fait ça ?
– C'est pas elle, répondis-je du tac au tac.
– C'est ça que je veux dire, répliqua-t-il patiemment. Elle a rien fait. Elle est innocente, non ? Juste comme lui. Un prêté pour un rendu. C'est comme ça qu'on dit dans la Bible – œil pour œil –, un point c'est tout. Ecoute, j'aurais pu tuer cette pute, mais je l'ai pas fait, non ? Tu sais pourquoi ? Parce que je suis un bon gars. Personne ne s'en rend compte. Il faut que Bibianna apprenne à ne pas se foutre de moi, je te l'ai déjà dit. Tu crois que j'aime ça ? Si elle avait fait comme je lui disais, pour commencer, on n'en serait pas tous là.
– Tu lui as dit de faire quoi ?
– D'arrêter de putasser et de devenir sérieuse. Elle aurait dû se marier avec moi quand je lui ai demandé. Je suis pas idiot, tu sais. Je ne sais pas ce qui se passe mais j'ai été aussi patient que je pouvais être. Ça vaut aussi pour toi. Compris.

Je le dévisageai, sans trouver quoi dire. Ses idées sur le monde étaient tellement tordues qu'il était impossible de raisonner avec lui. Il semblait vraiment se considérer comme innocent, victime de circonstances où tout le monde était responsable de ce qu'il avait fait, sauf lui. Comme toutes les autres victimes que j'ai connues, il s'accrochait à l'idée qu'il était « perdant » pour justifier sa façon d'abuser d'autrui.

Raymond saisit le téléphone et fit un numéro.
– Hé, Luis. Raymond. Habille-toi, on va se pointer pour aller te chercher.

Il regarda sa montre :
– Dans dix minutes. Et amène le corniaud.

Il mit la voiture en marche et démarra, en tournant à gauche vers une grande artère en direction du sud. Je regardais par la portière. Raymond conduisait posément à 60 à l'heure. Nous étions sur le boulevard Sepulveda, pas loin de l'aéroport. Ce n'était pas un merveilleux quartier, mais je pensais y être en sécurité jusqu'au moment où je pourrais appeler la police. J'ouvris la portière. Raymond accéléra.

– Arrête la voiture. Je m'en vais, dis-je.

Il saisit de nouveau le revolver et le pointa vers moi.

– Ferme la porte.

Je fis comme il disait. Il consacra de nouveau son attention à la route. A la lumière des réverbères, j'étudiais son profil, ses cheveux encore mouillés par la douche, les mèches bouclées, les yeux sombres, les longs cils, la fossette de son menton. Il avait la poitrine nue, les pieds nus, sa peau était très pâle. Je pouvais voir de légères cicatrices dans le creux de son bras. Je pensais qu'après la tension de la poursuite et la poussée d'adrénaline, les effets euphorisants de la drogue commençaient à s'estomper. Ses tics étaient revenus. Les connexions mystérieuses de ses circuits neurologiques déclenchaient une série de réactions, comme s'il subissait de petits chocs électriques. Sa bouche s'ouvrit et il tourna violemment la tête vers la droite. Son corps eut un soubresaut; c'était le même genre de réflexe que vous avez quand un docteur vous frappe le genou avec son marteau de caoutchouc. Après ce choc rapide, il n'y a pas moyen d'empêcher le pied de s'envoler. Raymond semblait vivre sous les coups constants de marteaux en caoutchouc invisibles qui le frappaient au hasard, chaque heure du jour, pour tester ses réflexes. C'était comme si de petits lutins ou des elfes le taquinaient. Si la main qui tenait le revolver était prise d'une convulsion, il me criblerait de balles. Mon taux d'adrénaline baissait, ce qui me laissait complètement déprimée.

– Mon Dieu, Raymond, s'il te plaît! Je veux seulement rentrer chez moi, dis-je plaintivement.

– Je vais pas te laisser ici, c'est trop dangereux. T'irais pas jusqu'au coin de la rue.

J'avais envie de rire devant l'absurdité de ses craintes. Il me tenait au bout de son revolver, probablement décidé à me tuer en cas de besoin, mais il ne voulait pas m'abandonner dans une rue de ce quartier douteux. Raymond fit un autre numéro. Il me faisait vraiment penser à un P-DG énergique en plein travail.

Quelqu'un répondit à l'autre bout du fil.

– Ouais, dit-il. J'ai un problème. On vient de me voler ma voiture...

Je me calai contre le dos de mon siège, les genoux relevés contre le tableau de bord, en écoutant avec stupéfaction Raymond raconter à la police municipale que sa Cadillac avait disparu. D'après ses réponses, je devinais qu'il lui faudrait aller au commissariat de la 77e Division remplir une déclaration de vol, mais il était un modèle de bonne volonté, un père-la-vertu, mobilisant les forces du maintien de l'ordre pour sa juste cause. Il raccrocha et roula en silence jusqu'au logis de Luis. Il gara la voiture le long du trottoir et donna un bref coup de klaxon. Un moment plus tard, Luis apparut, avec Perro à ses côtés. Raymond tira le frein à main et sortit de la voiture.

– C'est toi qui conduis, dit-il à Luis.

Ce dernier fit monter le chien sur le siège avant entre nous deux et prit le volant.

– Où va-t-on?

– Au commissariat.

Luis démarra. Perro s'appuyait contre moi en haletant. Il avait mauvaise haleine. Je peux vous dire qu'il aurait préféré être assis près de la portière afin de pouvoir passer la tête dehors et laisser le vent souffler dans ses oreilles. Luis regardait Raymond dans le rétroviseur avec un intérêt réservé.

– Qu'est-ce qui se passe?

– Bibianna a volé la Caddy. Nous devons faire une déclaration.

– Bibianna a volé la Caddy?

– Ouais. Tu peux croire ça? Après tout ce que j'ai fait pour elle? J'ai appelé Chopper et lui ai dit de courir après. J'ai pas de temps à perdre avec ces conneries, tu sais de quoi je parle?

Luis ne fit aucun commentaire. Je le vis glisser un regard dans ma direction, mais que pouvais-je dire? La voiture atteignit le commissariat de la 77e Division. Luis se gara dans la rue et sortit de la voiture, scrutant la banquette arrière pendant que Raymond lui donnait des instructions à propos du vol de la Caddy.

– Et la carte grise? demanda-t-il.

– Elle est dans la voiture, répondit Raymond avec irritation.

– Tu veux que je leur donne ton numéro de téléphone?

– Sans ça, comment m'avertir quand ils trouveront la voiture?

– Oh.

– Ouais, « oh », dit Raymond.

Luis disparut.

– Ce gars est un foutu crétin, dit Raymond en se parlant à lui-même.

Il donna un coup sur le dos de mon siège.

– J'ai toujours mon revolver braqué sur toi, dit-il. Je n'oublie pas que t'as aidé Bibianna à foutre le camp.

J'attendis dans la voiture avec Raymond, clouée sur place par le poids de Perro, espérant qu'un flic passerait par là pour pouvoir appeler au secours. Plusieurs voitures pie passèrent à toute allure devant nous, mais aucune ne sembla penser que cette femme de type anglo-saxon, d'allure crasseuse, était une Nancy Drew [1] sous son déguisement. Je lorgnais en vain le commissariat à moins de quinze mètres.

Luis revint à la voiture et y pénétra sans un mot. Il jeta un regard rapide dans le rétroviseur. Je me retournai moi-même et compris, mais un peu tard, que Raymond s'était endormi.

Une fois de retour devant l'immeuble, Luis dut l'aider à monter les escaliers. J'allais devant et le chien fermait la marche. Raymond semblait éveillé mais assommé et absent. En arrivant à l'appartement, Luis ouvrit la porte. Pendant un moment la lumière éclaira le dos nu de Raymond et je vis qu'il avait la peau du dos couverte de cicatrices, comme un réseau de diamants blancs. Les vieilles coupures étaient guéries mais n'avaient pas entièrement disparu. Le dessin régulier faisait penser à un travail méthodique.

A l'intérieur de l'appartement, je fouillai la salle de séjour à la recherche du sac à main que j'avais laissé dans la pièce, un peu plus tôt. Je le vis par terre, à moitié dissimulé sous le

1. Héroïne de la littérature enfantine américaine, connue pour résoudre avec astuce les énigmes les plus ardues.

fauteuil en tapisserie. Quelqu'un avait dû le pousser là d'un coup de pied pendant la bagarre avec Raymond et il était maintenant grand ouvert. Luis tenait le revolver de Raymond et me fit signe de me diriger vers le canapé. Je m'assis. De là, le canon du SIG-Sauer était bien visible dans mon sac à main. Je cherchais à regarder ailleurs. Je n'osais faire un mouvement dans cette direction de peur que Luis s'aperçoive de quelque chose. Raymond partit en titubant vers son lit.

Je fus obligée de dormir sur le divan cette nuit-là. Perro gardait la porte principale tandis que Luis somnolait sur une chaise en me surveillant, le revolver de Raymond à la main. L'ampoule de la cuisine brillait comme une veilleuse nocturne. De temps à autre, Luis et moi nous nous regardions à travers la pièce faiblement éclairée. Ses yeux noirs étaient dépourvus de toute expression, quelle qu'elle fût. C'était le genre de regard que vous jette un amant quand il est parti avec une autre. Quels que soient les moments que vous avez pu partager avec lui, ils sont enfouis sous des épaisseurs d'hostilité et d'indifférence.

Je fus réveillée en sursaut à 8 heures par des coups frappés à la porte. Perro se mit à aboyer sauvagement. Je me levai et me dirigeai automatiquement vers la porte. Luis me devança. Il tenait le chien par le collier. Il ouvrit et je vis Dawna sur le seuil, dans un coquet tailleur noir. Ça c'était la meilleure. Voilà ce que Dolan et Santos voulaient dire quand ils m'avaient affirmé : « Ne vous faites pas de souci pour Dawna, on va la retirer de la circulation »! Raymond sortit de la salle de bains en mettant sa chemise. Il était encore pieds nus et portait son pantalon chiffonné de la nuit précédente.

– Qu'est-ce qui se passe? demanda-t-il.

– C'est Dawna, dit Luis.

Comme Raymond se dirigeait vers la porte, je me penchai vers le fauteuil de tapisserie et récupérai mon sac à main qui se trouvait dessous. Je le refermai sur le canon du revolver.

– Asseyez-vous, dit Luis en se retournant.

– Je suis assise, dis-je avec irritation.

Je m'assis sur le fauteuil en tapisserie, en prenant un air

d'ennui tandis que Raymond et Dawna échangeaient, dans un murmure, des paroles de réconfort. Son visage à elle s'était crispé en le voyant. Raymond l'entoura de son bras et la berça tout en la tenant contre lui. J'attendais qu'elle me regarde. Ce qui me réconfortait, c'était d'avoir mon sac sous la main, à ma droite, dans le fauteuil. Luis était entré dans la cuisine et se penchait sur le comptoir pour se rouler un joint, complètement absorbé par cette occupation. Il avait déjà sa dose pour un dimanche matin, juste ce qu'il nous fallait à tous. Dawna s'assit sur le divan, pleurant toujours dans le mouchoir de Raymond. Son visage était blanc, comme un kabuki japonais, ses lèvres faisaient une moue d'un rouge brillant. Ses cheveux avaient été récemment teints dans une nuance qui faisait penser au papier pelure. Elle avait des mèches qui se dressaient comme si quelqu'un lui avait divisé la chevelure en carrés, avant de tailler dedans avec une paire de ciseaux. Elle était hérissée comme un poulet albinos ; là où son tailleur s'entrouvrait je vis une bande de gaze épaisse fixée par un ruban adhésif. Elle n'avait pas l'air en très bonne forme et je devinais que sa blessure l'avait éprouvée. Je pouvais voir Perro couché sur le sol, près du divan, regardant avec convoitise la partie charnue de la jambe de Dawna. Je la dévisageais avec crainte et nervosité. Une fois qu'elle aurait retrouvé ses esprits, elle allait s'apercevoir de ma présence. Il y avait de bonnes chances pour qu'elle se rappelle m'avoir vue dans les bureaux de la CF, mais que pouvais-je y faire?

22

La partie délicate de n'importe quel mensonge, c'est chercher à deviner comment vous vous comporteriez si vous étiez innocent. Je ne pouvais pas faire comme si je ne connaissais pas Dawna Maldonado du tout. Nous nous étions rencontrées toutes les deux le mardi soir, quand Chago avait été tué. Fallait-il la traiter en amie ou en ennemie? Etant donné les circonstances, il me semblait plus sage de garder bouche cousue et de laisser la comédie se dérouler à sa guise, comme dans une représentation improvisée. Pour moi, il n'y avait pas d'issue. Je fourrai le sac sous mon bras et allai m'asseoir devant la table de la cuisine. Je m'installai en posant le sac négligemment près du pied de ma chaise. Je pris le jeu de cartes tout usé de Bibianna. Je battis les cartes en cherchant à me rappeler comment Bibianna faisait sa réussite favorite.

Pendant ce temps, Raymond et Dawna en étaient arrivés à évoquer l'échange des coups de feu. Ce fut à ce moment que Dawna me remarqua enfin.

– Qu'est-ce qu'elle fout là celle-là?

« Bon, ai-je pensé. On y arrive. »

Raymond parut étonné par sa réaction qui semblait manifestement empreinte d'hostilité.

– Oh! pardon! C'est Hannah. Une copine de Bibianna.

Les yeux de Dawna étaient d'un bleu glacé cerné de noir; elle avait l'air de réfléchir.

– Pourquoi est-ce que tu ne lui demandes pas à *elle*? Elle était avec eux ce soir-là.

– *Elle* y était?

– Elle était au restaurant, assise à leur table quand je suis sortie du téléphone.

Raymond semblait perdu.

– Tu parles d'Hannah?

– Bon Dieu, Raymond. C'est pas ce que je viens de dire?

Il se retourna vers moi.

– Je croyais que tu avais rencontré Bibianna en prison. Je pensais que tu avais dit que vous étiez bouclées ensemble.

Je commençai à étaler mes cartes comme si de rien n'était. Sept tas, la première carte à l'endroit, les six autres à l'envers.

– J'ai jamais dit ça. On est allées en taule ensemble mais je l'avais rencontrée avant, dans le bar. Je pensais qu'elle te l'avait dit ou que c'était moi qui en avais parlé.

Deuxième tour. On commence par le deuxième tas, la carte à l'endroit sur le deuxième tas, les cinq autres à l'envers. J'étais simplement en train de faire une réussite; je me sentais désinvolte, comme tous les menteurs. Luis écoutait soigneusement, en prenant garde à ne pas attirer l'attention sur lui pour que Raymond ne s'en prenne pas à sa personne.

– Qu'est-ce que tu pouvais bien foutre là, avec elle et Jimmy Tate?

Ah, il avait deviné que c'était Tate, probablement d'après la description que Dawna lui en avait faite.

– Je faisais rien. On était juste entrés pour manger un morceau quand ces deux-là ont fait leur apparition.

– Bibianna était avec Jimmy Tate?

Dawna grogna :

– Jésus, Raymond. Qu'est-ce qui t'arrive? Tu parles comme un perroquet.

Du coin de l'œil, je pouvais voir qu'elle s'amusait. Dans sa dynamique familiale, elle était probablement le gamin qui se donnait de l'importance en se moquant de ses frères et sœurs.

Raymond ne s'en soucia pas et concentra son attention sur moi.

– Pourquoi que tu m'as pas dit qu'elle était avec lui ce soir-là ?

– Jimmy Tate était avec moi. On s'est cognés dans Bibianna au bar et on lui a demandé de venir avec nous manger un morceau. Et alors?

– Je te crois pas.

Je cessai de m'occuper de mes cartes.

– Tu ne me crois pas?

– Je crois que tu racontes des craques.

– Minute, Raymond. Ça fait cinq jours seulement que je te fréquente. Pourquoi que je dois tout à coup te rendre des comptes sur ce que je fais?

Les yeux de Raymond étincelaient, sa voix était trop douce à mon avis.

– Dawna dit que c'est Tate qui a refroidi mon frère. Tu savais ça?

Vlan! En fait, je savais ça. Je ne dis rien, étonnée de sentir ma bouche devenir tout à coup si sèche. Je ne pouvais penser à aucune réponse appropriée et pour une fois aucun mensonge astucieux ne jaillit de mon esprit.

– Dis-moi tout, dit-il. C'est Tate qui a tué mon frère?

J'envisageai rapidement toutes les possibilités, sans vouloir choisir encore une attitude.

– Je sais pas, dis-je. Quand les coups de feu ont commencé, je me suis jetée par terre.

– T'as pas vu Tate avec un revolver?

– Ben, je savais que Tate avait un revolver, mais je ne sais pas ce qu'il a fait parce que je ne regardais pas.

– Et Chago? Tu savais qu'il avait été touché. Qui tu crois qui a fait ça?

– J'ai pas idée. Franchement. Je savais pas ce qui se passait. Tout ce que je sais c'est que Tate et moi on se cogne dans Bibianna, on va juste à côté pour manger un morceau, et après ça ces deux guignols se pointent et emmènent Bibianna revolver au poing. La fusillade éclate. Des flics s'amènent. Bibianna et moi, on nous met en taule...

J'étais sur un terrain un peu plus sûr, car je savais que Dawna avait disparu au moment où Chago avait été touché. Je partais du principe qu'elle n'avait pas la moindre idée de ce qui s'était passé par la suite. En vérité, ce n'était pas ça qui me rendait nerveuse, c'était la possibilité qu'elle se rappelle m'avoir vue dans les bureaux de la California Fidelity.

Elle me dévisageait ; son sourcil abritait un regard inquisiteur mais sa mémoire était manifestement obscurcie par une couche d'alluvions. D'une minute à l'autre le brouillard pouvait commencer à se lever.

– Elle te balance des conneries, Raymond.

– Laisse-moi m'occuper de ça, dit-il avec irritation.

Il se détourna d'elle et alluma une cigarette en me regardant bien en face au moment où il avalait une première bouffée de fumée.

Le téléphone sonna. Nous nous retournâmes tous les quatre vers l'appareil. Luis fut le plus prompt, et saisit le récepteur.

– Allô ?

Il écouta un moment puis mit sa main droite sur le micro.

– C'est un flic. Il dit qu'on a retrouvé la voiture.

Raymond prit le téléphone.

– Allô ? ... Ouais. C'est lui-même... pas de blessé ? Ah ! vraiment ? Bon, je suis désolé d'entendre ça. Qui est-ce ? Oh-oh... Ouais. Où est la voiture maintenant ? Ouais, bon. Je connais l'endroit... Lui aussi, il a... ? Eh ! ça c'est moche.

Raymond quitta le téléphone en jetant un regard à Luis.

– Bibianna a eu un accident à Topanga Canyon. Chopper a poussé la Caddy du haut de la falaise, d'après ce que ce gars a dit.

– Merde, dit Luis.

Je pouvais sentir mon cœur battre dans ma gorge.

– Qu'est-ce qui est arrivé à Bibianna ? Elle va bien ?

Raymond fit un geste d'insouciance.

– T'en fais pas pour ça. Elle est à St. John. Prends un blouson, pépée. On a du travail.

Il lança un sourire à Luis.

– Ça, c'est formidable ! La Caddy est foutue. Ça veut dire deux mille cinq cents tickets.

Il vit mon expression.

– Qu'est-ce que tu reluques comme ça ? J'aurai un vrai constat tout à fait en règle, dit-il vertueusement.

– Et moi? protesta Dawna.

– Tu peux t'amener avec nous si ça te chante ou tu peux rester pioncer ici. T'as l'air crevée. On sera de retour dans une heure et après ça on ira aux pompes funèbres.

Elle jeta un regard indécis, puis accepta.

– Allez-y sans moi. Je vais me détendre.

Raymond conduisait de façon trop brutale étant donné les conditions de la circulation. J'étais prise en sandwich entre Luis et lui sur le siège avant, une main appuyée sur le tableau de bord, en poussant de petites exclamations involontaires chaque fois que Raymond changeait de voie sans prévenir, faisait foncer la Ford jusqu'à quelques mètres du pare-chocs de quelqu'un avant de le doubler en jetant un sombre regard en arrière. Ses mâchoires étaient serrées, ses tics presque constants, et tout ce qui arrivait dans sa vie était la faute des autres. Même Luis commençait à réagir; il murmura « Jésus », quand Raymond manqua d'emboutir une voiture d'une façon à vous faire dresser les cheveux sur la tête. Les deux hommes parlaient à travers moi, comme si je n'étais pas là, c'est pourquoi il me fallait un moment pour comprendre ce qu'ils disaient.

Raymond dit :

– Cette crétine de pute doit avoir dégringolé du haut de la 101 à Topanga. Bon Dieu, ce que les gens peuvent être cons! Y a rien autour. Tu connais la route?

– Ouais, c'est accidenté, dit Luis.

– Ce qu'il y a de pire. Des montagnes à pic. Rien que des falaises des deux côtés. Elle aurait dû rester dans les endroits habités et trouver un flic. Elle pouvait pas trouver de l'aide là-bas. Tout ce que Chopper avait à faire c'était attendre qu'elle prenne un de ces tournants en épingle à cheveux et *boum*!

Raymond marqua son mépris.

– Le flic a dit qu'il avait dû cogner l'arrière de la Caddy et se trouver entraîné lui aussi.

Il fit avec la main le geste de plonger. Je regardai Raymond.

– Il a fait le saut, *lui aussi* ?

Raymond me regarda comme si j'avais soudain commencé à m'exprimer en anglais.

– De quoi tu crois qu'on parle? Chopper est naze. Elle vaut pas mieux, elle aussi. Bien fait. T'avais pas compris ça? Bibianna est dans un service de j'sais-pas-quoi... réanimation.

– Oh non! dis-je.

– Ça va pas? Tu vas pas me dire que ça aussi c'est ma faute? Bibianna vole ma bagnole, la fout complètement en l'air et c'est *moi* qu'ai tort?

– Pour l'amour de Dieu, Raymond! Prends tes responsabilités. C'est toi qui as tout fait et tu le sais bien.

– Pousse pas le bouchon, sale pute. J'ai rien fait!

Le visage de Raymond se renfrogna tandis qu'il conduisait dans un silence de pierre. Je sentais l'angoisse gonfler ma poitrine, me serrer l'estomac. Il quitta la 405 à la hauteur de l'autoroute de Santa Monica en direction de l'ouest, jusqu'à la sortie de Cloverfield, avant de tourner à droite. J'étais déjà allée à St. John quelques années plus tôt et dans mon souvenir ce n'était pas loin, quelque part du côté de la 21e ou de la 22e Rue, entre Santa Monica Boulevard et Wilshire. Il était 10 h 30. Les hôpitaux sont très stricts quant aux visites dans un service de réanimation, mais Raymond entrerait sans aucun doute de force.

Il gara la voiture sur l'un des emplacements réservés aux visiteurs et se dirigea vers la grande entrée, en passant sous une arche. Une fontaine entourée de céramique bleu-vert faisait entendre un bruit d'eau au centre d'une cour pavée de briques. Derrière la fontaine il y avait un buste en bronze d'Irene Dunne, la présidente de St. John. Le bâtiment était massif, fait de blocs de couleur crème qui avaient probablement été jadis de simples morceaux de béton. Désormais un portique ornait la façade, deux ailes flanquaient l'édifice, de chaque côté, et il y avait de nouveaux bâtiments à plusieurs étages qui se dressaient par-derrière. On aurait dit que la plus grande partie du terrain disponible avait été dévorée par de nouvelles constructions; les propriétés environnantes avaient été annexées au fur et à mesure que les besoins d'espace de l'hôpital grandissaient. Le reste du quartier était un modeste assortiment de maisons individuelles dans le style des années 50. Une ambulance nous dépassa en émettant par intermittence de courts hurlements. Son phare orange se mit à jeter des éclairs quand la sirène se tut, au moment où la voiture fonçait vers l'entrée des urgences.

Des rampes pour fauteuils roulants s'étendaient devant l'entrée principale, de part et d'autre d'un escalier central. Quand on avait escaladé les marches, on se trouvait dans le hall sur un tapis marron qui étouffait les bruits, avec un parfum épicé d'œillets. A gauche, les noms de ceux qui avaient fait des dons importants à St. John recouvraient tout un mur ; l'éventail s'étendait des bienfaiteurs aux patients les plus généreux, puis aux donateurs ordinaires et enfin à ceux qui n'étaient pas assez importants pour être rangés dans une catégorie à part. A l'autre bout du mur, le service des admissions était dominé par un grand tableau à l'huile qui représentait une personne aux cheveux bouclés et au regard douloureusement levé vers le ciel.

Raymond s'adressa au bureau de renseignements pour demander où se trouvait le service de réanimation. Je me rassurais en me disant que Bibianna devait avoir été consciente quand on l'avait amenée ici, sans ça les flics n'auraient jamais pu trouver qui elle était. Pour autant que je pouvais le savoir, elle n'avait pas de papiers sur elle.

Derrière moi, je surpris des bouts de conversation. Une femme disait :

– ... alors j'ai dit à cette nana, au bureau du shérif, « En quoi ça te regarde s'il a été inculpé de rien, pourquoi que t'en parles au juge des libérations sur parole ? » C'est comme une violation de ses droits civiques ou quelque chose comme ça, hein ?...

Il y eut un déclic dans mon cerveau. Je fis entendre ce genre de « oh » qui vous échappe quand vous vous mettez de l'eau glacée sur le front. Je savais maintenant qui était la fille du docteur Howard, la jeune mariée de la photo. C'était la secrétaire qui m'avait si mal reçue au Département du shérif du comté de Santa Teresa, quand je cherchais à obtenir l'adresse de Bibianna. Oh ! merde ! Il fallait que je trouve un téléphone. Pas étonnant que Dolan ait pensé qu'il y avait une fuite !

Raymond nous poussa jusqu'à l'ascenseur. Il y entra avec

nous pour gagner le second étage. En sortant, on tournait à droite en passant devant la maternité où de jeunes accouchées en robe de chambre et en pantoufles se promenaient à petite vitesse en se tenant légèrement au mur pour marcher. Raymond était au mieux de sa forme. Il regardait rapidement partout devant lui et autour de lui. Je pus voir le regard de Luis inspecter quelques chambres vides ; je fis comme lui, incapable de résister à la tentation, mais il n'y avait pas grand-chose à voir. L'air sentait déjà le déjeuner.

L'aile désignée sous le nom de Sud-2 abritait le service de réanimation, celui des infarctus, celui de la chirurgie cardiaque et celui des grands malades, derrière des portes doubles, bien fermées. Un écriteau indiquait RÉSERVÉ AU PERSONNEL. Il y avait un téléphone mural à proximité. Apparemment, il fallait appeler pour demander l'autorisation d'entrer dans le département lui-même. Quatre femmes étaient assises dans la salle d'attente voisine, en train de converser à bâtons rompus et de lire des magazines. Je pus voir un téléphone public, un rayon de magazines et un poste de télévision en couleurs. Dans le hall, il y avait un distributeur d'eau potable et, dans une niche, la statue d'un saint du sexe masculin qui portait un Enfant Jésus par ses fesses nues. Le sol était fait de morceaux de marbre poli, taillés en carrés, sertis par des filets de métal.

Luis s'assit à cheval sur un banc recouvert de cuir beige. Un laborantin passa avec un gros tube de sang rouge foncé. Luis se leva et se dirigea vers le mur où il étudia une pancarte indiquant les heures de visite. C'était la première fois que je les voyais l'un et l'autre dans une situation où leur machisme ne leur servait à rien.

Comme Luis, Raymond était apparemment l'une de ces personnes que la maladie met mal à l'aise. Il se montrait soumis et respectueux. Ses tics avaient repris. Ses mouvements de tête saccadés me rappelaient une sorte de sursaut qui me secoue parfois quand je suis sur le point de m'endormir. Le personnel de l'hôpital le regardait en passant, comme pour émettre un diagnostic à son sujet, sans plus se soucier de lui que je ne le faisais à ce moment-là. D'après l'attitude de Raymond, je devinais qu'il avait été hospitalisé dans son enfance et soumis à un traitement médical qui l'avait rendu aussi nerveux que soupçonneux. Presque imperceptiblement il s'était calmé et avait mis ses mains dans ses poches en attendant de savoir ce qu'il allait faire. Il était en train de prendre le téléphone quand la double porte s'ouvrit pour laisser passer une infirmière. Elle avait la trentaine, des cheveux roux, un ensemble-pantalon blanc, des souliers blancs à semelles épaisses ; elle portait un insigne de stagiaire mais pas de bonnet.

– Je peux faire quelque chose pour vous ?

– Ouais, hum. J'ai... ma fiancée a été amenée ici hier soir. Elle a eu un accident d'auto. Les flics ont dit qu'elle était ici. Son nom de famille c'est Diaz... Je me demandais, vous savez, si je pouvais la voir.

Elle eut un joli sourire.

– Une minute. Je vais voir.

Elle alla dans la salle d'attente où elle passa la tête pour appeler l'une des visiteuses. La femme posa son magazine et suivit l'infirmière de l'autre côté de la double porte. Je me permis de jeter un coup d'œil de l'autre côté du panneau de verre, mais tout ce que je vis, ce fut un long couloir et, à l'autre bout du hall, un espace vitré, encombré d'appareils médicaux. La patiente était à peine visible et il n'y avait pas moyen de savoir si c'était Bibianna ou non.

Luis dansait d'un pied sur l'autre en claquant doucement des doigts.

– Ho ! mec, je déteste ça ! Je descends dans le hall. Vous pourrez me reprendre en passant ; peut-être que je trouverai une cafétéria avec quelque chose à manger.

– Vas-y, dit Raymond.

Luis croisa les bras et les serra contre lui sans en avoir l'air.

– Tu veux que je te rapporte du café ou quelque chose comme ça ?

– Fous le camp, Luis. J'en ai rien à foutre.

– Comme tu veux, je reviens tout de suite.

Il me regarda et recula de quelques pas en attendant de voir si Raymond ne s'y opposait pas sérieusement. Raymond semblait lutter contre sa propre envie de bondir. Luis tourna les talons et se dirigea vers les ascenseurs.

Dès qu'il fut hors de vue, je touchai le bras de Raymond.

– Je pense que je vais chercher les lavabos pour dames, OK?

L'infirmière revint.

– Attendez quelques minutes. Le neurologue vient de partir mais je crois qu'il est encore dans l'hôpital. Voulez-vous le faire appeler par le haut-parleur?

– Hum, ouais. Vous pouvez faire ça?

– Bien sûr. Vous pouvez vous asseoir, si vous voulez, dit-elle, en indiquant la salle d'attente.

– Elle va s'en sortir?

– Je ne peux vraiment pas vous dire, répondit l'infirmière. Je peux vous envoyer le docteur Cherbak pour parler avec vous de son état aussitôt qu'il arrivera. Votre nom?

– Raymond. Je vais juste attendre. Je veux pas interrompre personne.

– Il y a un distributeur automatique si vous voulez du café.

– Pourriez-vous me dire où se trouvent les lavabos? demandai-je.

Bon Dieu, je ne pouvais penser à rien de plus intelligent pour m'éloigner de ces deux gars. L'infirmière fit un geste vers le corridor.

– Première porte.

J'entrai dans la salle d'attente avec Raymond. Aussitôt qu'il fut assis sur le divan, je dis :

– J'en ai pas pour longtemps.

Il ne faisait presque plus attention à moi tant il était mal à l'aise. Je m'éloignai de lui en tâchant de me dominer et de ne pas partir en courant. Je passai devant les lavabos et poursuivis ma route en cherchant un endroit où je pourrais être un peu seule et me servir d'un téléphone.

L'aile Sud-2 débouchait sur Centre-2 sans qu'il y ait eu la moindre modification dans le revêtement du sol ou la couleur des murs, bleu pâle et beige pâle, avec des dessins représentant des silhouettes de roseaux et d'arbres feuillus. Je compris que j'étais passée de l'agonie à la naissance car les flèches, sur le mur, indiquaient : « Salle de travail », « Salle d'accouchement », « Salle des nouveau-nés » et

« Salle d'attente des pères ». Je cherchais un téléphone public tout en fouillant dans mon sac, autour du revolver, pour trouver de la petite monnaie. J'étais de plus en plus paniquée, à mesure que les secondes passaient. Dès que j'aurais transmis l'information à Dolan, je quitterai les lieux.

Je passai devant le bureau de Centre-2. Il y avait un comptoir à ma gauche avec des écrans muraux où apparaissaient des lignes vertes que j'interprétai comme des signes de vie.

Une infirmière noire sortit d'une pièce qu'une pancarte désignait comme « Salle de repos du personnel ». Elle me heurta presque. Elle portait une blouse blanche qui descendait jusqu'aux chevilles, attachée dans le dos, un masque relevé sur le milieu du front, comme une bosse vert pâle. Elle avait une quarantaine d'années, elle était mince, elle avait des yeux sombres et un visage clair, sans ride.

– Je peux faire quelque chose pour vous?

– Je l'espère très sincèrement, dis-je. Voilà quelle est la situation et j'espère que vous me croirez. Je suis détective privée à Santa Teresa. Je travaille incognito sur une affaire d'escroquerie à l'assurance automobile. Je suis accompagnée par un gangster qui va me chercher d'une minute à l'autre. Il me faut téléphoner au lieutenant Dolan, à Santa Teresa. Pouvez-vous me laisser utiliser le téléphone? Je vous jure que ce ne sera pas long et il y va de ma vie.

Elle me regarda avec des yeux sans expression comme quelqu'un qui soupèse l'intérêt de ce qu'on vient de lui dire. Il devait y avoir quelque chose dans ma voix, un accent de désespoir, qui sonnait « vrai ». Ce n'était certainement pas mon allure qui pouvait la convaincre. Pour une fois, je disais la vérité en mettant tout en œuvre pour donner l'impression d'être sincère. Elle m'écouta en me dévisageant intensément avec ses yeux bruns pendant que je parlais. Peut-être que mon histoire était si saugrenue qu'elle ne me crut pas capable de l'avoir inventée. Sans un mot, elle me désigna un téléphone sur le bureau, derrière le comptoir.

23

Je demandai au téléphoniste de l'hôpital un préavis personnel pour Dolan au numéro qu'il m'avait donné. Pendant que j'attendais qu'on lui transmette l'appel, je parcourus le tableau d'affichage qui semblait consacré, en parts égales, à des dessins humoristiques sur la médecine, à des horaires de cours à venir et à des menus offerts par les services de restauration rapide du quartier. Tous proposaient des livraisons gratuites. Je mourais de faim.

Quand j'ai entendu la voix de Dolan, j'ai fermé les yeux et mis la main sur ma poitrine en me tapotant moi-même avec soulagement.

– Lieutenant Dolan, c'est Kinsey Millhone. Je vous appelle de l'hôpital St. John et je n'ai pas beaucoup de temps.

– Qu'est-ce qui se passe?

Je me mis à parler. Ma pensée devançait les mots. J'essayais de lui présenter mes informations de façon cohérente tout en parlant.

– Tout d'abord, Bibianna Diaz est ici en réanimation. Elle a été projetée hors de la route hier soir...

– J'ai appris ça, interrompit Dolan.

– Vous savez ça?

– L'un des hommes de Santos m'a téléphoné dès qu'il a eu connaissance du rapport. L'hôpital a pour instructions d'être poli avec Raymond sans le laisser s'approcher du lit de la blessée. Ils savent comment faire.

– Bon, Dieu soit loué au moins pour *ça* .

Je l'informai rapidement de tout ce que j'avais découvert; je mentionnai les dossiers que j'avais trouvés dans l'atelier de réparation de Buddy.

– Je crois que j'ai trouvé d'où vient la fuite.

Je lui parlai du docteur Howard, le chiropracteur, et de la photo de sa fille. Je ne savais pas quel était son nom de femme mariée mais je lui fis une description fidèle (quoique acerbe) de cette personne. Comme employée de bureau dans le Département du shérif du comté, elle était fort bien placée pour transmettre des informations à son père et, par son intermédiaire, à Raymond. Dès que Bibianna avait été arrêtée, la première fois, à Santa Teresa, Raymond devait avoir appris où elle était. Une pensée me traversa soudainement l'esprit.

– Inspecteur, savez-vous avec quel revolver Parnell a été assassiné? Raymond a un Mauser calibre .30, je l'ai vu dans le tiroir de sa commode.

Dolan m'interrompit :

– Oubliez Parnell pour l'instant et rendez-moi un service. Raccrochez immédiatement et videz les lieux.

– Pourquoi? Qu'est-ce qu'il y a?

– Tate est probablement déjà sur place. L'hôpital l'a averti hier soir tard, et il est parti en direction du sud. Si Raymond découvre qu'il est là, il y aura de la bagarre, c'est sûr.

– Oh! merde!

Derrière moi une femme médecin pénétra dans la salle des infirmières, vêtue de sa blouse de chirurgien verte. Elle ôta son bonnet et secoua sa chevelure d'un air épuisé. Elle prit le temps de m'examiner; ses cheveux étaient en désordre, des rides de fatigue tiraient son visage vers le bas Je ne pouvais pas dire si elle voulait le téléphone ou la chaise.

Dolan disait :

– J'ai quelqu'un là-bas qui pourrait vous donner un coup de main. Ne raccrochez pas. J'ai un appel...

Je vis Raymond passer devant le bureau. Il se dirigeait vers l'ascenseur, probablement à ma recherche. Je ne pouvais attendre Dolan.

– Je dois partir, dis-je dans le vide, et je raccrochai.

Chacune des cellules de mon cerveau me criait de sortir de là. Mais je ne pouvais pas abandonner Jimmy Tate sans renfort. Je quittai la salle des infirmières et courus le long du hall derrière Raymond que je rattrapai enfin.

Je lui tapai sur l'épaule.

– Hé, où vas-tu?

Il se retourna et me regarda avec irritation.

– Où que t'étais passée, bon Dieu? Je te cherche.

– Je suis allée à la maternité pour voir les nouveau-nés.

– Pour quoi faire?

– J'aime les bébés, j'aimerais en avoir un à moi, tu sais? Ils sont vraiment mignons, tout petits et joufflus. On dirait des poules Cornish...

– On n'est pas ici pour ça, grogna-t-il, mais il semblait radouci par mon explication.

Il me saisit par le bras pour me faire faire demi-tour, et je dus l'accompagner le long du couloir en direction du service de réanimation.

– Pourquoi ne pas faire une pause café?

– Pas question. Je suis assez nerveux comme ça.

Après être rentré dans la salle d'attente du service de réanimation, Raymond se rassit. Il prit un magazine sur une étagère voisine et le feuilleta d'un air distrait. Les pages faisaient de petits bruits de claquement dans le silence de la pièce. Deux femmes assises à l'autre bout le dévisageaient, avec une franche curiosité, à cause de ses tics.

Raymond leva les yeux, les prit sur le fait et leur rendit leurs regards jusqu'au moment où elles baissèrent les yeux.

– Jésus, je déteste que les gens me regardent. Ils pensent que j'aime faire ça?

Il eut une violente convulsion en jetant un regard noir aux deux femmes qui frémissaient d'appréhension.

Je demandai :

– Comment va Bibianna? On t'a dit quelque chose?

Il s'agita.

– Le docteur va rappliquer dans une minute pour nous parler.

Il fallait que je le fasse sortir de là. Un poste de télévision en couleurs, dans le coin de la pièce, montrait un de ces films sur la nature où l'on voit la moitié des bêtes dévorées par l'autre moitié. Le son avait été coupé.

Raymond se pencha en avant.

– Jésus, pourquoi qu'il leur *faut* tant de temps?

– Tu veux manger quelque chose? Pourquoi ne pas aller à la cafétéria chercher Luis? Je meurs de faim.

Il laissa tomber la tête en avant, en la secouant, et me regarda avec une expression tragique.

– Et si elle s'en sortait pas?

Je me mordis la langue pour ne pas répondre. Je ne pouvais penser à une réponse qui ne déclencherait pas une querelle. Je corrigeai ma réaction. A la réflexion il n'y avait aucune contradiction entre son refus de se sentir responsable et ses inquiétudes au sujet de la femme qu'il avait tenté de faire assassiner moins de vingt-quatre heures plus tôt. Si Raymond découvrait la présence de Jimmy Tate, il casserait tout dans la baraque.

Je dis :

– On va devenir dingues tous les deux si on reste ici. Ça ne sera pas long. On peut avaler rapidement quelque chose et remonter tout de suite. Le docteur ne sera peut-être pas de retour dans le service avant une heure.

– Tu penses?

– Allez viens. Prends une tasse de café, au moins.

Raymond se débarrassa du magazine et se leva. Je le suivis dans le couloir et il ralentit l'allure.

– Peut-être que je dois prévenir l'infirmière au cas où il se pointerait.

– Je peux faire ça pour toi si tu veux. Va devant et appelle l'ascenseur.

Deux infirmières de type hispanique apparurent au fond du couloir. Il y avait de l'agitation dans le hall ce qui nous fit rester pour regarder. Un docteur surgissait du service de rééducation en direction de la réanimation. Il portait une blouse blanche à mi-mollet par-dessus son costume gris. Son nom figurait en caractères script bleus au-dessus de sa poche d'où pendait un stéthoscope, comme un minuscule tuyau d'arrosage. Il avait une cinquantaine d'années. Ses cheveux gris étaient coupés très court, il avait des lunettes sans monture et il boitait. Son pied droit était enveloppé dans un plâtre de marche qui ressemblait à une chaussure de ski. Il remarqua mon regard et me sourit en guise d'excuse, sans donner aucune explication. J'imaginais qu'il avait eu un accident de sport ; c'était ce qu'il espérait sans doute. En fait, il avait probablement trébuché sur un arrosoir pendant qu'il ôtait des pucerons sur ses rosiers.

– Je peux faire quelque chose pour vous ?

– Je suis venu voir Bibianna Diaz, dit Raymond. C'est vous le docteur ?

– Tout à fait. Enchanté de vous connaître, monsieur Tate. Je suis le docteur Cherbak.

Il fit un geste vers Raymond et tous deux échangèrent une poignée de main.

– L'infirmière m'a dit que vous étiez ici. Désolé de vous avoir fait attendre.

Le sourire de Raymond s'effaça imperceptiblement.

– Mon nom est Raymond Maldonado. Qu'est-ce que Tate vient faire dans tout ça ?

Le docteur Cherbak cligna des yeux sous le coup de l'incertitude et il vérifia la fiche de Bibianna.

– Désolé. Elle avait demandé que l'on avertisse son mari et naturellement, j'ai pensé...

De là où j'étais, je pus apercevoir un cachet rouge en haut de la fiche, avec les lettres PP, « sous la protection de la police ». Raymond sembla l'apercevoir au même moment.

– Son mari ? répéta-t-il.

Il dévisagea le docteur ; celui-ci dut comprendre qu'il avait fait une gaffe monumentale.

Je touchai le bras de Raymond en murmurant :

– Raymond, il y a erreur, c'est tout. Peut-être qu'elle est blessée à la tête. Qui sait ce qu'elle a pu dire ? Elle avait peut-être des hallucinations.

Raymond se débarrassa brutalement de ma main.

– Boucle-la, dit-il.

Puis en s'adressant au docteur :

– Elle vous a dit ça ? Que Jimmy Tate était son *mari* ? Conneries. Je vous casserai votre foutue gueule si vous répétez jamais ça.

Les deux infirmières, interrompues dans leur conversation, soudain attentives, regardaient l'affrontement comme si c'était un feuilleton télévisé. Je pouvais sentir la peur m'envahir comme une fièvre.

– On reviendra plus tard...

– Comment est-elle? demanda Raymond.

Il devenait agressif, les mâchoires crispées.

– Je n'ai pas le droit de...

– Je te demande comment elle va. Tu vas me répondre, espèce de con?

Le docteur Cherbak se raidit.

– Je vois que j'ai fait une erreur, dit-il. Si vous n'êtes pas un parent de la patiente, je ne peux vous donner de ses nouvelles...

Raymond le bouscula.

– Va te faire foutre avec ton erreur! Je vais l'épouser, compris? Moi. Raymond Maldonado. Tu piges?

Le docteur Cherbak tourna les talons et se dirigea brusquement vers le service de réanimation. Je l'entendis crier, de l'autre côté de la double porte:

– Appelez le service de sécurité...

Raymond se rua dans l'ouverture, derrière lui, et le saisit par-derrière.

– Où est Bibianna, hurla-t-il. *Où est-elle?*

Le docteur, pris au dépourvu, faillit tomber et l'une des infirmières se mit à courir. Une seconde infirmière prit le téléphone pour appeler le service de sécurité. Raymond sortit un revolver et le pointa vers elle, le bras tendu dans une intention meurtrière. Elle raccrocha le téléphone. Il tourna le revolver à droite et à gauche, en se frayant un chemin le long du couloir. Je sortis mon SIG-Sauer, mais le docteur était devant moi. Il semblait y avoir des infirmiers partout.

Je hurlai:

– *Tate!*

et me mis à courir.

Bibianna se trouvait dans la deuxième chambre. Tate était debout, revolver au poing. Raymond tira. Je vis Tate s'effondrer.

Raymond battit en retraite en se précipitant vers moi.

Je me cramponnai au revolver des deux mains et hurlai : « Stop ! » mais il savait que je ne pouvais pas tirer dans ces conditions. Il y avait trop de gens à proximité pour risquer un échange de coups de feu. Il m'écarta d'un coup d'épaule et entama une course à mort ; ses talons claquaient quand il fonça à travers la porte double et enfila le couloir. Il avait encore son revolver mais il courait trop vite pour viser ou tirer avec efficacité. J'ouvris la porte d'une poussée derrière lui et me ruai à mon tour dans le couloir. Des têtes apparaissaient dans les corridors, des gens attirés par le tapage qui disparaissaient aussitôt qu'ils voyaient les revolvers. Raymond atteignit une porte marquée « Sortie », saisit la poignée, l'ouvrit à la volée et se rua dans les escaliers. J'attrapai la porte au moment où elle se refermait, et la ramenai en arrière ; il y eut un craquement. Je pouvais entendre Raymond descendre ; l'écho de ses pas résonnait dans l'escalier en spirale, juste au-dessous de moi. Je sautais trois marches à la fois pour essayer de réduire son avance quand je l'entendis atteindre la porte du bas. Sa sortie déclencha une sonnette d'alarme qui se mit à émettre des sons aigus.

Je redoublai de vitesse, ouvris la porte d'une main, le SIG-Sauer dans l'autre ; je reculai presque en recevant soudain la lumière brillante du soleil dans le visage. Je voyais Raymond qui coupait à travers une pelouse, devant moi. Nous étions à une extrémité de l'hôpital, près d'Arizona Avenue, dans un quartier de petites maisons en stuc, avec quelques bâtiments hospitaliers à deux étages. Raymond courait vers la rue ; il semblait voler, ramant avec les coudes. Je sentais vaguement quelqu'un courir derrière moi, mais je ne pouvais me permettre de regarder. L'écart se réduisait entre nous, alors que j'épuisais mes dernières forces. Je devais être en meilleure forme que Raymond, mais je pouvais me sentir haleter ; mes poumons étaient en feu. Après six jours sans exercice, je n'étais pas en possession de tous mes moyens, mais il me restait du ressort.

Raymond jeta un coup d'œil rapide en arrière pour évaluer la distance entre nous. Il tira une balle qui se perdit dans un palmier à ma gauche. Il tenta d'accélérer l'allure, mais il n'en était vraiment plus capable. J'étais assez près de lui maintenant pour entendre sa respiration bruyante à l'unisson de la mienne; les talons de ses chaussures touchaient presque mes genoux. Je serrai le revolver. Je rattrapai Raymond et lui donnai une poussée brutale dans le dos. Il tituba en battant des bras pour essayer de retrouver son équilibre et s'affala de tout son long. J'atterris juste sur son dos, les genoux en avant. Il perdit la respiration avec un *ouf!* et le revolver jaillit de sa main. Je me mis debout sur mes deux jambes, haletant lourdement. Il se retourna au moment où je levais le canon du revolver et le plaçais entre ses deux yeux. Raymond leva les bras en cherchant à s'éloigner de moi. Pour dix *cents* j'aurais fait sauter la cervelle de ce salaud. J'étais chauffée à blanc par la rage, je ne me maîtrisais plus, je hurlais :

– *Je vais te faire la peau! Je vais te faire la peau! Espèce de salaud!*

Derrière moi j'entendis :

– *Pas un geste!*

Je me retournai d'un seul coup.

C'était Luis.

Le revolver, dans sa main droite, était pointé directement sur Raymond. Avec sa main gauche, il tendait un insigne : « Police de Los Angeles ».

ÉPILOGUE

Quand je me retrouvai en haut de l'escalier, l'équipe du service de réanimation s'affairait déjà autour de Jimmy Tate, qui avait été emmené sur l'heure au bloc opératoire. La balle l'avait atteint au ventre et avait probablement touché la rate. Bibianna n'était pas en bien meilleur état, mais ils avaient survécu l'un et l'autre. S'ils ont vécu heureux ou non, par la suite, je ne pourrais vraiment pas vous le dire parce que tout cela s'est passé il y a tout juste trois semaines. Je suis rentrée à Santa Teresa à temps pour assister au mariage de Vera, le lundi soir, jour de la fête de Halloween. Naturellement, comme je n'avais pas eu le temps de faire des achats, j'ai été obligée de porter ma vieille robe noire à tout faire qui, selon moi, était parfaitement adaptée à la circonstance. Comme Vera m'avait demandé de venir avec un cavalier, j'ai amené Luis, avec Donald et Daffy Duck tatoués sur les bras, et tout et tout.

Raymond Maldonado s'est payé un grand avocat. Pour l'instant, les accusations qui pèsent sur lui vont de l'assassinat avec préméditation, dans le cas de Parnell Perkins, à l'association de malfaiteurs, escroquerie, utilisation de la poste à des fins frauduleuses et jusqu'à de menus larcins. D'après ce qu'on m'a dit, certains cas relatifs à des individus frappés par le syndrome de Tourette présentent des difficultés sérieuses pour la justice pénale. Je pense qu'il va conclure un accord avec les juges pour dénoncer les principaux membres de sa bande, y compris trois avocats de la firme Gotlieb, Naples, Hurley et Flushing.

Les flics n'ont jamais retrouvé mon blouson de cuir noir. Quelqu'un l'avait probablement dérobé dès que j'avais tourné le dos. Je vous le dis, les gens sont bien malhonnêtes! Et ce n'est pas seulement l'homme de la rue. Je n'ai pas encore été payée pour tout le travail que j'ai fait. J'ai envoyé une facture au Département de la police de Santa Teresa, pour les services que j'ai rendus. Dolan me dit qu'il a transmis le dossier au Département de la police de Los Angeles, qui essaiera probablement de le refiler au Département des assurances. Je vais donner trois mois à ces ânes bâtés pour « débloquer » l'argent, faute de quoi je m'adresserai à mon avocat.

La seule chose qui reste à dire concerne Gordon Titus, et c'est très simple : ce salaud m'a flanquée à la porte.

COLLECTION « NOIR » CHEZ POCKET

Bernard Alliot
Eaux troubles

William Bayer
Hors champ
Punis-moi par des baisers
Voir Jérusalem et mourir

Robert Bloch
Autopsie d'un kidnapping
L'éventreur
L'incendiaire
La nuit de l'éventreur
Un serpent au paradis

Burke Jan
Goodnight, Irène

Roger Borniche
Homicide boulevard

James M. Cain
La femme jalouse
La femme du magicien

Camilleri Andrea
La forme de l'eau
Chien de faïence
Le voleur de goûter

Christopher Carter
Qui a tué Toutankhamon ?
Le cheval du crime
Le dernier crime d'Agatha Christie

Raymond Chandler
Nouvelles (2 tomes)

Robin Cook
Mutation

Martin Cruz Smith
Blues pour un tsigane
Requiem pour un tsigane

Mildred Davis
La chambre du haut
La voix au téléphone

Nelson Demille
Retour de l'enfer

Arthur Conan Doyle
Les aventures de Sherlock Holmes
Le chien des Baskerville
La vallée de la peur

Loren D. Eastleman
Le pro

Evanovich Janet
Deux fois n'est pas coutume
La Prime
À la une, à la deux, à la mort
Quatre ou double

Mark Frost
La liste des sept
Les six messies

Fyfield Frances
Ombres chinoises
Sommeil de mort
Un cas de conscience
Le fantôme de la plage

Brian Garfield
Poursuite

Elizabeth George
Enquête dans le brouillard
Cérémonies barbares
Le lieu du crime
Une douce vengeance
Pour solde de tout compte
Mal d'enfant
Un goût de cendres
Le visage de l'ennemi
Le meurtre de la falaise
Une patience d'ange

Giovanni José
La mort du poisson rouge
Le prince sans étoile

Sue Grafton
“ A ” comme Alibi
“ B ” comme Brûlée
“ C ” comme Cadavre
“ D ” comme Dérapage
“ E ” comme Explosif
“ F ” comme Fugitif
“ G ” comme Gibier
“ H ” comme Homicide
“ I ” comme Innocent
“ J ” comme Jugement
“ K ” comme Killer
“ L ” comme Lequel ?
“ M ” comme Machination
“ N ” comme Nausée
“ O ” comme oubli

Martha Grimes
L'auberge de Jérusalem
Le vilain petit canard
Le crime de Mayfair
Les cloches de Whitechapel
L'énigme de Rackmoor
La jetée sous la lune
Le mystère de Tarn House
L'affaire de Salisbury
La nuit des chasseurs
Les mots qui tuent
Meurtre sur la lande
L'énigme du parc

Patricia Highsmith
L'art du suspense

Alfred Hitchcock
Histoires terrifiantes
Histoires épouvantables
Histoires abominables
Histoires à lire toutes portes closes
Histoires à lire toutes lumières allumées
Histoires à ne pas fermer l'œil de la nuit
Histoires à déconseiller aux grands nerveux
Histoires préférées du maître ès crimes
Histoires qui font mouche
Histoires sidérantes
Histoires à claquer des dents
Histoires qui riment avec crime
Histoires à donner le frisson
Histoires à lire avec précaution
Histoires drôlement inquiétantes
Histoires percutantes
Histoires à faire froid dans le dos
Histoires à donner des sueurs froides
Histoires à vous glacer le sang
Histoires à suspense
Histoires à frémir debout
Histoires à vous faire dresser les cheveux sur la tête
Histoires renversantes
Histoires qui font tilt
Histoires à faire pâlir la nuit
Histoires noires pour nuits blanches
Histoires à vous mettre K. -O.
Histoires diaboliques
Histoires fascinantes
Histoires qui virent au noir
Histoires à vous couper le souffle
Histoires à faire peur
Histoires ténébreuses
Histoires à lire et à pâlir
Histoires ciblées
Histoires à rendre tout chose
Histoires en rouge et noir

Evan Hunter
Conversations criminelles

William Irish
Concerto pour l'étrangleur
Une étude en noir
Lady Fantôme
Nouvelles (2 tomes)
Rendez-vous en noir

Susan Isaacs
Ce cher disparu

Charles King
Mama's boy

Dick Lochte
Temps de chien

Ed McBain
Downtown
Escamotage
Poison

Carol O'Connell
Meurtres à Gramercy Park
L'homme qui mentait aux femmes
L'assassin n'aime pas la critique
L'appât invisible
Les larmes de l'ange

Jefferson Parker
Un été d'enfer

David M. Pierce
La neige étend son blanc manteau
Rentre tes blancs moutons
Le petit oiseau va sortir
Sous le soleil de Mexico

Jack Richtie
L'île du tigre

Laurence Sanders
L'homme au divan noir

John Sandford
La proie de l'ombre
La proie de la nuit
La proie de l'esprit

Sandra Scoppettone
Tout ce qui est à toi…
Je te quitterai toujours
Toi ma douce introuvable

Lisa See
La mort scarabée

Rosamond Smith
Œil-de-serpent

Thiery Danielle
Mises à mort

Dorothy Uhnak
Victimes

Andrew Vachss
Blue Belle
Hard Candy

Jack Vance
Charmants voisins
Lily street
Méchante fille
Un plat qui se mange froid

Minette Walters
Chambre froide
Cuisine sanglante
La muselière
Lumière noire
Résonances…
Lame de fond
Ni chaud, ni froid

Marianne Wesson
Habeas corpus
La morte n'en saura rien

David Wiltse
Terreur noire
Terreur blanche

Helen Zahavi
Dirty week-end

Le livre noir du crime
Bonnes vacances
Histoires de crimes parfaits
Histoires d'agresseurs
Histoires d'arnaqueurs
Mômes, sweet mômes
Place d'Italie
Le Salon du Livre

OUVRAGES DE LA COLLECTION « TERREUR »

RODERICK ANSCOMBE
La vie secrète de Las lo, comte Dracula

IAIN BANKS
Le seigneur des guêpes

CLIVE BARKER
Secret Show
Le royaume des devins
Imajica 1
Imajica 2
Everville

DAVID BISCHOFF
Ce que dit le corbeau

ROBERT BLOCH
Psychose
Contes de terreur

J. R. BONANSINGA
Black Mariah
Pire que le mal

RANDALL BOYLL
Froid devant
Monssstre
Territoires du crépuscule

MARION ZIMMER BRADLEY
Adagio pour une ombre

RAMSAY CAMPBELL
Envoûtement
La secte sans nom
Soleil de minuit

JONATHAN CARROLL
La morsure de l'ange
L'enfant arc-en-ciel
Collection d'automne
Flammes d'enfer
Os de lune

CATHY CASH SPELLMAN
Dans les griffes du diable
L'élue

JEAN-CHRISTOPHE CHAUMETTE
L'arpenteur de mondes
L'aigle de sang

THOMAS DISCH
Le caducée maléfique

JEANNE FAIVRE D'ARCIER
Rouge flamenco
La déesse écarlate

JOHN FARRIS
Sacrifice

CHRISTOPHER FOWLER
Le diable aux trousses
L'illusionniste

CHRISTOPHER GOLDEN
Des saints et des ombres
Vampires et martyrs
Des anges et des démons

WILLIAM HALLAHAN
Les renaissances de Joseph Tully

BARBARA HAMBLY
Le sang d'immortalité
Voyage avec les morts

LAURELL K. HAMILTON
Plaisirs coupables
Le Cadavre rieur

ELISABETH HAND
L'éveil de la lune

THOMAS HARRIS
Dragon rouge
Le silence des agneaux

James Herbert
Dis-moi qui tu hantes
Fluke
Fog
La lance
La trilogie des rats
1. Les rats
2. Le repaire des rats
3. L'empire des rats
Le survivant
Sanctuaire
Sépulcre
Présages
La conspiration des fantômes
Ballade pour un ange déchu

Tom Holland
La malédiction des Pharaons

Shirley Jackson
Maison hantée / Hantise
La loterie
Le cadran solaire
Nous avons toujours habité le château

Graham Joyce
L'enfer du rêve
Requiem
Sorcière ma sœur
L'intercepteur de cauchemars
Indigo
Rêves égarés

Jeanne Kalogridis
Pacte avec le vampire
Les enfants du vampire
Le sang du vampire

Stephen King
La part des ténèbres
Salem
Dolores Claiborne
Les yeux du dragon

Andrew Klavan
Il y aura toujours quelqu'un derrière vous
L'heure des fauves
L'ivresse du démon

Dean Koontz
Le masque de l'oubli
Miroirs de sang
La mort à la traîne
La nuit des cafards
La nuit du forain
La peste grise
Une porte sur l'hiver
La voix des ténèbres
Les yeux des ténèbres
La maison interdite
Fièvre de glace
Lune froide
La cache du diable
Mr Murder
Démons intimes
Tic Tac
Etranges détours
Les larmes du dragon
Le rideau des ténèbres
Le visage de la peur
L'heure des chauves-souris
Spectres
L'antre du tonnerre
La semence du démon
La porte rouge
Intensité
La clé interdite
Feux d'ombre
Seule survivante
Ne crains rien

Steven Laws
Train fantôme
Macabre

Tanith Lee
L'OPÉRA DE SANG
1. La danse des ombres
2. Le festin des ténèbres
3. Caïn l'obscur

Peter Lerangis
Sixième sens

Bentley Little
Le postier
Révélation

Tim Lucas
Salles obscures

Brian Lumley
Nécroscope

Graham Masterton
Apparition
Démences
Hel
Le démon des morts
Le djinn
Le jour « J » du jugement
La maison de chair
Le maître des mensonges
Le miroir de Satan
La nuit des salamandres
Le portrait du mal
Les puits de l'enfer
Rituel de chair
Transe de mort
LA TRILOGIE DU MANITOU
1. Manitou
2. La vengeance du Manitou
3. L'ombre du Manitou
Le trône de Satan
Les visages du cauchemar
LA TRILOGIE DES GUERRIERS DE LA NUIT
1. Les guerriers de la nuit
2. Les rivages de la nuit
3. Le fléau de la nuit
Sang impur
Tengu
Cycle de rook
1. Magie indienne
2. Magie maya
3. Magie vaudou
4. Magie des neiges
Walhalla
Les escales du cauchemar
L'enfant de la nuit
Le Sphinx
Magie des eaux

Robert McCammon
L'heure du loup
La malédiction de Bethany
Scorpion
Le mystère du lac
Soif de sang

George R.R. Martin
Armageddon rag

Mouly Marc
Azram, le démon des profondeurs

Andrew Neiderman
L'avocat du diable
Confessions androgynes

Pierre Pelot
La nuit sur terre

D. Preston / L. Child
Relic
Le grenier des enfers

John Pritchard
Les anges du désespoir
Les cavaliers du crépuscule
Les sœurs de la nuit

Chelsea Quinn Yarbro
Le comte de Saint-Germain

Garfield Reeves-Stevens
Contrat sur un vampire

Anne Rice
Chronique des vampires
1. Entretien avec un vampire
2. Lestat le vampire
3. La reine des damnés
4. Le voleur de corps
5. Memnoch le démon
La momie
La saga des sorcières
1. Le lien maléfique
2. L'heure des sorcières
3. Taltos
Le violon
Le sortilège de Babylone
NOUVEAUX CONTES DES VAMPIRES
1. Pandora
Vittorio le vampire

Fred Saberhagen
Les chroniques de Dracula
Le dossier Holmes-Dracula
Les confessions de Dracula
Un amour de Dracula
Un vieil ami de la famille
Dracula et les spirites

John Saul
Cassie
Hantises

Koji Suzuki
Ring

John Steakley
Vampires

Peter Straub
Ghost Story
Julia
TRILOGIE BLUE ROSE
1. Koko
2. Mystery
3. La gorge
Sans portes, ni fenêtres
Le club de l'enfer
Magie de la terreur
Mr X

Sheri S. Tepper
Ossements

Thomas Tessier
L'antre du cauchemar
Cœur de brume

Thomas Tryon
L'autre
Noire magie

Chet Williamson
La forêt maudite

Paul F. Wilson
La forteresse noire
Liens de sang
Mort clinique

Paul F. Wilson / Matthews Costello
Mirage

Bari Wood / Jack Geasland
Faux-semblants

T. M. Wright
L'antichambre
Manhattan Ghost Story
L'autre pays

XXX
Michèle Slung présente :
22 histoires de sexe et d'horreur
Nouvelles histoires de sexe et d'horreur
Dernières nouvelles de Dracula

Jeff Gelb présente :
Shock Rock

Douglas E. Winter présente :
13 histoires diaboliques

**FANTÔMES, VAMPIRES, LOUPS-GAROUS...
LES CHEFS-D'ŒUVRE DE LA TERREUR**

STEPHEN KING
Salem

La paisible petite bourgade était devenue une ville fantôme et personne n'osait parler de ce rire aigu, maléfique, enfantin.

Jerusalem's Lot n'avait rien de remarquable, sinon, sur la colline, la présence de cette grande demeure inhabitée depuis la mort tragique de ses propriétaires, vingt ans auparavant. Et lorsque Ben Mears revient à "Salem", c'est seulement pour retrouver ses souvenirs d'enfance.

Mais, très vite, il devra se rendre à l'évidence : il s'y passe des choses étranges, sinistres. Un chien est immolé, un enfant disparaît et l'horreur s'infiltre, s'étend, se répand, aussi inéluctable que la nuit qui descend sur Salem.

DEAN R. KOONTZ
Une porte sur l'hiver

Elle seule savait ce qu'il y avait derrière la porte, mais elle ne pouvait pas parler, juste hurler d'effroi.

Alors qu'elle avait tout juste trois ans, Mélanie a été enlevée, par son père, un psychologue passionné d'occultisme.

Six ans plus tard, on retrouve la petite fille errant en état de choc dans les rues de Los Angeles. On découvre également son père, ou plutôt ce qu'il reste de son corps, mutilé, broyé.

Mélanie, profondément traumatisée, ne sort de son mutisme que pour supplier que l'on referme une mystérieuse ''porte sur l'hiver'' et bientôt, en plein été californien, un vent glacial, inexplicable, balaie tout dans la maison.

La porte sur l'hiver est entrouverte...

ROBERT MCCAMMON
L'heure du loup

Michael Gallatin est un as de l'espionnage, un séducteur, mais surtout un loup-garou.

Capable de se transformer à la vitesse de l'éclair, de tuer silencieusement et avec une incroyable férocité, il a déjà prouvé, en Afrique, ses talents contre Rommel. Maintenant on lui confie une mission aussi dangereuse que délicate : découvrir ce qui se cache derrière l'opération "Poing de fer", le mieux gardé des plans secrets nazis.

GRAHAM MASTERTON
Démences

Libre de suite. Dans cadre agréable. Ancien hôpital psychiatrique hanté.

Les 137 pensionnaires de l'asile, tous de dangereux criminels, avaient brusquement disparu sans laisser de trace. La police ne les avait jamais retrouvés. Comment aurait-on pu imaginer, ne serait-ce qu'une seconde, qu'ils s'étaient réfugiés dans les murs mêmes de l'asile, à *l'intérieur* des murs ?

Il n'y a que les fous pour croire sérieusement à l'efficacité de la magie noire. Et les fous furieux pour s'en servir.

ANNE RICE
Entretien avec un vampire

Celui qui mange ma chair et qui boit mon sang aura la vie éternelle...

De nos jours, à La Nouvelle-Orléans, un jeune homme a été convoqué dans l'obscurité d'une chambre d'hôtel pour écouter la plus étrange histoire qui soit. Tandis que tourne le magnétophone, son mystérieux interlocuteur raconte sa vie, sa vie de vampire. Laissez-vous subjuguer, fasciner et entraîner à travers les siècles dans un monde sensuel et terrifiant où l'atroce le dispute au sublime.

PETER STRAUB
Ghost Story

Les quatre vieux messieurs respectables passaient leurs soirées à se raconter de fabuleuses histoires de fantômes.

Depuis la disparition d'un des membres de leur club dans des circonstances étranges, ils se sentaient menacés, perdaient le sommeil : ils allaient bientôt se trouver impliqués dans la plus hallucinante histoire de réincarnation qui se puisse imaginer...

Achevé d'imprimer sur les presses de

BUSSIÈRE

GROUPE CPI

à Saint-Amand-Montrond (Cher)
en juillet 2002

POCKET - 12, avenue d'Italie - 75627 Paris Cedex 13
Tél. : 01-44-16-05-00

— N° d'imp. : 23415. —
Dépôt légal : février 1995.

Imprimé en France